I0751080

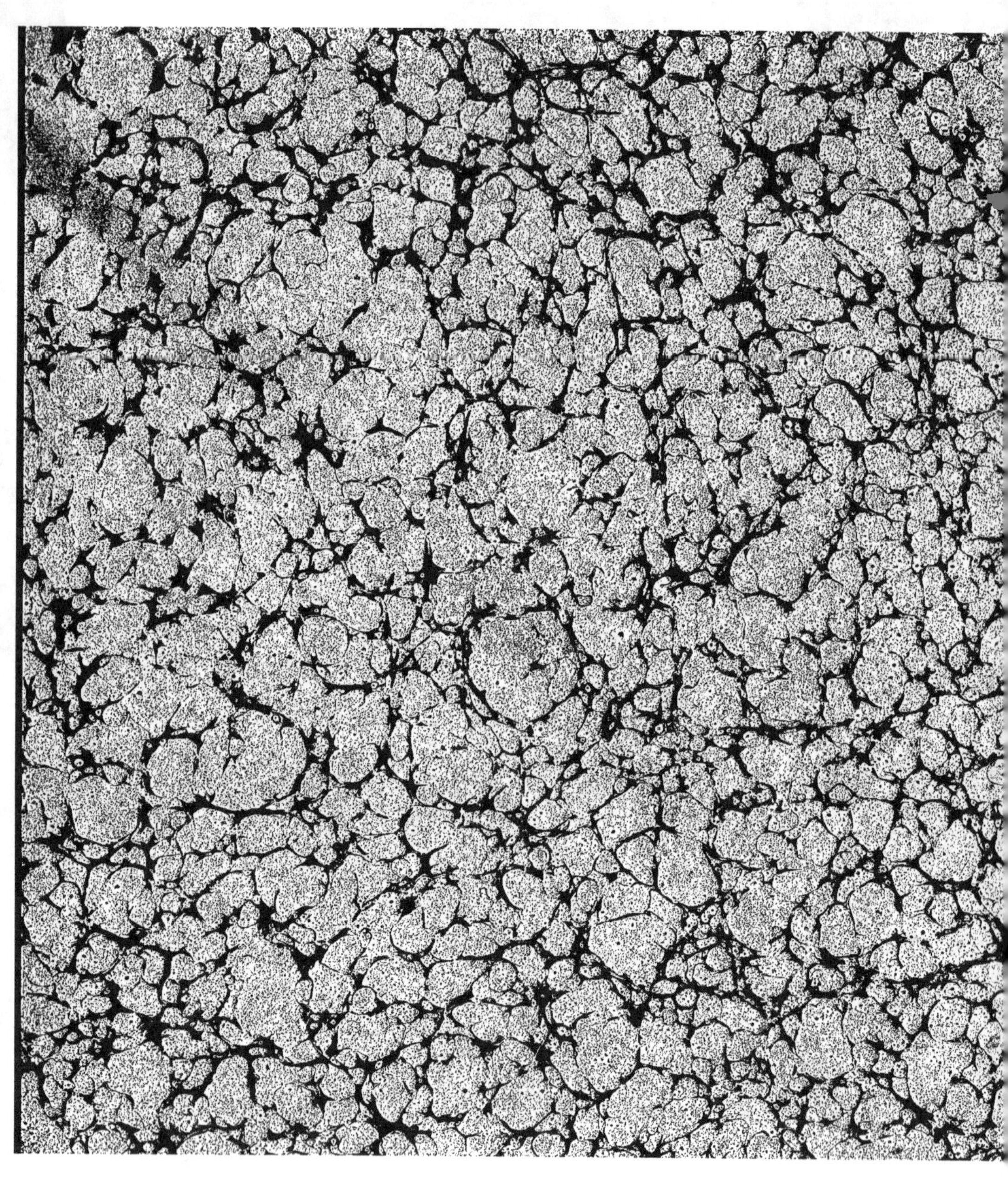

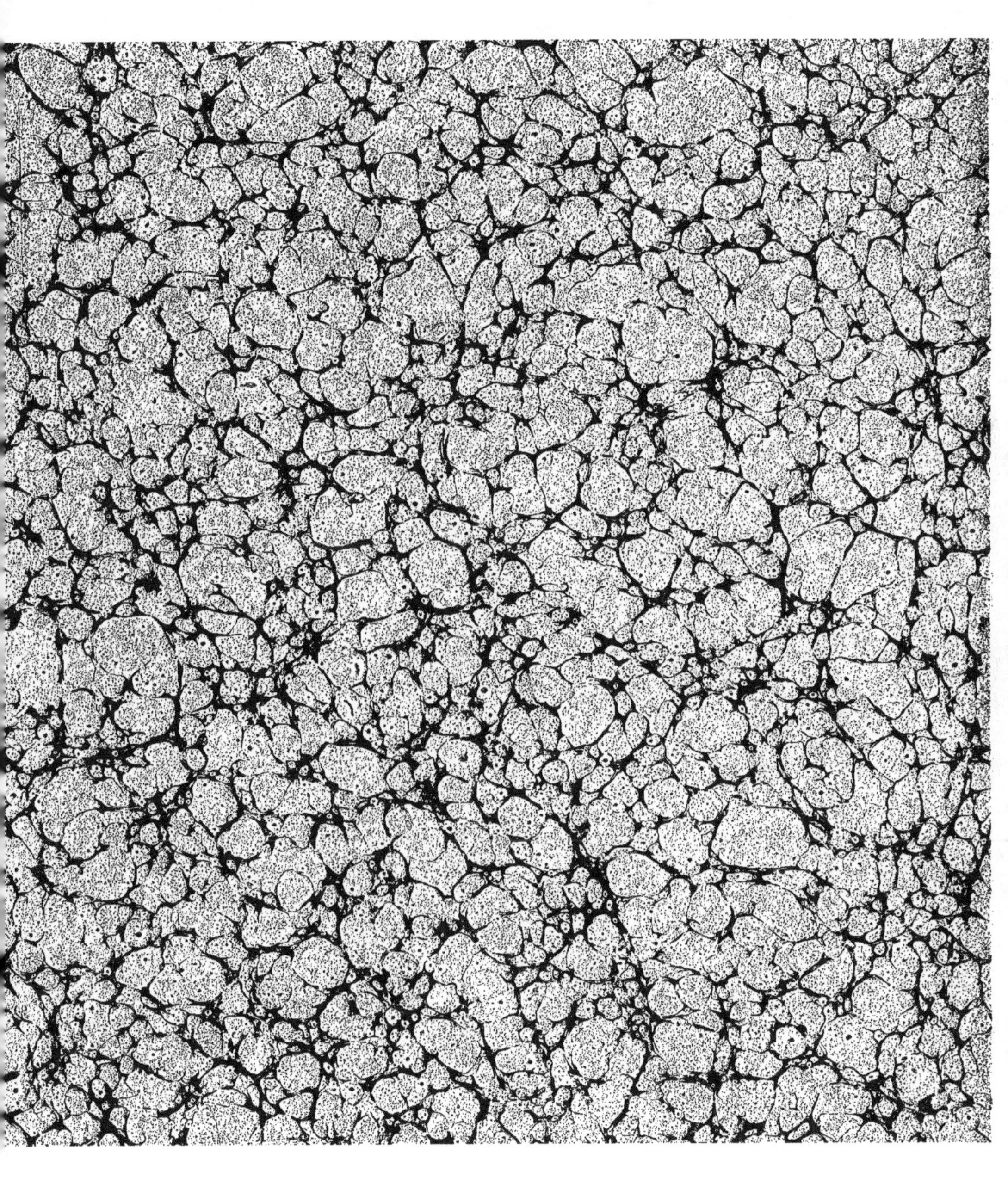

ESSAI

D'INSTRUCTION MORALE.

DE L'IMPRIMERIE DE FAIN.

Et Spes et ratio Studiorum in Cæsare tantum:

Dessiné par J. Goubaud maître de dessin au Lycée Charlemagne. Gravé par Bovinet f.

Déposé à la Direction Générale de l'Imprimerie et de la Librairie.

ESSAI

D'INSTRUCTION MORALE

OU

LES DEVOIRS

[illegible]

[illegible]

A L'USAGE DES [illegible]

ET PLUS PARTICULIÈREMENT [illegible]

[illegible]

TOME [illegible]

PARIS

[illegible]

ESSAI

D'INSTRUCTION MORALE,

OU

LES DEVOIRS

ENVERS DIEU, LE PRINCE ET LA PATRIE,
LA SOCIÉTÉ ET SOI-MÊME;

A L'USAGE DES JEUNES GENS ÉLEVÉS DANS UNE MONARCHIE,
ET PLUS PARTICULIÈREMENT DES JEUNES FRANÇAIS.

Gratum est, quòd patriæ civem populoque dedisti,
Si facis, ut patriæ sit idoneus, utilis agris,
Utilis et bellorum et pacis rebus agendis.
Plurimùm enim intererit, quibus artibus et quibus hunc tu
Moribus instituas. JUVÉNAL.

TOME SECOND.

A PARIS,

BRUNOT-LABBE, libraire de l'Université, quai des Augustins.
LE NORMANT, libraire, rue de Seine, n°. 8.
DELAUNAY, libraire, Palais-Royal, galerie de bois, n°. 243.
1812

ESSAI
D'INSTRUCTION MORALE.

LIVRE TROISIÈME.

MORALE.

PREMIÈRE PARTIE.

CE QUE L'ON DOIT AUX AUTRES HOMMES.

CHAPITRE PREMIER.

Amour de l'humanité, bienfaisance.

§ Ier. *L'humanité est un sentiment universel.*

SAINT Augustin rapporte, sur la foi de l'histoire, que la première fois qu'on entendit à Rome prononcer sur la scène ce beau vers de Térence :

Homo sum : humani nihil à me alienum puto;

« Je suis homme, rien de ce qui intéresse l'humanité ne » m'est étranger. »

Il s'éleva dans l'amphithéâtre un applaudissement universel. Il ne se trouva pas un seul homme dans une assemblée si nombreuse, composée de Romains et des envoyés de toutes les nations déjà soumises ou alliées à leur empire, qui ne parût sensiblement touché, attendri, pénétré. Or que nous apprend un concert si unanime entre des peuples d'ailleurs si peu concertés, si différens d'opinions, de mœurs, d'éducation, d'intérêts; que dis-je? la plupart ennemis secrets, quelques-uns même déclarés? N'est-ce point là évidemment le cri de la nature, qui, dans ce moment d'audience que chacun donnoit à la raison en écoutant l'acteur, suspendoit toutes les querelles particulières pour prononcer avec lui solennellement cette belle maxime, que tout homme est notre prochain, notre sang, notre frère?

LE PÈRE ANDRÉ.

§ II. *Formule qui renferme tous nos devoirs envers les hommes.*

Quels sont nos devoirs envers les hommes?

Ils sont tous renfermés dans cette formule : Ne faites pas aux autres ce que vous ne voudriez pas qu'ils vous fissent [1].

La religion n'est pas plus exigeante que la philosophie. Loin de prescrire à l'honnête homme aucun sacrifice qu'il puisse regretter, elle répand un charme secret sur ses devoirs; et lui procure deux avantages inestimables, une paix profonde pendant la vie, une douce espérance au moment de la mort [2].

BARTHÉLEMY.

[1] Isocrate. = [2] Platon.

§ III. *Chaque homme doit avoir soin des autres hommes.*

Si nous sommes tous frères, tous faits à l'image de Dieu et également ses enfans, tous une même race et un même sang, nous devons prendre soin les uns des autres ; et ce n'est pas sans raison qu'il est écrit : Dieu a chargé chaque homme d'avoir soin de son prochain. S'ils ne le font pas de bonne foi, Dieu en sera le vengeur ; car, ajoute l'Ecclésiastique, nos voies sont toujours devant lui, et ne peuvent être cachées à ses yeux. Il faut donc secourir notre prochain comme en devant rendre compte à Dieu qui nous voit.

Il n'y a que les parricides et les ennemis du genre humain qui disent comme Caïn : Je ne sais où est mon frère ; suis-je fait pour le garder ?

BOSSUET.

§ IV. *Leçons de Socrate sur l'amour de l'humanité.*

C'est honorer les Dieux, disoit Socrate, que de leur obéïr ; c'est leur obéïr, que d'être utile à la société. L'homme d'état qui travaille au bonheur du peuple, le laboureur qui rend la terre plus fertile, tous ceux qui s'acquittent exactement de leurs devoirs, rendent aux Dieux le plus beau des hommages. N'entreprenons rien sans les consulter, n'exécutons rien contre leurs ordres, et souvenons-nous que la présence des Dieux éclaire et remplit les lieux les plus obscurs et les plus solitaires [1].

[1] Xénophon.

Socrate ne s'expliqua point sur la nature de la divinité; mais il s'énonça toujours clairement sur son existence et sur sa providence. Il reconnut un Dieu unique, auteur et conservateur de l'univers [1]; au-dessous de lui, des dieux inférieurs, formés de ses mains, revêtus d'une partie de son autorité, et dignes de notre vénération.

Pénétré de cette doctrine, Socrate conçut le dessein, aussi extraordinaire qu'intéressant, de détruire, s'il en étoit temps encore, les erreurs et les préjugés qui font le malheur et la honte de l'humanité. On vit donc un simple particulier, sans naissance, sans crédit, sans aucune vue d'intérêt, sans aucun désir de la gloire, se charger du soin pénible et dangereux d'instruire les hommes, et de les conduire à la vertu par la vérité; on le vit consacrer sa vie, tous les momens de sa vie, à ce glorieux ministère; l'exercer avec la chaleur et la modération qu'inspire l'amour éclairé du bien public; soutenir, autant qu'il lui étoit possible, l'empire chancelant des lois et des mœurs.

Comme il ne devoit ni annoncer ses projets de réforme, ni en précipiter l'exécution, il ne composa point d'ouvrages; il n'affecta point de réunir, à des heures marquées, ses auditeurs auprès de lui [2]; mais, dans les places et les promenades publiques, dans les sociétés choisies parmi le peuple [3], il profitoit de la moindre occasion pour éclairer sur leurs vrais intérêts, le magistrat, l'artisan, le laboureur, tous ses frères en un mot; car c'étoit sous ce point de vue qu'il envisageoit tous les

[1] Brucker. = [2] Plutarque. = [3] Xénophon.

hommes [1]. La conversation ne rouloit d'abord que sur des choses indifférentes; mais par degrés, et sans s'en apercevoir, ils lui rendoient compte de leur conduite, et la plupart apprenoient avec surprise que, dans chaque état, le bonheur consiste à être bon parent, bon ami, bon citoyen [2].

Il attiroit ses disciples par les charmes de sa conversation, quelquefois en s'associant à leurs plaisirs, sans participer à leurs excès. Un d'entre eux, nommé Eschine, après l'avoir entendu, s'écria : « *Socrate, je suis pauvre; mais je me donne entièrement à vous, c'est tout ce que je puis vous offrir. Vous ignorez,* lui répondit Socrate, *la beauté du présent que vous me faites* [3]. »

Ses leçons n'étoient que des entretiens familiers, dont les circonstances amenoient le sujet. Il discutoit la nature de la justice, de la science et du vrai bien [4]. Périsse, s'écrioit-il alors, la mémoire de celui qui osa, le premier, établir une distinction entre ce qui est juste et ce qui est utile [5]! D'autres fois il montroit plus en détail les rapports qui lient les hommes entre eux, et ceux qu'ils ont avec les objets qui les entourent [6]. Soumission aux volontés des parens, quelque dures qu'elles soient; soumission plus entière aux ordres de la patrie, quelque sévères qu'ils puissent être [7]; égalité d'âme dans l'une et l'autre fortune [8]; obligation de se rendre utile aux hommes; nécessité de se tenir dans un

[1] Plutarque. = [2] Platon. = [3] Diogène Laërce. = [4] Xénophon. = [5] Cicéron. = [6] Xénophon. = [7] Platon. = [8] Stobée.

état de guerre contre ses passions, dans un état de paix contre les passions des autres : ces points de doctrine, Socrate les exposoit avec autant de clarté que de précision.

De là ce développement d'une foule d'idées nouvelles; de là ces maximes prises au hasard parmi celles qui nous restent de lui : *que moins on a de besoins, plus on approche de la divinité*[1]*; que l'oisiveté avilit, et non le travail; qu'un regard arrêté avec complaisance sur la beauté, introduit un poison mortel dans le cœur; que la gloire du sage consiste à être vertueux sans affecter de le paroître, et sa volupté à l'être tous les jours de plus en plus; qu'il vaut mieux mourir avec honneur, que de vivre avec ignominie; qu'il ne faut jamais rendre le mal pour le mal*[2]*; enfin,* et c'étoit une de ces vérités effrayantes sur lesquelles il insistoit davantage, *que la plus grande des impostures est de prétendre gouverner et conduire les hommes sans en avoir le talent.*[3]

Socrate, toujours attentif à détruire la haute opinion que la jeunesse avoit d'elle-même[4], lisoit dans le cœur d'Alcibiade le désir d'être bientôt à la tête de la république, et dans celui de Critias l'ambition de la subjuguer un jour : l'un et l'autre, distingués par leur naissance et par leurs richesses, cherchoient à s'instruire pour étaler dans la suite leurs connoissances aux yeux du peuple : mais le premier étoit plus dangereux, parce qu'il joignoit à ces avantages les qualités les plus aimables.

[1] Xénophon. = [2] Platon. = [3] Xénophon. = [4] Xénophon.

Socrate, après avoir obtenu sa confiance, le forçoit à pleurer, tantôt sur son ignorance, tantôt sur sa vanité; et, dans cette confusion de sentimens, le disciple avouoit qu'il ne pouvoit être heureux ni avec un tel maître, ni sans un tel ami [1].

BARTHÉLEMY.

§ V. *De nos devoirs par rapport aux autres hommes.*

La différence des talens, l'éducation et les réflexions peuvent mettre entre les hommes une espèce d'inégalité; mais il n'y en a point dans leur essence : tous ont un corps absolument semblable, tous ont une âme qui renferme également en elle une intelligence et une volonté; et nous ne les considérons ici que par rapport à cette essence, sans parler des qualités qui les unissent plus étroitement, telles que celles de pères et d'enfans, entre lesquels il y a une supériorité et une infériorité dans l'ordre même de la nature. Il y a une autre inégalité, celle des rangs et des conditions, et qui est aussi dans l'ordre de la nature ou plutôt dans l'ordre et la volonté de Dieu même, et qui étoit nécessaire à l'homme, qui est né pour la société, comme tout semble le démontrer; car tous les hommes ont un plaisir naturel à voir leurs semblables, et encore plus à vivre en société avec eux. Une solitude entière et de longue durée leur est pénible, ou plutôt insupportable; le spectacle même de toutes les beautés que la nature offre à leurs yeux, a

[1] Xénophon.

quelque chose de languissant et presque d'inanimé à leur égard, jusqu'à ce qu'ils voient des êtres semblables à eux, avec qui ils puissent en jouir. On aperçoit dans une partie des brutes même comme une image de la société, et une espèce d'instinct et de mécanique naturelle qui les porte à vivre avec leurs semblables.

L'usage de la parole, qui n'a été accordé qu'à l'homme, suffiroit seul pour démontrer qu'il est né pour la société ; c'est le canal par lequel Dieu lui a donné le moyen de communiquer ses pensées et ses sentimens à ses semblables ; et à quoi lui serviroit ce don précieux dont il tire de si grands avantages, s'il n'étoit pas fait pour converser avec eux ?

A cette inclination commune, qui forme la première liaison naturelle entre les hommes, il a plu à l'auteur de leur être de joindre un autre lien qui naît du besoin réciproque qu'ils ont les uns des autres. Si on les considère du côté du corps, combien manque-t-il de choses à chaque homme considéré séparément et hors de toute société, soit pour sa nourriture, pour son vêtement, pour se mettre à l'abri des injures de l'air, pour conserver ou pour rétablir sa santé et ses forces ; soit pour se garantir et se mettre à couvert des insultes auxquelles il seroit continuellement exposé, s'il vivoit dans la solitude !

Si on l'envisage du côté de l'esprit, on reconnoît aisément qu'il n'a pas moins besoin du secours de ses semblables, pour s'éclairer par une communication naturelle de lumières, pour étendre la sphère de son intelligence, pour apprendre à diriger utilement les mouvemens de sa volonté; en un mot, pour corriger les défauts et augmenter la perfection de son être spirituel.

Puis-je douter, après cela, que Dieu n'ait voulu unir l'homme à ses semblables par son imperfection, par son indigence même? Incapable de suffire seul à ses besoins corporels ou spirituels, il est comme forcé d'y suppléer par le secours de ceux qui ont ce qui lui manque. Tel est l'ordre, et, pour ainsi dire, le secret admirable de la providence, que la pauvreté naturelle de l'homme, et cette espèce de nudité dans laquelle nous naissons, devient la cause de notre abondance, par les ressources que nous trouvons dans la société. Plus les nécessités sont grandes des deux côtés, plus les liens se multiplient et se resserrent réciproquement. Le désir de la commodité et le goût même du superflu les augmentent encore : et l'homme le plus occupé de lui-même est obligé de reconnoître qu'il se nuit quand il nuit aux autres, parce qu'il se prive de leur secours; comme au contraire, il se sert lui-même en servant les autres, puisqu'il entre par là en partage des biens qu'il n'a pas, et qui sont entre leurs mains.

Il s'ensuit de ces principes, que les hommes, considérés uniquement par rapport à leur nature, doivent se considérer comme des frères, comme les enfans du même père, comme une seule famille composée de tout le genre humain, qui a un droit à l'héritage paternel, c'est-à-dire, aux bienfaits de Dieu et à la suprême félicité qu'il leur a promise. Cette grande société qui embrasse tout le genre humain, et qui est uniquement fondée sur les liens réciproques qu'une nature commune a formés entre tous les hommes, est donc la seule que je doive envisager présentement. Si je veux découvrir d'abord les règles que la raison me dicte par rapport à cette immense société, je n'y considérerai mes semblables qu'en tant qu'ils sont hommes comme moi : et en effet, il ne m'en faut pas davantage pour m'obliger à dire comme ce vieillard de Térence : « Je » suis homme, et dans tout ce qui intéresse le genre » humain, il n'y a rien d'étranger pour moi : »

Homo sum : humani nihil à me alienum puto.

Plus je médite sur ce sujet, plus je reconnois que comme l'objet direct et légitime de mon affection pour moi, est de tendre à mon bonheur par ma perfection ; mon amour pour mes semblables doit avoir la même fin, et aspirer à les rendre heureux en les rendant plus parfaits. Tel est en général le but de tout amour bien ordonné ; et, en ne consultant même que mon intérêt propre, je suis convaincu par un sentiment intérieur, qu'en travaillant à la perfection et à la félicité des autres, j'augmente réellement la mienne. J'en conclus d'abord que je dois être toujours dans la disposition réelle et effective de leur faire du bien ; et comme l'exemption du mal est le premier de tous les biens, ma première règle sera aussi de ne faire à mes semblables aucun mal réel et véritablement nuisible ; je leur épargnerai même, s'il se peut, ces maux qui n'existent que dans leur imagination ; car, quoiqu'ils ne soient qu'apparens lorsqu'on les considère dans l'exacte vérité, il en résulte cependant une peine pour eux, et un mal certain pour moi, je veux dire la perte ou la diminution de cette amitié de mes semblables qu'il m'est aussi utile qu'à eux de conserver, en prévenant tout ce qui seroit capable de l'altérer.

Mes semblables n'auront donc rien à craindre de ma part, ni pour leurs biens, ni pour leur vie, ni pour leur honneur; et je me ferai même une seconde règle d'empêcher, autant qu'il me sera possible, les autres hommes de leur nuire; sans quoi, il ne seroit pas vrai de dire que je fais tout ce qui est en moi pour ne pas nuire à leur perfection et à leur bonheur.

J'ai déjà dit que la parole étoit le lien qui unissoit le plus étroitement l'homme avec l'homme; ainsi, je me garderai bien d'en faire au contraire une source de division; et je prévois aisément que c'est ce qui arriveroit, si je m'en servois pour induire les autres en erreur, soit en leur cachant le vrai, soit en leur présentant le faux; et je regarderai le mensonge, quoiqu'il ne tombe que sur des faits qui peuvent être ou n'être pas, comme une des plus grandes infractions des droits de la société humaine, à la perfection de laquelle je dois travailler comme à la mienne. La vérité régnera donc toujours de ma part, dans un commerce dont elle fait la sûreté; et la fausseté en sera bannie, parce qu'elle en est la destruction. Si je me conduis ainsi lorsque la vérité n'a pour objet que des faits purement éventuels, que sera-ce, lorsque je serai obligé de parler de ces vérités nécessaires, immuables, éternelles, qui sont le fondement des devoirs naturels de l'homme? Le mensonge qui iroit jusqu'à les trahir, les altérer, ou à les déguiser, me paroîtra un attentat sur les droits de l'humanité, puisqu'il tend directement à pervertir les jugemens, ou à corrompre les mœurs de mes semblables, en leur donnant des idées fausses, ou en leur inspirant des sentimens vicieux qui ne peuvent que les rendre imparfaits et par conséquent vicieux.

Mais je ne me contenterai pas de remplir ces devoirs qu'on peut appeler *négatifs*, parce qu'ils ne consistent qu'à ne point faire de mal à mes semblables. La nature de mon être, et même l'amour que j'ai pour moi, s'il est raisonnable, m'inspireront encore le désir de leur faire du bien, non-seulement par un motif intéressé, je veux dire par l'espérance du retour, mais par l'attrait de cette satisfaction intérieure qui est naturellement attachée à l'exercice de la bienveillance, et au plaisir de faire des heureux.

Ma première attention aura pour objet la conservation de leur vie corporelle. Ainsi, assister les misérables et les indigens, soutenir les foibles, défendre les opprimés, consoler les malheureux, et donner à tous les secours qui dépendent de moi, par rapport à ce qu'on appelle les biens du corps, me paroîtront non-seulement des actes de bonté, ou d'une générosité purement volontaire de ma part, mais des devoirs fondés sur la justice naturelle. Je considérerai que, quoique tous les hommes soient égaux dans l'ordre de la nature, il y a néanmoins une grande inégalité entr'eux du côté des avantages et des biens extérieurs. Or, je ne saurois concevoir qu'un Dieu souverainement juste ait laissé introduire une telle différence entre des êtres parfaitement égaux, s'il n'avoit voulu les lier plus étroitement par cette inégalité même, en donnant lieu aux grands et aux riches d'exercer abondamment une bienveillance dont ils seroient avantageusement récompensés par les services qu'ils recevroient des pauvres.

On a eu raison de dire, il y a long-temps, que Dieu a mis le nécessaire du pauvre entre les mains du riche ; mais il n'y est que pour en sortir : il ne peut y rester sans une espèce d'injustice, qui blesse non-seulement la loi de la providence, mais la nature même de mon être, qui le porte à se répandre au dehors, et qui m'inspire de former une communication réciproque entre moi et les autres hommes, par les biens que je verse sur ceux qui en sont privés, et par ceux que je reçois d'eux à mon tour. En effet, ce n'est pas seulement le riche qui a de quoi fournir aux besoins du pauvre, c'est le pauvre qui a aussi dans sa main ce qui manque au riche. L'un fait, pour ainsi dire, le fonds de cette société en argent, l'autre la sert peut-être encore plus utilement par son industrie ; ou, pour se servir d'une autre image, le premier fournit le prix, le second donne la marchandise ; et c'est par cette espèce d'échange que chacun trouve de quoi remplir ses besoins. On peut même dire, dans un sens, que le riche est encore plus dépendant du pauvre, que le pauvre ne l'est du riche. Quel est le prince, le souverain, l'homme puissant, quelque grand qu'il soit, qui puisse seul se suffire à lui-même, et satisfaire également à tout ce que la nécessité exige, que la commodité demande, ou que la cupidité désire !

Plus les riches et les puissans croient que leur fortune les met en état de suivre aveuglément les mouvemens de leurs passions, plus, sans y faire réflexion, ils augmentent leur indigence. A des besoins réels, ils en ajoutent d'imaginaires; et ils éprouvent une espèce de pauvreté au milieu de l'abondance même (*magnas inter opes inops*, ou *semper inops qui plura cupit.*) Le pauvre, au contraire, mesure ses désirs sur les vrais besoins de la nature; et plus il sait se contenter du peu qu'elle exige, moins il est dépendant du riche, et plus il approche du bonheur de se suffire à lui-même.

Je passe aux besoins de l'esprit, et je reconnois sans peine que mon affection naturelle pour mes semblables me porte à goûter encore plus de plaisir, quand je peux leur communiquer cette seconde espèce de biens. J'en suis convaincu par la satisfaction que j'éprouve lorsque je peux leur apprendre ce qui est utile, faire croître leurs lumières en y joignant les miennes, étendre les bornes de leur intelligence, et surtout leur faire connoître les véritables biens et les véritables maux. Je regarderai donc comme un devoir essentiel pour moi, l'obligation de partager avec eux les richesses de l'esprit, de même que les biens du corps; et les avantages que j'en recevrai, me feront connoître de plus en plus, que je m'aime véritablement moi-même en aimant mes semblables comme moi. Non-seulement la parole ne me servira jamais à les tromper sur les vérités du fait, mais je leur communiquerai avec candeur toutes celles qu'il leur importera de savoir, sans qu'elles puissent nuire à d'autres; et je leur serai toujours utile par mes paroles, si je ne puis pas l'être toujours par mes actions. Je leur ferai part, avec encore plus de libéralité, des connoissances qui tendent plus directement à leur perfection et à leur bonheur, je veux dire de ces vérités invariables qui font la règle de notre vie; et, si je suis plus instruit qu'eux de la route qui conduit à la solide félicité, je ferai consister une partie de la mienne à leur montrer ce chemin.

Tous les devoirs réciproques de l'homme à l'égard de l'homme, se réduisent donc à deux grandes règles où se trouve tout ce qui est nécessaire pour la perfection et pour le bonheur, soit de chaque homme considéré séparément, soit de la société entière du genre humain. La première est que je ne dois jamais faire aux autres ce que je ne voudrois pas qu'ils fissent contre moi; la seconde, que je dois pareillement agir toujours pour leur avantage, ainsi que je désire qu'ils agissent toujours pour le mien, comme nous sommes réciproquement obligés de le faire, quand nous ne consulterions que nos besoins mutuels. Nous avons même la satisfaction de voir que les leçons de l'expérience s'accordent parfaitement sur ce point avec celles de la raison; et je ne serai pas surpris d'apprendre que la vérité éternelle, ayant daigné s'unir à la nature humaine, nous a dicté elle-même ces deux grandes règles, comme la source de tous nos devoirs. Je les respecterai par conséquent, je les aimerai, je les observerai avec d'autant plus de fidélité et de persévérance, que j'y admirerai davantage ce concert parfait de la raison et de la religion, et cette heureuse conformité entre le véritable intérêt de l'homme, et ce que Dieu exige de lui.

D'AGUESSEAU.

§ VI. *Vers de Gresset, de Boissy et de Thomas sur les services que l'on doit rendre aux autres hommes; passage de Sénèque.*

Vous n'êtes point à vous; le temps, les biens, la vie,
Rien ne vous appartient, tout est à la patrie.
Les jours de l'honnête homme, au conseil, au combat,
Sont le vrai patrimoine et le bien de l'état.

GRESSET.

Qui ne vit que pour soi, n'est pas digne de vivre.
Tu dois à tes amis, tu dois à tes parens,
A ton pays, à toi, compte de tes momens;
Tu dois les employer pour leur bien, pour ta gloire.

BOISSY.

Devoirs de la société.

Réveille-toi, mortel, deviens utile au monde;
Sors de l'indifférence où languissent tes jours.
Le temps fuit; hâte-toi : demain la nuit profonde
T'engloutit pour toujours.

Regarde autour de toi; contemple tout l'espace,
Par quel divin accord le monde est gouverné :
Nul être n'est oisif; tout occupe sa place,
Et tout est enchaîné.

Les vents épurent l'air; l'air balance les ondes.
Pour la fertilité l'eau circule en tout lieu;
Les germes sont féconds; le feu nourrit les mondes,
Et tout nourrit le feu.

Les hommes t'ont servi, même avant ta naissance;
Ils t'ont créé des lois et bâti des remparts :
De vingt siècles unis la lente expérience
T'a préparé les arts.

La maison qui te couvre et qui te sert d'asile,
Le pain qui te nourrit, tes plaisirs, tes besoins,
Tout impose à ton cœur le devoir d'être utile;
Tout réclame tes soins.

Ta patrie aux vertus a formé ton enfance;
Les ministres des lois te font des jours heureux;
Les guerriers, teints de sang, meurent pour ta défense :
Et que fais-tu pour eux?

L'homme se doit à l'homme, en tout rang, à tout âge;
Sur le riche orgueilleux l'indigent a des droits,
Le foible sur le fort, l'imprudent sur le sage,
Les sujets sur les rois.

THOMAS.

Nous sommes tous frères et membres d'un même corps, parce que nous n'avons qu'un même père qui est Dieu. Il s'ensuit qu'ayant la même origine, nous devons avoir les mêmes sentimens, être animés du même esprit, et contribuer tous ensemble au bien commun; ainsi que es pierres concourent au maintien d'une voûte par leur assemblage et leur union.

SÉNÈQUE.

§ VII. *Tous les hommes sont frères.*

Dieu a établi la fraternité des hommes en les faisant tous naître d'un seul, qui pour cela est leur père commun, et porte en lui-même l'image de la paternité de Dieu. Nous ne lisons pas que Dieu ait voulu faire sortir les autres animaux d'une même tige. Dieu fit les bêtes selon leurs espèces et il vit que cet ouvrage étoit bon, et il dit: Faisons l'homme à notre image et ressemblance.

Dieu parle de l'homme en nombre singulier, et marque distinctement qu'il n'en veut faire qu'un seul d'où naissent tous les autres, selon ce qui est écrit dans les actes : que Dieu a fait sortir d'un seul tous les hommes qui devoient remplir la surface de la terre. Le grec porte, que Dieu les a faits (d'un même sang.) Il a même voulu que la femme qu'il donnoit au premier homme fût tirée de lui, afin que tout fût un dans le genre humain. Dieu forma en femme la côte qu'il avoit tirée d'Adam, et il l'amena à Adam, et Adam dit: Celle-ci est un os tiré de mes os, et une chair tirée de ma chair; son nom même marque qu'elle est tirée de l'homme; c'est pourquoi l'homme quittera son père et sa mère pour s'attacher à sa femme, et ils seront deux dans une chair.

Ainsi le caractère d'amitié est parfait dans le genre humain, et les hommes, qui n'ont tous qu'un même père, doivent s'aimer comme frères. A Dieu ne plaise que les rois soient exempts de cette loi, ou qu'on craigne qu'elle ne diminue le respect qui leur est dû. Dieu marque distinctement, que les rois qu'il donnera à son peuple, seront tirés du milieu de leurs frères; un peu après : Ils ne s'élèveront point au-dessus de leurs frères par un sentiment d'orgueil; et c'est à cette condition qu'il leur promet un long règne.

Les hommes ayant oublié leur fraternité et les meurtres s'étant multipliés sur la terre, Dieu résolut de détruire tous les hommes à la réserve de Noé et de sa famille, par laquelle il répara tout le genre humain; et voulut que dans ce renouvellement du monde nous eussions encore tous un même père.

BOSSUET.

§ VIII. *Nul homme n'est étranger à un autre homme.*

Notre Seigneur, après avoir établi le précepte d'aimer son prochain, interrogé par un docteur de la loi, qui étoit celui que nous devons tenir pour notre prochain, condamne l'erreur des Juifs qui ne regardoient comme tels que ceux de leur nation. Il leur montre, par la parabole du Samaritain qui assiste le voyageur méprisé par un prêtre et par un lévite, que ce n'est pas sur la nation, mais sur l'humanité en général que l'union des hommes doit être fondée.

Un homme, allant de Jérusalem à Jéricho, tomba entre les mains des voleurs qui le dépouillèrent, et, après l'avoir blessé, le laissèrent à demi-mort. Il se rencontra qu'un prêtre descendit par ce même chemin, qui, ayant vu cet homme, passa outre. Un lévite qui vint là aussi, l'ayant regardé, passa de même. Mais un Samaritain, voyageur, arrivant près de cet homme et le voyant dans cet état, en fut touché de compassion. Et s'approchant de lui, il versa de l'huile et du vin dans ses plaies, les lui banda; le mit sur son cheval, le mena dans une hôtellerie et prit soin de lui. Le lendemain, il tira de sa-

bourse deux deniers qu'il donna à l'hôte, et lui dit : Ayez soin de cet homme, et je vous rendrai à mon retour tout ce que vous aurez dépensé au-delà de ce que je vous donne. Lequel de ces trois vous semble avoir été le prochain de celui qui est tombé entre les mains des voleurs? C'est celui, répondit le docteur, qui a eu compassion de lui et qui l'a assisté. Jésus lui dit : Allez et faites de même.

Cette parabole nous apprend que nul homme n'est étranger à un autre homme, fût-il d'une nation autant haïe dans la nôtre, que les Samaritains l'étoient des Juifs.

BOSSUET.

§ IX. *On doit soulager les malheureux.*

Quel usage plus doux et plus flatteur pourriez-vous faire de votre élévation et de votre opulence, que celui de faire des heureux ? vous attirer des hommages ? mais l'orgueil lui-même s'en lasse ; commander aux hommes et leur donner des lois? mais ce sont là les soins de l'autorité, ce n'en est pas le plaisir ; voir autour de vous multiplier à l'infini vos serviteurs et vos esclaves? mais ce sont des témoins qui vous embarrassent et vous gênent plutôt qu'une pompe qui vous décore; habiter des palais somptueux? mais vous édifiez, comme dit Job, des solitudes où les soins et les noirs chagrins viennent bientôt habiter avec vous ; y rassembler tous les plaisirs? ils peuvent remplir ces vastes édifices, mais ils laissent toujours notre cœur vide ; trouver tous les jours dans votre opulence de nouvelles ressources à vos caprices? la variété des ressources tarit bientôt; tout est bientôt épuisé; il faut revenir sur ses pas et recommencer ce que l'ennui rend insipide, et ce que l'oisiveté a rendu nécessaire. Employez tant qu'il vous plaira vos biens et votre autorité à tous les usages que l'orgueil et les plaisirs peuvent inventer, vous serez rassasiés, mais vous ne serez pas satisfaits; il vous montreront la joie, mais ils ne la laisseront pas dans votre cœur. Employez-les à faire des heureux, à rendre la vie plus douce et plus supportable à des infortunés que l'excès de la misère a peut-être réduits mille fois à souhaiter, comme Job, que le jour de leur naissance eût été lui-même la nuit éternelle de leur tombeau: vous sentirez alors le plaisir d'être nés grands; vous goûterez la véritable douceur de votre état : c'est le seul privilége qui le rend digne d'envie. Toute cette vaine montre qui vous environne est pour les autres; ce plaisir-là est pour vous seuls : tout le reste a ses amertumes; ce plaisir seul les adoucit toutes. La joie de faire du bien est tout autrement douce et touchante, que la joie de le recevoir. Revenez-y encore; c'est un plaisir qui ne s'use point; plus on le goûte, plus on se rend digne de le goûter. On s'accoutume à sa prospérité propre et on y devient insensible; mais on sent toujours la joie d'être l'auteur de la prospérité d'autrui. Chaque bienfait porte avec lui dans notre âme ce plaisir doux et secret; et le long usage, qui endurcit le cœur à tous les plaisirs, les rend ici tous les jours plus sensibles. »

MASSILLON, *Petit Carême.*

§ X. *Bienfaisance et justice.*

Le juste est bienfaisant. On conte qu'autrefois
Le ministre odieux d'un de nos meilleurs rois
Lui disoit en ces mots son avis despotique :
Timante est en secret bien mauvais catholique ;
On a trouvé chez lui la Bible de Calvin ;
A ce funeste excès vous devez mettre un frein,
Il faut qu'on l'emprisonne ou du moins qu'on l'exile.
Alors du ton d'un père, et d'un regard tranquille,
Le roi lui répondit : Modérons nos rigueurs.
Je sais quel est Timante et je hais ses erreurs ;
L'esprit de l'hérésie infecta sa province,
Mais son cœur est français, son bras est à son prince :
Vous grossissez ici ses foibles attentats,
Il m'a donné son sang, et vous n'en parlez pas !
Je le fais à l'instant gouverneur de la ville
Où vos sévérités conseillent qu'on l'exile :
Allez de mes bienfaits l'assurer aujourd'hui,
Et, sans plus l'accuser, servez-moi comme lui.
Ce roi, je l'avouerai, tendre, ferme, équitable,
Peint mieux que vingt sermons la vertu véritable.

VOLTAIRE.

§ XI. *Générosité.*

Le célèbre Patru, avocat au parlement de Paris, étoit un des plus beaux esprits de son siècle ; mais, ayant préféré ses livres et son cabinet aux occupations du barreau, il tomba dans l'indigence, et se vit réduit à la dure nécessité de vendre sa bibliothéque. Despréaux l'apprend : il court chez Patru, lui offre près d'un tiers davantage de ce qu'il en vouloit avoir, et met dans le marché une condition qui surprend fort l'avocat, c'est qu'il gardera ses livres comme auparavant, et qu'ils n'appartiendront à l'acquéreur qu'après sa mort. Ayant appris à Fontainebleau qu'on venoit de retrancher la pension que le roi donnoit au grand Corneille, il courut avec précipitation à madame de Montespan, et lui dit que le roi, tout équitable qu'il étoit, ne pouvoit, sans quelqu'apparence d'injustice, donner une pension à un homme comme lui, qui ne commençoit qu'à monter sur le Parnasse, et l'ôter à M. Corneille, qui depuis si long-temps étoit arrivé au sommet; qu'il la supplioit, pour la gloire de sa majesté, de lui faire plutôt retrancher la sienne, qu'à un homme qui la méritoit incomparablement mieux que lui. Madame de Montespan trouva sa générosité si grande et si peu commune, et sa manière d'agir si honnête, qu'elle lui promit de faire rétablir la pension de Corneille, et lui tint parole.

---

§ XII. *Charité, amour du prochain.*

Quand l'ennemi divin des Scribes et des prêtres
Chez Pilate autrefois fut traîné par des traîtres,
De cet air insolent qu'on nomme dignité,
Le Romain demanda : *Qu'est-ce que vérité?*
L'homme Dieu, qui pouvoit l'instruire ou le confondre,
A ce juge orgueilleux dédaigna de répondre :
Son silence éloquent disoit assez à tous
Que ce vrai tant cherché ne fut point fait pour nous.
Mais lorsque, pénétré d'une ardeur ingénue,
Un simple citoyen l'aborda dans la rue,

Et que, disciple sage, il prétendit savoir
Quel est l'état de l'homme, et quel est son devoir;
Sur ce grand intérêt, sur ce point qui nous touche,
Celui qui savoit tout, ouvrit alors sa bouche;
Et dictant d'un seul mot ses décrets solennels :
Aimez Dieu, lui dit-il, mais aimez les mortels.
Voilà l'homme et sa loi, c'est assez : le ciel même
A daigné tout nous dire, en ordonnant qu'on aime.

§ XIII. *Véritable origine des sociétés. Réfutation d'une calomnie de Hobbes contre le genre humain.*

Il n'est pas vrai, comme l'a prétendu Hobbes, que le premier état du genre humain ait été un état de guerre, et que ce soit la seule crainte de la violence qui ait fait naître dans l'homme le désir et l'amour de la paix, et qui ait formé le premier lien de la société.

Il en est de la paix comme de la santé; c'est la santé qui a précédé la maladie; l'une est l'état naturel, l'autre un accident qui dérange la nature. Le bien est plus ancien dans le monde que le mal.

L'amour du repos et de la tranquillité est né avec l'homme. Il ne faut point de motifs particuliers pour vivre en paix; il en faut au contraire pour sortir de cet état naturel et pour passer dans celui de l'agitation et de la guerre. L'union a donc précédé la discorde : la paix est donc plus ancienne dans le monde que la guerre.

Nous sentons dans notre cœur une inclination naturelle pour nos semblables. Nous sommes touchés si nous les voyons souffrir : s'il leur arrive quelque accident, le premier mouvement nous porte à les secourir : nous aimons à leur communiquer nos pensées, et à apprendre ce qu'ils pensent : la solitude nous déplaît et nous attriste ; la société nous soutient et nous inspire un sentiment de joie. On peut en juger par les premières sociétés qui se sont formées entre les hommes.

La première de toutes a été le mariage : c'est un amour naturel qui en a formé les liens. Dira-t-on que le premier mari et la première femme aient commencé par se haïr et par se faire la guerre ?

Il en est de même de la seconde espèce de société, qui est celle du père et de la mère avec leurs enfans ; et de la troisième qui se forme entre ces enfans mêmes, c'est-à-dire entre les frères. Supposera-t-on que, quoique dans l'enfance, ils paraissent s'aimer mutuellement tant que rien ne s'y oppose, cependant ils naissent ennemis ?

La quatrième espèce de société est celle d'une famille composée de plusieurs branches. Il est encore évident que le sang qui unit ceux qui sortent d'une tige commune, les rendra naturellement amis les uns des autres, tant que les passions n'y feront point naître des sujets de discorde.

La cinquième société est celle de plusieurs familles qui se réunissent dans une même ville pour se procurer la douceur de vivre avec leurs semblables, et les autres avantages qu'ils ne trouvent point dans la solitude. Tel est le premier motif qui les rassemble dans la vue de suppléer à ce qui leur manque lorsqu'ils sont séparés, par les secours mutuels et les services réciproques qu'ils se rendent les uns aux autres lorsqu'ils sont réunis.

Si la crainte des dangers qui pourroient les menacer dans la solitude, le soin de leur sûreté, peut être encore un nouveau motif de leur association, c'est aussi une nouvelle raison pour engager ces familles à conserver entre elles une parfaite intelligence. Pourquoi donc le premier mouvement de ces familles rassemblées seroit-il de se haïr et de se nuire mutuellement ?

Enfin la sixième, et la plus grande de toutes les sociétés, est celle de plusieurs villes, ou de plusieurs habitations qui forment un corps entier de nation ; et cette dernière espèce de société est susceptible des mêmes réflexions que les précédentes. Pourquoi ces grandes sociétés commenceroient-elles, sans cause et sans provocation, à haïr celles du même genre ? On n'en aperçoit encore aucune raison. On voit au contraire qu'elles ont un intérêt naturel à bien vivre avec leurs voisins. Il faut qu'il survienne des sujets de querelle et de division pour en venir enfin à des guerres. Mais l'établissement de chacune de ces sociétés a précédé ces causes : donc elle a commencé par être en paix avec les autres sociétés semblables. Ainsi, considérant toutes ces différentes espèces de société dans leur naissance, on trouvera partout que c'est le désir du bien qui les a formées plutôt que la crainte du mal. Une affection mutuelle, des besoins réciproques, en ont été les premiers liens : donc, encore une fois, toute société a commencé par l'inclination qui nous porte tous à vivre en paix avec nos semblables.

En vain des philosophes plus subtils que solides, et souvent amateurs de paradoxes, ont voulu imaginer que la scène du monde naissant s'étoit ouverte par la guerre. Les poëtes, plus croyables qu'eux sur ce point, parce qu'ils ont parlé beaucoup plus d'après la nature, ont fait une supposition plus vraisemblable, lorsqu'ils ont dit que le premier âge du monde avoit été l'âge d'or. Si cet âge a peu duré, selon les mêmes poëtes, c'est parce que les passions ont bientôt fait taire la raison. Mais la raison parloit quand on l'a fait taire ; elle existoit avant que la passion l'obscurcît et la troublât, et elle n'inspiroit à l'homme que des sentimens de paix.

D'AGUESSEAU.

§ XIV. *Amour de l'humanité. Exemple de M. d'Aguesseau.*

Henri d'Aguesseau (père du chancelier), d'abord conseiller au parlement de Metz, depuis intendant de Limoges, etc., et ensuite conseiller d'état, mourut le 17 novembre 1716, à quatre-vingt-un ans. « Il avoit, dit M. Thomas, tout le mérite que les grandes places supposent mais qu'elles ne donnent pas. Juste, désintéressé, bienfaisant, ami des peuples, homme d'état, excellent père de famille ; à tous ces titres, il en joignoit encore un, qui étoit commun (alors) à tous les grands magistrats, celui de savant.

» Tout le monde admiroit sa douceur et sa probité ; mais peu de gens ont connu la profondeur de son esprit et l'étendue de ses lumières, à cause du soin qu'il prenoit de les cacher. Il étoit supérieur à tous ceux de son ordre ; mais il ne craignoit rien tant que de le paroître ; et, dans les affaires les plus difficiles, il sembloit toujours avoir reçu d'eux l'avis qu'il leur avoit inspiré.

» Sa modestie paroissoit jusque dans son extérieur ; et pendant que les magistrats se faisoient un faux honneur de surpasser les financiers par le luxe de leur équipage, par le nombre de leurs valets, il venoit à Versailles (l'exercice de sa charge l'obligeoit à y aller souvent, et dans sa route il lui étoit aisé de voir M. de Valincourt à Saint-Cloud), avec un seul laquais, et dans un petit carrosse traîné par deux chevaux qui souvent avoient assez de peine à se traîner eux-mêmes. Je le rencontrois souvent (c'est M. de Valincourt qui parle) sur le chemin, et il me faisoit souvenir de ce que Sénèque a dit de Caton : Quelle gloire pour un siècle corrompu de voir un censeur, un général d'armée, qui avoit mérité les honneurs du triomphe, et, pour dire encore plus, Caton, lui-même, se contenter de faire ses voyages sur un seul cheval qui n'étoit pas même tout entier pour lui, car il portoit encore sa valise remplie de tout ce qui lui étoit nécessaire !

» Les meubles de M. d'Aguesseau étoient si simples, que ses amis trouvoient qu'il y avoit de l'excès ; enfin, ayant été appelé par le roi dans le conseil royal des finances, ses amis lui représentèrent qu'il devoit au moins avoir une maison meublée d'une manière conforme à sa nouvelle dignité, et que cette négligence dans un homme qui ne pouvoit être soupçonné d'avarice, seroit regardée de tout le monde comme une singularité outrée. Il se rendit à leurs remontrances ; et, ayant mis vingt-cinq mille francs dans un sac, il les porta à madame d'Aguesseau, la priant d'ordonner au plutôt, pour elle et pour lui, des meubles convenables ; elle lui répondit : Il est vrai, Monsieur, que ce lit et ces meubles sont bien vieux et ne sont plus à la mode, car il y a cinquante ans qu'ils nous servent ; mais ils nous serviront bien encore jusqu'à la fin de notre vie, qui n'est pas éloignée. Il y a dans Paris beaucoup d'honnêtes familles réduites à coucher sur la paille faute de lit, et qui passent souvent la journée entière sans manger, parce qu'ils n'ont pas de pain ni personne qui leur en donne ; ne seroit-il point plus à propos d'employer cette somme à soulager leur misère ?

» Ces paroles tirèrent des larmes des yeux de ce vénérable vieillard, et, ayant embrassé sa femme : J'ai eu dessein, lui dit-il, de vous proposer la même chose ; mais, puisque vous m'avez prévenu, distribuez vous-même cette somme à ceux que vous jugerez qui en ont le plus de besoin.

» Tel étoit M. d'Aguesseau. »

§ XV. *L'exercice de la bienfaisance rend heureux.*

LES HEUREUX DÉSESPÉRÉS [1].

A Londres, pays de brouillard,
Un ciel couvert, la bierre et la fumée
Font, sous une zone embrumée,
Du peuple anglais un peuple à part.
Enclin à la mélancolie,
L'excès de la raison est, dit-on, sa folie.

[1] Fable inédite ou récit moral de M. Watelet. Il a laissé un recueil de fables qui n'ont point été imprimées.

Je l'explique tout autrement :
La bile qui domine en son tempérament
De ses travers èst le plus souvent cause ;
Et ce climat encor qui nous est étranger ,
A la tristesse le dispose ,
Comme un ciel inconstant rend le Français léger.
Un Anglais , bien Anglais , avoit dans sa jeunesse ,
Saisissant tout avec transports ,
Épuisé tout , hors la richesse ,
Goûts , passions , désirs , facultés et ressorts.
A trente ans , bien blasé , dégoûté de son être ,
Il n'imagina rien de mieux
Que de retourner où les dieux
Le tenoient avant que de naître.
Il ne connoissoit pas , ce mortel malheureux ,
Qu'il est un sûr moyen d'avoir le goût de vivre.
Et quel est-il ? ô vous qui me lisez ,
Si vous n'êtes pas trop blasés ,
Le cœur vous l'apprendra ce secret mieux qu'un livre.
Mais revenons. A Londre un bon marchand ,
Accablé de mille infortunes ,
Le même jour , au même instant ,
Pour esquiver les rigueurs importunes
Du sort qui le persécutoit ,
Fit aussi de mourir le funeste projet.
Vers les momens où la nuit sombre
Aux malheureux prête son ombre ,
Pour se cacher ou pour gémir ,
Nos deux désespérés , occupés de mourir ,
S'acheminent vers la Tamise.
Le hasard , par un de ses jeux ,
Se mêla de leur entreprise ,
Et les fit rencontrer tous deux.

Ils se heurtent du coude, et, ce qui va surprendre,
Le malheureux de qualité
De son orgueil encor ne sauroit se défendre,
Même dans cet instant fait pour l'égalité :
Insolent, que fais-tu? dit le noble irrité.
— Moi! je n'ai plus de compte à rendre.
— Mais où vas-tu? — Mourir. Bon soir.
— J'y vais aussi. Peut-on savoir
Si ta raison est aussi forte
Que la mienne? — Eh! mais que t'importe?
— Ami, de grâce! — Ami, soit, tu le veux :
J'ai femme, enfans, que je chéris, que j'aime.
Hélas! par des revers affreux
Il ne me reste au monde qu'eux,
Et l'affreux désespoir d'une misère extrême.
Juge à présent si j'ai raison.
— Non;
Non, lui répond le lord. Plus malheureux moi-même,
Tout seul dans l'univers, puisque je n'aime rien;
Ton mal est moindre que le mien.
Mais, tel qu'il soit, je veux au moins qu'il cesse;
Et mon inutile richesse
Te rendra tout ce que tu perds.
Mais moi... moi... sans aucun revers,
A mon malheur inné qui pourra me soustraire?
—Vous!... ô mon Dieu!... mon bienfaiteur,
Venez jouir du bien que vous daignez me faire,
Et dans mes bras goûter le vrai bonheur!
Tous les deux, s'embrassant, versent alors des larmes,
Dont les sensibles cœurs connoissent seuls les charmes;
Ils vécurent ensemble et tout combla leurs vœux.

Infortunés ! conservez l'espérance :
Il est encor des cœurs tendres et généreux.
Riches blasés, jouir est en votre puissance ;
Aimez, faites du bien, et vous serez heureux.

§ XVI. *Beau trait de M. de Montesquieu.*

Un jeune homme, nommé Robert, attendoit sur le rivage, à Marseille, que quelqu'un entrât dans son canot. Un inconnu s'y plaça ; mais un instant après il se préparoit à en sortir, malgré la présence de Robert, qu'il ne soupçonnoit pas d'en être le patron. Il lui dit que, puisque le conducteur de cette barque ne se montre point, il va passer dans une autre, Monsieur, lui dit le jeune homme, celle-ci est la mienne, voulez-vous sortir du port ? — Non, Monsieur, il n'y a plus qu'une heure de jour ; je voulois seulement faire quelques tours dans le bassin, pour profiter de la fraîcheur et de la beauté de la soirée.... ; mais vous n'avez pas l'air d'un marinier, ni le ton d'un homme de cet état. — Je ne le suis pas en effet, ce n'est que pour gagner de l'argent que je fais ce métier les dimanches et les fêtes. — Quoi ! avare à votre âge ! cela dépare votre jeunesse, et diminue l'intérêt qu'inspire d'abord votre heureuse physionomie. — Ah ! monsieur, si vous saviez pourquoi je désire si fort de gagner de l'argent, vous n'ajouteriez pas à ma peine celle de me croire un caractère si bas. — J'ai pu vous faire du tort ; mais vous ne vous êtes point expliqué. Faisons notre promenade, et vous me conterez votre histoire. L'inconnu s'assied : Eh bien ! poursuit-il, dites-moi quels sont vos chagrins, vous m'avez disposé à y prendre part. Je n'en ai qu'un, dit le jeune homme, celui d'avoir un père dans les fers, sans pouvoir l'en tirer. Il étoit courtier dans cette ville. Il s'étoit procuré de ses épargnes et de celles de ma mère dans le commerce des modes, un intérêt sur un vaisseau en charge pour Smyrne : il a voulu veiller lui-même à l'échange de sa pacotille, et en faire le choix. Le vaisseau a été pris par un corsaire, et conduit à Tétuan, où mon malheureux père est esclave, avec le reste de l'équipage. Il faut deux mille écus pour sa rançon; mais comme il s'étoit épuisé afin de rendre son entreprise plus importante, nous sommes bien éloignés d'avoir cette somme; cependant ma mère et mes sœurs travaillent jour et nuit; j'en fais de même chez mon maître, dans l'état de joaillier que j'ai embrassé, et je cherche à mettre à profit, comme vous voyez, les dimanches et les fêtes. Nous nous sommes retranchés jusques sur les besoins de première nécessité; une seule petite chambre forme tout notre logement. Je croyois d'abord aller prendre la place de mon père, et le délivrer en me chargeant de ses fers; j'étois prêt à exécuter ce projet lorsque ma mère qui en fut informée, je ne sais comment, m'assura qu'il étoit aussi impraticable que chimérique, et fit défense à tous les capitaines du Levant de me prendre sur leur bord. — Et recevez-vous quelquefois des nouvelles de votre père? savez-vous quel est son patron à Tétuan? quels traitemens il y éprouve? — Son patron est intendant des jardins du roi : on le traite avec humanité, et les travaux auxquels on l'emploie ne sont pas au-dessus de ses forces; mais nous ne sommes pas avec lui pour le consoler, pour le soulager; il est éloigné de nous, d'une épouse chérie, et de trois enfans qu'il aime toujours avec tendresse. — Quel nom porte-t-il à Tétuan ? — Il n'en a point changé, il s'appelle Robert, comme à Marseille. — Robert.... chez l'intendant des jardins ? — Oui, Monsieur. — Votre malheur me touche, mais d'après vos sentimens qui le méritent, j'ose vous présager un meilleur sort, et je vous le souhaite bien sincèrement.... En jouissant du frais, je voulois me livrer à la solitude; ne trouvez donc pas mauvais, mon ami, que je sois tranquille un moment.

Lorsqu'il fut nuit, Robert eut ordre d'aborder. Alors l'inconnu sort du bateau, lui remet une bourse entre les mains, et, sans lui laisser le temps de le remercier, s'éloigne avec précipitation. Il y avoit dans cette bourse huit doubles louis et dix écus en argent. Une telle générosité donna au jeune homme la plus haute opinion de celui qui en étoit capable; ce fut en vain qu'il fit des vœux pour le rencontrer et lui rendre grâce.

Six semaines après cette époque, cette famille honnête, qui continuoit sans relâche à travailler pour compléter la somme dont elle avoit besoin, prenoit un dîner frugal composé de pain et d'amandes sèches : elle voit arriver Robert le père, très-proprement vêtu, qui la surprend dans sa douleur et dans sa misère. Qu'on juge de l'étonnement de sa femme et de ses enfans, de leurs transports, de leur joie ! Le bon Robert se jette dans leurs bras, et s'épuise en remercîmens sur les cinquante louis qu'on lui a comptés en s'embarquant dans le vaisseau, où son passage et sa nourriture étoient acquittés d'avance, sur les habillemens qu'on lui a fournis, etc. Il ne sait comment reconnoître tant de zèle et tant d'amour.

Une nouvelle surprise tenoit cette famille immobile : ils se regardoient les uns les autres. La mère rompt le silence ; elle imagine que c'est son fils qui a tout fait ; elle raconte à son père comment, dès l'origine de son esclavage, il a voulu aller prendre sa place, et comment elle l'en avoit empêché. Il falloit six mille francs pour sa rançon : nous en avions, poursuit-elle, un peu plus de la moitié, dont la meilleure partie étoit le fruit de son travail ; il aura trouvé des amis qui l'auront aidé. Tout à coup rêveur et taciturne, le père consterné, s'adressant à son fils : Malheureux, qu'as-tu fait ? comment puis-je te devoir ma délivrance sans la regretter ; comment pouvoit-elle rester un secret pour ta mère, sans être achetée au prix de la vertu ? A ton âge, fils d'un infortuné, d'un esclave, on ne se procure point naturellement les ressources qu'il te falloit. Je frémis de penser que l'amour paternel t'a rendu coupable. Rassure-moi, sois vrai, et mourons tous si tu as pu cesser d'être honnête.

Tranquillisez-vous, mon père, répond-t-il en l'embrassant, votre fils n'est pas indigne de ce titre, ni assez heureux pour avoir pu vous prouver combien il lui est cher. Ce n'est point à moi que vous devez votre liberté ; je connois votre bienfaiteur. Souvenez-vous, ma mère, de cet inconnu qui me donna sa bourse; il m'a fait bien des questions. Je passerai ma vie à le chercher; je le trouverai : il viendra jouir du spectacle de ses bienfaits. Ensuite il raconte à son père l'anecdote de l'inconnu, et le rassure ainsi sur ses craintes.

Rendu à sa famille, Robert trouva des amis et des secours. Les succès surpassèrent son attente. Au bout de deux ans, il acquit de l'aisance; ses enfans qu'il avoit établis partageoient son bonheur entre lui et sa femme, et il eût été sans mélange, si les recherches continuelles du fils avoient pu faire découvrir ce bienfaiteur qui se déroboit avec tant de soin à leur reconnoissance et à leurs vœux. Il le rencontre enfin un dimanche matin, se promenant seul sur le port. Ah! mon dieu tutélaire! C'est tout ce qu'il put prononcer en se jetant à ses pieds, où il tomba sans connoissance. L'inconnu s'empresse de le secourir et de lui demander la cause de son état. Quoi! monsieur, pouvez-vous l'ignorer? lui répond le jeune homme. Avez-vous oublié Robert et sa famille infortunée que vous rendîtes à la vie en lui rendant son père? — Vous vous méprenez, mon ami; je ne vous connois point, et vous ne sauriez me connoître : étranger à Marseille, je n'y suis que depuis peu de jours. — Tout cela peut être : mais souvenez-vous qu'il y a vingt-six mois que vous y étiez aussi; rappelez-vous cette promenade dans ce port; l'intérêt que vous prîtes à mon malheur; les questions que vous me fîtes sur les connoissances qui pouvoient vous éclaircir et vous donner les lumières nécessaires pour être notre bienfaiteur. Libérateur de mon père! pouvez-vous oublier que vous êtes le sauveur d'une famille entière, et qui ne désire plus rien que votre présence? Ne vous refusez pas à ses vœux, et venez voir les heureux que vous avez faits..... Venez. — Je vous l'ai déjà dit, mon ami, vous vous méprenez. — Non, monsieur, je ne me trompe point; vos traits sont trop profondément gravés dans mon cœur, pour que je puisse vous méconnoître. Venez, de grâce. En même temps, il le prenoit par le bras, et lui faisoit une sorte de violence pour l'entraîner. Une multitude de peuple s'assembloit autour d'eux. Alors l'inconnu, d'un ton plus grave et plus ferme : Monsieur, dit-il, cette scène commence à être fatigante. Quelque ressemblance occasionne votre erreur; rappelez votre raison, et allez dans votre famille profiter de la tranquillité dont vous paroissez avoir besoin. Quelle cruauté! s'écrie le jeune homme; bienfaiteur de cette famille, pourquoi altérer, par votre résistance, le bonheur qu'elle ne doit qu'à vous? Resterai-je en vain à vos pieds? Serez-vous assez inflexible pour refuser le tribut que nous réservons depuis si long-temps à votre sensibilité? Et vous qui êtes ici présens, vous que le trouble et le désordre où vous me voyez doivent attendrir, joignez-vous tous à moi, pour que l'auteur de mon salut vienne contempler lui-même son propre ouvrage. A ces mots, l'inconnu paroît se faire quelque violence; mais comme on s'y attendoit le moins, réunissant toutes ses forces, et rappelant son courage pour résister à la séduction de la jouissance délicieuse qui lui est offerte, il s'échappe comme un trait au milieu de la foule, et disparoît en un instant.

Cet inconnu le seroit encore aujourd'hui, si ses gens d'affaire, ayant trouvé dans ses papiers à la mort de leur maître, une note de 8,200 livres envoyées à M. Main, de Cadix, n'en eussent pas demandé compte à ce dernier, mais seulement par curiosité, puisque la note étoit bâtonnée et le papier chiffonné, comme ceux que l'on destine au feu. Ce fameux banquier répondit qu'il en avoit fait usage pour délivrer un Marseillais nommé Robert, esclave à Tétuan, conformément aux ordres de Charles de Secondat, baron de Montesquieu, président à mortier au parlement de Bordeaux. On sait que l'illustre Montesquieu aimoit à voyager, et qu'il visitoit souvent sa sœur, madame d'Héricourt, mariée à Marseille [1].

§ XVII. *Ingénieuse bienfaisance de Turenne.*

Turenne avoit aperçu dans son armée un officier d'une naissance distinguée; mais pauvre et très-mal monté. Il l'invita à dîner, le tira en particulier après le repas, et lui dit avec bonté : « J'ai, monsieur, une prière à » vous faire : vous la trouverez peut-être un peu hardie; » mais j'espère que vous ne voudrez pas refuser votre » général. Je suis vieux, continua-t-il, et même un peu » incommodé. Les chevaux vifs me fatiguent, et je » vous en ai vu un sur lequel je crois que je serai fort

[1] Ce trait curieux, qui mérite de vivre à jamais dans la mémoire des hommes, se trouve dans le calendrier des anecdotes, année 1775.... dans les œuvres de M. l'abbé le Monnier. Il a été mis en drame par M. Pilhes, en 1783, et plus anciennement par M. Villemain d'Abancourt.

» à mon aise. Si je ne craignois de vous demander un » trop grand sacrifice, je vous proposerois de me le » céder. » L'officier ne répond que par une profonde révérence, et va dans l'instant prendre son cheval, qu'il amène lui-même dans l'écurie de Turenne, qui, le lendemain, lui en envoie un des plus beaux et des meilleurs de l'armée. Il n'est pas plus ordinaire de donner de cette manière, que d'avoir l'âme de Turenne.

§ XVIII. *Charité. Denier de la veuve.*

Ensuite Jésus, s'étant assis dans le temple vis-à-vis du tronc, regardoit l'argent que le peuple y mettoit. Or, il y avoit plusieurs riches qui y en mettoient beaucoup.

Mais il vint aussi une pauvre veuve qui y mit deux petites pièces de la valeur d'un liard.

Alors Jésus assemblant ses disciples, leur dit : Je vous dis en vérité que cette pauvre veuve a plus mis que tous les autres dans le tronc ;

Parce qu'ils n'ont tous donné que de ce qu'ils avoient en abondance ; mais celle-ci a donné de sa pauvreté tout ce qu'elle avoit, tout ce qui lui restoit pour vivre.

SAINT MARC, *chap.* XII.

§ XIX. *Devoirs des riches envers les pauvres.*

Le père Bourdaloue prouve, avec son éloquence ordinaire, et par des raisonnemens vifs et pressans, que l'aumône est un précepte et un devoir, et non pas un simple conseil. Après avoir établi que c'est une loi, et une loi générale et absolue, que l'aumône et les biens doivent être proportionnés, et que l'Être Suprême prendra cette proportion pour règle de son jugement, il ajoute : Vos biens comparés à vos aumônes, ou vos aumônes comparées à vos biens, c'est ce qui doit faire à son tribunal, ou votre justification ou votre condamnation. Pourquoi ? Parce qu'étant le souverain Seigneur, plus il vous a fait part de ses dons, plus il a droit d'en exiger le légitime hommage, et que la raison même naturelle le veut ainsi. Souveraineté de Dieu, premier fondement du précepte de l'aumône. Quel est le second ? C'est l'indigence et la nécessité du prochain, à quoi Dieu vous oblige de pourvoir à titre de justice. C'est pour cela même que sa providence vous a faits ce que vous êtes, et qu'elle vous a élevés à ce degré de prospérité qui vous distingue. Car il faut vous détromper d'une erreur aussi commune dans la pratique, qu'elle est insoutenable dans la spéculation, et ne vous pas persuader, si vous êtes riches, que vous l'êtes pour vous-mêmes. Ce ne sont point là les vues de Dieu, ce n'est point là sa conduite. Vous êtes riches, mais pour qui ? Pour les pauvres ; et s'il n'y avoit que des pauvres dans le monde, j'ose dire que Dieu, l'arbitre et le suprême modérateur de toutes les conditions humaines, ne vous auroit pas donné ces biens que vous possédez. Qu'a-t-il donc prétendu, et que prétend-t-il encore ? Que vous soyez les substituts, les ministres, les coopérateurs de sa providence à l'égard des pauvres. Voilà ce qu'il s'est proposé, et à quoi il vous a destinés : emploi plus glorieux pour vous, emploi mille fois plus estimable que vos richesses. Car qu'est-ce pour des hommes, que d'être les coopérateurs de Dieu? Comprenez bien ma pensée. Si Dieu immédiatement, et par lui-même, avoit pris soin de pourvoir aux besoins des pauvres, il y auroit pourvu abondamment et en Dieu. Vous donc les coopérateurs de Dieu, vous les ministres, les substituts de Dieu, comment y devez-vous subvenir? Comme Dieu. Tel est le soin dont il s'est déchargé sur vous; telle est la commission qu'il vous a donnée. Il a voulu faire dépendre les pauvres de votre charité, afin que cette dépendance fût le lien qui formât entre eux et vous une mutuelle société. Ce que je conclus, c'est que l'aumône n'est point seulement une charité pure, une charité gratuite, puisque vous ne donnez au pauvre que ce que vous avez reçu pour le pauvre, et avec une obligation étroite de l'employer au profit du pauvre. Ce que je conclus, c'est que manquant à faire l'aumône, ou la faisant au-dessous de votre condition, vous outragez, vous déshonorez, je dis plus, vous détruisez en quelque sorte, vous anéantissez la providence de Dieu. Pourquoi? Parce qu'autant qu'il est en vous, vous la rendez imparfaite et défectueuse; parce que vous autorisez contre elle les plaintes et les murmures des pauvres; parce que vous leur donnez un spécieux prétexte de l'accuser, de la blasphémer, de la renoncer.

Mais pensez-vous que Dieu, jaloux de sa gloire, et touché des reproches injurieux que lui attirent vos sordides épargnes à l'égard des pauvres, ne les fasse pas retomber sur vous-mêmes en reproches, et souvent par des vengeances d'autant plus terribles qu'elles sont moins connues! Je ne parle point de ces malédictions temporelles qu'il répand quelquefois sur ces riches si insensibles et si resserrés. Je ne parle point de ces renversemens de fortune, de ces coups imprévus qui partent de la main du Dieu vengeur des pauvres. S'il ne s'attaque pas toujours à vos biens, vous en devez plus craindre pour vos personnes, vous en devez plus craindre pour votre âme. Vous oubliez ces pauvres; d'autres ne les oublieront pas. Dieu vous avoit élevés pour leur soulagement, d'autres seront substitués pour en être les tuteurs: mais, en prenant sur la terre votre place auprès des pauvres, ils auront dans le ciel la place qui leur étoit réservée auprès de Dieu.

BOURDALOUE.

§ XX. *Bienfaisance.*

Certain législateur [1] dont la plume feconde
Fit tant de vains projets pour le bien de ce monde,
Et qui depuis trente ans écrit pour des ingrats,
Vient de créer un mot qui manque à Vaugelas:
Ce mot est *Bienfaisance*: il me plaît, il rassemble,
Si le cœur en est cru, bien des vertus ensemble.
Petits grammairiens, grands précepteurs des sots,
Qui pesez la parole et mesurez les mots,
Pareille expression vous semble hasardée;
Mais l'univers entier doit en chérir l'idée.

VOLTAIRE.

[1] L'abbé de Saint-Pierre.

§ XXI. *Douceur de la bienfaisance. Maximes des anciens.*

La bienfaisance s'annonce moins par une protection distinguée et des libéralités éclatantes, que par le sentiment qui nous intéresse aux malheureux.

Vous voyez tous les jours des citoyens qui gémissent dans l'infortune, d'autres qui n'ont besoin que d'un mot de consolation et d'un cœur qui se pénètre de leurs peines; et vous demandez si vous pouvez être utiles aux hommes! Et vous demandez si la nature nous a donné des compensations pour les maux dont elle nous afflige! Ah! si vous saviez quelles douceurs elle répand dans les âmes qui suivent ses inspirations! Si jamais vous arrachez un homme de bien à l'indigence, au trépas, au déshonneur, j'en prends à témoin les émotions que vous éprouverez, vous verrez alors qu'il est dans la vie des momens d'attendrissement qui rachètent des années de peines. C'est alors que vous aurez pitié de ceux qui s'alarmeront de vos succès, ou qui les oublieront après en avoir recueilli le fruit. Ne craignez point les envieux, ils trouveront leur supplice dans la dureté de leur caractère; car l'envie est une rouille qui ronge le fer [1]. Ne craignez pas la présence des ingrats; ils fuiront la vôtre, ou plutôt ils la rechercheront, si le bienfait qu'ils ont reçu de vous fut accompagné et suivi de l'estime et de l'intérêt : car si vous avez abusé de la supériorité qu'il vous donne, vous êtes coupable, et votre protégé n'est qu'à plaindre. On a dit quelquefois : celui qui rend un service doit l'oublier, celui qui le reçoit s'en

[1] Stobée.

souvenir [1]; et moi je vous dis que le second s'en souviendra, si le premier l'oublie. Et qu'importe que je me trompe? Est-ce par intérêt qu'on doit faire le bien?

BARTHÉLEMY.

§ XXII. *Réflexion de Thémiste sur le mot de Titus.*

J'ai perdu un jour, disoit Titus, car je n'ai fait aujourd'hui de bien à personne. Que dites-vous, prince? s'écrioit Thémiste; non, le jour où vous avez dit une parole qui doit être la leçon éternelle des rois ne peut être un jour perdu. Jamais vous n'avez été plus grand ni plus utile à la terre.

§ XXIII. *S'il y a une compensation des biens et des maux.*

Nous avons établi la nécessité de l'inégalité entre les conditions, et nous avons prouvé que cette inégalité entre dans les desseins de la providence, et que sans elle aucune société ne pourroit subsister. Plusieurs auteurs ont ajouté qu'il y a entre les hommes une compensation de biens et de maux, ou plutôt de plaisirs et de peines. C'est ce qui fait dire au cardinal de Bernis, en parlant aux grands et aux riches :

De plaisirs et de maux le consolant partage,
D'un Dieu juste et clément est l'immortel ouvrage.
Vous avez tous les biens, ils ont tous les travaux;
Vous avez les remords, ils ont le doux repos.

[1] Démosthènes.

Un Dieu sage a pesé dans la même balance
Les différens états de l'humaine opulence :
Loin de l'aisance honnête il bannit les remords,
Il joint la peine au rang, et les soins aux trésors.

Pope dans son Essai sur l'homme dit à peu près la même chose :

Un Dieu juste gouverne; et ton esprit borné
Croit le méchant heureux, le juste infortuné!
Aux lois de l'Éternel ton erreur fait outrage.
Dois-tu donc t'étonner que la vertu partage
Des malheurs qu'à tout homme également départ
L'inévitable loi de l'aveugle hasard?
. . . .
Dans un ordre inégal l'éternelle sagesse
Dut verser les honneurs, les talens, la richesse.
Mais, pour être plus riche, en est-on plus heureux?
Des rangs multipliés qui diffèrent entr'eux,
Naissent les doux besoins, dont la loi souveraine
Des intérêts divers sait combattre la haine.
Cette diversité maintient l'ordre et la paix.
Dans les dons apparens, le bonheur n'est jamais.
L'Éternel le partage aux sujets comme aux maîtres;
Et, d'une même vie animant tous les êtres,
Veut aux mêmes faveurs élever tous les rangs.
Bientôt l'ordre n'est plus, s'ils ne sont différens.
Ainsi de l'Éternel la tendresse équitable
Attache à d'autres biens le bonheur véritable.
. . . .
Le facile bonheur sans art peut s'acquérir :
Au devant de nos pas lui-même vient s'offrir;
Ainsi que le bon sens entre nous se partage;
Et, pour le posséder, il suffit d'être sage.
Rappelle les leçons éparses dans mes vers.

Le ciel vers un seul but fait marcher l'univers :
Le bonheur d'un mortel se répand sur un autre !
Nous jouissons du tien, et tu jouis du nôtre.
Le bien de tous : voilà le grand ordre des cieux.
L'ermite enseveli dans son antre pieux,
Le vil brigand, le roi fier de son diadème,
Nul ne sauroit enfin se suffire à lui-même.
Des mortels qu'il évite, un farouche ennemi
Cherche un admirateur, veut encore un ami.
L'homme a besoin de l'homme ; à l'instant qu'il s'isole,
Le plaisir n'est plus rien, et la gloire est frivole.
Chacun a son bonheur ; il faut s'en contenter :
On le perd quelquefois, quand on veut l'augmenter.
. . . .
La Fortune au cœur faux, qui sans choix se décide,
Du juste et du méchant favorise les vœux :
Mais, des coupables gains fuyant l'art ténébreux,
L'un ne veut acquérir qu'une noble richesse ;
L'autre, aux yeux de la loi se dérobant sans cesse,
Entasse un or honteux, et payé du remord.
Hélas ! de ce dernier envieras-tu le sort ?
Qui des deux risque plus ? Si leur chute est commune,
Quel est celui, dis-moi, qu'on plaint dans l'infortune ?
Qui des deux est béni dans les jours du bonheur ?
Laisse, laisse au méchant sa coupable splendeur ;
Envahis, tu le peux, tous les biens par le crime ;
Le plus grand bien toujours te manque ; c'est l'estime.
. . . .
Qu'est-ce qu'un mal physique ? un désordre apparent
Des lois dont l'univers suit toujours le torrent.
Qu'est-ce qu'un mal moral ? c'est l'homme qui s'égare :
Dieu n'a point fait le mal ; ou du moins, il fut rare
Jusqu'à l'heure où, sans frein, l'homme eut tout perverti ;
C'est du cœur du méchant que le mal est sorti.

M. le comte de Fontanes.

C'est aussi ce que dit M. de Vauvenargues; il est faux, suivant lui, que l'égalité soit une loi de la nature; elle n'a rien fait d'égal. Sa loi souveraine est la subordination et la dépendance. Il accuse d'injustice ceux qui se plaignent de cette inégalité des conditions; il observe qu'elles se servent l'une à l'autre de contre-poids; que cette inégalité entretient l'harmonie parmi les hommes en société, fixe et resserre les limites qui les séparent : ne croyez pas, ajoute-t-il, que la sagesse éternelle ait mis dans cette inégalité des fortunes une inégalité réelle de bonheur. La providence attache aux plus éminentes conditions et aux plus heureuses en apparence, de secrets ennuis; elle n'a pas voulu que la tranquillité de l'âme dépendît du hasard de la naissance. Elle a fait en sorte que le cœur de la plupart des hommes se formât sur leur condition. Le laboureur trouve dans le travail des mains la paix et le contentement qui fuient l'orgueil des grands. Ceux-ci n'ont pas moins de désirs que les hommes les plus abjects, ils ont donc autant de besoins. Une erreur bien grossière, répandue dans toutes les classes, est de croire que l'oisiveté puisse rendre les hommes plus heureux; tandis que la santé, la vigueur d'esprit, la paix du cœur sont constamment les fruits du travail.

CHAPITRE II.

Amour filial.

§ Ier *Estime que les anciens faisoient de l'amour filial. Ce qu'ils pensoient des bénédictions et des imprécations des pères sur leurs enfans.*

L'antique sagesse des nations a, pour ainsi dire, confondu parmi les objets du culte public, et les dieux auteurs de notre existence, et les parens auteurs de nos jours. Nos devoirs à l'égard des uns et des autres, sont étroitement liés dans les codes des législateurs, dans les écrits des philosophes, dans les usages des nations.

De là cette coutume sacrée des Pisidiens qui dans leurs repas commencent par des libations en l'honneur de leurs parens [1]. De là cette belle idée de Platon : Si la divinité agrée l'encens que vous offrez aux statues qui la représentent, combien plus vénérables doivent être à ses yeux et aux vôtres ces monumens qu'elle conserve dans vos maisons, ce père, cette mère, ces aïeux, autrefois images vivantes de son autorité, maintenant objets de sa protection spéciale [2]! N'en doutez pas, elle chérit ceux qui les honorent, elle punit ceux qui les négligent ou les outragent [3]. Sont-ils injustes à votre égard ? avant que de laisser éclater vos plaintes, souvenez-vous de

[1] Stobée. = [2] Platon. = [3] Stobée.

l'avis que donnoit le sage Pittacus à un jeune homme qui poursuivoit juridiquement son père : « Si vous avez » tort, vous serez condamné ; si vous avez raison, vous » mériterez de l'être [1] ».

Les anciens étoient persuadés que les imprécations étoient toujours exaucées des dieux, et particulièrement celles des pères contre leurs enfans ; c'est pourquoi Platon dit dans le deuxième livre des Lois : « Les pères, » ces images vivantes de Dieu, ont beaucoup de force » et d'efficace, pour faire descendre toutes sortes de » bénédictions sur leurs enfans qui leur rendent le » culte qui leur est dû, et pour faire tomber sur leur » tête les plus affreuses malédictions quand ils y man- » quent ; car Dieu exauce les prières que les pères lui » adressent pour ou contre leurs enfans. »

On pourroit citer une infinité de passages de l'Écriture Sainte, qui confirment cette maxime de morale, ou plutôt cette vérité si importante et si salutaire.

BARTHÉLEMY.

---

§ II. *Respect d'Hippolyte pour son père.*

Nous voyons avec plaisir sur nos théâtres un jeune héros (Hippolyte) montrer autant d'horreur pour découvrir le crime de sa belle-mère, qu'il en avoit eu pour le crime même ; il ose à peine dans sa surprise, accusé, jugé, condamné, proscrit et couvert d'infamie, faire quelques réflexions sur le sang abominable dont Phèdre

[1] Stobée.

est sortie : il abandonne ce qu'il a de plus cher, et l'objet le plus tendre, tout ce qui parle à son cœur, tout ce qui peut l'indigner, pour aller se livrer à la vengeance des dieux, qu'il n'a point méritée. Ce sont les accens de la nature qui causent ce plaisir ; c'est la plus douce de toutes les voix.

MONTESQUIEU.

§ III. *Piété filiale.*

Que les merveilles de l'homme sont peu de chose auprès des grands phénomènes de la nature, auprès de l'Etna surtout, quand l'ardente canicule embrase les cieux ! Cependant une tradition, qui s'attache depuis des siècles au souvenir de ce volcan, est plus admirable encore que le volcan lui-même ; et ses flammes, si renommées par leur fureur, le sont également par leur piété.

L'Etna, bouleversant ses arsenaux, avoit brisé ses cavernes profondes. Un fleuve de feu s'élance du gouffre mugissant. Jupiter, la foudre à la main, n'est pas plus redoutable quand il ébranle l'Olympe et qu'il répand la nuit sur l'univers. Un vaste embrasement couvre au loin les campagnes : maisons, forêts, plaines dorées, vertes collines, tout devient la proie de l'incendie. O malheureuse Catane ! tu croyois ce fougueux ennemi loin de toi ! Mais il arrive, il pénètre dans tes murs, et déjà tu trembles jusque dans tes fondemens. Partout on se presse, on enlève, on veut sauver ce qu'on a de précieux. Celui-ci, hors d'haleine, succombe sous le poids de son trésor; celui-là prend son casque à la hâte et s'arme, dans son délire, contre un invincible élément. Il en est que le pillage arrête, et qui, chargés d'un or criminel, demeurent accablés sous le faix. Le pauvre, à peine incliné sous un léger bagage, s'échappe au moins à pas précipités. Chacun fuit, chacun emporte ce qu'il a de plus cher. Il croit le soustraire aux flammes; vain espoir! elles atteignent l'avare, et le dévorent dans sa marche tardive; elles enveloppent l'infortuné qui se croyoit hors de péril, et lui ravissent la récompense de ses efforts. Elles n'épargnent, elles n'exceptent rien. La piété seule est à l'abri de leurs atteintes. J'en atteste Amphynomus et son frère. Leur force redouble en songeant au fardeau dont l'un et l'autre va réclamer un partage égal. Déjà s'écrouloit avec fracas le comble enflammé des maisons. Ils aperçoivent, quel spectacle! leur mère infirme et leur père appesanti par l'âge, tous deux étendus sur le seuil de leur demeure. Contemple, troupe avare, contemple ces nobles enfans, et renonce à tes fausses richesses! Les jours d'un père, le salut d'une mère, voilà leur fortune et leur trésor! Ils s'en emparent, ils s'éloignent; et quand ils s'élancent au milieu des flammes, c'est elles qui favorisent leur assurance. O piété divine! piété, vertu protectrice! les flammes n'osent approcher de ce couple religieux; et, dans quelque lieu qu'ils pénètrent, elles se retirent à leur aspect. Heureux jour! non, Catane, on ne doit point déplorer ton sort. A droite, à gauche, autour de ces fils généreux, et de toutes parts l'incendie redouble sa rage; des feux ondoyans se croisent et roulent sur leurs têtes; mais leur fardeau fait leur sûreté : c'est pour eux seuls que l'embrasement se modère, et leur marche est un triomphe. Enfin, échappés sans dommages à tous les périls, ils croient encore, en secourant leurs parens, n'avoir sauvé que des dieux tutélaires.

Modèles de l'amour filial! enfans généreux! Apollon vous célèbre aujourd'hui; et le dieu du sombre empire, en séparant vos destinées de celles du vulgaire, vous a fait entrer ensemble dans les champs fortunés de la gloire et du bonheur.

CORNELIUS SEVERUS.

§ IV. *Amour filial.*

Après la lecture d'une lettre d'Antipater, qui contenoit beaucoup de plaintes contre Olympias, mère d'Alexandre : « Ah! dit le monarque, Antipater ignore, sans » doute, qu'une seule larme de ma mère peut effacer » tous ces reproches. »

§ V. *Bel exemple d'amour filial sous Charles* VII.

Louis de Bourbon, comte de Montpensier, étant entré en Italie avec l'armée française, n'eut rien de plus pressé que de se rendre à Pouzzoles, au tombeau de son père mort en 1496. Il y fait faire un service magnifique, et ordonne de lever la tombe, afin d'avoir la consolation d'arroser de ses larmes les cendres d'un père qu'il avoit tant aimé. Ce spectacle le frappe si vivement, qu'il en expire de douleur. Le corps de ce jeune prince, réuni à celui de son père, fut apporté en France, et déposé dans la chapelle de Saint-Louis d'Aigue-Perse. Sa mort répandit la tristesse dans toute l'armée : on y louoit sa rare bravoure, et l'on admiroit encore plus la bonté de son cœur. On l'appeloit *le Héros de la tendresse filiale*.

§ VI. *Exemple d'un fils qui se sacrifie pour son père et pour sa patrie.*

En 1650, l'armée de la Fronde assiégea la ville de Guise. La brèche fut bientôt praticable ; mais, pour y arriver, il falloit traverser l'Oise. Les assiégeans y construisirent un pont de bateaux attachés avec des cables. Le comte de Clermont, qui commandoit les troupes du roi, proposa une récompense honorable à celui de ses soldats qui oseroit se jeter dans la rivière, et couper les cables. La difficulté, plus encore que le péril de cette entreprise, glaçoit leur courage : aucun ne se présentoit. Le pont n'étant encore avancé que jusqu'au milieu de la rivière, il falloit pour y parvenir la traverser à la nage, à la vue de deux mille soldats dont les mousquets couchés en joue menacent celui qui auroit l'audace de s'y hasarder. Un bourgeois, nommé Pierre Oüateau, voulut se sacrifier pour la patrie. Il alloit se précipiter, lorsque son fils, jeune homme plein de valeur, aimant également l'État et son père, l'arrêta : « Non, mon père, non, lui dit-il, vous n'exposerez pas des jours si chers à vos enfans ; vivez pour votre famille ; vivez pour vos compatriotes : leur estime vous consolera de la perte d'un fils, qui va mourir et pour eux et pour vous. »

A ces mots, il l'embrasse, se dépouille de ses habits à la hâte, prend un couteau entre ses dents, arrive au pont, à travers une décharge de deux mille mousquetades, coupe les cables, abandonne les bateaux au courant de l'eau, et en amène un en triomphe jusqu'au pied des murailles. Le roi lui accorda depuis des lettres patentes, monument honorable d'une action digne du souvenir de tous les siècles.

CHAPITRE II.

Amour fraternel.

§ Ier. *Opinions des anciens sur l'union que prescrit la nature entre les frères.*

L'heureuse alliance, l'accord si naturel de sentimens et de volontés qui doivent régner entre des frères, avoient pour symbole chez les anciens deux pièces de bois parallèles que lioient ensemble deux traverses également distantes. L'union indivisible de toutes ces pièces représente parfaitement l'amitié fraternelle.

A cet emblème qui exprimoit aux yeux une idée touchante, les Grecs ajoutoient cette maxime qui frappoit également l'esprit et le cœur : « Il n'en doit pas être » de deux frères comme des bassins d'une balance, dont » l'un ne peut s'élever qu'à mesure que l'autre s'abaisse. »

Les frères les plus divisés, disoient-ils encore, doivent imiter les Crétois qui, souvent en guerre les uns contre les autres, se réunissoient toujours dès qu'ils étoient attaqués par des ennemis du dehors.

La nature, dit Plutarque, a mis bien près de nous, ou plutôt dans nous-mêmes, un exemple sensible du concert qui doit régner entre des frères. La plupart des membres de notre corps sont doubles, et, pour ainsi dire, frères et jumeaux. Cette répétition a eu pour motif un service uniforme et spontané, leur aide et leur conservation réciproque. Il est évident que la nature, en formant par le même principe deux, trois et plusieurs frères, ne les a créés que pour s'entr'aider avec plus de facilité. C'est ainsi que ces géans à trois corps et à cent bras, ayant tous leurs membres unis, ne pouvoient agir séparément les uns des autres. C'est dans un même accord que réside toute la force des frères.

Le devin d'Arcadie, dont parle Hérodote, réduit à l'esclavage par les Lacédémoniens, se coupa le pied qu'ils avoient chargé de fers, et par ce terrible sacrifice il mit sa personne en liberté : guéri de cette blessure, il fut obligé de se procurer un pied de bois à la place de celui qu'il avoit perdu. Un frère qui, brouillé avec ses frères, va chercher un étranger pour s'en faire un ami, ressemble à un homme qui couperoit volontairement un de ses membres pour s'en donner un factice.

Pollux refusa pour lui seul la divinité que lui accordoit Jupiter; et, préférant de n'être qu'un demi-dieu, il voulut conserver en partie son existence mortelle, afin de partager avec son frère l'immortalité.

Lucullus ne voulut point accepter la charge d'édile avant son frère, quoiqu'il fût son aîné, et il attendit, pour se mettre sur les rangs, que son frère fût en âge de se présenter.

Homère se complaît à nous montrer, dans l'Iliade, le soin qu'Ajax avoit dans les combats de couvrir son frère de son bouclier.

Le roi de Lydie demandoit à Pittacus s'il étoit riche : « Deux fois plus que je ne voudrois, lui répondit-il, je » viens d'hériter de mon frère. »

Apollonide de Cyzique, mère du roi Eumène et de trois fils, Attale, Philitère et Athénée, se félicitoit sans cesse et remercioit les dieux, non de son opulence et de sa dignité, mais de l'union qui régnoit entre ses enfans : les trois derniers servoient de garde à l'aîné, qui lui-même vivoit dans la plus grande assurance au milieu de ses frères armés.

Nous pouvons aisément nous procurer des amis, des convives, des alliés, comme on remplace des armes et des instrumens qu'on a perdus; mais il n'est pas plus possible de se donner un nouveau frère, que de se donner une main coupée ou un œil arraché. C'est ce qu'avoit très-bien senti la femme d'Intapherne, l'un des sept qui avoient conjuré contre le mage Smerdis. Il offensa tellement dans le palais les autres chefs, qu'il fut arrêté avec ceux de sa famille, et tous devoient, ainsi que lui, être mis à mort. Lorsqu'ils étoient en prison, la femme d'Intapherne passoit les jours à pleurer à la porte de l'appartement de Darius. Il en fut touché de compassion, et lui envoya dire qu'il lui accordoit la vie d'un des prisonniers, à son choix. Après quelqu'incertitude, elle se décida pour son frère. Darius ayant témoigné son étonnement de cette préférence, elle répondit : « Je puis encore prendre un époux et avoir de » nouveaux enfans; mais il ne m'est pas possible de » remplacer un frère, puisque mon père et ma mère ne » vivent plus. » Le roi trouva tant de sagesse dans cette réponse, qu'il lui donna, de plus, la grâce de son fils aîné.

Il est bon de rapporter la conduite de deux frères barbares, dans une dispute où il s'agissoit, non d'un coin de terre, non d'esclaves ou de troupeaux, mais de l'empire des Perses. Après la mort de Darius, une partie des seigneurs persans vouloit déférer la couronne à Artamène parce qu'il étoit l'aîné, et les autres à Xercès, parce que sa mère Atossa étoit fille de Cyrus, et qu'il étoit né depuis que Darius avoit été couronné roi. Ariamène vint de la Médie, non en ennemi, mais avec une suite ordinaire, pour voir prononcer sur son droit. Xercès, qui s'étoit trouvé présent à la mort de son père, administroit le royaume. Dès qu'il apprit l'arrivée de son frère, il déposa le diadème et la tiare, alla au-devant d'Artamène, et l'embrassa. Ensuite il lui envoya des présens, et lui fit dire par ceux qui les portoient : « Voilà les témoi-
» gnages d'estime et d'honneur que votre frère vous
» envoie. Si le jugement des grands de Perse lui défère
» la couronne, vous aurez après lui la première place
» dans son royaume. Je reçois les présens de mon frère,
» répondit Artamène. Je crois que le trône m'appar-
» tient; je conserverai à mes frères les honneurs qui
» leur sont dus; mais Xercès occupera entre eux le
» premier rang ». Quand le jour du jugement fut arrivé, les Perses, d'un commun accord, nommèrent juge de ce différent Artabane, frère de Darius. Xercès, qui comptoit avoir pour lui le plus grand nombre des seigneurs persans, vouloit le récuser : sa mère Atossa l'en blâma. Quoi, mon fils, lui dit-elle! craignez-vous

l'issue d'un jugement où il sera beau même de succomber, puisque vous serez le frère du roi de Perse, et la seconde personne du royaume? Xercès se rendit, et l'affaire ayant été discutée, Artabane prononça en faveur de Xercès. Aussitôt Artamène quitte sa place, va le premier rendre hommage à son frère, le prend par la main, et le conduit sur le trône. Depuis il eut toujours le plus grand pouvoir auprès du roi, et il lui resta si constamment attaché, qu'à la bataille de Salamine il fut tué en combattant avec la plus grande valeur pour la gloire de son frère.

Antiochus disputoit le trône à Séleucus, son frère aîné, et il étoit soutenu par Laodice, sa mère. Dans le plus fort de la guerre, Séleucus perdit une bataille contre les Galates; et, comme il ne parut pas de quelque temps, il passa pour mort, d'autant que toute son armée avoit été taillée en pièces par les barbares. A la première nouvelle qu'en eut Antiochus, il déposa la pourpre, prit un habit de deuil, ferma son palais, et donna des larmes à la mort de son frère. Quelque temps après il apprit que Séleucus vivoit et rassembloit une nouvelle armée. Aussitôt Antiochus sort de son palais, sacrifie aux dieux en actions de grâces, et ordonne des réjouissances publiques dans toutes les villes qui lui étoient soumises.

Il n'est personne qui ne se rappelle avec plaisir la conduite d'Athénodore. Il avoit un frère aîné nommé Zénon, qui, après avoir dissipé une grande partie de leur patrimoine commun qu'il administroit en qualité de tuteur, fut condamné pour différens crimes, et tous ses biens furent confisqués au profit de l'empereur.

Athénodore étoit alors à la fleur de son âge : on lui rendit la portion des biens paternels qui devoit lui revenir : au lieu d'abandonner son frère, il partagea tout avec lui.

Caton, par la soumission, l'obéissance et la douceur qu'il montra constamment dès sa première enfance envers son frère Cépion, se l'attacha tellement dans l'âge viril, et lui inspira un tel respect pour sa personne, que Cépion ne faisoit jamais rien sans le consulter. On raconte que celui-ci avoit un jour signé une déposition en justice, et que son frère, qui survint un instant après, n'ayant pas voulu la signer, Cépion redemanda les tablettes, et en arracha le sceau avant de s'informer des motifs que pouvoit avoir Caton de ne pas s'en rapporter à lui.

Rien ne fit plus d'honneur, dans les écoles, à Euclide, le disciple de Socrate, que la réponse qu'il fit à son frère qui lui disoit avec dureté : — Ou je me vengerai, ou je je mourrai. — Et moi, lui dit Euclide, ou je mourrai, ou je calmerai votre colère, et je vous engage à m'aimer comme auparavant.

PLUTARQUE.

§ II. *Conduite généreuse du fils d'un négociant envers son frère.*

Le fils d'un riche négociant de Londres s'étoit livré dans sa jeunesse à tous les excès; il irrita son père dont il méprisa les avis; le vieillard, près de finir sa carrière, fait un acte par lequel il déshérite son jeune fils et meurt. Dorval, instruit de la mort de son père, fait de sérieuses réflexions, rentre en lui-même et pleure ses égaremens passés. Il apprend bientôt qu'il est déshérité : cette nouvelle n'arrache de sa bouche aucun murmure injurieux à la mémoire de son père ; il la respecte jusques dans l'acte le plus désavantageux à ses intérêts ; il dit seulement ces mots : Je l'ai mérité. Cette modération parvient aux oreilles de Genneval, son frère, qui, charmé de voir le changement de mœurs de Dorval, va le trouver, l'embrasse, et lui adresse ces paroles à jamais mémorables : « Mon frère, par un testament, notre père » commun m'a institué son légataire universel ; mais il » n'a voulu exclure que l'homme que vous étiez alors, et » non celui que vous êtes aujourd'hui ; je vous rends la » part qui vous est due. »

---

§ III. *Bel exemple d'amour fraternel qu'ont donné de nos jours messieurs de la Curne de Sainte-Palaye.*

Les Romains ont célébré l'amour que Proculeïus fit paroître pour ses frères, et Horace dit que son nom passera jusqu'à la postérité la plus reculée. Messieurs de la Curne de Sainte-Palaye, qui se sont rendus si célèbres par leur amitié, méritent peut-être de plus grands éloges que Proculeïus. Ils étoient jumeaux et naquirent à Auxerre le 6 juin 1697. Ils s'aimèrent dès leur naissance, et leur amitié ne finit qu'à la mort. Pour les distinguer, l'un d'eux conserva le nom de la Curne, et l'autre prit celui de Sainte-Palaye. Ce n'est point ici le lieu de parler des travaux littéraires du dernier. Il suffira de dire qu'il fut reçu de l'académie des inscriptions et belles-lettres en 1724, n'ayant encore que vingt-sept ans. L'académie française crut avoir autant de droits sur lui que l'académie des inscriptions, et il y fut admis en 1758. Pendant toute leur vie, les deux frères furent réunis dans la même demeure, dans le même appartement, dans les mêmes sociétés, et jamais ils ne se sont séparés même un seul jour.

L'amitié paroissoit les occuper uniquement. M. de la Curne, fut cependant surpris par un sentiment plus tendre, et il forma le projet de se marier. M. de Sainte-Palaye ne vit d'abord dans cette union nouvelle que le bonheur de son frère. Mais, la veille du mariage, M. de la Curne aperçut dans les yeux de son frère les signes d'une douleur tendre et inquiète, il vit des larmes qu'arrachoit sans doute la crainte d'une séparation qui pourroit être la suite de ce nouvel engagement. Il ne balance pas un seul instant : « Non, s'écrie-t-il, je ne me marierai point ; » et les deux frères, se jetant dans les bras l'un de l'autre, se jurèrent de ne contracter aucun engagement qui pût les séparer ; en effet ils ne se quittèrent plus. Ils désiroient de finir leur carrière en même temps comme ils l'avoient commencée. Des vœux si tendres ne furent point exaucés. M. de Sainte-Palaye fut le moins heureux ; il eut le malheur de survivre à son frère qui, ne s'occupoit en expirant que de ce qu'alloit devenir M. de Sainte-Palaye :

« Hélas! disoit-il, que deviendra mon frère? Je m'étois toujours flatté qu'il mourroit avant moi. » Dès ce moment, M. de Sainte-Palaye ne cessa de pleurer celui qui veilloit tendrement sur sa personne, sur ses besoins, sur sa santé; qui le débarrassoit de tous les soins domestiques, et qui étoit le dépositaire de tous ses sentimens, de tous ses plaisirs, de toutes ses peines, si un homme aussi vertueux pouvoit en avoir! il perdit tout en perdant son frère; et ne fit plus que traîner une vie triste, languissante, et couverte d'un deuil accablant. Il devint aveugle, mais l'image de son frère étoit toujours présente à son esprit, et toutes ses idées s'arrêtoient sans cesse sur cet objet chéri; son seul délassement étoit de se faire conduire à l'académie. Il s'évanouit un jour à l'une des séances publiques, et se seroit blessé en tombant sans le secours d'un de ses collègues, M. Ducis, qui le retint, le replaça sur un fauteuil, et lui prodigua les soins les plus utiles et les plus empressés. Dès que ce respectable vieillard eut repris l'usage de ses sens, il ne trouva, pour exprimer sa reconnoissance que ces expressions si touchantes : « Ah! monsieur, vous avez « sûrement un frère! » Ce cri du cœur arracha de tous les yeux des larmes d'attendrissement.

M. de Bréquigny, l'ami commun des deux frères, et qui avoit hérité des sentimens de M. de la Curne pour M. de Sainte-Palaye, lui resta constamment fidèle; il le consola jusqu'à son dernier jour, et reçut son dernier soupir le 1er. mars 1781. Les deux frères n'avoient jamais songé à faire le partage de leurs biens, et cette négligence bien pardonnable, qui n'étoit que la suite de leur tendresse réciproque et du parfait désintéressement qu'ils montrèrent toute leur vie, fut cause de quelques difficultés qui s'élevèrent après leur mort relativement à quelques droits de la terre de Sainte-Palaye.

Tel fut l'exemple d'amitié fraternelle que donnèrent MM. de la Curne, et qui peut bien le disputer à celui que Racine ne fait qu'indiquer à la fin de la préface de Bajazet, dans la dernière édition et dans toutes celles qui furent données de son vivant; mais qui a été supprimée, sans qu'on en sache la raison, dans toutes les éditions du dix-huitième siècle. Si l'on trouve étrange, dit ce grand poëte, que Bajazet consente plutôt de mourir, que d'abandonner ce qu'il aime, il ne faut que lire l'histoire des Turcs; on verra partout le mépris qu'ils font de la vie. On verra en plusieurs endroits à quel excès ils portent les passions, et ce que la simple amitié est capable de leur faire faire. Témoin un des fils de *Soliman* (Zéangir) qui *se tua lui-même sur le corps de son frère aîné* (Mustapha) *qu'il aimoit tendrement, et que l'on avoit fait mourir pour lui assurer l'empire.*

§ IV. *Avantages de l'union fraternelle.*

LE VIEILLARD ET SES ENFANS.

Toute puissance est foible, à moins que d'être unie.
Écoutez là-dessus l'esclave de Phrygie.
Si j'ajoute du mien à son invention,
C'est pour peindre nos mœurs et non point par envie;
Je suis trop au-dessous de cette ambition,
Phèdre enchérit souvent par un motif de gloire :
Pour moi, de tels pensers me seroient malséans.
Mais venons à la fable ou plutôt à l'histoire
De celui qui tâcha d'unir tous ses enfans.

Un vieillard près d'aller où la mort l'appeloit,
Mes chers enfans, dit-il (à ses fils il parloit),
Voyez si vous romprez ces dards liés ensemble :
Je vous expliquerai le nœud qui les assemble.
L'aîné les ayant pris, et fait tous ses efforts,
Les rendit, en disant : Je le donne aux plus forts.
Un second lui succède et se met en posture;
Mais en vain. Un cadet tente aussi l'aventure.
Tous perdirent leur temps, le faisceau résista :
De ces dards joints ensemble un seul ne s'éclata.
Foibles gens! dit le père : il faut que je vous montre
Ce que ma force peut en semblable rencontre.
On crut qu'il se moquoit, on sourit, mais à tort :
Il sépare les dards et les rompt sans effort.
Vous voyez, reprit-il, l'effet de la concorde :
Soyez joints, mes enfans; que l'amour vous accorde.
Tant que dura son mal, il n'eut autre discours.
Enfin se sentant près de terminer ses jours,
Mes chers enfans, dit-il, je vais où sont nos pères;
Adieu, promettez-moi de vivre comme frères;

Que j'obtienne de vous cette grâce en mourant.
Chacun de ses trois fils l'en assure en pleurant.
Il prend à tous les mains, il meurt. Et les trois frères
Trouvent un bien fort grand, mais fort mêlé d'affaires.
Un créancier saisit, un voisin fait procès :
Notre trio d'abord s'en tire avec succès.
Leur amitié fut courte autant qu'elle étoit rare.
Le sang les avoit joints, l'intérêt les sépare :
L'ambition, l'envie, avec les consultans,
Dans la succession entrent en même temps.
On en vient au partage, on conteste, on chicane :
Le juge sur cent points tour à tour les condamne.
Créanciers et voisins reviennent aussitôt,
Ceux-là sur une erreur, ceux-ci sur un défaut.
Les frères désunis sont tous d'avis contraire;
L'un veut s'accommoder, l'autre n'en veut rien faire.
Tous perdirent leur bien, et voulurent trop tard
Profiter de ces dards unis, et pris à part.

LA FONTAINE, *livre* IV, *fable* XVIII.

§ V. *Les frères arabes.*

Haroun Al Raschid dit un jour à son premier visir Yahya : « Je voudrois ôter le ministère du sceau à Fadhl ton fils aîné, pour le donner à son frère Djafar. Ecris-lui à ce sujet. » Yahya écrivit en conséquence à son fils Fadhl en ces termes : « Le prince des croyans (que Dieu augmente sa puissance !) t'ordonne d'ôter ton anneau de la main droite pour le mettre à la main gauche. » Fadhl lui fit réponse : « J'ai obéi à l'ordre que le prince m'a donné au sujet de mon frère. Je ne crois pas être privé d'une faveur quand elle passe à mon frère, et je ne pense pas avoir perdu une place quand il en est investi. » Djafar, à la vue de cette réponse, s'écria : Dieu soit loué des talens qu'il a donnés à mon frère ! Quelle belle âme ! Quel rare mérite ! Quelle finesse d'esprit ! Quels charmes dans l'expression !

M. DE SACY, *Chrestomathie arabe.*

CHAPITRE IV.

De l'amitié.

§ Ier. *Pensées des anciens sur l'amitié.*

Amitié, bienfaisance, sources intarissables de biens et de douceurs! les hommes ne sont malheureux que parce qu'ils refusent d'entendre votre voix. O dieux, auteurs de si grands bienfaits! l'instinct pourroit sans doute, en rapprochant des êtres accablés de besoins et de maux, prêter un soutien passager à leur foiblesse; mais il n'y a qu'une bonté infinie comme la vôtre, qui ait pu former le projet de nous rassembler par l'attrait du sentiment, et répandre sur ces grandes associations qui couvrent la terre une chaleur capable d'en éterniser la durée.

Cependant, au lieu de nourrir ce feu sacré, nous permettons que de frivoles dissensions, de vils intérêts travaillent sans cesse à l'éteindre. Si l'on nous disoit que deux inconnus, jetés par hasard dans une île déserte, sont parvenus à trouver dans leur union des charmes qui les dédommagent du reste de l'univers; si l'on nous disoit qu'il existe une famille uniquement occupée à fortifier les liens du sang par les liens de l'amitié; si l'on nous disoit qu'il existe dans un coin de la terre un peuple qui ne connoît d'autre loi que celle de s'aimer, d'autre crime que de ne s'aimer pas assez; qui de nous oseroit plaindre le sort de ces deux inconnus? qui ne désireroit appartenir à cette famille? qui ne voleroit à cet heureux climat? O mortels ignorans et indignes de votre destinée! il n'est pas nécessaire de traverser les mers pour découvrir le bonheur; il peut exister dans tous les états, dans tous les temps, dans tous les lieux, dans vous, autour de vous, partout où l'on s'aime.

Les Perses comprenoient sous le nom d'ingrats tous ceux qui se rendoient coupables envers les dieux, les parens, la patrie et les amis [1]. Elle est admirable, cette loi qui non-seulement ordonne la pratique de tous les devoirs, mais qui les rend encore aimables en remontant à leur origine. En effet, si l'on n'y peut manquer sans ingratitude, il s'ensuit qu'il faut les remplir par un motif de reconnoissance; et de là résulte ce principe lumineux et fécond, qu'il ne faut agir que par sentiment.

C'est en étudiant la loi des Perses, c'est en resserrant de plus en plus les liens qui nous unissent avec les dieux, avec nos parens, avec la patrie, avec nos amis, que l'on trouve le secret de remplir à la fois les devoirs de son état et les besoins de son âme; plus on vit pour les autres, plus on vit pour soi [2].

Deux vrais amis croiroient presque se faire un larcin, en goûtant des plaisirs à l'insu l'un de l'autre; et quand

[1] Xénophon. = [2] Platon.

ils se trouvent dans cette nécessité, le premier cri de l'âme est de regretter la présence d'un objet qui, en les partageant, lui en procureroit une impression plus vive et plus profonde. Il en est ainsi des honneurs et de toutes les distinctions, qui ne doivent nous flatter qu'autant qu'ils justifient l'estime que nos amis ont pour nous.

Ils jouissent d'un plus noble privilége encore, celui de nous instruire et de nous honorer par leurs vertus. S'il est vrai qu'on apprend à devenir plus vertueux en fréquentant ceux qui le sont [1], quelle émulation, quelle force ne doivent pas nous inspirer des exemples si précieux à notre cœur ! Quel plaisir pour eux quand ils nous verront marcher sur leurs traces ! quelles délices, quel attendrissement pour nous, lorsque, par leur conduite, ils forceront l'admiration publique [2] !

Qu'on ne dise pas que l'amitié portée si loin devient un supplice, et que c'est assez des maux qui nous sont personnels, sans partager ceux des autres. On ne connoît point ce sentiment quand on en redoute les suites. Les autres passions sont accompagnées de tourmens ; l'amitié n'a que des peines qui resserrent ses liens. Mais si la mort.... éloignons des idées si tristes. Mais si l'inconstance.... on ne doit point la prévoir. Ce ne fut sans doute que dans une nation corrompue qu'on osa prononcer ces paroles : « Aimez vos » amis comme si vous deviez les haïr un jour; [3] » maxime atroce, à laquelle il faut substituer cette autre

[1] Théognis. = [2] Xénophon. = [3] Sophocles.

maxime plus consolante et peut-être plus ancienne : « haïssez vos ennemis comme si vous les deviez aimer » un jour [1].

BARTHÉLEMY.

---

§ II. *Beau trait de Satyrus. Demande qu'il fait au roi Philippe.*

Tandis que les Olynthiens, chargés de fers, pleuroient assis sur les cendres de leur patrie, ou se traînoient par troupeaux dans les chemins publics, à la suite de leurs nouveaux maîtres [2], Philippe osoit remercier le ciel des maux dont il étoit l'auteur, et célébroit des jeux superbes en l'honneur de Jupiter Olympien. Il avoit appelé les artistes les plus distingués, les acteurs les plus habiles. Ils furent admis au repas qui termina ces fêtes odieuses.

Là, dans l'ivresse de la victoire et des plaisirs, le roi s'empressoit de prévenir ou de satisfaire les vœux des assistans, de leur prodiguer ses bienfaits ou ses promesses. Satyrus, cet acteur qui excelle dans le comique, gardoit un morne silence. Philippe s'en aperçut, et lui en fit des reproches. « Eh quoi ! lui disoit-il, doutez» vous de ma générosité, de mon estime? N'avez-vous » point de grâce à solliciter ? » Il en est une, répondit Satyrus, qui dépend uniquement de vous ; mais je crains un refus. « Parlez, dit Philippe, et soyez sûr d'obtenir » ce que vous demanderez. »

[1] Zaleucus. = [2] Démosthènes, AEschines et Diodore.

« J'avois, reprit l'acteur, des liaisons étroites d'hos-
» pitalité et d'amitié avec Apollophane de Pydna. On
» le fit mourir sur de fausses imputations. Il ne laissa
» que deux filles très-jeunes encore. Leurs parens, pour
» les mettre en lieu de sûreté, les firent passer à Olyn-
» the. Elles sont dans les fers; elles sont à vous, et
» j'ose les réclamer. Je n'ai d'autre intérêt que celui de
» leur honneur. Mon dessein est de leur constituer des
» dots, de leur choisir des époux, et d'empêcher qu'elles
» ne fassent rien qui soit indigne de leur père et de
» mon ami. » Toute la salle retentit des applaudissemens que méritoit Satyrus; et Philippe, plus ému que les autres, lui fit remettre à l'instant les deux jeunes captives.

Barthélemy.

§ III. *Amitié de l'enfance.*

Les deux classes de l'école de Westminster ne sont séparées que par un rideau qu'un écolier déchira un jour par hasard. Comme cet enfant étoit d'un naturel doux et timide, il trembloit de la tête aux pieds dans la crainte du châtiment qui lui seroit infligé par un maître connu pour être très-rigide. Un de ses camarades le tranquillisa, en lui promettant de se charger de la faute et de subir la punition : ce que réellement il fit. Ces deux amis, qui étoient devenus hommes lorsque la guerre civile éclata, embrassèrent des intérêts opposés : l'un suivit le parti du parlement, et l'autre le parti du roi; avec cette différence, que celui qui avoit déchiré le rideau tâcha de s'avancer dans les emplois civils, et celui qui en avoit subi la peine, dans les militaires.

Après des succès et des malheurs variés, les républicains remportèrent un avantage décisif dans le nord de l'Angleterre, firent prisonniers tous les officiers considérables de l'armée de Charles, et nommèrent, peu à près, des juges pour faire le procès à ces rebelles, ainsi qu'on les appeloit alors. L'écolier timide, qui est un des magistrats, entend prononcer, parmi les noms des criminels, celui de son généreux ami qu'il n'a pas vu depuis le collége; il le considère avec toute l'attention possible, croît le reconnoître, s'assure par des questions sages qu'il ne se trompe pas, et, sans se découvrir lui-même, prend avec un grand empressement le chemin de Londres. Il y emploie si heureusement son crédit auprès de Cromwel, qu'il préserve son ami du triste sort qu'éprouvent ses infortunés complices.

§ IV. *Vers de La Fontaine, de Voltaire et de Bernard sur l'amitié.*

Qu'un ami véritable est une douce chose [1]!
Il cherche vos besoins au fond de votre cœur;
Il vous épargne la pudeur
De les lui découvrir vous-même :
Un songe, un rien, tout lui fait peur
Quand il s'agit de ce qu'il aime.

La Fontaine, *Imitation de Pilpay.*

[1] Voltaire critique durement ces vers délicieux. Faut-il reprocher à l'auteur de Mérope de ne pas connoître le sentiment? je crois plutôt que le sentiment caché sous la naïveté lui échappoit, et qu'il avoit besoin d'être fortement agité pour être ému.

Pour les cœurs corrompus l'amitié n'est point faite :
O divine amitié ! félicité parfaite,
Seul mouvement de l'âme où l'excès soit permis,
Change en bien tous les maux où le ciel m'a soumis ;
Compagne de mes pas dans toutes mes demeures,
Dans toutes les saisons et dans toutes les heures.
Sans toi tout homme est seul ; il peut par ton appui
Multiplier son être, et vivre dans autrui.

VOLTAIRE.

Présent des Dieux ! doux charme des humains !
O divine amitié ! viens éclairer nos âmes.
Les cœurs éclairés de tes flammes,
Avec des plaisirs purs, n'ont que des jours sereins.
C'est dans tes nœuds charmans que tout est jouissance ;
Le temps ajoute encore un lustre à ta beauté ;
L'amour te laisse la constance,
Et tu serois la volupté,
Si l'homme avoit son innocence.

BERNARD, *Castor et Pollux*, 1737.

§ V. *Amitié.*

« Je me renferme quelquefois au fond de mon palais, dit Ménélas dans Homère, pour pleurer ceux » de mes amis qui ont péri sous les murs de Troie. » Dix ans s'étoient écoulés depuis leur mort, quand Ménélas s'exprimoit ainsi.

HOMÈRE, *Odyssée, liv.* IV, *v.* 100.

§ VI. *Amitié de Racine pour Despréaux.*

L'amitié de Racine et de Despréaux est d'autant plus digne d'éloge, qu'une union aussi constante est un phénomène entre les gens d'un génie supérieur, trop souvent divisés par de tristes rivalités. Lorsque Racine fut persuadé que sa maladie finiroit par la mort, il chargea son fils aîné d'écrire une lettre à M. de Cavoye, pour le prier de solliciter le paiement de ce qui lui étoit dû de sa pension, afin de laisser quelqu'argent comptant à sa famille. Le jeune homme fit la lettre, et vint la lire à son père. « Pourquoi, lui dit-il, ne demandez-vous pas aussi le paiement de la pension de » Boileau? Il ne faut point nous séparer. Recommencez » votre lettre, et faites connoître à Boileau que j'ai été » son ami jusqu'à la mort. » Lorsqu'il lui fit son dernier adieu, il se leva sur son lit, autant que pouvoit lui permettre son extrême foiblesse, et lui dit en l'embrassant : « Je regarde comme un bonheur pour moi de » mourir avant vous. »

§ VII. *Caractère du faux ami.*

C'est celui qu'il faut le plus observer. Nous l'avons déjà remarqué ; mais on ne peut trop le faire observer à la jeunesse pour l'en éloigner, puisque c'est la marque la plus assurée d'une âme mal élevée, et d'un cœur corrompu.

Tout ami dit : J'ai fait un ami, et ce lui est une

grande joie ; mais il y a un ami qui n'est ami que de nom : n'est-ce pas de quoi s'affliger jusqu'à la mort, quand on voit l'abus d'un nom si saint ?

Cet ami de nom seulement, est l'ami selon le temps, et qui vous abandonne dans l'affliction, lorsque vous avez le plus besoin d'un tel secours.

Il y a l'ami compagnon de table : il ne cherche que son plaisir, et vous quitte dans l'adversité.

L'ami qui trahit le secret de son ami, est le désespoir d'une âme malheureuse, qui ne sait plus à qui se fier, et ne voit nulle ressource à son malheur.

Mais il y a encore un ami pernicieux : c'est celui qui va découvrir les haines cachées, et ce qu'on a dit dans la colère et dans la dispute.

Il y a l'ami léger et volage, qui ne cherche qu'une occasion, un prétexte pour rompre avec son ami : c'est un homme digne d'un opprobre éternel. Un homme qui fait paroître une fois en sa vie un tel défaut, est caractérisé à jamais, et fait l'horreur éternelle de la société humaine.

Bossuet.

CHAPITRE V.

Du respect dû à la vieillesse.

§ Ier. *Des jeunes gens et des vieillards. Respect des Spartiates pour la vieillesse.*

Lysis avoit dix-sept ans : son âme étoit pleine de passions ; son imagination vive et brillante. Il s'exprimoit avec autant de grâce que de facilité. Ses amis ne cessoient de relever ces avantages, et l'avertissoient, autant par leurs exemples que par leurs plaisanteries, de la contrainte dans laquelle il avoit vécu jusqu'alors. Philotime lui disoit un jour : Les enfans et les jeunes gens étoient bien plus surveillés autrefois qu'ils ne le sont aujourd'hui ; ils n'opposoient à la rigueur des saisons, que des vêtemens légers ; à la faim qui les pressoit, que les alimens les plus communs. Dans les rues, chez leurs maîtres et leurs parens, ils paroissoient les yeux baissés, et avec un maintien modeste. Ils n'osoient ouvrir la bouche en présence des personnes âgées ; et on les asservissoit tellement à la décence, qu'étant assis ils auroient rougi de croiser les jambes [1]. Et que résultoit-il de cette grossièreté de mœurs ? demanda Lysis. Ces hommes grossiers, répondit Philotime, battirent les Perses et sauvèrent la Grèce.

[1] Aristophanes.

Philotime lui demanda ensuite ce qu'il pensoit d'un jeune homme qui, dans ses paroles et dans son habillement, n'observoit aucun des égards dus à la société. Tous ses camarades l'approuvent, dit Lysis; et tous les gens sensés le condamnent, répliqua Philotime. Mais, reprit Lysis, par ces personnes sensées, entendez-vous ces vieillards qui ne connoissent que leurs anciens usages, et qui, sans pitié pour nos foiblesses, voudroient que nous fussions nés à l'âge de quatre-vingts ans [1] ? Ils pensent d'une façon et leurs petits-fils d'une autre. Qui les jugera ? Vous-même, dit Philotime : sans rappeler ici nos principes sur le respect et la tendresse que nous devons aux auteurs de nos jours, je suppose que vous êtes obligé de voyager en des pays lointains : choisissez-vous un chemin, sans savoir s'il est praticable, s'il ne traverse pas des déserts immenses, s'il ne conduit pas chez des nations barbares, s'il n'est pas en certains endroits infesté par des brigands ? — Il seroit imprudent de s'exposer à de pareils dangers. Je prendrois un guide. — Lysis, observez que les vieillards sont parvenus au terme de la carrière que vous allez parcourir, carrière si difficile et si dangereuse [2]. Je vous entends, dit Lysis, j'ai honte de mon erreur.

Les repas et les exercices publics sont toujours honorés à Lacédémone par la présence des vieillards. Je me sers de cette expression, parce que la vieillesse, dévouée ailleurs au mépris, élève un Spartiate au faîte de l'honneur [3]. Les autres citoyens et surtout les jeunes gens,

[1] Ménandre. = [2] Platon. = [3] Plutarque.

ont pour lui les égards qu'ils exigeront à leur tour pour eux-mêmes. La loi les oblige de lui céder le pas à chaque rencontre, de se lever quand il paroît, de se taire quand il parle; on l'écoute avec déférence dans les assemblées de la nation et dans les salles du gymnase : ainsi les citoyens qui ont servi leur patrie, loin de lui devenir étrangers à la fin de leur carrière, sont respectés, les uns comme les dépositaires de l'expérience, les autres comme ces monumens dont on se fait une religion de conserver les débris.

Nous fûmes témoins d'une scène plus touchante encore. Un vieillard cherchoit à se placer : après avoir parcouru plusieurs gradins, toujours repoussé par des plaisanteries offensantes, il parvint à celui des Lacédémoniens. Tous les jeunes gens, et la plupart des hommes, se levèrent avec respect et lui offrirent leurs places. Des battemens de mains sans nombre éclatèrent à l'instant, et le vieillard attendri ne put s'empêcher de dire : « Les Grecs connoissent les règles de la bien-» séance; les Lacédémoniens les pratiquent [1]. »

---

§ II. *Extrait de l'Éloge de la Vieillesse par le père Mandard, supérieur de l'académie de Juilly.*

Oui, mon cher Ariston, l'homme dans sa vieillesse
Porte encor, à mes yeux, les traits de sa noblesse.
Ce n'est plus, il est vrai, ces tendres agrémens,
Ces roses, ce teint frais, qui parent son printemps;

[1] Plutarque.

Ce n'est plus ce beau feu, cette ardeur de courage
Qui fermente en son sang, au midi de son âge.
Non, la nature habile à varier son art
De plus sombres couleurs a chargé le vieillard.
Mais mon cœur, Ariston, s'attendrit à sa vue;
Sa démarche, son air, cette tête chenue,
Ces rides, ce grand front orné de cheveux blancs,
Tout réveille pour lui nos plus doux sentimens.
A l'aspect de son corps qui se courbe et s'affaisse,
Mais où demeure ferme et résiste sans cesse
Un esprit que cent ans ont à peine abattu,
Je crois voir un vieux temple où siége la vertu.
Ainsi, le temps à tout imprime un caractère,
Un sceau de vétusté qui frappe et qu'on révère;
Des palais, des tombeaux, la vieillesse nous plaît.
On aime à contempler une antique forêt,
Les ruines d'un roc, des murs réduits en poudre,
Et ces restes de tours échappés à la foudre.
Au spectacle imposant des décombres pompeux,
De ces hauts aquéducs, de ces cirques fameux,
Éternels monumens de la fière Ausonie,
Où respirent encor sa gloire et son génie,
Le voyageur s'arrête et d'un regard surpris
Observe avec transport ces vertueux débris.
Comment l'homme vainqueur de la parque sévère,
Parvenu lentement aux bornes de sa sphère,
Au milieu des vertus, à travers mille échecs,
Comment n'auroit-il pas un droit à nos respects?
Aussi, cher Ariston, les peuples les plus sages
Jadis à la vieillesse ont rendu des hommages:
A ce tribut d'honneurs, Rome, Sparte et Memphis,
Vouloient qu'on reconnût la tendresse d'un fils.
Là, tous les citoyens, dès leur première enfance,
Gardoient près des vieillards un modeste silence,

Se levoient devant eux, et, soumis à leur voix,
Apprenoient à chérir la patrie et les lois.

. . . .

O Rome! si long-temps en grands hommes féconde,
Théâtre d'héroïsme et l'école du monde,
Quand le fer à la main, sur tes remparts fumans,
Écrasant sous ses pieds les morts et les mourans,
L'indomptable Gaulois, dégouttant de carnage,
Semoit partout l'effroi, le meurtre et le ravage;
Quelle scène frappante en ces momens d'horreur,
Rome, n'offris-tu pas au farouche vainqueur!
Trois cents de tes héros sous le poids des années
A la patrie en pleurs vouant leurs destinées,
L'esprit calme, l'œil sec, en butte aux coups du sort,
Tranquilles sur leur siége attendoient tous la mort.
L'enfance est d'un état l'heureuse pépinière,
Sa force est dans les bras d'une jeunesse altière,
L'âge mûr l'enrichit des trésors de Plutus;
L'âge de ses Nestors lui donne des vertus.
Le fluide animé, si rapide en sa course,
Le sang, dans les vieillards moins bouillant dans sa source,
Et par de froids canaux coulant avec lenteur,
Des passions en eux amortit la fureur.
O jours purs et sereins, jours de philosophie,
Dans ce calme des sens l'âme est plus recueillie,
La raison goûte mieux l'austère vérité,
Et l'homme et sa sagesse ont plus de majesté.
Vois l'heureux d'Aguesseau, libre en sa solitude,
Tout entier aux vertus dont il fait son étude;
Vois-le dans ses jardins, le long de ses forêts,
Méditer à pas lents, sous ces ombrages frais.
Quel air! quelle grandeur! soit qu'il trace en silence
De ses riches vergers la superbe ordonnance,

Soit qu'avec ses enfans sur un banc de gazon
Il daigne associer les ris à la raison.
Par son rare savoir un vieillard intéresse,
Il console, il instruit; sa main avec tendresse
Arrache de nos yeux le flambeau de l'erreur.
Jeune homme, à ses conseils ne ferme point ton cœur;
Songe au fils du héros qui régna sur Ithaque,
C'est au sage Mentor à former Télémaque!
Par lui, dans les dangers, tu seras affermi;
Toujours des jeunes gens un vieillard fut l'ami.
Aux plaines de Paris, lieux charmans où la Seine
N'obéit qu'à regret au courant qui l'entraîne,
Il est un édifice [1] où le dieu des guerriers
Repose en cheveux blancs à l'ombre des lauriers.
C'est là qu'on voit errer sous de vastes portiques
Les restes mutilés de phalanges antiques;
Ces vieux et bons soldats, jadis si menaçans,
Tout brûlés de la foudre et courbés sous les ans.
D'un œil respectueux contemplant leurs blessures,
Avec quel doux plaisir j'entends leurs aventures!
O vous, jeunes Français, l'espoir de nos états [2],
Vous qu'on forme près d'eux au grand art des combats,
Vous qui les consultez, dites-nous quelles flammes
Du sein de ces héros s'élancent dans vos âmes!
Enfans de la patrie, illustres nourrissons,
Qui pourroit vous donner de plus vives leçons?

. . . .

Quand, poussés par les vents des plus lointains rivages,
D'heureux navigateurs s'élancent vers nos plages,
Dès que l'œil les découvre, avec quel doux transport
Voyons-nous leurs vaisseaux près d'arriver au port!
Ce moment attendrit, nous partageons leurs fêtes,
Comme eux nous rappelons leurs dangers, leurs tempêtes;

[1] Les Invalides. = [2] L'École Royale Militaire.

Mais, assurés du calme et sans trouble comme eux,
Nous mêlons à leurs cris mille autres cris joyeux.
Les trésors étrangers, fruits de leur industrie,
Que leurs mains vont répandre au sein de la patrie;
Les pays qu'ils ont vus, les maux qu'ils ont soufferts;
Tout les rend à nos yeux et plus grands et plus chers.
Au port de la vieillesse, à l'abri de l'orage,
Des Nestors vertueux c'est la touchante image.
Ah! combien est-il juste après leurs longs travaux
Qu'ils respirent enfin dans les bras du repos;
Qu'assis paisiblement au bout de la carrière,
Et fixant sans effroi l'œil sur leur vie entière,
Ils puissent nous l'apprendre, avant de nous quitter,
Ce grand art de bien vivre et de les imiter!
Ainsi coula ses jours dans sa noble retraite
Ce Sully, que la France aime encor et regrette,
Plein de ce vieil honneur dont son cœur fut nourri,
Et portant sur son sein l'image de Henri.
S'il parut quelquefois dans une cour volage,
Ce fut pour y montrer la dignité d'un sage,
Réprimer les flatteurs et leurs ris indiscrets,
Alors qu'il étonnoit Louis de ses projets.

. . . .

. . . .

Veux-tu, cher Ariston, veux-tu que tes années
Au déclin de tes jours soient ainsi couronnées;
Enchaîne à la sagesse, ami, tous tes momens,
La vieillesse avec fruit te rendra tes instans:
C'est au printemps qu'on sème, on recueille en automne;
Mais le champ ne produit que les biens qu'on lui donne;
Une vie, Ariston, consacrée au devoir
Comme un long jour d'été finit par un beau soir.

LE PÈRE MANDARD.

§ III. *Sur le respect dû à la vieillesse.*

LES SAULES ET LE RUISSEAU.

Un Ruisseau, fils d'une montagne,
A travers les rochers se fit passage un jour.
Le spectacle inconnu d'une immense campagne,
Et mille objets nouveaux l'enchantent tour à tour.
Un désir plus ardent entraîne enfin son onde:
Il s'échappe, il veut voir le monde,
Le monde si rempli d'appas,
Lorsque surtout on ne le connoît pas.
Un pré voisin reçoit son onde pure.
Là tout à coup charmé des fleurs, de la verdure,
Il va, revient, serpente, et d'un pas incertain
Roule au gré du destin.
Des Saules desséchés, qui dans cette prairie
Vieillissoient consumés sans espoir de secours,
A travers leur écorce entr'ouverte et flétrie
Virent le jeune Ondin [1] s'égarant dans son cours.
Venez, lui dirent-ils, venez sous ces ombrages,
Vous raffraîchirez nos feuillages,
Et nous, par un juste retour,
Nous vous garantirons de ce flambeau céleste,
Astre puissant, père du jour,
Dont le trop d'ardeur est funeste.
Le voyageur attiré par ces mots
Roule près d'eux ses jeunes flots;
Aussitôt ranimés les Saules refleurissent,
Leur vieilles branches reverdissent,
Et d'une ombre plus fraîche abritant le Ruisseau,
Ils conservent plus pur le cristal de son eau.

[1] *Ondin*, génie des ondes ou des eaux.

Il couloit ignoré, mais sans trouble et sans crainte;
Il s'ennuya de ce bonheur secret.
Que je suis bon, dit-il, pour le seul intérêt
De ces Saules touffus d'éprouver la contrainte!
Je ne veux plus languir en ce honteux repos.
Lors d'une course vagabonde,
Sur un aride sable il va risquer ses eaux;
Un feu brûlant tarit son onde.

Ah! dans le printemps de vos jours,
Jeunes enfans, chérissez la vieillesse;
Elle a grand besoin de secours,
Et vous grand besoin de sagesse.

M. Watelet, *fable inédite.*

CHAPITRE VI.

Amour paternel.

§ 1er. *L'amour des pères et des mères est le plus bel héritage des enfans.*

[1] L'amour des pères, et plus encore des mères pour leurs enfans, est l'affection la plus forte et la plus durable. Les passions qui paroissent donner au cœur humain le plus d'énergie et d'activité, telles que l'ambition, la cupidité, l'attrait des plaisirs et l'amour même, ne peuvent l'égaler ni dans sa force, ni dans sa durée. Si l'on en doute, qu'on se représente les peines et les tourmens qu'une mère endure depuis le moment où son enfant a commencé de voir le jour. Qu'on se figure la vigilance, les soins, les fatigues que lui cause sa première éducation; la tendre sollicitude qui l'agite aux cris de cet être souffrant qui n'a d'autre expression que le gémissement et la plainte, et dont le berceau n'est qu'un séjour de larmes; les vives inquiétudes qui la déchirent, lorsque dans le premier essor de son âge, dans ce moment où les jouissances maternelles semblent éclore, les maux et les dangers viennent assaillir une si frêle existence; la douleur, les regrets auxquels elle est en proie, lorsqu'elle vient à

[1] Ricard.

perdre l'objet de tant d'amour et de tant de peines ; et, après que le temps a calmé ces premiers transports, qui ne connoît le chagrin et la tristesse qui la suivent jusqu'au tombeau, et qui souvent l'y font descendre ? Ce tableau, qu'on ne peut accuser d'exagération, prouvera que rien n'est au-dessus de l'affection que la nature a imprimée dans le cœur des mères.

La force de ce penchant paroît encore d'une manière bien sensible dans le courage qu'il donne aux pères et aux mères pour la défense de leurs enfans. Il transforme en héros les êtres les plus foibles ; ni le fer, ni la flamme, ni les périls les plus évidens, ni la crainte des maux les plus cruels, rien ne peut les empêcher de voler à leur secours. La hardiesse que cet instinct d'amour inspire aux animaux les plus timides, en est une preuve peut-être encore plus frappante.

[1] De tous ces faits avérés, il est facile de conclure, qu'après les dieux, il n'est rien que la nature, et la loi qui en maintient les droits, nous obligent autant à respecter et à honorer que nos parens. Les hommes ne peuvent donc rien faire de plus agréable à la divinité que de payer généreusement et de bonne grâce, à ceux de qui ils tiennent le jour et l'éducation, l'usure des services anciens et nouveaux qu'ils en ont reçus ; et rien ne prouve davantage l'impiété envers les dieux que l'indifférence et le mépris pour les parens. Aussi, pour le reste des hommes, nous est-il simplement défendu de leur faire du mal ; mais pour un père et une mère,

[1] Plutarque.

si nous ne sommes sans cesse occupés de tout ce qui peut leur être agréable, et que nous nous bornions à ne pas leur nuire, nous passerons pour des impies et des sacriléges.

Quel crime, en effet, que de manquer à la reconnoissance la plus naturelle et la plus légitime, lorsque tout nous rappelle que rien n'est si foible, si indigent et si informe que l'enfant qui vient de naître[1]!

Il n'y a personne, comme dit Amyot dans son vieux style, plein de grâce, et qu'on ne sauroit égaler dans notre langue moderne; [2] *il n'y a personne qui, dans cet état, le peut toucher, recueillir, caresser ni embrasser, sinon celle qui par nature l'aime.* Aussi, dans les femelles des animaux, le créateur a-t-il mis les mamelles dans une place obscure et rapprochée de la terre; *mais, à la femme, il les a attachées à la poitrine, en assiette propre pour pouvoir baiser, embrasser et caresser son enfant en l'allaitant: voulant par là nous donner à entendre que l'enfanter, nourrir et élever, n'ont pas pour leur but aucune utilité, mais la charité et la dilection.* Tel est le pouvoir de cet admirable amour dans une mère qu'alors même qu'elle est affaissée par la douleur, loin de fuir ou de repousser son enfant, elle tourne vers lui ses regards abattus, lui sourit avec douceur, le prend et l'embrasse, sans en recevoir aucune utilité, aucune satisfaction, aucune récompense; et toutefois, tant de soins et tant de souffrances ne sont encore payés que par des espérances bien incertaines.

[1] Racine. = [2] Plutarque.

Le vigneron qui a cultivé sa vigne au printemps, la vendange dans l'automne; le laboureur sème au coucher des pléïades et moissonne à leur lever; les fruits de la fécondité des troupeaux présentent un avantage prochain : il n'en est pas ainsi de l'homme, dont l'éducation est pénible et l'accroissement tardif. Néoclès ne vit point la victoire de Thémistocle à Salamine, ni Miltiade celle de Cimon auprès du fleuve Eurymedon; Xantipe n'entendit pas Périclès haranguer les Athéniens; jamais Ariston n'a vu Platon, son fils, donner les leçons de son immortelle philosophie; enfin, les parens d'Euripide et de Sophocle n'ont pas même touché les palmes que leurs fils remportèrent; ils ne les entendirent que bégayer leurs premières paroles. Ainsi quand les talens et les vertus d'un enfant qui vient de naître, sont dans un éloignement qui laisse à bien peu de pères la satisfaction d'en jouir, par quels respects, par quels sentimens assez vifs, nous sera-t-il possible, hélas! de répondre un moment aux bienfaits désintéressés de l'amour paternel?

§ II. *Amour paternel de Fabius Maximus surnommé Rullianus.*

Fabius Maximus, surnommé *Rullianus*, l'un des plus grands capitaines de l'ancienne Rome, après avoir rempli avec éclat les plus brillantes charges de la république, après avoir été cinq fois consul, jouissoit, dans sa vieillesse, d'un repos honorable : cependant l'amour paternel l'engagea à se faire le lieutenant de son fils; il l'accompagna dans une guerre longue et difficile, l'aidant de sa prudence et de ses conseils. Le jeune homme l'ayant heureusement terminée, on vit ce vénérable vieillard suivre à cheval le char victorieux de son fils, qu'autrefois il avoit porté entre ses bras dans les jours de ses triomphes.

§ III. *Attachement et soins de Caton l'Ancien pour ses enfans.*

Jamais père ne fut peut-être plus sensible et plus tendre que Caton l'Ancien. Cet homme sévère, ce rigide réformateur des mœurs romaines, n'éprouvoit point de satisfaction plus vive que de voir lever, nettoyer, emmaillotter son fils nouvellement né. Tous les soirs, il prenoit part à ces soins touchans ; il sourioit à l'enfant; il le caressoit; il l'endormoit lui-même dans son berceau. Lorsqu'il le vit en état d'être appliqué aux études, il voulut être son précepteur, son gouverneur, son maître, et ne permit jamais que personne partageât avec lui ce qu'il appeloit le premier, le plus essentiel de ses devoirs. Un de ses amis lui conseilloit de se décharger, suivant l'usage, sur un esclave instruit et honnête homme, d'une partie de ce soin pénible et rebutant : « Il n'est ni pénible ni rebutant, répondit-il; et, quand il le seroit, croyez-vous que je verrois tranquillement mon fils recevoir les principes et les corrections d'un esclave ? »

§ IV. *Vive émotion d'un père causée par les succès de ses enfans.*

Diagoras de Rhodes avoit rehaussé l'éclat de sa naissance par une victoire remportée dans les jeux solennels d'Olympie. Il amena dans cette ville deux de ses enfans qui concoururent et méritèrent la couronne. A peine l'eurent-ils reçue, qu'ils la posèrent sur la tête de leur père, et, le prenant sur leurs épaules, le menèrent en triomphe au milieu des spectateurs, qui le félicitoient en jetant des fleurs sur son passage, et dont quelques-uns lui disoient: Mourez, Diagoras, car vous n'avez plus rien à désirer. Le vieillard, ne pouvant suffire à son bonheur, mourut aux yeux de l'assemblée attendrie de ce spectacle, baigné des pleurs de ses enfans qui le pressoient entre leurs bras.

Un siècle après cet événement, il se renouvella pour une même cause, et fut célébré par Pindare. Le sage Milon expira de joie en embrassant son fils qui venoit de remporter la victoire, et l'assemblée des jeux olympiques se fit un devoir d'assister à ses funérailles.

§ V. *Robert de la Marck sauve la vie à ses deux enfans.*

En 1513, la Trimouille assiégeoit Novarre défendue par les Suisses. Louis XII lui avoit ordonné de traîner le siége en longueur, et d'attendre que le secours qu'il lui envoyoit fût arrivé avant d'en venir aux mains avec les Suisses. Ce général, emporté par son courage, les laissa sortir de la ville, accepta la bataille, la perdit, et son imprudence nous coûta le Milanais. Ce fut dans cette bataille malheureuse que Robert de la Marck apprit aux guerriers que rien n'est impossible à la valeur animée par les sentimens que la nature inspire. Ses deux jeunes fils se précipitèrent au milieu des Suisses : ils furent enveloppés, percés de coups, et jetés dans un fossé où on les laissa pour morts; la Marck, à la tête de de sa compagnie de cent hommes d'armes, s'élance sur les Suisses, les pousse jusqu'au fossé, se fait jour, saute à terre, embrasse un de ses enfans, remonte à cheval chargé de ce cher fardeau, tandis qu'un valet intrépide se saisit de l'autre et l'emporte. Ils reviennent à travers une grêle de traits et de balles, et arrivent mutilés et couverts de sang. Les soins de ce généreux père rappelèrent ses enfans à la vie. Tous deux donnoient déjà les plus hautes espérances, et ils les remplirent dans la suite. L'un d'eux fut le maréchal de Fleuranges, l'autre le chevalier Jametz. Ils firent la gloire et le bonheur du héros à qui ils furent deux fois redevables de la vie.

§ VI. *Racine préfère sa famille à la plus brillante société.*

Racine homme aimable autant que grand poëte, admiré de la cour, et sûr de lui plaire par le charme de sa conversation brillante et polie, quittoit avec joie Versailles pour venir passer quelques jours au milieu de ses enfans. En présence même des étrangers il osoit être père. Il étoit de tous les jeux de sa jeune famille. Souvent il formoit avec elle des processions enfantines dans lesquelles ses petites filles étoient le clergé; ses fils le curé et le vicaire;

et l'auteur d'Athalie, chantant avec eux, portoit la croix.

Un jour qu'il revenoit de Versailles, pour trouver auprès de son épouse et de ses enfans quelques instans de plaisir, un écuyer de M. le duc vint lui dire qu'on l'attendoit à dîner à l'hôtel de Condé : « Je n'aurai point » l'honneur d'y aller, lui répondit-il ; il y a plus de huit » jours que je n'ai vu ma femme et mes enfans, ils se » font une fête de manger aujourd'hui avec moi une » très-belle carpe : je ne puis me dispenser de dîner avec » eux ». L'écuyer lui représenta qu'une compagnie nombreuse, invitée au repas du prince, se faisoit également une fête de l'avoir, et que son altesse seroit mortifiée s'il ne venoit pas. Racine fit aussitôt apporter le beau poisson, qui pouvoit valoir environ un écu ; et, le montrant à l'écuyer : « Jugez, vous-même, lui dit-il, » si je puis me dispenser de dîner aujourd'hui avec » ces pauvres enfans qui ont voulu me régaler, et qui » n'auroient plus de plaisir, s'ils mangeoient ce plat » sans moi. Je vous prie de faire valoir cette raison à » son altesse sérénissime ». L'écuyer la rapporta fidèlement et ce qu'il raconta de la carpe devint l'éloge de Racine, qui se croyoit en bon père obligé de la manger en famille.

§ VII. *Dieu lui-même donne un exemple sublime de l'amour paternel dans la parabole touchante de l'Enfant Prodigue.*

1. Un homme avoit deux enfans;

2. Le plus jeune dit à son père: Mon père, donnez-moi ce qui me doit revenir de votre bien. Et le père leur fit le partage de son bien.

3. Peu de jours après, le plus jeune de ces deux enfans, ayant amassé tout ce qu'il avoit, s'en alla dans un pays étranger fort éloigné, où il dissipa tout son bien en excès et en débauches.

4. Après qu'il l'eut tout dépensé, une grande famine survint en ce pays-là, et il commença à tomber en nécessité.

5. Il s'en alla donc, et s'attacha au service d'un des habitans du pays, qui l'envoya en sa maison des champs pour y garder les pourceaux.

6. Et là il envioit, pour apaiser sa faim, les vils restes que les pourceaux mangeoient; mais personne ne lui en donnoit.

7. Enfin, étant rentré en lui-même, il dit: Combien y a-t-il dans la maison de mon père de serviteurs à gages, qui ont plus de pain qu'il ne leur en faut! et moi je suis ici à mourir de faim!

8. Il faut que je me lève, et que j'aille trouver mon père, et que je lui dise: Mon père, j'ai péché contre le ciel et contre vous:

9. Et je ne suis plus digne d'être appelé votre fils; traitez-moi comme l'un des serviteurs qui sont à vos gages.

10. Il se leva donc, et s'en vint trouver son père. Et

lorsqu'il étoit encore bien loin, son père l'aperçut, et en fut touché de compassion; et, courant à lui, il se jeta à son cou et le baisa.

11. Et son fils lui dit: Mon père, j'ai péché contre le ciel et contre vous; et je ne suis plus digne d'être appelé votre fils.

12. Alors le père dit à ses serviteurs : Apportez promptement sa première robe et l'en revêtez, et mettez-lui un anneau au doigt et des souliers aux pieds.

13. Amenez aussi le veau gras, et le tuez : mangeons et faisons bonne chère;

14. Parce que mon fils que voici étoit mort, et il est ressuscité; il étoit perdu, et il est retrouvé. Ils commencèrent donc à faire festin.

15. Cependant son fils aîné, qui étoit dans les champs revint; et, lorsqu'il fut proche de la maison, il entendit les concerts et le bruit de ceux qui dansoient.

16. Il appela donc un des serviteurs, et lui demanda ce que c'étoit.

17. Le serviteur lui répondit : C'est que votre frère est revenu, et votre père a tué le veau gras, parce qu'il le revoit en santé.

18. Ce qui l'ayant mis en colère, il ne vouloit point entrer dans le logis : mais, son père étant sorti pour l'en prier,

19. Il lui fit cette réponse : Voilà déjà tant d'années que je vous sers, et je ne vous ai jamais désobéi en rien de ce que vous m'avez commandé, et cependant vous ne m'avez jamais donné un chevreau pour me réjouir avec mes amis;

20. Mais aussitôt que votre autre fils, qui a mangé son bien avec des femmes perdues, est revenu, vous avez tué pour lui le veau gras.

21. Alors le père lui dit: Mon fils, vous êtes toujours avec moi, et tout ce que j'ai est à vous;

22. Mais il falloit faire festin et nous réjouir, parce que votre frère étoit mort, et il est ressuscité; il étoit perdu, et il a été retrouvé.

DEUXIÈME PARTIE.

CE QUE L'ON SE DOIT A SOI-MÊME.

CHAPITRE PREMIER.

De la morale en général.

§ Ier. *A quoi se réduisent les devoirs envers soi-même.*

QUELS sont nos devoirs envers nous-mêmes ?

Décerner à notre âme les plus grands honneurs, après ceux que nous rendons à la Divinité ; ne la jamais remplir de vices et de remords ; ne la jamais vendre au poids de l'or, ni la sacrifier à l'attrait des plaisirs ; ne jamais préférer, dans aucune occasion, un être aussi terrestre, aussi fragile que le corps, à une substance dont l'origine est céleste et la durée éternelle.

§ II. *Ce que l'on doit penser de la morale.*

Peut-être ne faudroit-il pas d'autre étude de morale que celle de la loi de Dieu ; du moins il me semble que c'est celle où la méthode des écoles est la moins utile. Savoir la morale, ce n'est pas en savoir discourir, qui est ce qu'Aristote nous apprend ; mais c'est savoir bien vivre, qui est ce que nous apprenons dans les livres de Salomon et dans le reste de l'Écriture : avoir de bonnes maximes, en être solidement persuadé, être fidèle à les pratiquer dans les occasions ; voilà la morale. Qu'importe en quel ordre on ait appris ces maximes ? toutefois si l'on voit qu'elles entrent mieux dans l'esprit, étant présentées d'une manière que d'une autre, à la bonne heure ; mais il est important qu'elles y entrent agréablement, et, c'est à quoi servent merveilleusement les comparaisons abrégées, et les images ingénieuses des paraboles : le principal est qu'on en soit persuadé sérieusement, et pour cet effet, il est bon de les soutenir par le raisonnement, d'en montrer la liaison nécessaire, et de les ramener quelquefois jusqu'aux premiers principes, afin qu'elles aient des fondemens inébranlables ; autrement on court le hasard de suivre une conduite inégale et incertaine comme la plupart des hommes, et de pratiquer le contraire de ce que l'on dit, ou même de ce que l'on fait dans d'autres rencontres. Or, pour ces raisonnemens de morale qui vont au fond et à la conviction, aucun des auteurs anciens n'est comparable à Platon ; sa doctrine est bien plus élevée que celle d'Aristote, qui va terre à terre, et s'accoutume aux humeurs ordinaires des hommes. Platon vise à la perfection de la raison, et approche bien plus de la vérité et de l'Évangile. La trop grande opinion qu'on a conçue d'Aristote dans ces derniers siècles, est une des sources du relâchement qui a passé en dogme dans la morale. Platon a de plus l'avantage de la méthode ; il ne se contente pas de décider et de proposer sèchement ses maximes; il s'accommode à la portée de celui qu'il instruit, et fait tout le chemin nécessaire pour le tirer de ses erreurs, et l'amener pas à pas à la connoissance de la vérité, en sorte qu'il ne reste plus aucun doute, et que l'esprit est pleinement satisfait : du moins il le fait quelquefois, ce qui suffit pour en montrer le chemin. Si l'on en veut faire l'expérience, qu'on lise le Gorgias, le premier Alcibiade, le Philèbe, et surtout son chef-d'œuvre qui est la République; mais il le faut lire avec attention et patience, et d'ailleurs avec discernement; car il faut toujours user de précaution avec les auteurs païens. Au reste, il n'y a pas beaucoup de personnes capables de ces raisonnemens, et ils ne seront pas nécessaires, quand l'autorité divine sera une fois bien établie.

FLEURY.

§ III. *De nos devoirs par rapport à nous-mêmes.*

Je dois commencer par me persuader de deux vérités. 1°. Si je suis raisonnable, si je m'aime véritablement moi-même, je tendrai toujours à mon bonheur par ma perfection.

2°. Je suis composé de deux substances différentes; l'une matérielle, que je nomme mon corps; l'autre spirituelle, que j'appelle mon âme; et ces deux substances, dont la nature est si essentiellement différente, sont cependant unies par un lien invisible, mais qu'une expérience continuelle me fait sentir à chaque instant, et sont tellement assorties l'une à l'autre, que les biens et les maux leur sont communs en quelque manière, par l'impression qu'elles en reçoivent chacune selon sa nature.

La première conséquence que je tirerai de ces deux vérités, ou la première règle générale de mes devoirs à l'égard de moi-même, sera donc, que je suis naturellement obligé de travailler à la perfection de mon corps, à la perfection de mon âme, et enfin à celle de ce tout, ou de ce *moi* tout entier, qui est composé de l'un et de l'autre.

Pour commencer par ce qui regarde ce corps, je suis obligé de prendre un soin raisonnable de conserver, de rétablir, d'augmenter même, s'il est possible, la bonne disposition, la force, l'adresse de mon corps; d'éviter avec soin les plaisirs ou les excès qui peuvent y être contraires, et tout ce qui est capable de déranger ou de détruire une machine si admirable, mais si fragile.

Je trouve un avantage dans l'observation de cette règle, c'est que la perfection de mon corps ne m'est pas seulement agréable en elle-même; je sens qu'elle m'est encore très-utile pour la perfection de mon âme, qui remplit bien plus aisément toutes ses fonctions, lorsqu'elle n'est point troublée par le dérangement et l'altération d'un corps dont les organes lui sont si nécessaires dans les opérations même les plus spirituelles.

Je dois donc entretenir mon corps dans une situation où, loin de se rendre inhabile au service de mon âme, et souvent même d'y mettre un obstacle, il soit entre ses mains comme un instrument souple et docile dont elle dispose à son gré pour parvenir à sa propre perfection.

Pour ce qui est de notre âme, un sage du paganisme a dit : Personne ne sait honorer son âme autant qu'elle le mérite. C'est en effet dans cette seule partie de mon être que je peux trouver une image de la divinité. Je respecterai donc cette image ; et, connoissant tout ce qui élève l'esprit infiniment au-dessus du corps, je me prescrirai pour seconde règle générale de travailler beaucoup plus, sans comparaison, à la perfection de mon être spirituel qu'à celle de mon être corporel. Mais il est évident que cette perfection ne peut consister que dans le bon usage de mon intelligence pour connoître le vrai bien, et de ma volonté pour l'acquérir. C'est par là que ma perfection me conduit à mon bonheur. Pour y parvenir, je dois m'appliquer à établir et entretenir dans mon âme un ordre et une proportion parfaite entre ses facultés et ses différentes connoissances ou observations. Cet ordre consiste 1°. dans la conformité des jugemens de mon esprit avec mes perceptions ou mes idées claires ;

2°. Dans l'accord parfait et constant de mes sentimens, ou des mouvemens de mon cœur, avec les jugemens de mon esprit ;

3°. Dans la fidèle correspondance de mes paroles et de mes actions avec mes jugemens et mes sentimens.

Mais si je remarque en même temps que l'immensité ou la multiplicité des objets de ma pensée ou de mon amour, est une des principales causes de mes égaremens ; parce que, l'activité de mon esprit et l'avidité de mon cœur ayant besoin d'une nourriture continuelle, il m'arrive souvent de saisir le premier objet qui se présente à mes regards ou à mes désirs; j'éviterai cet inconvénient, en me mettant en garde contre ces premières impressions qui détournent ou qui égarent mon entendement ou ma volonté, en lui dérobant la vue de son véritable objet, qui est sa perfection intérieure. J'éloignerai donc avec soin tout ce qui peut distraire mon âme d'un si grand objet, afin que, l'ayant toujours devant les yeux, elle soit attentive à diriger vers lui les pensées de son esprit et les mouvemens de son cœur.

Après avoir évité de courir vainement d'objets en objets, je dois me garantir de cette curiosité téméraire et dangereuse qui me feroit chercher à découvrir, ou sur Dieu ou sur moi-même, plus qu'il ne m'est permis de savoir. Je consulterai sagement la mesure de mes forces. Tout ce qui appartient à des connoissances que je n'ai pas et que je ne saurois acquérir, soit parce qu'elles sont fondées sur des idées qui surpassent la portée de mon esprit, soit parce qu'elles dépendent d'une volonté positive de Dieu qu'il ne lui a pas plu de me révéler dans cette vie, je le regarderai comme un objet qui est hors de la sphère de mon esprit. Je saurai m'arrêter au point qui sépare pour moi le connu de l'inconnu, afin de garder constamment une juste mesure dans le bien, et de mériter, si je le peux, la louange qui a été donnée à un grand homme de l'antiquité, lorsqu'on a dit de lui : qu'il avoit su tempérer l'ardeur de sa curiosité par la raison, et être sobre dans sa sagesse même. (Agricola).

Si je viens à l'union de mon cœur et de mon âme, ces deux substances si différentes, je sais par une expérience continuelle qu'elles agissent réciproquement l'une sur l'autre, et je ne puis douter que ce ne soit Dieu qui est l'auteur et le conservateur perpétuel de cette action ou pouvoir. Je pécherois donc contre les lois de l'union intime qui est entre mon âme et mon corps, si j'abusois de la puissance que j'exerce par mon âme sur mon corps, ou par mon corps sur mon âme, pour nuire à la perfection de l'un ou de l'autre, ou à celle d'un si admirable composé, à laquelle l'un et l'autre doivent concourir de leur côté selon la proportion de leur nature. J'ajoute cette restriction, parce que les soins qu'ils exigent de moi pour la conservation des avantages qui leur sont propres ne m'empêchent pas de sentir combien la première substance est plus excellente que la seconde; et j'en conclus que, s'il m'est permis et même ordonné de cultiver attentivement l'union que Dieu a formée entre mon corps et mon âme, je dois, en les appréciant à leur juste valeur, donner la préférence à celle de ces deux substances qui est, sans comparaison, la plus parfaite et la seule capable du bonheur que je ne cesse de désirer. S'il se trouve donc des occasions où la perfection de l'une soit incompatible avec la perfection de l'autre, un amour éclairé de nous-mêmes n'hésitera point à se déclarer pour la partie la plus noble ; et la raison me dicte que je dois sacrifier généreusement les intérêts d'une substance fragile et périssable à ceux d'une substance non-seulement plus durable, mais immortelle.

J'en conclurai aussi, en comparant les différentes espèces de bien, que je dois préférer le bien le plus durable à celui qui l'est moins, et à plus forte raison le bonheur parfait, qui remplit tous mes désirs. J'envisagerai les plaisirs, non-seulement en eux-mêmes, mais dans leurs suites; et, à la vue des maux qu'ils peuvent quelquefois produire, je tirerai cette conséquence, que des délices innocentes qui ne m'exposent à aucun retour de douleur, doivent me paroître bien au-dessus de celles qui, quoique plus agréables dans un moment rapide, deviennent pour moi la source d'une longue suite de déplaisirs. Comme le mal et la douleur sont le contraire du plaisir, j'en ferai le discernement par les mêmes principes. Si je viens à comparer les peines avec les plaisirs, je reconnois aisément que la seule exemption de toute sorte de peines est par elle-même un si grand plaisir, que, s'il faut l'acheter par les souffrances d'une peine passagère, je ne dois pas hésiter à prendre ce parti, comme je le prends en effet toutes les fois qu'il s'agit de la conservation ou du rétablissement de ma santé, qui n'a cependant pour moi que le seul plaisir de ne sentir aucune douleur, ou aucune impression désagréable à l'occasion de mon corps. Par conséquent, la crainte d'une peine actuelle doit encore moins m'arrêter, lorsqu'il s'agit de parvenir, non-seulement à l'exemption de toute douleur, mais à un état permanent qui m'assure la jouissance d'un plaisir beaucoup plus grand que la peine par laquelle je puis arriver à cet état. Or, tel est le plaisir que j'éprouve lorsque je reconnois, par le témoignage intérieur de ma conscience, que je suis dans la voie qui conduit à la perfection de mon être; et, comme ce plaisir croît à mesure que j'en approche davantage, il n'y aura point de peine qui ne me paroisse supportable, quand je la comparerai avec une si grande satisfaction, soit que cette peine consiste dans une simple privation, ou même qu'elle soit portée jusqu'à un sentiment triste et pénible pour moi.

D'AGUESSEAU.

§ IV. *De la difficulté qu'il y a de persuader aux hommes les vérités de morale.*

On a remarqué dans tous les temps que les vérités de mathématiques sont plus facile à persuader aux hommes que celles de morale; non pas précisément, comme la plupart s'imaginent, parce qu'elles sont plus évidentes de leur nature, mais par une raison qui ne fait pas trop d'honneur au genre humain. Que la ligne droite soit la plus courte longueur entre deux points; qu'en tombant sur une autre ligne droite, elle fasse avec elle au point de rencontre ou deux angles droits ou deux angles égaux à deux droits; que la mesure naturelle de ces deux angles soit la demi-circonférence d'un cercle décrit du point où ils se forment, nous n'avons aucun intérêt qui nous empêche d'en voir la démonstration, ni de la reconnoître : notre inclination pour le plaisir n'en est point traversée; notre amour-propre n'en a rien à craindre ; ces sortes de vérités n'offrent à notre esprit qu'une lumière douce et tranquille, qui ne trouve dans notre cœur aucune répugnance à les admettre. Il n'en est pas de même des vérités de morale : qu'il y ait une loi éternelle qui nous impose des devoirs, un souverain maître qui les exige de nous avec empire, un ordre établi dans le monde auquel il faut nous assujettir : cela est aussi démontré que les élémens d'Euclide. Mais que l'on entreprenne de prouver aux hommes qu'ils en doivent être aussi persuadés, combien de nuages s'élèvent aussitôt de leur cœur pour obscurcir cette loi, pour leur cacher ce maître, pour embrouiller cet ordre impérieux qui les incommode! Notre orgueil en est abattu; notre inclination pour le plaisir en est alarmée ; notre amour-propre, naturellement libertin, se révolte contre des vérités qui sont en même temps des règles de conduite indispensables : et, pour nous les faire pleinement reconnoître, il ne suffit pas de nous les démontrer, il faut en quelque sorte forcer notre persuasion à les recevoir.

LE PÈRE ANDRÉ, *Essai sur le Beau.*

§ V. *Les plus sages avis sont souvent perdus.*

Cette pensée, qui ne doit cependant pas rebuter les instituteurs, sert comme de conclusion à une fable inédite de Phèdre. C'est la septième des trente-deux fables nouvelles que Saunelli, bibliothécaire du roi de Naples, vient de publier d'après le manuscrit de Perotti. Nous croyons faire plaisir au lecteur de la donner ici précédée d'une traduction.

L'Oracle d'Apollon.

Divin Apollon, vous qui habitez Delphes et l'agréable sommet du Parnasse, daignez nous apprendre ce qu'il y a de plus utile pour les hommes.

Mais, quoi ! déjà se hérissent les cheveux de la prêtresse; les divins trépieds sont agités; le sanctuaire est ébranlé par la voix tonnante de la divinité; les lauriers sacrés frémissent, et le jour même pâlit.

Pleine de l'esprit qui la tourmente, la Pythie fait entendre sa voix, et apprend aux nations les maximes du dieu de Délos:

« Soyez remplis de piété; acquittez vos vœux envers les » immortels; défendez votre patrie, vos parens, vos en- » fans, vos chastes épouses; et, le fer à la main, re- » poussez les ennemis de l'état; aidez vos amis; mé- » nagez les malheureux; prenez le parti des gens de » bien; opposez-vous aux menées des hommes trom- » peurs; tirez vengeance des crimes; châtiez les vils » adultères; évitez les méchans; et n'accordez jamais » une confiance trop aveugle. »

Ainsi parle la vierge en délire, et elle tombe épuisée; il falloit bien qu'on la crût en délire, car ses conseils ne sont que paroles perdues.

De Oraculo Apollinis.

« Utilius nobis quid sit dic, Phœbe, obsecro,
Qui Delphos, et formosum Parnassum incolis. »
Quid modò sacratæ vatis horrescunt comæ,

Tripodes moventur, mugit adytis religio,
Tremuntque lauri, et ipse pallescit dies?
Voces resolvit acta Pytho (Pythia) numine,
Docetque gentes Delii monitus Dei :
« Pietatem colite ; vota superis reddite ;
Patriam, parentes, natos, castas conjuges
Defendite ; armis hostem ferroque pellite ;
Amicos sublevate ; miseris parcite ;
Bonis favete ; subdolis ite obviam ;
Delicta vindicate ; castigate impios ;
Punite turpi thalamos qui violant stupro ;
Malos cavete ; nulli nimiùm credite. »
Hæc eloquuta concidit virgo furens,
Furens profectò, nam quæ dixit perdidit.

Cette conclusion, nous le répétons, ne doit point décourager les instituteurs ; et nous ne pouvons nous empêcher de faire ici une remarque qui nous paroît importante. En insistant sur les avantages d'une bonne éducation, on ne prétend pas en conclure qu'elle produise toujours les heureux fruits que l'on se propose d'en recueillir. Il est des terrains ingrats qui ne répondent jamais aux soins qui leur ont été donnés ; mais il arrive aussi que des germes, que l'on croyoit morts, reprennent, même après un long temps, une vie qui fait la consolation de l'agriculteur. On ne doit donc jamais perdre toute espérance ; on oublie quelquefois les bons principes que l'on a reçus dans sa jeunesse ; mais il ne sont pas toujours perdus, et il seroit aisé d'en citer un assez grand nombre d'exemples. Ceci pourroit s'adresser, non-seulement aux instituteurs, mais en général à tous ceux qui enseignent la morale, à tous les hommes de tout âge, en observant néanmoins, pour nous servir encore d'une comparaison tirée de l'agriculture, qu'il y a plus d'avantage à ensemencer un champ neuf pour ainsi dire, et nouvellement labouré, qu'à vouloir jeter la semence dans un terrain déjà couvert de ronces, d'épines et de toutes sortes de mauvaises herbes.

§ VI. *Le Sens commun.*

Le Sens commun n'est pas chose commune :
Chacun pourtant croit en avoir assez.
On m'a conté qu'autrefois la Fortune,
Lasse de voir ses amans empressés
La fatiguer par des vœux insensés,
Leur dit à tous : Je veux vous satisfaire ;
Venez demain, vous verrez mes trésors ;
Regardez bien ce qui pourra vous plaire :
Pour l'obtenir il ne faut point d'efforts ;
Mais dans le choix gardez de vous méprendre ;
Qui choisit mal n'a plus rien à prétendre.
Ainsi fut dit, et dès le lendemain
On eût cru voir la foire Saint-Germain.
Dans un grand champ, cent boutiques rangées
Offroient aux yeux ses faveurs partagées ;
Bonheur au jeu, chez les grands libre accès,
Folle entreprise et faite avec succès,
Gros intérêt pris dans la compagnie,
Même, dit-on, place à l'académie,
Faveur des rois, honneurs et dignités,
Emplois brillans quoique non mérités,
Argent sans peine, en un mot toute chose
Dont à son gré la Fortune dispose.

Tout à l'entrée, on avoit mis à part
Un vase simple et fait sans aucun art,
Où l'on lisoit écrit en vieux gothique :
« Le Sens commun est dans cette urne antique;
Prenez en tous, mais sans perdre un moment,
Car la Fortune en donne rarement. »
La foule accourt, le cœur rempli de joie,
En un instant se partage la proie;
Chacun se croit heureux et fortuné,
Le Sens commun demeure abandonné,
Chacun le voit et le laisse en sa place.
« Le Sens commun ! que veut-on que j'en fasse ?
Disoit un sot, j'en ai du plus exquis;
Qu'on porte l'urne à monsieur le marquis;
Que l'on en donne à madame une telle
Qui fait l'habile et n'a point de cervelle;
Qu'on en fournisse à ce grand magistrat
Qui se croit sage, et pourtant n'est qu'un fat
A cet abbé, dont la veine féconde
De méchans vers fatigue tout le monde. »
Un bon bourgeois, le dernier arrivé,
Se plaint en vain de voir tout enlevé,
Rien ne restoit que l'urne abandonnée :
« Ramassons-la, le sort me l'a donnée,
Dit-il alors, ce sera tout mon bien.
Mieux vaut encor quelque chose que rien;
Et, puisque c'est mon unique partage,
Tâchons du moins d'en faire un bon usage ».
Disant ces mots, il retourne chez soi,
Du Sens commun fait son unique loi,
Avec douceur gouverne sa famille,
Pourvoit son fils, établit une fille;
Fuyant l'éclat et du monde ignoré,
Dans sa maison tranquille et retiré,

Sur sa recette il règle sa dépense,
De ses pareils acquiert la bienveillance;
Et, sans vouloir enfler ses revenus
Par ces moyens à la cour trop connus,
Où le profit est joint à l'infamie,
Il s'enrichit par son économie.
Mais cependant Fortune à ses amis
Tient largement tout ce qu'elle a promis:
Champagne au jeu fait un gain qui l'étonne;
A tout hasard en vain il s'abandonne,
Tout lui succède au-delà de ses vœux,
Il ne connoît aucun jour malheureux.
Admis partout, à la cour, à la ville,
Il n'y fait point de reprise inutile.
Il a plus d'or que n'eut jamais Midas,
Et gagne même aux jeux qu'il ne sait pas.
Le financier, plus solide et plus sage,
Fait moins de bruit, amasse davantage,
Se cache au monde et marche sourdement;
De mille écus, acquis, Dieu sait comment!
Il fait bientôt cent mille écus de rente;
De jour en jour son bien croît et s'augmente.
Bientôt on voit comtés et marquisats
D'un vil faquin composer les états.
Des vieux héros le patrimoine antique
Devient celui de ce marquis comique,
Qui, de ce titre enflant ses qualités,
Flétrit ces noms jadis si respectés.
Mais rarement la déesse volage
De ses faveurs accorde un long usage.
On voit bientôt, par un retour fatal
Le gros joueur réduit à l'hôpital,
Et maudissant son peu de prévoyance,
Manquant de tout, mourir dans l'indigence.

Le financier justement recherché,
Dans quelque coin fugitif et caché,
A tous momens tremble que la justice,
Le découvrant, ne l'envoie au supplice.
Bientôt chez lui tout est en désarroi,
On vend ses biens, et tout retourne au roi.
Mais son pareil voit en vain son naufrage,
Le mal d'autrui ne le rend pas plus sage;
Dans quelque bail il cherche à s'engager;
L'amour du gain lui cache le danger:
Tant il est vrai, qu'en ce siècle où nous sommes,
Le sens commun est rare chez les hommes!

M. DE VALINCOURT.

§ VII. *Réponses de Thalès de Milet sur différens points de morale.*

= Qu'y a-t-il de plus beau? — L'univers, car il est l'ouvrage de Dieu. = De plus vaste? — L'espace, parce qu'il contient tout. = De plus fort? — La nécessité, parce qu'elle triomphe de tout. = De plus difficile? — De se connoître. = De plus facile? — De donner des avis. = De plus rare? — Un tyran qui parvient à la vieillesse. = Quelle différence y a-t-il entre vivre et mourir? — Tout cela est égal. = Pourquoi donc ne mourez-vous pas? — C'est que tout cela est égal. = Qu'est-ce qui peut consoler dans le malheur? — L'occasion de secourir un ennemi plus malheureux que nous. = Que faut-il pour mener une vie irréprochable? — Ne pas faire ce qu'on blâme dans les autres. = Que faut-il pour être heureux ? — Un corps sain ; une fortune aisée, un esprit éclairé, etc. [1]

§ VIII. *On se doit à soi-même de ne point manquer à la fidélité promise.*

Du temps de la ligue, Nicolas Potier de Novion de Blancménil, président à mortier, fut sur le point d'être condamné à être pendu par les Seize. Comme on alloit le juger, le duc de Mayenne revint à Paris. Ce prince avoit toujours eu pour Blancménil une vénération qu'on ne pouvoit refuser à sa vertu. Il alla lui-même le tirer de prison. Le président se jeta aux pieds du prince, et lui dit : « Monseigneur, je vous ai obligation de la vie ; » mais j'ose vous demander une plus grande grâce : » c'est de me permettre de me retirer auprès de » Henri IV, mon légitime souverain. Je vous recon- » noîtrai toute ma vie pour mon bienfaiteur ; mais je » ne puis vous servir comme mon maître. » Le duc de Mayenne, touché de ce discours, le releva, l'embrassa, et le renvoya à Henri IV.

Le duc de Guise, ayant soulevé le peuple de Paris, le roi Henri III fut obligé de se retirer à Chartres, et le duc resta seul maître de la capitale. Après avoir apaisé le tumulte, il alla rendre visite au premier président, Achille de Harlai. Il le trouva qui se promenoit dans son jardin, lequel s'étonna si peu de sa venue, qu'il ne daigna pas seulement tourner la tête, ni discontinuer

[1] Diogène Laërce.

sa promenade commencée, laquelle achevée qu'elle fut, et étant au bout de son allée, il retourna, et en retournant, il vit le duc de Guise qui venoit à lui. Alors il lui dit : « C'est grand pitié que le valet chasse le maître !
» Au reste, mon âme est à Dieu, mon cœur est à mon
» roi, et mon corps est entre les mains des méchans :
» qu'on en fasse ce qu'on voudra. »

§ IX. *Autre exemple de la loyauté que l'on se doit à soi-même.*

Les Allemands et les Anglais tentèrent en 1705 la conquête de Barcelone pour l'archiduc. Péterborough, qui n'avoit jamais aimé cette entreprise, et qui la voyoit traîner en longueur, donnoit déjà l'ordre à ses Anglais de se rembarquer, lorsqu'on lui annonce que le prince de Darmstadt, qui commande avec lui, vient d'être tué. A cette nouvelle, il retarde son départ, et poursuit l'attaque d'une place qu'il espère soumettre seul et sans partager la gloire du succès. Le vice-roi se détermine à se rendre.

Il parle à Péterborough à la porte de la ville. Les articles n'étoient pas encore signés, quand on entend tout à coup des cris et des hurlemens. *Vous nous trahissez*, dit le vice-roi à Péterborough ; *nous capitulons de bonne foi, et voilà vos Anglais qui sont entrés dans la ville par les remparts. Vous vous méprenez*, répondit milord Péterborough, *il faut que ce soient des troupes du prince de Darmstadt.*

Il n'y a qu'un moyen de sauver votre ville ; c'est de me laisser entrer sur-le-champ avec mes Anglais ; j'apaiserai tout, et je reviendrai à la porte achever la capitulation.

Il parloit d'un ton de vérité et de grandeur qui, joint au danger présent, persuada le gouverneur. On le laissa entrer. Il court avec ses officiers : il trouve des Allemands et des Catalans qui saccageoient les maisons des principaux citoyens ; il les chasse, il leur fait quitter le butin qu'ils enlevoient ; il rencontre la duchesse de Popoli entre les mains des soldats, il la délivre et la rend à son mari. Enfin, ayant tout apaisé, il retourne à cette porte, et signe la capitulation.

---

§ X. *Il y a des circonstances où la générosité n'est qu'un devoir.*

Le roi Henri II, ayant offert une place d'avocat-général au célèbre Henri de Mesme, l'un des plus illustres magistrats de son siècle, ce grand homme prit la liberté de dire au monarque que cette place n'étoit point vacante. « Elle l'est, répliqua le roi, parce que » je suis mécontent de celui qui la remplit. — Pardonnez-moi, sire, répondit Henri de Mesme, après » avoir fait modestement l'apologie de l'accusé ; j'aimerois mieux gratter la terre avec mes ongles, que » d'entrer dans cette charge par une telle porte. » Le roi eut égard à sa remontrance, et laissa l'avocat-général dans sa place. Celui-ci étant venu le lendemain pour remercier son bienfaiteur, à peine Henri de Mesme put-il souffrir qu'on songeât à lui faire des remercîmens pour une action qui étoit, disoit-il, d'un devoir indispensable, et auquel il n'auroit pu manquer sans se déshonorer lui-même pour toujours.

CHAPITRE II.

De la véritable vertu et du véritable honneur.

§ Ier. *La véritable vertu n'est point fondée sur l'intérêt, mais sur l'amour de la vertu.*

« Nous n'ignorons pas, dit le prince des orateurs et des philosophes romains, que la plupart des hommes ne sont fidèles à la vertu, qu'autant qu'ils y trouvent leur intérêt ou leur plaisir ; mais, malgré le désordre général, nous voyons encore parmi nous des gens de bien qui la suivent constamment, par la seule raison que cela convient, que cela est juste, que cela est honnête. » Il faut quelquefois, dit Platon, suivre l'honnête au travers de l'infamie ; perdre la réputation d'homme de bien pour l'être effectivement ; souffrir les prisons, les exils, tous les supplices des criminels pour conserver son innocence ; en un mot, faire son devoir sans plaisir, souvent même à son préjudice. J'oserois presque dire qu'il n'y a jamais eu de vertus solides, qui n'aient passé quelquefois par ces états d'épreuve. Platon y met son homme juste, pour nous faire voir jusqu'où doit aller dans notre cœur l'amour de la justice éternelle ; Sénèque y met son sage, pour lui donner un théâtre digne de sa constance.

Dira-t-on que la vertu, ainsi abandonnée, s'accombera nécessairement ? J'en appelle encore à l'expérience des personnes vertueuses ; car, si nous voyons des âmes foibles qui se laissent vaincre dans ces épreuves de la vertu, nous en voyons de fortes qui en triomphent ; et s'il y a des lâches qui ne peuvent tenir ferme dans un poste attaqué, sans y être, pour ainsi dire, enchaînés par l'intérêt ou par la vaine gloire, nous savons qu'il y a de vrais braves qui s'y maintiennent par des motifs plus purs et plus saints ; par la force de leur attention à la beauté de l'ordre qui les y appelle ; par la force de l'amour du devoir qui les y attache ; d'une résolution déterminée à ne jamais dépendre, dans leur conduite, que de la raison, qui est immuable, et non pas d'un attrait de plaisir, qui peut à toute heure nous manquer ; enfin, par la force de leur habitude au bien, qui les rend, sinon invincibles, du moins assez difficiles à vaincre, pour les soutenir quelques momens contre les attaques de l'inconstance ou de la foiblesse humaine.

Si l'on s'écarte de ces principes, où résidera désormais l'amour du bien public, tel que la raison, l'honneur, la conscience nous le demandent ? où trouvera-t-on des âmes généreuses qui soient prêtes à lui sacrifier leur repos, leurs biens, leurs personnes ? où trouvera-t-on des Codrus ou des Léonidas, qui se dévouent à la mort pour le salut de leurs peuples ? des Aristides qui, après une longue administration des affaires publiques, demeurent pauvres en laissant l'état dans l'opulence ? des Régulus, qui donnent à leur patrie des conseils contre leur propre tête, plutôt que de souffrir qu'elle se déshonore en les sauvant ? Et puisque nous ne manquons pas d'exemples domestiques, où trouvera-t-on dans nos armées des Catinat, qui s'exposent à toutes les disgrâces de la cour, plutôt que de lui taire des vérités importantes, qu'elle ne veut point savoir? où trouvera-t-on dans la robe des Molé qui, dans les fureurs d'une guerre civile, aient le courage de porter tour à tour leur tête et aux rois et aux peuples, pour les sauver tous deux, en leur faisant entendre leurs véritables intérêts?

Si la vertu, l'amitié, la libéralité, la reconnoissance ne peuvent avoir d'autre principe réel que l'utilité que l'on en retire ou que l'on s'en promet, toute vertu sera détruite; nous n'aimerons personne qu'autant que nous y trouverons notre intérêt ou notre plaisir. Nous compterons sans cesse avec nos amis, du moins au fond de notre cœur; nous supputerons avec soin les émolumens, les plaisirs, les services que nous en pourrons retirer; nous aurons toujours la plume à la main pour calculer nos gains et nos pertes. « C'est ainsi, disoit Cicéron, que nous aimons nos champs, nos vignes, nos prairies, nos troupeaux, nos bêtes qui nous servent ou qui nous divertissent. » Mais si nous n'avons pour nos amis un amour d'une autre nature, que deviendront nos amitiés? Nos liaisons les plus solides, appréciées à leur juste valeur, ne seront plus qu'un trafic de sentimens, ou un vil commerce d'intérêt. Sous le nom d'amis désintéressés, nous ne cacherons tous, quoique nous en disions, que des âmes vénales et mercénaires, des cœurs à vendre au plus offrant, des amis de table, dont l'ardeur ne dure qu'autant que le festin. L'intérêt nous avoit unis, l'intérêt nous désunira : le plaisir nous avoit assemblés, le plaisir nous dispersera chacun du côté où il en trouvera davantage. Les poëtes ont donné des ailes à l'Amour; il faudra désormais en donner aussi à l'Amitié, puisqu'elle n'aura, comme lui, d'autre lien qu'un plaisir volage, ou un intérêt sujet à tous les caprices de la fortune.

Que deviendra la sincérité dans le commerce ordinaire de la vie, si l'on ne dit la vérité qu'autant qu'on y trouvera son avantage? Que deviendra la bonne foi dans les affaires, si l'on ne garde sa parole qu'autant que son intérêt le voudra permettre? La libéralité même, qui paroît si désintéressée dans son principe, deviendra un commerce, et on ne donnera qu'afin de recevoir davantage. La reconnoissance ne sera plus regardée que comme un pesant fardeau, dont il sera aisé de trouver des raisons pour se débarrasser.

Le père André.

§ II. *Exemple du sacrifice que des hommes vertueux ont fait quelquefois de leur propre réputation.*

M. de Malesherbes nous apprend que, dans le temps où l'on s'occupa de la réformation du Code civil et criminel, la cinquième chambre des enquêtes, surtout, s'éleva fortement contre cette réformation. La cour ne fut pas fâchée de cette démarche inconsidérée, et forma le dessein d'en profiter, pour punir le parlement de la conduite que ce corps avoit tenue du temps de la Fronde, et pour supprimer cette cinquième chambre des enquêtes. On eût été bien aise que les choses eussent été poussées à l'excès; et un ministre célèbre, qu'il n'est pas nécessaire de nommer ici, fit proposer deux cent mille livres de gratification à M. de Lamoignon, pour qu'il laissât agir le parlement, et qu'il n'opposât point sa modération et sa prudence ordinaire à la chaleur de la compagnie. Le premier président, d'ailleurs incorruptible, ne prit point le change. Il mit tout en œuvre pour empêcher le parlement de tomber dans le piége qu'on lui tendoit. On le crut de concert avec la cour, tandis qu'il sauvoit en effet le parlement; et il aima mieux perdre pour un temps la faveur populaire, que de sacrifier le bien public au prix des grâces que la cour lui proposoit. La cour, mécontente, comme on le sent bien, garda le silence, et ne recueillit de ses démarches que le coupable avantage de voir que le premier président étoit devenu suspect à sa compagnie. M. de Lamoignon eut la grandeur d'âme de se tenir, comme le véritable sage de Platon, renfermé dans sa vertu et dans son innocence, sans être ébranlé par les clameurs et les interprétations sinistres de ce que le cardinal de Retz appelle *la tourbe des enquêtes*. Le voile qui couvroit son héroïsme, ainsi que l'infamie des ministres, n'a été levé que plus de cent ans après sa mort.

Ce fut à cette conduite admirable que M. Fléchier fit allusion, et qu'il rendit un hommage mystérieux dans l'oraison funèbre du premier président de Lamoignon. M. Fléchier, après avoir dit: C'est dans ce même esprit qu'il méprisa souvent les bruits du vulgaire, et même, se renfermant dans ses bonnes intentions, il lui abandonna les apparences, etc., ajoute plus bas: «Que ne puis-je vous faire voir, du moins en éloignement...; des reproches soutenus constamment, quand il a eu pour lui le témoignage de sa conscience...., sa propre réputation sacrifiée au bien public! Ici, messieurs, mon silence le loue plus que mes paroles. Il vous paroît sans doute plus grand par les actions que je ne dis pas, que par celles que j'ai dites. La postérité les verra, quand le temps, qui dévore tout, aura rongé les voiles qui les couvrent, et qu'il ne restera plus d'intérêt que celui de la vérité. Cependant Dieu les voit, et il en est lui-même la récompense. »

Il étoit difficile qu'il n'y eût pas un peu d'obscurité dans ce passage, dont nous devons l'explication au plus illustre des descendans de M. de Lamoignon, qui dit lui-même dans la vie du premier président dont il a fourni les matériaux : « Nous accomplissons aujourd'hui la prédiction de M. Fléchier. »

§ III. *Autre exemple.*

On raconte un trait admirable de Pélisson. On prétend que, pour sauver le surintendant Fouquet, il ne balança point à exposer sa réputation et à se faire signaler comme le plus infâme des hommes. Il étoit important que Fouquet fût instruit que des papiers qu'il avoit à Saint-Mandé n'existoient plus. Pélisson, pour l'en instruire, se met au nombre de ses accusateurs. Le surintendant est d'abord indigné de l'ingratitude de son premier commis, et il se tient constamment sur la négative relativement à ce que Pélisson lui reprochoit : « Vous ne seriez pas si hardi, lui dit Pélisson, si vous ne saviez pas que vos papiers de Saint-Mandé ont été brûlés. » Cette réflexion fut un trait de lumière pour le surintendant : elle dirigea sa réponse ; et sa colère contre son premier commis se changea en admiration pour un homme qui lui donnoit une si grande preuve d'attachement.

On a voulu ravir à Pélisson la gloire de cette action si belle, où l'on doit reconnoître à la fois le dévoûment le plus noble et la présence d'esprit la plus rare. Mais sur quelles preuves a-t-on appuyé la dénégation ? On a dit que l'artifice étoit trop grossier, et qu'il paroissoit impossible que les ennemis de Fouquet en eussent été la dupe. Il n'y a, par malheur, rien d'assez étonnant dans l'ingratitude et la lâcheté pour que l'on ait hésité de croire que Pelisson étoit capable de se ranger parmi les accusateurs d'un ministre disgracié. Il est très-vraisemblable que ce fut dans cette confiance que l'on permit la confrontation. Sans doute on s'en repentit quand on reconnut l'imprudence et le résultat de la démarche. Ce fut alors que la vengeance de la cour ne garda plus de mesure envers Pélisson. Le traitement qu'il éprouva sert à confirmer le sacrifice qu'il fit un moment de son honneur pour se rendre digne d'être à jamais honoré. Le fait est qu'il demeura quatre ans en prison. Ce fut dans les fers et sous les verroux qu'il composa, pour la défense de son protecteur et de son ami, ces trois Mémoires qui seront toujours regardés comme des chefs-d'œuvre, et que l'on peut citer comme le seul monument de l'éloquence du barreau parmi nous. Dès qu'on ne peut révoquer en doute ce dernier acte de courage, il donne toute croyance au premier. Si dans la suite Pélisson fut mis en liberté, s'il obtint des récompenses, s'il fut même chargé de commissions importantes et délicates, il est naturel de croire qu'il ne dut ces faveurs qu'à l'estime qu'inspira sa noble conduite. Le roi, qui se connoissoit en hommes, dut regarder comme un serviteur dont la fidélité lui seroit assurée, l'homme qui s'étoit montré si fidèle à la reconnoissance et à l'amitié, et qui fit paroître un attachement invariable à celui dont La Fontaine a dit :

Et c'est être innocent que d'être malheureux.

§ IV. *Sacrifice de l'opinion publique.*

Gaspard de Coligni fut fait colonel en 1544, peu de temps après la prise de Carignan à laquelle il avoit pris tant de part. S'apercevant que dans son régiment, comme dans les autres, on avoit contracté l'habitude de garder le lit toute la matinée, il pense à faire cesser cette mollesse impardonnable à des gens de guerre. Pour y réussir, il exhorte ses officiers à se trouver tous les jours à son lever, pour qu'il puisse leur communiquer, librement et à loisir, tout ce qui regarde le service. On se rend à ses désirs par diverses considérations; mais il est généralement regardé comme un homme vain qui abuse de sa place pour se former une espèce de cour.

Coligni, qui s'étoit bien douté qu'il donneroit cette

opinion de son caractère, n'est ni surpris ni blessé de ce qui lui arrive. Seulement il cherche à dédommager, par beaucoup de politesses et de bons offices, ses subalternes, du cérémonial gênant auquel il les assujétit. Enfin, après avoir ainsi vécu long-temps avec eux, il croit qu'ils ont assez bien contracté l'habitude de se lever matin, pour qu'il puisse leur avouer les motifs de sa conduite, et les dispenser de l'attention qu'il a exigée d'eux.

Les officiers, charmés de l'accueil obligeant qu'ils ont reçu de leur colonel, des instructions qu'il leur a données, des liaisons dont ce point de réunion a été l'origine, ne veulent point se détacher d'une pratique qui leur paroît si précieuse : ils continuent librement ce qu'ils ont commencé avec une espèce de contrainte, et font désirer un pareil usage aux autres corps.

§ V. *L'Honneur, le Vent et l'Eau.*

FABLE[1].

Un écrivain ingénieux rapporte que l'Honneur, le Vent et l'Eau, voyagèrent un jour de compagnie. Le voyage achevé, l'Honneur et l'Eau demandèrent au Vent où ils pourroient le trouver après leur séparation. Le Vent leur répondit: « Tantôt j'habite sur le sommet des montagnes, tantôt je me joue dans la plaine; c'est là que vous pourrez me trouver ».

[1] La Fontaine fait voyager la Goutte; un Cierge; et le Pot de terre et le Pot de fer; ce qui n'est pas moins surprenant que d'avoir fait voyager les trois interlocuteurs de cette fable.

L'Honneur et le Vent demandèrent aussi à l'Eau quelle étoit son habitation, et où ils pourroient la rencontrer s'ils avoient besoin d'elle : « Ordinairement, répondit l'Eau, j'habite dans les vallées et dans les lieux les plus bas de la terre. Tantôt je serpente dans les prairies, tantôt je m'ouvre avec fracas un passage entre les rochers. Tels sont les lieux où vous pourrez me trouver ».

Le Vent et l'Eau firent la même demande à l'Honneur : « Apprenez-nous aussi, lui dirent-ils, où nous pourrions vous trouver, si, par malheur, nous venions à vous perdre ? » « Quand une fois on m'a perdu, répondit l'Honneur, on ne peut plus me retrouver [1] ».

§ VI. *Véritable honneur. Faux honneur. Gens sans honneur.*

Tout principe qui peut produire de bonnes actions, mérite que la raison le favorise ; puisqu'il est vrai que les caractères des hommes sont différens, et que les mêmes principes n'ont pas la même force sur tous les cœurs. La religion, ou, si l'on veut la nommer autrement, le devoir et la conscience font agir certaines personnes : mais d'autres se laissent conduire par l'honneur, par ce sentiment délicat qui ne se trouve que dans les âmes naturellement nobles, ou dans celles qu'une

[1] La morale de cette fable est renfermée dans ces vers de Boileau :

L'honneur est comme une île escarpée et sans bords :
On n'y peut plus rentrer dès qu'on en est dehors.

belle éducation et de grands exemples ont élevées au-dessus d'elles-mêmes. C'est à ces âmes distinguées, que l'honneur conduit ou doit conduire, c'est à elles, dis-je, que je consacre particulièrement ce petit essai. Mais comme rien n'est plus pernicieux qu'un principe d'action mal entendu, je vais considérer l'honneur selon ses rapports à trois espèces d'hommes différentes; à ceux qui en ont une juste idée; à ceux qui n'en ont qu'une notion fausse; à ceux enfin qui, le traitant de chimère, font profession ouverte de s'en moquer.

1°. Quoiqu'il ne faille pas confondre la religion et l'honneur, il est pourtant certain que le véritable honneur est celui qui produit les mêmes effets que la religion. Les actions dérivées de ces deux principes, sont des lignes tirées de divers points, mais qui aboutissent au même centre. La religion embrasse la vertu parce qu'elle plaît à Dieu, et pour obéir à Dieu; l'honneur l'aime, parce qu'elle embellit la nature humaine. L'homme religieux craint le vice et l'abhorre; l'homme d'honneur le dédaigne. L'un voit dans une mauvaise action ce qui offense la divinité, l'autre ce qui le dégraderoit lui-même. L'un s'en abstient comme d'une chose défendue, et l'autre comme d'une chose honteuse. Sénèque dit, quelque part, qu'en supposant même qu'il n'existât pas un Dieu qui voit le vice et le punit, il ne voudroit jamais se permettre une action vicieuse, tant il la trouve basse, abjecte et indigne d'un homme. Voilà un sentiment qui caractérise l'homme d'honneur, voilà son langage naturel. Joignons au mot de Sénèque ces vers de la tragédie de Caton, où le jeune Juba fait le portrait de l'honneur :

> L'honneur dans un cœur vil ne grave point ses lois ;
> Il est le roi, le dieu des héros et des rois.
> De la vertu, qu'il rend plus belle,
> Il est le frère et le gardien ;
> Et, quand il veut agir sans elle,
> Il la représente assez bien.

2°. Je passe à ceux qui ne conçoivent l'honneur que sous une fausse idée. Ce sont ces gens qui se font un point d'honneur d'une chose défendue par la loi de Dieu, ou par la loi de leur pays ; ces gens qui s'imaginent qu'il est plus glorieux de se venger que de pardonner, qui mentent sans crainte, et tuent sans miséricorde quiconque a la hardiesse de leur reprocher un mensonge ; ces gens enfin qui se piquent de courage plus que de vertu, et qui ne défendent leur réputation qu'à la pointe de l'épée. Je sais que le vrai courage est une qualité si convenable à notre nature, qu'un homme sans courage mérite à peine le nom d'homme. Mais ceux dont je parle, abusent étrangement de cette vérité. Ils font consister leur honneur dans je ne sais quelle bravoure de mauvaise espèce ; ils se croient honnêtes gens, parce qu'ils sont brutaux et cruels. Hélas! combien ai-je vu de ces honnêtes gens-là, qui méritoient pis que le gibet, et qui l'auroient déshonoré. Qu'ils disent ce qu'ils voudront ; un homme qui sacrifie un devoir à un préjugé, à une mode ; qui regarde comme honorable ce qui déplaît à Dieu, ce qui détruit la société ; qui croit que l'honneur l'oblige à certaines vertus, et le dispense de toutes les autres; un tel homme ne mérita jamais d'être compté parmi les honnêtes gens.

Toute la vie de Timogène fut un exemple frappant des illusions du faux honneur. Timogène vous eût souri s'il vous eût entendu blasphémer contre son Dieu : mais, au moindre mot lâché contre son ami, il vous eût passé son épée au travers du corps. Timogène gardoit religieusement le secret qu'on lui avoit confié, n'importe quel secret; et plutôt que de révéler le complot d'un traître, il eût laissé périr sa nation. Timogène tua un jeune homme en duel, pour quelques paroles contre l'honneur de Belinde, que lui-même avoit séduite, et qu'il avoit livrée bientôt après à la misère et à l'ignominie. Enfin Timogène vendit son bien pour payer ses créanciers; et il acquitta exactement les dettes d'honneur, c'est-à-dire, les dettes du jeu: mais il ne donna pas une obole à de pauvres marchands qu'il avoit ruinés, eux et leurs familles.

3°. Je viens enfin à cette espèce d'hommes pour qui l'honneur n'est qu'un mot vide de sens, et une chimère ridicule. Comme il y a moins à espérer d'un athée que d'un hérétique; des gens qui ne croient point à l'honneur, et qui n'en ont aucun sentiment, sont en pire état, sans doute, que ceux qui s'en forment une fausse notion. Ces enfans de l'infamie pensent comme le vieux Syphax, dans le drame que j'ai déjà cité. Ils regardent l'honneur comme une idée propre à éblouir un jeune homme, et à le précipiter dans des malheurs réels, en le faisant courir après un beau fantôme. Ce sont, pour la plupart, des fripons vétérans, qui, comme dit Shakespeare,

Dans les routes du monde ont tant et tant roulé;

de vieux scélérats, dont le cœur endurci, dont l'imagination même ne connoît plus les sentimens délicats qui affectent naturellement une âme innocente. Apostats de l'honneur et de la vertu, ils traitent de vision romanesque tout ce qui va contre l'intérêt présent; et il faut être fou, disent-ils, pour lutter seul contre son siècle, pour faire son triste métier d'honnête homme, où l'on meurt sans avoir rien gagné. Tels que je les peins, ils ne manquent ordinairement ni de talens ni de crédit. Ils savent se rendre utiles dans tous les partis et dans tous les temps. Ils parviennent aux richesses, et quelquefois même à ces hautes dignités qu'on regarde comme le temple de l'honneur. Hélas! qui pourra leur faire sentir, qu'arriver au temple de l'honneur, sans passer par celui de la vertu, c'est déshonorer l'histoire de son pays, et se couvrir soi-même d'une honte éternelle?

ADDISSON.

§ VII. *Trait du vicomte d'Ortès.*

Charles IX, ayant résolu le massacre des calvinistes de son royaume, envoya dans toutes les provinces des ordres qui, à la honte éternelle de la France, ne furent que trop généralement exécutés le jour de la Saint-Barthélemi. Parmi le petit nombre de gens en place assez raisonnables, assez vertueux et assez fermes pour ne pas obéir, il faut distinguer le vicomte d'Ortès, qui commandoit à Bayonne, et qui écrivit au roi :

« Sire, j'ai communiqué le commandement de votre » majesté à ses fidèles habitans et gens de guerre de la » garnison. Je n'y ai trouvé que bons citoyens et fermes » soldats, mais pas un bourreau. C'est pourquoi eux et » moi supplions très-humblement votre dite majesté » de vouloir bien employer en choses possibles, quelque » hasardeuses qu'elles soient, nos bras et nos vies ; » comme étant, autant qu'elles dureront, sire, vos » très-humbles, etc.

---

§ VIII. *Sur la véritable valeur.*

Dans une lettre de M. de Fénélon écrite le 31 mars 1691, au précepteur du duc de Chartres (depuis duc d'Orléans, régent du royaume,) et qui n'a point été imprimée, on lit : J'ai vu ici beaucoup de nouvelles du siége de Mons ; mais je n'en ai point trouvé de si exactes, ni de si propres à faire entendre l'état des choses. Je ne m'étonne plus de ce qu'on vous a amené à la guerre. Vous en avez le talent, et vous apprendrez plus à M. le duc de Chartres que beaucoup de gens qui sont, par leur métier, chargés de l'instruire. Quelque plaisir que vos relations fassent non-seulement à moi, mais encore à d'autres qui méritent mieux vos soins, je ne consens point que vous vous gêniez dans vos occupations pour me donner des nouvelles. Celle qui me touche le plus est que M. le duc de Chartres est partout où il doit être, sans empressement. La véritable valeur est comme le bon esprit; elle se montre seulement au besoin; elle ne va point au-devant des occasions, étant sûre d'y bien faire, et n'ayant point à craindre de demeurer équivoque. Que je serai charmé s'il ne craint pas plus les froides railleries des libertins que les coups de mousquets, etc!

L'Abbé de FÉNÉLON.

§ IX. *La bravoure bien entendue.*

La Mothe-Gondrin et d'Aussun étoient deux officiers très-braves, dont les noms se trouvent cités avec honneur dans les relations de nos guerres d'Italie du seizième siècle. Le courage, ou plutôt une bravoure mal entendue, avoit fait naître entr'eux une espèce d'émulation qui leur mettoit sans cesse les armes à la main l'un contre l'autre. Un jour qu'ils étoient en présence de l'ennemi, ils prirent querelle selon leur coutume; on s'échauffoit, le sang alloit couler: « Que faisons-nous, » dit alors la Mothe-Gondrin à d'Aussun? tous les » deux nous nous piquons de bravoure, employons- » la contre les ennemis de l'état, et cessons de donner » à nos soldats un exemple dangereux; le vrai courage » est de bien servir son roi. » A ces mots, il baisse la visière de son casque, et met sa lance en arrêt. Les éclairs sont moins prompts; il fond avec impétuosité sur un quartier d'ennemis; d'Aussun le suit, l'un et l'autre donnèrent des marques incroyables de valeur, dans toute l'armée on ne parla que de leur courage, et surtout de la générosité qui des deux rivaux venoit de faire deux amis.

On ne sauroit trop le redire aux jeunes militaires : il y a plus de véritable gloire à sacrifier ce qu'on appelle *point d'honneur*, qu'à vaincre en cent combats particuliers.

§ X. *Le vrai courage.*

Le courage consiste à tenir entre la témérité et la crainte le juste milieu indiqué par la saine raison. Il y a des maux qu'il est même beau de craindre et honteux de ne pas redouter; telle est l'ignorance. Le courage proprement dit s'exerce surtout dans les dangers, les plus terribles ne lui inspirent point d'effroi : il n'en craint pas même le plus éminent et le plus grand, celui de la mort. L'homme courageux peut craindre de périr par une maladie; mais il donne les plus grandes preuves de la qualité qui l'anime dans le plus beau de tous les dangers, dans celui que les peuples et les rois honorent et récompensent le plus dans la guerre.

Ce qui est au-dessus de la force de l'homme inspire nécessairement de la crainte, et les dangers ont différens degrés, selon qu'il est plus ou moins possible de se mesurer avec eux. L'homme courageux ne s'effraie point; mais il ne cesse pas d'être homme : sa crainte ou son audace est réglée par la saine raison, et conserve un juste milieu; car telle est la nature de la vertu.

On dit que les Celtes pèchent par le défaut absolu de crainte. Élevés sur les bords de l'océan, ils attendent le flot de la mer les armes à la main, et se laissent submerger s'ils en sont atteints, afin qu'on ne puisse pas les accuser d'avoir fui et de craindre la mort. Cet excès n'a point de nom dans notre langue ; car ce qu'on appelle témérité est relatif à des dangers auxquels on peut échapper.

Se donner la mort pour échapper à la pauvreté, ou à l'amour, ou à quelque accident douloureux, est plutôt l'action d'un lâche que celle d'un homme de cœur ; car fuir les choses difficiles à supporter est une preuve de foiblesse et non de courage.

La Bruyère.

§ XI. *Réflexions sur le duel.*

I. Le duel, cette meurtrière coutume de se tuer les uns les autres, si commune en France dans les trois derniers siècles, a une origine digne de son aveugle fureur ; elle nous vient de cette multitude de barbares qui, plusieurs fois, ont inondé ce royaume, et dont nous avions pris, avec le langage, les mœurs et la férocité. Que penser de ces combats singuliers, de ces duels qui se font malgré la défense du souverain ? Le voici : que le duel, au lieu d'être une action honorable, est directement opposé au véritable point d'honneur, et qu'il est le crime le plus énorme.

II. En effet, l'honneur n'est autre chose que l'idée avantageuse que les autres ont de notre fidélité à remplir nos devoirs en général, et ceux de notre profession en particulier. Sous ce dernier point de vue, l'honneur d'un officier, d'un soldat, est la croyance qu'ont de lui les autres hommes, qu'il est homme de cœur; rien n'est plus précieux à l'homme que l'honneur pris en ce sens; il est préférable à la vie même dès qu'il a pour objet, ou la religion, ou le salut de la patrie, ou la gloire du prince. L'honneur d'un homme d'épée consiste donc à exposer et sacrifier sa vie pour son Dieu, pour sa patrie, pour l'état. Il ne doit refuser aucune occasion; il ne doit craindre aucun danger, lorsqu'il est commandé pour ce service; et, dans l'occasion, il doit mourir plutôt que de faire la moindre démarche qui puisse ternir cet honneur.

III. Ces sentimens d'honneur ne sont point particuliers aux chrétiens; ils sont si intimement gravés au fond de notre être, que les payens même les ont connus. Il est glorieux, disoient-ils, de mourir pour la patrie; mais ils ne savoient pas bien d'où venoient ces sentimens dans l'homme. Il n'appartient qu'à nous d'avoir des idées assez nettes de l'ordre de Dieu pour connoître que, si nous sommes jaloux de ce vrai point d'honneur, c'est que le chrétien sent que Dieu, par l'ordre duquel les sociétés se sont formées, veut que chaque membre se sacrifie pour tout le corps, et que cet ordre immuable seroit un reproche continuel dans la conscience d'un homme qui manqueroit à ce devoir.

IV. Voilà ce que c'est que le vrai point d'honneur parmi les chrétiens, c'est la crainte de ce reproche secret de la conscience. J'appelle un véritable homme d'honneur celui qui l'est, non pas parce que le monde le voit, et afin que le monde parle de lui, mais uniquement afin de satisfaire à son devoir par principe de conscience. Un vrai soldat doit donc se dire à lui-même : Je suis engagé dans la profession des armes, il faut que je fasse tout ce qu'on attend de moi, et j'y suis obligé devant Dieu, qui me commande d'obéir aux puissances qu'il a établies : si je manquois, dans l'occasion où je suis, à ce que je dois à mon prince, à ma patrie, je manquerois à ce que je dois à Dieu : or il vaut mieux que je meure, que de ne pas obéir à mon Dieu.

V. De là il s'ensuit que, si je dois sacrifier ma vie pour le service du prince et de la patrie, je dois la conserver pour l'un et pour l'autre; or, que risque un homme qui donne un défi, ou qui accepte un combat singulier? De perdre de sa propre autorité une vie qui ne lui appartient pas, une vie qu'il doit à son Dieu, à la societé, à sa patrie : cet homme n'a donc qu'un fantôme d'honneur, son prétendu courage n'ayant pour fondement que l'ambition et la gloire des hommes.

VI. Qu'est-ce donc qu'un vrai brave? C'est celui qui, peu sensible à ses intérêts particuliers, se met au-dessus des injures qu'on prétend lui faire, se repose sur le témoignage de sa conscience, et se sent toujours prêt à tout entreprendre pour son devoir, pour sa patrie. Combien sont méprisables les discours d'un jeune inconsidéré, qui croira passer pour un homme de cœur, dès qu'il aura mis deux ou trois fois l'épée à la main !..... N'oubliez jamais que le vrai point d'honneur consiste à servir ses chefs et la patrie ; que c'est desservir les intérêts de la chose publique, que de hasarder, par son ressentiment particulier, une vie qui est au gouvernement et à nos concitoyens. Donner un défi ou l'accepter, c'est donc vraiment se déshonorer, puisque c'est manquer à ce que l'on doit à sa patrie, à son Dieu.

VII. Chez les Grecs et les Romains, ces vainqueurs de tant de peuples, bons juges certainement du point d'honneur, connoissant bien en quoi consiste la véritable gloire, on ne voit point, pendant une si longue suite de siècles, un seul exemple du duel dans le sens que nous l'entendons ici. Pourquoi cette coutume de s'entr'égorger quelquefois pour une seule parole indiscrète, et de venger dans le sang de son meilleur ami une prétendue injure, étoit-elle inconnue à ces fameux conquérans? Salluste nous apprend qu'ils réservoient leur haine et leur ressentiment, pour les ennemis, et qu'ils ne savoient disputer que de gloire et de vertu avec leurs citoyens.

Mais quel est le meilleur moyen de ne se trouver presque jamais exposé à l'occasion de se battre en duel? C'est de commencer par faire preuve de bravoure pour le salut de sa patrie, dès que l'occasion s'en présentera; c'est d'être doux, poli, affable envers tout le monde ; c'est surtout d'éviter les mauvaises compagnies. Quels sont ceux à qui ces sortes d'aventures sont si fréquentes? C'est à ce jeune officier sans mœurs et sans conduite, qu'une perte faite au jeu, qu'une passion honteuse, traversée, emporte bien vite hors des bornes de la raison ; c'est surtout à ce soldat mal élevé, emporté, brutal, que le vin aura rendu furieux, et qui se croiroit déshonoré, s'il n'exposoit sa vie pour se venger d'une parole lâchée souvent sans dessein de l'offenser.

§ XII. *Trait du vicomte de Turenne encore jeune.*

Henri de la Tour-d'Auvergne, vicomte de Turenne, ayant, dès l'âge de dix ans, entendu répéter plusieurs fois que sa constitution étoit trop foible, pour qu'il pût jamais soutenir les travaux de la guerre, il se détermine, pour faire tomber cette opinion, à passer une nuit d'hiver sur le rempart de Sédan. Comme il n'avoit mis personne dans sa confidence, on le cherche long-temps inutilement. On le trouve enfin sur l'affût d'un canon, où il s'est endormi.

Le goût naturel que le jeune vicomte avoit pour les armes, étoit augmenté par l'étude de la vie des grands capitaines. Il étoit surtout frappé de l'héroïsme d'Alexandre, et lisoit avec transport Quinte-Curce. Un officier lui ayant soutenu un jour, en plaisantant, que l'historien qui échauffoit si fort son imagination n'étoit qu'un roman, Turenne en fut vivement piqué, fit secrètement appeler en duel son adversaire, sortit de la ville sous prétexte d'aller à la chasse, et arriva au rendez-vous, où il trouva une table dressée. Tandis qu'il rêvoit à ce que signifioit cet appareil, la duchesse sa mère parut avec l'officier, et dit à son fils qu'elle venoit servir de second à celui contre lequel il vouloit se battre.

Les chasseurs se rassemblèrent; on servit le déjeuner, et la paix fut faite.

§ XIII. *Comment Gustave Adolphe arrête la fureur des duels.*

Gustave Adolphe, qui au milieu de ses succès veilloit sans relâche au bon ordre, regardoit les combats particuliers comme la ruine totale de la discipline. La fureur des duels étoit avant lui une espèce de maladie épidémique. Rien n'étoit plus commun que de voir, non-seulement les officiers, mais les simples soldats s'égorger pour rien. Le conquérant, résolu d'abolir dans son armée cette coutume barbare, prononça la peine de mort contre tous ceux qui se battroient en duel.

Quelque temps après que cette loi eut été portée, deux officiers supérieurs, et d'une grande considération, qui avoient eu quelque démêlé ensemble, demandèrent au roi la permission de vider leur querelle l'épée à la main. Gustave est d'abord indigné de la proposition; il y consent néanmoins, mais il ajoute qu'il veut être lui-même témoin du combat dont il assigne l'heure et le lieu.

Il s'y rend avec un corps d'infanterie qui environne les deux champions; ensuite il appelle le bourreau de l'armée, et lui dit : *Mon ami, dans l'instant qu'il y en aura un de tué, coupe devant moi la tête à l'autre.* A ces mots les deux généraux restèrent quelque temps immobiles; puis il se jetèrent aux pieds du roi, lui demandèrent pardon, et se jurèrent l'un à l'autre une éternelle amitié. Depuis ce moment, on n'entendit plus parler de duels dans les armées suédoises.

§ XIV. *De la véritable valeur.*

Dans une lettre imprimée en 1755, M. Paris de Meyzieu expose les avantages de l'école militaire établie en 1751. Après avoir prouvé que l'attachement au souverain, qui est naturel aux Français, prendra une nouvelle force dans l'école militaire, il ajoute : Si l'on réussit bien dans les différens points que je viens de rappeler, il ne sera pas difficile de parvenir à un autre qui n'est pas moins essentiel ; je veux dire à donner des principes sur l'honneur, dont on se fait communément une idée si fausse. Comme il doit être le mobile de toutes nos actions, il influe sur tous les instans de notre vie ; et rien n'est si important que de bien connoître ce qu'il exige. La plupart de nos jeunes gens font consister l'honneur dans la bravoure seule ; ils ont la manie de rapporter tout à une qualité qui leur est commune avec tous les grenadiers du royaume. Ils se croient remplis d'honneur parce qu'ils se présentent à l'ennemi avec cette intrépidité si naturelle à la nation ; parce qu'ils sont toujours prêts à repousser une injure, et qu'ils ne font point d'actions basses. Si l'honneur ne consistoit que dans ces choses-là, il seroit fort aisé de se faire une réputation, et de la conserver à peu de frais ; mais si le véritable homme d'honneur est celui qui remplit avec exactitude ce qu'il doit à Dieu, à son prince, à la société, à lui-même; qui fait tout le bien qu'il peut faire; qui fuit le mal toutes les fois qu'il le connoît; croyez-vous qu'il soit si aisé d'en acquérir le titre? Je ne suis point assez injuste pour demander sur tout cela un point de perfection dont la nature humaine semble nous avoir exclus. J'ai trop vécu pour ne pas connoître les passions; mais je sais aussi qu'il n'est pas impossible d'y mettre un frein, pourvu qu'on s'y prenne de bonne heure, et ce n'est que dans l'éducation qu'on peut trouver des moyens pour y parvenir, etc., etc.

CHAPITRE III.

Exemples des différentes vertus dont l'exercice est un de nos devoirs.

§ Ier. *On se doit à soi-même de réparer une injustice même involontaire.*

M. de la Faluère, premier président du parlement de Bretagne, n'étant encore que conseiller, avoit été nommé rapporteur d'une affaire; il en laissa l'examen à des personnes qu'il croyoit d'aussi bonne foi que lui, et, sur l'extrait qui lui en fut remis, il rapporta le procès. Quelques mois après le jugement, il reconnut que sa trop grande confiance et sa précipitation avoient dépouillé une famille honnête et pauvre des seuls biens qui lui restoient. Il ne se dissimula point sa faute; mais, ne pouvant faire rétracter l'arrêt qui avoit été signifié et exécuté, il se donna les plus grands mouvemens pour retrouver les malheureuses victimes de sa négligence. Il y réussit, et ne craignit point de leur avouer la faute dont il se sentoit coupable; il les força ensuite d'accepter, de ses propres deniers, la somme qu'il leur avoit fait perdre involontairement.[1]

[1] Le même trait se trouve dans la vie de M. de Chamillard et fit sa fortune auprès de Louis XIV. Ces deux anecdotes ont fourni à La Chaussée le fonds d'une de ses meilleures comédies, *la Gouvernante*.

La Harpe à dit de M. de la Faluère : « Il ne fit que son devoir; mais quand le devoir coûte un sacrifice il est vertu.

§ II. *Équité.*

François 1er. étoit à la chasse aux environs de Blois; il rencontra une femme assez bien mise, accompagnée d'un homme qui pouvoit passer pour son écuyer, et d'un autre domestique. Le roi lui demanda où elle alloit dans un temps froid et assez mauvais? On étoit en hiver. Cette femme qui ne le connoissoit pas, mais qui vit bien à l'air et au maintien de François, l'un des plus beaux hommes de son royaume, qu'il ne pouvoit être que d'un rang très-distingué, le salua, et ne fit aucune difficulté de lui rendre compte de son voyage : « Monsieur, lui dit-elle, je vais à Blois à dessein d'y » chercher quelque protection qui puisse me procurer » une entrée au château, et l'occasion de me jeter aux » pieds du roi, pour me plaindre à sa majesté d'une » injustice qu'on m'a faite au parlement de Rouen, » d'où je viens. On m'a assuré que le roi est plein » de bonté, qu'il a celle d'écouter facilement ses sujets, » et qu'il aime la justice : peut-être aura-t-il quel- » qu'égard à ma triste situation et à la justice de ma » cause. » — « Exposez-moi votre affaire, mademoiselle, » lui dit François sans se faire connoître : j'ai quelque » crédit à la cour, et j'ose même me flatter de vous » y rendre quelque service auprès du roi, si vos plaintes » sont fondées. » — « Voici, monsieur, répliqua la dame, » l'affaire dont il s'agit. Je suis veuve d'un gentilhomme » qui étoit homme d'armes d'une des compagnies de » sa majesté. Pour être en état de faire son service, » il emprunta d'un homme de robe; et, pour sûreté

» du prêt et des intérêts, il lui engagea sa terre qui fai-
» soit tout son bien. Mon mari fut tué dans une bataille.
» Le créancier, qui s'est emparé de cette terre, a tou-
» jours joui des fruits, et il m'a été impossible de payer
» les intérêts, et encore moins le principal. Je l'ai
» traduit en justice; et, quoiqu'il soit certain que les
» jouissances égalent le principal et les intérêts de sa
» créance, je demandois qu'il s'en fît au moins une
» compensation; mais on n'a eu aucun égard à ma
» demande, et je viens d'être condamnée avec dépens.
» Mon conseil m'a de plus assuré qu'il n'y avoit aucun
» remède à mon affaire, si le roi ne daigne y en appor-
» ter lui-même. Si j'ai le malheur de n'être pas écoutée,
» c'en est fait de ma fortune et de celle de mes enfans
» qui sont en grand nombre; nous sommes, eux et
» moi, réduits à la mendicité. Je vous prie, mon-
» sieur, puisque vous avez daigné m'écouter, de vou-
» loir bien me servir de protecteur. »

Le roi, touché du récit de la veuve, lui dit : « Ma-
» demoiselle, continuez votre route; venez demain
» matin au château, et demandez le nom d'un tel (il
» lui indiqua un nom qu'il imagina), et ce gentil-
» homme vous fera parler au roi sur-le-champ. » Elle remercia, alla à Blois; et le roi rejoignit les courtisans dont il s'étoit écarté. Il n'oublia pas ce qu'il avoit promis, et commanda, en arrivant au château, qu'on l'avertît s'il se présentoit une demoiselle qui demandât à parler à tel gentilhomme. La veuve ne manqua pas de paroître le lendemain. Le roi, qui en fut aussitôt averti, la fit introduire dans l'appartement où il étoit,

et se faisant connoître : « Je suis, lui dit-il, celui que » vous demandez ; assez bien avec le roi, comme vous » voyez, pour en obtenir tout ce que je veux. Qu'on » aille chercher mon chancelier, continua-t-il, et » qu'on examine les plaintes de cette demoiselle. Allez, » lui dit-il encore, on vous fera justice. » La veuve, frappée du dernier étonnement, ne put que se jeter aux genoux du monarque qui la fit relever avec bonté, et voulut qu'on examinât, en sa présence, l'affaire dont il s'agissoit. Le résultat fut un ordre précis au créancier de remettre la terre, en recevant ce qui lui étoit raisonnablement dû ; et ce qu'il étoit juste de payer, le fut des propres deniers du roi.

§ III. *On s'honore soi-même par une réparation généreuse.*

A la bataille de Renti, en 1554, Saint-Fal, lieutenant de François, duc de Guise, s'avançoit avec trop de précipitation. Le duc courut à lui, et, par un mouvement de colère, lui donna un coup d'épée sur le casque, en lui criant de s'arrêter. La bataille finie, on l'assura que Saint-Fal, choqué du traitement qu'il avoit reçu, vouloit le quitter : « M. de Saint-Fal, lui dit le » duc dans la tente même du roi, et en présence de » tous les officiers, vous vous tenez offensé du coup » que je vous ai donné, parce que vous avanciez trop ; » mais il vaut bien mieux que je vous l'aie donné pour » vous arrêter dans un combat où vous alliez avec trop » d'ardeur, que si je vous l'eusse donné pour vous faire

» avancer, en blâmant votre lâcheté. Je pense qu'à le » bien prendre, ce coup est plutôt glorieux qu'humi» liant pour vous, et je prends pour juges messieurs les » capitaines : c'est pourquoi, soyons amis, comme au» paravant. » Tout le monde applaudit au courage de Saint-Fal; et celui-ci, pénétré des excuses qu'avoit bien voulu lui faire le duc de Guise, jura de ne l'abandonner jamais.

§ IV. *Une probité rigoureuse n'est qu'un devoir.*

Claude Péchon, âgé de 58 ans, pauvre vigneron du village de Mombré-les-Reims, et père de huit enfans, reçut chez lui, le 10 de mars 1770, un beau-frère infirme et à charge à sa famille, qu'il s'étoit chargé de nourrir et loger le reste de sa vie, moyennant une donation d'un bien modique, évalué 400 livres. Le pensionnaire tombe malade le lendemain 11, meurt le 12, et est enterré le 13. Après l'office célébré, on se rend à la cabane du défunt : alors Claude Péchon remet les titres du bien qui lui avoit été donné; et, malgré les remontrances du curé et du notaire, il renonce à la donation, disant « que pour deux jours qu'il » a gardé son pensionnaire, il ne veut pas avoir, au » préjudice de ses parens, la conscience chargée d'un » bien acquis à si bon marché. »

§ V. *Modération et désintéressement d'Euripide.*

Euripide s'expliquoit sans cesse avec la franchise de la liberté : il en avoit le droit, puisqu'il ne sollicitoit aucune grâce. Un jour même que l'usage permettoit de faire au souverain quelques foibles présens, comme un hommage d'attachement et de respect, il ne parut pas avec les courtisans et les flatteurs empressés à s'acquitter de ce devoir ; Archelaüs lui en ayant fait quelques légers reproches : « Quand le pauvre donne, répondit Euri-» pide, il demande. »

§ VI. *On se doit à soi-même de ne pas conserver le moyen de trahir l'honneur et la vertu.*

D'Aubigné, par le plus grand des hasards, étoit sorti de Paris trois jours avant le massacre de la Saint-Barthélemi ; son projet étoit de se retirer, avec quarante soldats, à la Rochelle, alors le plus sûr et presque l'unique asile des calvinistes.

« Un jour qu'il causoit avec le père d'une jeune per-» sonne qu'il recherchoit en mariage, M. de Talcy, » et qu'il lui exposoit, en se plaignant de la fortune, com-» ment le défaut de moyens l'empêchoit de se rendre à la » Rochelle ; le vieillard l'interrompit, en lui disant : Vous » m'avez autrefois conté que les originaux de l'entreprise » d'Amboise avoient été mis en dépôt entre les mains de » votre père, et que parmi ces pièces il s'en trouve une » qui pourroit compromettre le chancelier de l'Hô-

» pital : il est pour le présent retiré dans sa maison près » d'Etampes ; c'est un homme qui n'est plus bon à rien, » et qui a désavoué votre parti. Si vous voulez que je » lui envoie un homme pour l'avertir que vous avez » cette pièce entre vos mains, je me fais fort de vous » faire donner dix mille écus, soit par lui ou par ceux » qui voudroient s'en servir pour le ruiner.

» Sur ce propos, d'Aubigné, sans lui répliquer, se » départit d'auprès de lui, s'en fut chercher un sac de » velours tanné dans lequel étoient toutes ces écritures, » le lui apporta, et lui fit voir toutes lesdites pièces : » après quoi, il les reprit dans sa main, et les jeta dans » le feu en sa présence ; ce qui donna lieu au sieur » de Talcy de le tancer rudement ; à quoi d'Aubigné » répondit : Je les ai brûlées, de peur qu'elles ne me » brûlassent ; car j'aurois pu succomber à la tentation. »

§ VII. *Désintéressement de M. l'abbé Pucelle en faveur de son frère.*

Un neveu de Catinat, l'abbé *Pucelle*, se fit une grande réputation par son intégrité, et par le courage avec lequel il défendit la liberté des citoyens contre les prétentions de la cour de Rome. Sa mère accordoit à son frère aîné une préférence marquée que sembloit excuser ce qu'elle nommoit les erreurs du cadet, et qui n'étoit que la conséquence d'un caractère très-ferme et d'une âme ardente. Elle le déshérita. Son frère vint le trouver quelques jours après l'événement, lui remit la fortune dont sa mère l'avoit privé, et lui annonça en même temps qu'il avoit acheté pour lui une charge de conseiller-clerc au parlement de Paris, et obtenu sa nomination à une abbaye, en ajoutant qu'il ne lui demandoit d'autres preuves de reconnoissance que d'oublier l'injustice de sa mère.

Le frère de l'abbé Pucelle mourut peu de temps après, premier président du parlement de Grenoble.

§ VIII. *Comment le mérite modeste est récompensé sous un grand roi.*

François 1er. combloit de bienfaits Jacques de Gourdon de Genouillac, dit Galiot, qui venoit de contribuer plus que personne, par le moyen de son artillerie, au gain de la bataille de Marignan, en 1515. La chambre des comptes représenta que ces récompenses étoient des aliénations du domaine. « Je le sais bien, répondit » le monarque : vous faites votre devoir de m'en » avertir; et moi, je fais le mien, en passant par-» dessus les regles ordinaires, pour récompenser un » homme extraordinaire. » L'envie des courtisans ne tarda point à exagérer et à rendre suspectes les richesses et les dépenses de Galiot; et le prince lui en parla. « On vous a dit vrai, sire; je suis très-riche : je » n'ai pourtant que ce que vous m'avez donné. Tous » mes biens sont à vous; reprenez-les : je n'aurai point » à me plaindre, et je ne vous en servirai pas avec

» moins de zèle. — Mon cher ami, répartit le roi en » l'embrassant, aimez-moi toujours, et servez-moi » comme vous avez fait. L'envie en veut à ma gloire, » quand elle en veut à vos biens : des services tels que » les vôtres, ne peuvent être assez payés. »

§ IX. *C'est à nos vertus à solliciter pour nous les faveurs.*

Jamais le chevalier Bayard ne brigua aucune charge; jamais il ne parla de ses services. « Nos belles actions, » disoit-il, doivent parler pour nous, et demander ces » sortes de choses qu'il est plus glorieux de mériter » que d'obtenir sans en être digne ».

§ X. *Égards que l'on doit aux femmes.*

En 1705, la princesse Lubomirski, qui étoit fort dans les intérêts et dans les bonnes grâces du roi Auguste, prit la route d'Allemagne pour fuir les horreurs de la guerre cruelle qui désoloit la Pologne. Hagen, lieutenant-colonel suédois, averti de ce voyage, se met en embuscade, et se rend maître de la princesse, de ses équipages, de ses pierreries, de sa vaisselle, de son argent comptant, objets extrêmement considérables. Charles XII, instruit de cette aventure, écrivit de sa propre main à Hagen : *Comme je ne fais point la guerre aux dames, le lieutenant-colonel remettra, aussitôt ma présente reçue, sa prison-*

nière en liberté, et lui rendra tout ce qui lui appartient; et si, pour le reste du chemin, elle ne se croit pas assez en sûreté, le lieutenant-colonel l'escortera jusqu'à la frontière de Saxe.

§ XI. *C'est inspirer la vertu que d'en attribuer la gloire à ceux qui s'en éloignent.*

Le Vicomte de Turenne, chargé en 1637 de réduire le fort de Solte dans le Hainaut, l'attaqua si vivement, qu'en peu d'heures il réduisit une garnison de deux mille hommes à se rendre à discrétion. Les premiers soldats qui entrèrent dans la place, y ayant trouvé une très-belle personne, la lui amenèrent comme la plus précieuse portion du butin. Turenne, feignant de croire qu'ils n'avoient cherché qu'à la dérober à la brutalité de leurs compagnons, les loua beaucoup d'une conduite si honnête. Il fit tout de suite chercher son mari et la remit entre ses mains, en lui disant publiquement : *Vous devez à la retenue de mes soldats l'honneur de votre femme.*

§ XII. *Généreux sentimens de Barri, gouverneur de Leucate.*

Durant les troubles de la ligue, Barri, gouverneur de Leucate en Languedoc, fut fait prisonnier par je ne sais quel accident, et conduit à Narbonne dont les ligueurs étoient les maîtres. Ils pressèrent vivement et inutilement de leur livrer sa place. On le menaça à la fin de le condamner à mort, à moins qu'il n'obligeât sa femme, demeurée à Leucate, à leur en ouvrir les portes : il fut inébranlable. La femme, avertie du danger de son époux, répond que, si les ligueurs veulent commettre une injustice, elle ne croit pas devoir les arrêter par une lâcheté ; et qu'elle ne rachètera jamais la vie de son mari en livrant une forteresse, pour la conservation de laquelle il se feroit gloire de mourir. Irrités d'une constance que des gens plus généreux auroient admirée, les ligueurs exécutèrent leur cruelle menace. Henri IV, qui se connoissoit en belles actions, donna le gouvernement de Leucate au fils de deux personnes comparables à ce que l'antiquité a eu de plus grand.

En 1637, une armée espagnole forme le siége de Leucate. Serbelloni, qui la commande, fait tenter le gouverneur par les promesses les plus magnifiques. « Que vous me connoissez mal ! répond Barri à l'envoyé. L'honneur me sera toujours plus cher que » toutes les richesses du monde, que la vie même. A » Dieu ne plaise que je dégénère de la vertu de mon » père et de ma mère, et que je ne suive pas le grand » exemple de courage et de fidélité qu'ils ont laissé dans » leur famille. L'un aima mieux mourir que de livrer » Leucate aux ennemis de son roi, et l'autre refusa » constamment de racheter par une trahison la vie » d'un époux tendrement aimé. Donnerai-je, pour quelques pistoles, ce que ma mère n'a pas voulu donner » pour une chose qu'elle estimoit sans prix ?

» Allez dire à Serbelloni, dit-il au héraut d'armes, » que jusqu'à ce jour je l'avois combattu comme » l'ennemi de ma patrie, que cependant je l'avois es» timé; mais, puisqu'il me méprise assez pour me croire » capable de lui vendre une place dont la défense m'est » confiée, il devient dès-lors mon ennemi personnel; » j'ai mon injure et celle de l'état à la fois à venger. »

§ XIII. *Tout avancement n'est honorable qu'autant qu'on l'a mérité.*

M. de Chateaubriant, capitaine de gendarmerie, étant mort, François Ier. dit à monsieur de Vieilleville, depuis maréchal de France : « Vous avez si bien com» mandé et conduit la compagnie de feu sieur de » Chateaubriant, qu'à tout autre qu'à vous elle ne » peut mieux appartenir; ce qui est cause que de lieu» tenant, je vous fais capitaine en chef. » M. de Vieilleville refuse opiniâtrément cette élévation, alors considérable, assurant qu'il n'a rien fait pour la mériter. Le roi, étonné et presque indigné, lui réplique : « Vous m'avez bien trompé, Vieilleville; car j'eusse » pensé que, si vous aviez été à deux cents lieues de » moi, vous eussiez couru nuit et jour pour me la » demander; et maintenant que je vous l'offre de mon » propre mouvement, je ne sais sur quelle meilleure » occasion vous voulez que je vous en donne une. »

« Le jour d'une bataille, répond Vieilleville, que » votre majesté aura vu de mon mérite; mais à cette

» heure, si je la prenois, tous mes compagnons tour-
» neroient cet honneur en risée, et diroient que vous
» m'en auriez pourvu en la seule considération que
» j'étois parent de feu M. de Chateaubriant; et j'ai-
» merois mieux mourir que d'être poussé à quelque
» grade que ce soit, par toute autre faveur que mon
» service. »

§ XIV. *Fermeté de caractère d'un homme d'état.*

Le conseil est dans le cœur de l'homme comme une eau profonde : l'homme sage l'épuisera. On ne le découvre point, tant ses conduites sont profondes; mais il sonde le cœur des autres, et on diroit qu'il devine, tant ses conjectures sont sûres.

Il ne parle qu'à propos; car il sait le temps et la réponse. Isaïe l'appelle architecte. Il fait des plans pour long-temps : il les suit : il ne bâtit pas au hasard.

L'égalité de sa conduite est une marque de sa sagesse, et le fait regarder comme un homme assuré dans toutes ses démarches. L'homme de bien, dans sa sagesse, demeure comme le soleil : le fou change comme la lune. Le vrai sage ne change point : on ne le trouve jamais en défaut. Ni humeur ni prévention ne l'altère.

Bossuet.

§ XV. *Tranquillité d'un sage à ses derniers momens.*

Charles v, roi de France, qui mérita, par sa conduite, le glorieux surnom de *Sage*, étant à l'extrémité, et voyant autour de son lit ses frères, ses médecins et ses courtisans fondant en larmes, les consola lui-même par ces dernières paroles : « Mes bons et loyaux amis, » réjouissez-vous ; car en briève heure je serai hors de » vos mains : allez-vous-en ; priez pour moi, et me lais- » sez, afin que mon travail soit fini en paix. »

§ XVI. *Le Poëte et le Calife.*

Asmaï, historien persan, raconte le fait suivant :

Haraoun Al Raschid donnoit un jour un grand festin, et avoit fait orner magnifiquement les salles destinées à cette fête. Pendant le festin, il fit venir le poëte Abou-Latahia, et lui ordonna de dépeindre en vers cette scène voluptueuse. Le poëte commença ainsi : Vis longtemps au gré de tes désirs et dans une santé parfaite, à l'ombre des palais les plus élevés. « Fort bien, s'écria Raschid ; voyons la suite. » Le poëte continua : Que le matin et le soir, tout ce qui t'entoure s'empresse à satisfaire tes désirs. « A merveille ! dit le calife ; continue. » Le poëte reprit : Au jour où ta respiration interceptée luttera contre les sanglots et les angoisses de la mort, hélas! tu ne connoîtras que trop que toutes ces jouissances n'étoient qu'une illusion. » Soudain Raschid parut sombre et rêveur ; ce que voyant Fadhl, un de ses ministres, il dit au poëte : Le prince t'a mandé pour que tu le divertisses, et tu oses l'attrister ! » Laissez-le, reprit Raschid; il nous a vus dans l'aveuglement, il n'a pas voulu nous y plonger davantage. »

M. de Sacy, *Chrestomathie arabe.*

§ XVII. *Sur la force.*

Montre à ce malheureux, par le vice abattu,
Que la félicité n'est que dans la vertu :
Qu'elle donne aux humains couverts de son égide
La volupté tranquille, innocente et solide,
La joie et la santé qu'entretient dans sa fleur
Le repos de l'esprit et le calme du cœur;
Que par elle un mortel, aussi ferme que libre,
Au milieu des revers garde un juste équilibre;
Rit de ses ennemis, et, résistant au sort,
Affronte l'indigence, et les fers, et la mort.

Voltaire.

§ XVIII. *Sur la politesse.*

Le peuple est ici plus bruyant qu'ailleurs. Dans la première classe des citoyens, régnent cette bienséance qui fait croire qu'un homme s'estime lui-même, et cette politesse qui fait croire qu'il estime les autres. La bonne compagnie exige de la décence dans les expressions et dans l'extérieur [1] : elle sait proportionner au temps et aux personnes les égards par lesquels on se prévient mutuellement, et regarde une démarche affectée ou précipitée comme un signe de vanité ou de légèreté;

[1] Aristote.

un ton brusque [1], sententieux, trop élevé, comme une preuve de mauvaise éducation ou de rusticité [2]. Elle condamne aussi les caprices de l'humeur, l'empressement affecté [3], l'accueil dédaigneux, et le goût de la singularité.

Elle exige une certaine facilité de mœurs, également éloignée de cette complaisance qui approuve tout, et de cette austérité chagrine qui n'approuve rien. Mais ce qui la caractérise le plus, est une plaisanterie fine et légère qui réunit la décence à la liberté [4], qu'il faut savoir pardonner aux autres et se faire pardonner à soi-même, que peu de gens savent employer, que peu de gens même savent entendre. Elle consiste.... Non, je ne le dirai pas. Ceux qui la connoissent me comprennent assez, et les autres ne me comprendroient pas.

BARTHÉLEMY.

§ XIX. *Sur la colère.*

Nous rapporterons ici le mot profond de ce sauvage d'Amérique, qui, voyant un officier européen s'emporter violemment à la tête de sa troupe, lui dit dans son idiome grossier : « *Quoi ! tu commandes, et tu te fâches !* » Ce reproche énergique et plein de bon sens n'a pas besoin d'être développé, et l'officier estimable qui se l'étoit attiré, l'a répété lui-même plusieurs fois dans les sociétés, en homme digne de le sentir et de le mettre à profit.

[1] Démosthène. = [2] Aristote. = [3] Théophraste. = [4] Aristote.

§ XX. *Sur l'envie.*

Nos tyrans sont les vices.
Le plus cruel de tous dans ses sombres caprices,
Le plus lâche à la fois et le plus acharné,
Qui plonge au fond du cœur un trait empoisonné,
Ce bourreau de l'esprit, quel est-il ? c'est l'envie.
L'orgueil lui donna l'être au sein de la folie;
Rien ne peut l'adoucir, rien ne peut l'éclairer;
Quoiqu'enfant de l'orgueil il craint de se montrer.
J'ai vu des courtisans, ivres de fausse gloire,
Détester dans Villars l'éclat de la victoire.
Ils haïssoient le bras qui faisoit leur appui;
Il combattoit pour eux, ils parloient contre lui.
Ce héros eut raison quand, cherchant les batailles,
Il disoit à Louis : « Je ne crains que Versailles;
» Contre vos ennemis je marche sans effroi :
» Défendez-moi des miens, ils sont près de mon roi. »
O vous qui de l'honneur entrez dans la carrière,
Cette route à vous seul appartient-elle entière ?
N'y pouvez-vous souffrir les pas d'un concurrent ?
Voulez-vous ressembler à ces rois d'Orient,
Qui, de l'Asie esclave oppresseurs arbitraires,
Pensent ne bien régner qu'en étranglant leurs frères ?
. . . .
Si le bonheur d'un autre a déchiré ton cœur,
Mets du moins à profit le chagrin qui t'anime;
Mérite un tel succès, compose, efface, lime.
Le public applaudit aux vers du Glorieux :
Est-ce un affront pour toi ? courage, écris, fais mieux.

Quelle étoit votre erreur, ô vous, peintres vulgaires!
Vous, rivaux clandestins, dont les mains téméraires,
Dans ce cloître où Bruno semble encor respirer,
Par une lâche envie ont pu défigurer
Du Zeuxis des Français les savantes peintures?
L'honneur de son pinceau s'accrut par vos injures:
Ces lambeaux déchirés en sont plus précieux;
Ces traits en sont plus beaux, et vous plus odieux.
Détestons à jamais un si dangereux vice.
Ah! qu'il nous faut chérir ce trait plein de justice
D'un critique modeste et d'un vrai bel-esprit,
Qui, lorsque Richelieu follement entreprit
De rabaisser du Cid la naissante merveille;
Tandis que Chapelain osoit juger Corneille,
Chargé de condamner cet ouvrage imparfait,
Dit, pour tout jugement: Je voudrois l'avoir fait.
C'est ainsi qu'un grand cœur sait penser d'un grand homme.
A la voix de Colbert Bernini vint de Rome;
De Perrault, dans le Louvre, il admira la main:
Ah! dit-il, si Paris renferme dans son sein
Des travaux si parfaits, un si rare génie,
Falloit-il m'appeler du fond de l'Italie?
Voilà le vrai mérite; il parle avec candeur:
L'envie est à ses pieds; la paix est dans son cœur.

VOLTAIRE.

---

§ XXI. *Explication morale de la fable des Sirènes et de celle de Narcisse.*

Nous regrettons de ne pouvoir exposer ici tous les titres qui doivent assurer la gloire littéraire de l'illustre chancelier Bâcon. Ses ouvrages sont peu susceptibles d'analise; nous nous contenterons de leur dérober quelques pages, et nous choisirons comme une leçon utile l'explication morale qu'il a donnée de la mythologie des anciens.

C'est avec raison qu'on a comparé la fable des Sirènes aux attraits dangereux de la volupté. Une pareille interprétation est toutefois trop commune et trop vulgaire. Cette allégorie ingénieuse a bien fourni quelques idées morales; mais, loin d'épuiser la matière, on n'a pas même développé ce qu'elle renferme de plus important. C'est ainsi qu'on peut extraire quelques sucs de raisins pressés légèrement; mais il faut plus de soins et de précautions pour en obtenir une liqueur généreuse et parfaite.

Les Sirènes, si l'on en croit l'origine qu'on leur donne, étoient filles du fleuve Achéloüs et de la muse Terpsichore. Elles portoient autrefois des ailes; mais depuis la témérité qu'elles montrèrent en défiant les Muses, et que suivit la plus honteuse défaite, elles furent dépouillées de ces ornemens dont les Muses se firent des couronnes. Terpsichore, mère des Sirènes, fut la seule parmi les Muses qui n'adopta point cette parure.

On ajoute que les Sirènes résidoient dans des îles délicieuses, qu'elles s'y tenoient en embuscade, et que, dès qu'elles apercevoient des vaisseaux, elles arrêtoient les passagers par la douceur de leurs chants, les attiroient sur leurs traces, et se hâtoient de leur donner la mort. Leurs chants étoient variés et proportionnés au caractère de ceux qu'elles vouloient séduire. Ce fléau étoit si terrible, que les rochers qu'elles habitoient paroissoient de loin tout blanchis par les ossemens des malheureux voyageurs.

Ulysse, pour se garantir d'un si triste naufrage, imagina d'ordonner à ses compagnons de fermer leurs oreilles avec de la cire. Pour lui, comme il étoit jaloux d'entendre les douces voix des Sirènes, et qu'il vouloit en même temps se dérober au péril qui le menaçoit, il se fit attacher au mât de son vaisseau, et défendit qu'on le déliât alors même qu'il en donneroit l'ordre.

Orphée, au contraire, dédaigna cette foiblesse, et, loin de se faire attacher, il s'arma de sa lyre, et se mit à chanter à haute voix des hymnes consacrés aux dieux immortels. C'est ainsi qu'il sut rendre inutiles les sons fallacieux des Sirènes, et qu'il se montra supérieur à tous les dangers.

Cette allégorie est ingénieuse, il n'est pas difficile d'en expliquer la moralité. Les voluptés sont à la fois filles de l'abondance représentée par le fleuve Acheloüs, et des joyeux plaisirs auxquels préside Terpsichore. D'abord elles attiroient par leurs charmes les mortels sans expérience; bientôt elles les séduisoient, et les entraînoient comme avec des ailes dans un abîme de malheurs. Les muses, c'est-à-dire la science et l'étude, obligent l'esprit de l'homme à se vaincre lui-même, et à méditer sérieusement sur ses devoirs; voilà comment elles ôtent, pour ainsi dire, les ailes à la volupté. L'exemple de plusieurs philosophes a prouvé que la sagesse peut combattre avec succès le goût trop vif des plaisirs, et dès-lors on a regardé la philosophie comme un art sublime qui rend notre âme toute céleste, et qui donne, pour ainsi dire, des ailes à nos pensées. La mère des Sirènes, cette muse qui seule n'a point d'ailes, représente cette sagesse épicurienne, qui, rapportant tout à la matière, aux sens et à la volupté, semble vouloir ôter aux muses leurs couronnes et leurs ailes pour les rendre aux Sirènes. Celles-ci, dit-on, habitoient des îles enchantées; ainsi les voluptés cherchent ordinairement le mystère, et s'éloignent de la compagnie des hommes. Tout le monde connoît le doux chant des Sirènes, ses charmes et ses suites funestes. Cette partie de leur fable n'a pas besoin d'explication. Les rochers de leur île, blanchis par des ossemens, nous apprennent que toutes les leçons et tous les exemples ne peuvent réussir à nous détourner des plaisirs malgré leurs dangers. Cependant, pour nous en garantir, la philosophie nous offre deux remèdes, et la religion nous en présente un troisième. Le premier est de ne pas s'exposer et d'éviter soigneusement toutes les occasions qui pourroient nous séduire. C'est ce qui est indiqué par la précaution de fermer ses oreilles : ce moyen ne convient qu'à des âmes vulgaires, tels que l'étoient les compagnons d'Ulysse. Le second moyen, et qui peut être employé par des âmes fortes et élevées, c'est de conserver, au milieu même des voluptés qui nous environnent, un courage ferme et inébranlable, de déployer toute l'énergie de son âme, et d'étudier toutes les ruses, les artifices, la bassesse et la folie des voluptés, plutôt en observateur sage et prudent, qu'en esclave soumis et méprisable. C'est ainsi que l'auteur du livre de la Sagesse, après avoir fait l'énumération de tous les plaisirs qui cherchoient à l'attirer, ne craint point d'ajouter : « Mais cependant la sagesse a toujours été » ma compagne fidèle. » De semblables héros ont su demeurer invincibles et marcher d'un pas assuré au milieu même des précipices. A l'exemple d'Ulysse, ils se sont contentés d'interdire à leurs amis ces complaisances funestes, et ces conseils pernicieux qui sont capables d'amollir notre âme, et de causer sa perte. Le troisième remède, et le plus efficace, est celui que nous indique l'exemple d'Orphée. On le voit s'élevant, pour ainsi dire, au-dessus de la terre, aspirant au séjour des dieux. C'est à haute voix qu'il chante leurs louanges ; il couvre de ses accords le chant des Sirènes, et triomphe ainsi de ces nymphes enchanteresses. En effet, la contemplation de la nature et la méditation des choses célestes ont quelque chose, non-seulement de plus fort, mais encore de plus doux et de plus harmonieux que la voix des plaisirs, les véritables Sirènes.

Le même Bâcon explique encore, d'une manière aussi neuve que juste, la fable de Narcisse, symbole de l'amour-propre.

« Narcisse étoit d'une admirable beauté, mais il se livroit à un orgueil insupportable, et, n'aimant que lui-même, il méprisoit les autres hommes. Sans cesse au fond des forêts, il vivoit entouré d'un petit nombre de compagnons qui lui étoient dévoués, et qui ne voyoient que lui dans l'univers. La nymphe Echo suivoit partout ses pas. Une fontaine écartée l'attiroit constamment sur ses bords, et c'est là qu'il se reposoit pendant la plus grande chaleur du jour. Cette eau si pure et si tranquille perdit le malheureux Narcisse en lui présentant son image. Il commença par se contempler, et bientôt, ravi d'amour et d'admiration pour sa propre figure, il ne pouvoit cesser de la considérer. Enfin, dans son extase, il devint immobile et fut changé en une fleur qui porte son nom. Elle paroît au commencement du printemps, et l'on prétend qu'elle est consacrée aux dieux infernaux, à Pluton, à Proserpine et aux Euménides. »

Cette fable nous représente le caractère ainsi que le sort de ces hommes que la nature a favorisés de quelques dons extérieurs. La beauté, quelques frivoles avantages dont ils ne sont redevables qu'à la fortune, sans qu'il y ait aucun mérite de leur part, leur inspirent pour eux-mêmes un amour aussi violent qu'il est insensé. Dans cette aveugle disposition d'esprit, ils paroissent rarement en public, ils refusent de prendre part aux affaires de la société; ils craindroient d'éprouver des refus ou de s'exposer à des mépris affligeans pour leur orgueil. Ils mènent donc une vie solitaire, et se tiennent, pour ainsi dire, à l'ombre, sans autre compagnie que celle d'un petit nombre, de flatteurs qui les admirent sans cesse, applaudissent à toutes leurs actions, et, comme l'écho, ne répètent que leurs paroles. Ainsi corrompus et nourris d'orgueil, ils s'admirent eux-mêmes et ne sont plus occupés que de leur propre personne. Ils perdent leur force et toute leur énergie, et vivent dans une telle inaction, qu'ils semblent n'avoir plus aucun mouvement. C'est avec raison que l'on compare des êtres si futiles à une fleur printannière; ils fleurissent quelque temps à l'aurore de leur vie, ils acquièrent une certaine renommée; mais, à mesure qu'ils avancent en âge, ils trompent l'espérance qu'ils avoient donnée, et l'on garde sur eux un silence éternel. C'est pour la même raison que cette fleur est consacrée aux dieux des enfers. De pareils hommes ne sont capables de rien; et, parmi les anciens, tout ce qui ne produit aucun fruit, tout ce qui ne fait que passer, et qui, semblable au sillage d'un navire, ne laisse après soi qu'une trace éphémère, étoit consacré aux ombres et aux divinités infernales.

BACON.

§ XXII. *Grandeur d'âme et générosité.*

APOLOGUE ALLEMAND.

La générosité consiste surtout à faire du bien à ses ennemis; c'est le sujet de cet apologue de M. Lichwer. Un honnête père de famille, chargé de biens et d'années, voulut régler d'avance sa succession entre ses trois fils, et leur partager ses biens, le fruit de ses travaux et de son industrie. Après en avoir fait trois portions égales, et avoir assigné à chacun son lot, il me reste, ajouta-t-il, un diamant de grand prix; je le destine à celui de vous qui saura mieux le mériter par quelque action noble et généreuse, et je vous donne trois mois pour vous mettre en état de l'obtenir. Aussitôt les trois fils se dispersent; mais il se rassemblent au temps prescrit : ils se présentent devant leur juge, et voici ce que raconte l'aîné : Mon père, durant mon absence, un étranger s'est trouvé dans des circonstances qui l'ont obligé de me confier toute sa fortune; il n'avoit de moi aucune sûreté par écrit, et n'auroit été en état de produire aucune preuve, aucun indice même du dépôt; mais je le lui ai remis fidèlement: cette fidélité n'est-elle pas quelque chose de louable? Tu as fait, mon fils, dit le vieillard, ce que tu devois faire; il y auroit de quoi mourir de honte, si l'on étoit capable d'en agir autrement, car la probité est un devoir; ton action est une action de justice, ce n'est point une action de générosité. Le second fils plaida sa cause à son tour, à peu près en ces termes: Je me suis trouvé pendant mon voyage, sur le bord d'un lac; un enfant venoit imprudemment de s'y laisser tomber, il alloit se noyer, je l'en ai tiré et lui ai sauvé la vie aux yeux des habitans d'un village que baignent les eaux de ce lac; ils pourront attester la vérité du fait. A la bonne heure, interrompit le père; mais il n'y a point encore de noblesse dans cette action, il n'y a que de l'humanité. Enfin le dernier des trois frères prit la parole: Mon père, dit-il, j'ai trouvé mon ennemi mortel, qui, s'étant égaré la nuit, s'étoit endormi sans le savoir sur le penchant d'un abîme; le moindre mouvement qu'il eût fait au moment de son réveil, ne pouvoit manquer de le précipiter; sa vie étoit entre mes mains; j'ai pris soin de l'éveiller avec les précautions convenables, et l'ai tiré de cet endroit fatal. Ah! mon fils, s'écria le bon père avec transport, en l'embrassant tendrement, c'est à toi sans contredit que la bague est due.

§ XXIII. *Reconnoissance. Beau trait de M. Viviani.*

La reconnoissance que M. Viviani a fait éclater en toutes occasions pour tous ses bienfaiteurs, a été regardée comme extraordinaire, et lui a attiré l'admiration de de la France et de l'Italie. Il avoit reçu les leçons de Galilée durant les trois dernières années de la vie de ce grand homme ; et, malgré l'extrême disproportion d'âge, il conçut pour ce savant vieillard une tendresse vive et une espèce de passion ; partout il se nommoit le disciple, et le dernier disciple du grand Galilée ; jamais il ne mettoit son nom à un titre d'ouvrage sans l'accompagner de cette qualité ; jamais il ne manquoit une occasion de parler de Galilée ; et quelquefois même, ce qui fait encore mieux l'éloge de son cœur, il en parloit sans beaucoup de nécessité ; jamais il ne prononçoit le nom de Galilée, sans lui rendre un hommage, et l'on sentoit bien que ce n'étoit point pour s'associer, en quelque sorte, au mérite de ce grand homme, et en faire rejaillir une partie sur lui : il est aisé de distinguer le style de la tendresse d'avec celui de la vanité. Louis XIV l'avoit honoré d'une pension considérable, et l'avoit mis au nombre de huit associés étrangers de l'académie des sciences ; de la pension du monarque il en acheta une maison à Florence ; il la fit rebâtir sur un dessin très-agréable, et aussi magnifique qu'il pouvoit convenir à un particulier. Au frontispice de cette maison, il mit cette inscription : *Ædes à Deo datæ* ; allusion heureuse, et au nom de *Dieu-Donné*, qu'avoit d'abord porté le roi, et à la manière dont elle avoit été acquise. Une reconnoissance ingénieuse, et difficile à contenter, n'a pu rien imaginer de plus nouveau et de plus noble qu'un pareil monument. M. Viviani, si digne, par son savoir et par ses talens, de recevoir les bienfaits du roi, s'en rendoit encore plus digne par l'usage qu'il en faisoit après les avoir reçus. Galilée ne fut pas oublié dans le plan de cette maison; son buste fut placé sur la porte, et son éloge, ou plutôt toute l'histoire de sa vie, dans des places ménagées exprès; et M. Viviani, pour répandre dans le monde un monument qui de lui-même n'étoit pas durable, en fit faire des estampes, qu'il mit à la fin de ses ouvrages dédiés au roi.

FONTENELLE.

§ XXIV. *Trait de reconnoissance du chevalier de Pontis.*

Le chevalier de Pontis, frère de celui qui nous a laissé des mémoires sur sa vie, fut pris, en faisant ses caravanes, par un pirate qui le conduisit à Alger, et qui le vendit à un turc plus généreux ou moins barbare que ses compatriotes. Après deux ans d'une servitude fort douce, il fait venir Pontis: Vous m'avez servi, lui dit-il, en homme d'honneur, et non pas en esclave; et moi je cesse d'être votre maître, pour devenir votre ami. Soyez libre, retournez dans votre patrie; mais emportez du moins quelque gage de ma reconnoissance, et demandez-moi tout ce que vous pouvez désirer. Le chevalier, pénétré d'estime pour cet homme, accepte seulement l'argent nécessaire pour son voyage et revient à Marseille.

Quelques années après, le chevalier se promenoit sur le port de cette ville, lorsqu'il vit aborder un vaisseau étranger; des soldats en sortent traînant après eux des esclaves musulmans. Le souvenir de sa servitude intéressa Pontis au sort de ces infortunés; il s'approche et les contemple. Quel fut son étonnement, lorsque parmi eux il reconnut son ancien maître? Il perce la foule des soldats, l'embrasse avec des larmes de joie : « Si j'ai revu ma famille, lui dit-il, c'est un de vos bienfaits; retournez au sein de la vôtre, et apprenez qu'une bonne action n'est jamais perdue, et qu'un Français, n'est point fait pour se laisser vaincre en générosité par un homme de quelque nation qu'il puisse être. » A l'instant Pontis demande à qui appartient l'esclave, combien sa rançon est estimée; il la paie sans marchander, le conduit dans sa maison, le comble de caresses, et le renvoie chargé de présens.

§ XXV. *Questions.*

Quelqu'un demandoit à Thémistocle lequel il aimeroit mieux être, d'Achille ou d'Homère. « Et vous, répondit-il, lequel voudriez-vous être, de l'athlète qui est couronné dans les jeux olympiques, ou du héraut qui proclame les vainqueurs? »

PLUTARQUE.

§ XXVI. *Modèle de dévouement pour son souverain.*

Tacite en décrivant les mœurs des Germains, dit que leur serment le plus solennel, est de rapporter à la gloire du prince toutes leurs belles actions. Il ajoute deux mots qui expriment bien leur attachement et leur zèle : « Les » princes combattent pour la victoire, les sujets pour » le prince ». *Principes pro victoriâ pugnant, comites pro principe.*

Tacite.

§ XXVII. *On doit se défendre d'une sévérité trop rigoureuse.*

Balzac dit avec raison de ces hommes atrabilaires qui voient tout en noir, et qui sont ennemis des divertissemens honnêtes : « Si pareilles gens avoient la direction » du monde, ils voudroient ôter le printemps et la » jeunesse, l'un de l'année, et l'autre de la vie. »

Balzac.

§ XXVIII. *Des avantages de la douceur, de l'indulgence et d'un ton modeste.*

Il faut distinguer deux sortes de douceur et d'indulgence, l'une qui dépend de l'inclination, et, pour ainsi dire, du physique. On peut l'appeler douceur de tempérament ; l'autre, qu'on pourroit nommer douceur de réflexion, est morale, vertueuse, et sait opposer une digue aux passions. La première, quoique purement naturelle, suppose une véritable bonté de cœur, apanage le plus précieux de l'homme social ; elle ne doit être confondue ni avec la foiblesse d'âme ni avec le défaut d'esprit, comme l'a solidement démontré mademoiselle de Scudery (*Conversations nouvelles sur divers sujets*). Mais le second genre de douceur appartient plus particulièrement à la volonté, à la moralité des actions humaines. C'est une douceur mâle et courageuse, qui, maîtrisant les effets d'une excessive sensibilité, suppose dans l'âme autant de force que de délicatesse; et sous ce point de vue elle doit être regardée comme une des vertus les plus estimables. On reconnoîtra son caractère et les devoirs qu'elle impose dans les vers suivans qu'un père adresse à son fils dont le ton frondeur et tranchant ne convenoit pas à son âge :

Mon fils, quels préjugés étranges sont les vôtres?
Ah! prenez ou laissez les hommes tels qu'ils sont:
Tout aussi bien que vous je les connois à fond;
Mais je suis envers eux, avec moins de rudesse,
Indulgent par lumière, et non pas par foiblesse.
En exagérant tout on ne définit rien :
Je dis ce que je pense, il est des gens de bien.
Oui, mon fils, il en est; quand j'entrai dans le monde,
Je le vis à peu près des mêmes yeux que vous:
Chacun m'y déplaisoit, et je déplus à tous.
Ne faisant point de grâce, on ne m'en fit aucune.
On me fuyoit : on prit ma franchise importune
Pour un fiel répandu par la malignité;
D'autres ne la taxoient que de rusticité;
Et chacun s'élevoit sur mes propres ruines:
Où l'on cueilloit des fleurs, je cueillois des épines.
Ainsi par un scrupule un peu trop rigoureux,
J'ôtois à la vertu le droit de rendre heureux.
Alors par une erreur qui n'est que trop commune,
J'imputois mes malheurs à l'aveugle fortune;

J'en faisois son forfait, loin de m'en accuser.
L'expérience enfin sut me désabuser :
Je rompis mon humeur ; rompez aussi la vôtre ;
Nos besoins nous ont fait esclaves l'un de l'autre.
Il faut porter ce joug ; qui se révolte à tort,
Et devient l'artisan de son malheureux sort.
Sachez donc vous soumettre à cette dépendance :
L'usage des vertus a besoin de prudence.
Dans un juste milieu la raison l'a borné :
D'ailleurs, il faut toujours que leur front soit orné
Des grâces et des fleurs qui sont à leur usage.
Quand la vertu déplaît, c'est la faute du sage.
Sachez la faire aimer, vous serez adoré :
Son éclat naturel doit être décoré.

La Chaussée.

§ XXIX. *Une âme élevée repousse toute idée de vengeance.*

Lorsqu'on eut apporté la ciguë à Phocion, on lui demanda s'il ne vouloit rien dire à son fils : « Mon fils, » dit-il, je vous exhorte de tout mon pouvoir à ne jamais » vous souvenir des torts que les Athéniens ont envers » moi. »

Plutarque.

§ XXX. *L'estime que nous conservons de nous-mêmes nous élève au-dessus de tous les revers.*

Un homme de bien, accusé injustement et chargé de fers, ne perd rien de sa gloire dans l'obscurité d'un cachot : il ôte à la prison même ce qu'elle a d'ignominieux ; elle devient plus honorable par sa présence que ces lieux augustes où la justice se rend. Le lieu où étoit

Socrate ne pouvoit paroître une prison. *Neque enim poterat carcer videri in quo Socrates erat.*

SÉNÈQUE.

Examinez ce grand acteur : n'a-t-il pas un aussi bel organe lorsqu'il joue le rôle d'Œdipe exilé de son pays, et dénué de tout, que lorsqu'il joue celui d'Œdipe roi ? L'homme sage se montrera-t-il moins habile et restera-t-il au-dessous d'un acteur, dans le rôle qu'il a plu à Dieu de lui donner !

PLUTARQUE.

§ XXXI. *Maximes.*

Ne dis à personne ce que tu ne veux pas qu'on sache. Comment, en effet, exigeras-tu des autres qu'ils gardent un secret que tu ne peux garder toi-même ?

L'ombre suit ceux qui marchent au soleil, et l'envie ceux qui marchent à la gloire.

C'est parfumer un mort que de faire du bien à un ingrat ; il trouve que la bienfaisance est comme la lune, qu'elle ne paroît belle que dans son plein.

Ceux qui manquent de reconnoissance, non-seulement donnent la preuve d'un cœur corrompu, mais ils produisent un mal universel ; ils détournent, par leur ingratitude, ceux qui leur ont fait du bien d'en jamais faire à d'autres.

PLUTARQUE.

§ XXXII. *Rien ne fait plus de tort qu'une recherche trop affectée sur sa personne et dans sa parure.*

Philippe avoit donné une charge de judicature à un ami d'Antipater. Mais lorsqu'il eut appris qu'il s'occupoit à teindre sa barbe et ses cheveux, il la lui ôta, en disant que celui qui trompoit sur ce point, pouvoit manquer aussi de fidélité dans les affaires.

PLUTARQUE.

§ XXXIII. *Bonheur de la médiocrité.*

Psophis, l'une des plus anciennes villes du Péloponnèse, est sur les confins de l'Arcadie et de l'Élide. Une colline très-élevée la défend contre le vent du nord; à l'est coule le fleuve Érymanthe, sorti d'une montagne qui porte le même nom, et sur laquelle on va souvent chasser le sanglier et le cerf; au couchant, elle est entourée d'un abîme profond, où se précipite un torrent qui va vers le midi se perdre dans l'Érymanthe [1].

On remarquoit sur ses bords un petit champ et une petite chaumière. C'est là que vivoit, il y a quelques siècles, un citoyen pauvre et vertueux : il se nommoit Aglaüs. Sans crainte, sans désirs, ignoré des hommes, ignorant ce qui se passoit parmi eux, il cultivoit paisiblement son petit domaine, dont il n'avoit jamais passé les limites. Il étoit parvenu à une extrême vieillesse, lorsque des ambassadeurs du puissant roi de Lydie, Gygès ou Crœsus, furent chargés de demander à l'oracle de Delphes, s'il existoit sur la terre entière un mortel plus heureux que ce prince ? La pythie répondit : Aglaüs de Psophis [2]. »

[1] Polybe et Pausanias. = [2] Pausanias, Pline, Valère Maxime.

FIN DU LIVRE TROISIÈME.

LIVRE QUATRIÈME.

DE L'ÉDUCATION.

PREMIÈRE PARTIE.

DE L'ÉDUCATION PAR LA THÉORIE, OU MAXIMES SUR L'ÉDUCATION PAR NOS PLUS CÉLÈBRES ÉCRIVAINS.

CHAPITRE PREMIER.

De l'Éducation en général.

§ Ier. *De l'éducation.*

[1] NOUS ne perdrons pas notre temps à prouver la nécessité de l'éducation; nous dirons seulement et par là nous aurons tout dit, que cette nécessité est une suite de la perfectibilité de l'espèce humaine.

[2] Le poussin, au sortir de l'œuf, dit le persan Sadi, sait chercher lui-même sa nourriture. L'enfant au contraire, privé de raison et de jugement, est couché dans son berceau, sans pouvoir marcher : mais celui qui paroissoit, en naissant, parvenu à l'état de la perfection, reste au même point, et ne fait aucun progrès; tandis

[1] Ratio Studiorum. = [2] Sadi.

que l'enfant acquiert peu à peu la sagesse et la vertu qui le rendent supérieur à tous les êtres. L'animal n'a besoin que de l'instinct; mais, pour devenir tout ce qu'il peut devenir, l'homme a besoin de l'éducation.

[1] Il y en a de trois sortes: celle qu'on reçoit dans le sein de sa propre famille; celle qu'on reçoit dans le commerce de la société civile; et celle qu'on reçoit dans les colléges. La première est en même temps la plus douce et la plus essentielle; c'est à elle à jeter dans le cœur des enfans les germes primitifs de la vertu. La seconde est la plus aisée; elle se borne presque entièrement à la science des manières et à l'étude des agrémens. La troisième, quoique souvent la plus négligée, peut cependant devenir la plus utile. Elle peut réunir avec ses avantages particuliers les avantages des deux premières : associer les talens aux agrémens et aux vertus, former l'homme de bien et préparer l'homme du monde en façonnant l'homme de lettres.

§ II. *Réflexions sur l'éducation de la jeunesse.*

De tout temps l'éducation de la jeunesse a été regardée comme le devoir le plus important et la partie la plus essentielle du gouvernement. L'éducation, en effet, est seule capable de développer les talens naturels, d'élever et de perfectionner l'esprit. Son véritable objet est de former par l'étude de la religion, le *chrétien;* par celle de la morale, le *citoyen;* et par celle des sciences,

[1] Ratio Studiorum.

humaines, *l'homme de lettres*. Les hommes qui sont l'élite et la gloire d'une nation, ne doivent le développement de leurs talens qu'à l'éducation et à l'instruction.

Pour élever les étudians, comme pour former des guerriers, il faut une méthode sage, sévère et soutenue. La plupart des maîtres particuliers suivent la méthode, non pas toujours la plus sage, mais la plus conforme à leur goût. Cherchent-ils uniquement en cela le bien de leurs élèves? Ou bien prétendent-ils par là se donner un relief d'habileté, s'imposer à eux-mêmes un fardeau moins pesant et moins ennuyeux; se procurer plutôt le salaire qui leur est promis? C'est ce que je n'examine point; mais je sais du moins qu'il est très-aisé de se tromper dans le choix.

L'éducation publique ne dépend point du caprice d'un seul homme. Établie par une sagesse reconnue, le succès en est certain, c'est la voie que les nations les plus polies ont suivie, où les savans les plus fameux ont marché. L'autorité et la possession de plusieurs siècles lui servent de caution.

La discipline scolastique, à l'exemple de la discipline militaire, doit encore être exacte et sévère. Où trouver cette sévérité, cette exactitude? Sera-ce dans la maison paternelle où un maître perd son élève s'il l'aime avec trop de tendresse, où il se perd lui-même s'il veut prendre et soutenir le caractère de fermeté qui lui convient? Sera-ce à l'ombre de l'autorité d'un père qui, déjà occupé des affaires publiques ou des soins domestiques, content de payer les frais de l'éducation de son fils, ne se croira pas obligé d'en partager l'ennui et le chagrin?

Sera-ce sous les yeux d'une mère qui, sans cesse alarmée sur la santé d'un enfant chéri, rendra les livres responsables de la plus légère incommodité dont elle le verra attaqué? Comment un maître pourra-t-il donc entreprendre de cultiver l'esprit de son disciple par des soins assidus? Et, ce qui est encore beaucoup plus important, comment pourra-t-il réussir à dompter l'humeur de son élève, à mettre un frein aux passions dont cet âge n'est que trop susceptible ?

Sans vouloir pénétrer dans l'intérieur des familles, on peut le dire en général, tous les pères ne craignent pas de communiquer leurs défauts à leurs enfans; toutes les mères n'appréhendent pas assez de les voir trop instruits de ce qu'ils devroient ignorer; tous les domestiques ne respectent pas l'innocence de ceux dont ils redouteront un jour la puissance. Toutes les maisons particulières ne sont pas fermées aux flatteurs; toutes les tables n'y sont pas si austères; toutes les conversations et toutes les maximes qui s'y débitent ne sont pas si saines; tous les divertissemens n'y sont pas si modestes qu'ils n'inspirent jamais le goût de la licence à un jeune cœur avide de tout ce qui porte avec soi le caractère du plaisir.

Il n'en est pas ainsi des écoles publiques; outre que la jeunesse y est à couvert de la plupart de ces dangers, on y sait mettre à profit les dispositions qu'elle apporte, soit pour la vertu, soit pour les sciences. L'on corrige ou du moins l'on fait tout ce qu'il faut pour en corriger les défauts : et la seule crainte du châtiment suffit souvent pour empêcher qu'on ne le mérite. Il n'y a plus de mère qui puisse soustraire son cher fils à une peine salutaire; point de parens, point d'étrangers qui se déclarent les avocats d'une mauvaise cause, et qui flattent quand il faudroit punir.

Quand on parle d'une éducation particulière, quelle autre idée peut-on s'en former que d'un exercice obscur, sans vie et sans âme, où le maître et le disciple, toujours réduits à eux-mêmes, souvent ennuyés l'un et l'autre, se degoûtent mutuellement, l'un d'apprendre, l'autre d'enseigner? Au contraire, l'éducation publique ne présente-t-elle pas tout ce qu'on peut imaginer de plus vif, de plus animé, de plus capable d'exciter même les plus lâches; je veux dire, des rivaux, des combats, des victoires et des triomphes?

Ce n'est point l'égalité, ni de fortune, ni de naissance, qui dans les académies littéraires assortit les rivaux; c'est la capacité seule qui décide sur ce point. Tous courent la même carrière; aucun ne peut espérer de se distinguer que par son esprit, son étude et son application. Les combats sont toujours vifs et animés; tous sont obligés de prendre les armes, tous à l'envie se disputent l'honneur de la victoire, tous peuvent également y prétendre, le mérite seul peut l'obtenir. Les vainqueurs sont sûrs d'être couronnés après le combat, et les lauriers se distribuent souvent au bruit des acclamations et des applaudissemens d'une assemblée nombreuse.

Est-il rien de plus puissant que ces espèces de combats et de triomphes, pour exciter dans les jeunes cœurs l'ardeur et l'émulation ? Rien de plus capable de leur inspirer ces sentimens nobles qui dans un âge plus avancé produisent les grands hommes et les héros en tout genre. Leur âge, quoique tendre, en est également susceptible; l'objet en est différent, à la vérité; mais les sentimens sont les mêmes. Ce sont d'heureuses semences qui dans la suite de la vie se développeront plus sensiblement et produiront les plus heureux effets.

§ III. *Belles pensées de Fénélon sur l'éducation des enfans dans un état.*

Pour les enfans, disoit Mentor, ils appartiennent moins à leurs parens qu'à la république (la suite prouve que ce mot signifie l'état). Ils sont les enfans du peuple, ils en sont l'espérance et la force; il n'est pas temps de les corriger quand ils sont corrompus. C'est peu que de les exclure des emplois, lorsqu'on voit qu'ils s'en sont rendus indignes : il vaut bien mieux prévenir le mal, que d'être réduit à le punir. Le roi, ajoutoit-il, qui est le père de tout son peuple, est encore plus particulièrement le père de toute la jeunesse, qui est la fleur de la nation. C'est dans la fleur qu'il faut préparer les fruits : que le roi ne dédaigne donc pas de veiller et de faire veiller sur l'éducation qu'on donne aux enfans; qu'il tienne ferme pour faire observer les lois de Minos, qui ordonnent qu'on élève les enfans dans le mépris de la douleur et de la mort; qu'on mette l'honneur à fuir les délices et les richesses ; que l'injustice, le mensonge, l'ingratitude et la mollesse passent pour des vices infâmes ; qu'on leur apprenne, dès leur plus tendre enfance, à chanter les louanges des héros qui ont été aimés des dieux, qui ont fait des actions généreuses pour leur patrie, et qui ont fait éclater leur courage dans les combats ; qu'ils apprennent à être tendres pour leurs amis, fidèles à leurs alliés, équitables pour tous les hommes, même pour leurs plus cruels ennemis ; qu'ils craignent moins la mort et les tourmens que le moindre reproche de leur conscience. Si de bonne heure on remplit les enfans de ces grandes maximes et qu'on les fasse entrer dans leur cœur, il y en aura peu qui ne s'enflamment de l'amour de la gloire et de la vertu.

Mentor ajoutoit qu'il étoit capital d'établir des écoles publiques, pour accoutumer la jeunesse aux plus rudes exercices du corps, et pour éviter la mollesse et l'oisiveté qui corrompent les plus beaux naturels. Il vouloit une grande variété de jeux et de spectacles (combats), qui animassent tout le peuple ; mais surtout qui exerçassent les corps pour les rendre adroits, souples et vigoureux : il ajoutoit des prix, pour exciter une noble émulation.

Mais pendant qu'on préparoit ainsi les moyens de conserver la jeunesse pure, innocente, laborieuse, docile et passionnée pour la gloire, Philoclès, qui aimoit la guerre, disoit à Mentor : En vain vous occuperez les jeunes gens de tous ces exercices, si vous les laissez languir dans une paix continuelle, où ils n'auront aucune expérience de la guerre, ni aucun besoin de s'éprouver par la valeur. Par là vous affoiblirez insensiblement la nation, les courages s'amolliront, les délices corrompront les mœurs..... Voici, lui répondit Mentor, le moyen d'exercer le courage d'une nation en temps de paix. Vous avez déjà vu les exercices du corps que nous établissons, les prix qui exciteront l'émulation, les maximes de gloire et de vertu dont on remplira les âmes des enfans presque dès le berceau, par le chant des grandes actions des héros; à ces secours, joignez celui d'une vie sobre et laborieuse; mais ce n'est pas tout : aussitôt qu'un peuple allié de votre nation aura une guerre, il faut y envoyer la fleur de votre jeunesse, surtout ceux en qui on remarquera le génie de la guerre, et qui seront les plus propres à profiter de l'expérience. Par là vous conserverez une haute réputation chez vos alliés; votre alliance sera recherchée, on craindra de la perdre; sans avoir la guerre chez vous et à vos dépens, vous aurez toujours une jeunesse aguerrie et intrépide. Quoique vous ayez la paix chez vous, vous ne laisserez pas de traiter avec de grands honneurs ceux qui auront le talent de la guerre : car le vrai moyen d'éloigner la guerre et de conserver une longue paix, c'est de cultiver les armes; c'est d'honorer les hommes excellens dans cette profession; c'est d'en avoir toujours qui s'y soient exercés dans les pays étrangers, qui connoissent les forces, la discipline, et les manières de faire la guerre des peuples voisins.

FÉNÉLON.

§ IV. *Sur l'éducation.*

La véritable science et les études solides qui y conduisent, dit M. Fleury, seront toujours estimées, même par les ignorans. Il n'y a personne qui ne fasse cas d'un homme qui parle bien sa langue, et qui l'écrit correctement ; qui est bien instruit de sa religion et des lois de son pays ; qui sait bien conduire ses affaires et donner aux autres de bons conseils ; qui raisonne juste sur toutes les choses qu'il connoît, et sait tellement faire valoir ses raisons qu'il amène les autres à son sentiment. On ne pourra s'empêcher d'avoir de l'estime pour un tel homme, et on passera jusqu'à l'admiration, s'il a de plus la connoissance de plusieurs langues, en sorte qu'il puisse servir d'interprète aux étrangers ; si, connoissant l'histoire de son pays et des pays voisins, il sait démêler les intérêts des princes et l'origine de leurs prétentions ; s'il connoît la géographie, le système du monde et l'histoire naturelle ; s'il sait les mathématiques, principalement les parties qui servent à l'architecture, aux fortifications et à la navigation comme la géométrie et les mécaniques ; s'il a une grande connoissance des arts utiles à la vie, ou même de ceux qui la rendent plus agréable, comme la peinture, la musique et la poésie.

Mais quand on voit un homme qui passe sa vie à étudier le latin ou le grec, et qui ne parle pas bien français ; qui sait l'histoire, les mœurs, les lois des anciens Romains, et qui ne sait point comment la France est gouvernée, ni comment on y vit aujourd'hui ; qui prétend savoir toutes les finesses du raisonnement, et toutefois ne persuade personne, tant ses raisonnemens sont fondés sur des principes inconnus et exprimés en des termes hors d'usage, je ne m'étonne point qu'un tel homme ne soit point fort estimé, principalement s'il a d'ailleurs en ses mœurs quelqu'un des défauts que j'ai marqué. (M. Fleury avoit dit plus haut : que l'on reproche à quelques savans ou à des gens qui passent pour l'être, d'importuner tout le monde des plaintes de leur mauvaise fortune et de l'injustice du siècle, de vouloir toujours enseigner et dire ce qu'on ne leur demande pas, et d'être avide de louanges, incivils et capricieux, et ajoute-t-il, quoique l'on trouve partout une infinité d'ignorans qui sont plaintifs, grands parleurs, fantasques et grossiers, on ne laisse pas d'attribuer plutôt ces défauts aux savans, parce qu'on les remarque plus en des gens qui ont quelqu'avantage qui les distingue.) Ce ne sont donc pas les études qui sont méprisées, c'est le mauvais choix et la mauvaise méthode.

FLEURY.

§ V. *Avantages de l'éducation.*

Je considère, dit Addisson, l'âme d'un homme qui n'a point d'éducation comme le marbre dans la carrière, où l'on n'aperçoit aucune de ces beautés qu'il renferme, jusqu'à ce que le savoir de l'ouvrier en fasse sortir les couleurs, en polisse la surface en découvre toutes les veines et les accidens heureux qui en font le mérite...... De même, l'éducation, lorsqu'elle travaille sur un esprit heureusement né, expose à la vue chaque vertu, chaque perfection cachée, qui, sans un pareil secours, n'auroient jamais été capables de briller et de produire aucun effet.

ADDISSON.

§ VI. *Combien les sentimens religieux sont nécessaires à l'instruction.*

[1] Les objets qu'on se propose dans l'éducation de la jeunesse, sont de former et de perfectionner en elle la volonté, la conscience, les mœurs, les manières, la mémoire, l'imagination et la raison.

La soumission est la première vertu du citoyen, et la docilité la première vertu de l'enfant. Si l'on ne s'applique à plier de bonne heure sa volonté, elle se roidira de manière à ne supporter aucun joug, et à briser tous les liens. Il faut, dès sa première jeunesse, comprimer pour ainsi dire, et fléchir sa volonté, pour qu'elle conserve dans tout le reste de la vie une heureuse et salutaire souplesse. Le père et la mère doivent commencer cet ouvrage; le maître doit le continuer. La complaisance des parens et les flatteries des domestiques sont de grands obstacles dans le sein de la famille: l'impartialité du maître, l'exemple des compagnons, et surtout l'appareil d'une distinction glorieuse et d'une humiliation mortifiante sont de puissans moyens dans les colléges. Cette plus grande facilité que l'éducation publique a pour former la volonté de l'enfant est prin-

[1] Ratio Studiorum.

cipalement ce qui doit la faire préférer à l'éducation particulière.

A l'impartialité du maître, à l'exemple des compagnons, à l'appareil d'une humiliation ou d'une distinction publique, il faut qu'on ajoute un moyen plus utile encore, l'établissement de certaines lois qui règlent et qui maintiennent toute l'économie classique. Ces lois doivent être sues de chaque écolier, et le maître ne doit rien oublier pour que l'observation en soit exacte et générale. Pour l'obtenir, il aura recours aux récompenses plutôt qu'aux punitions, parce que les récompenses excitent, et que les punitions découragent. Dans les punitions indispensables, il évitera la trop grande précipitation qui donne à la justice l'air de la violence ; dans l'examen des fautes, il supprimera les trop grandes recherches qui inspirent la défiance en inspirant la terreur. Il se souviendra que l'art de dissimuler de petites négligences est, dans certaines occasions, celui de prévenir de grands éclats. La douceur attire et la contrainte repousse ; ce n'est donc qu'après avoir épuisé toutes les ressources de la première, qu'il fera usage de la seconde. Si sa main ne doit jamais être l'instrument de la douleur, sa voix ne doit pas être non plus l'organe de l'invective : qu'il emploie l'instruction, l'exhortation, le reproche amical; jamais la hauteur, jamais l'injure, jamais le reproche offensant. Pour donner plus de poids à son autorité, qu'il l'appuie de celle des parens, qu'il confère avec eux des moyens les plus propres à régler la conduite, et à former le caractère de ses élèves. Toutes les fois que pour punir la faute il suffira de mortifier la paresse, le châtiment consistera à imposer un travail particulier qui ne nuise point au travail commun. Dans l'observation des lois, et dans la distribution des récompenses, le maître ne doit marquer aucune de ces distinctions odieuses qui excitent l'arrogance et l'indocilité des uns, la jalousie et le dépit des autres. Que la différence des fortunes n'en mette point dans son affection, et, pour obtenir une confiance générale, qu'il témoigne une bienveillance universelle; qu'il veille avec une attention singulière, et qu'il s'intéresse avec une ardeur égale au progrès de chacun de ses élèves; qu'il se garde bien de rallentir leur activité par l'indifférence, et plus encore d'irriter leur amour-propre par le mépris. Peut-être se trouvera-t-il des mutins et des rebelles dont la volonté se refusera au joug de la règle : après avoir pris pour les y soumettre tous les moyens que pourront suggérer la charité et la modération, si l'on ne réussit point, il sera à propos de renvoyer ceux qu'on ne peut dompter, de peur que l'exemple d'une volonté qui aspire à l'indépendance n'y excite tous les autres, et que par là elles ne se dépravent au lieu de se rectifier.

Mais vous aurez beau lier la volonté au devoir, elle n'y tiendra jamais bien si vous ne l'y enchaînez par la conscience; et le nœud le plus puissant de la conscience, c'est la religion. La religion, en effet, a plus d'empire sur les hommes que les lois mêmes.

Les lois peuvent tout au plus désarmer le bras, la religion va jusqu'à subjuguer la passion ; or, on peut cacher son bras à la vigilance humaine, et l'on ne sauroit cacher à la vigilance divine sa plus intime passion.

Par les lois, on fait respecter le joug; par la religion, on le fait chérir; or, le seul joug qu'on porte constamment, c'est celui qu'on porte avec plaisir.

Les lois n'opposent aux forfaits que les terreurs de la mort, la religion leur oppose les terreurs de l'autre vie : or, on reculera bien plutôt à la vue d'un supplice éternel, qu'à la vue d'un supplice momentané.

Les lois n'offrent pour motif à la vertu que le devoir; au motif du devoir la religion ajoute l'attrait des récompenses : or, le devoir tout seul n'en impose qu'à la raison; joint à la récompense, il en impose tout à la fois à la raison et au sentiment.

Enfin, le glaive des lois n'est guère suspendu que sur la tête du vulgaire, tandis que le tonnerre de la religion gronde sur celle même des rois; or, plus une règle est générale, mieux on s'y soumet.

Puisque donc la religion est ce qu'il y a de plus engageant et de plus coërcitif pour l'humanité; que ne devons-nous pas à ceux qui s'efforcent de nous en inspirer le respect, l'amour et les sentimens? Voilà ce que l'on doit trouver dans les écoles publiques; que les principes et le goût de la religion y soient cultivés avant ceux mêmes des lettres. Il faut que les colléges paroissent, en quelque sorte, des temples où l'on vienne puiser avec les vérités profanes les vérités évangéliques; où l'orgueil de la science soit tempéré par la modestie de la piété; où le langage des saints consacre celui des muses; où l'on élève des autels aux vertus à côté des monumens érigés aux arts; où enfin l'on essaie de perfectionner la mémoire et l'imagination.

Que le principal dessein de chaque professeur soit de courber l'esprit tendre de la jeunesse à la vénération due à l'Être suprême; d'exposer les motifs qu'on a de l'aimer, et les moyens par lesquels on doit lui plaire. Qu'il fasse en sorte que tous les écoliers prennent la salutaire habitude d'entendre, chaque jour, la parole de Dieu. Que de temps en temps il les excite par de pieuses exhortations à l'exercice de la prière, aux différentes pratiques de piété, à tout ce qui peut, en un mot, faire germer dans leur âme les vertus du christianisme; qu'il leur inspire ce respect filial, cette dévotion tendre que chaque fidèle doit avoir pour son créateur. Que par des instructions hebdomadaires qui soient à la portée de leur intelligence, il les instruise des principes et des devoirs de la religion; qu'il les grave dans leur cœur, en les gravant dans leur mémoire.

Peut-être voudra-t-on contester l'utilité des différentes pratiques de dévotion que l'on recommande. Nous ferons là-dessus deux réflexions; la première, qu'il n'est aucune de ces pratiques qui ne soit édifiante, avantageuse pour le salut, autorisée par l'exemple des saints, et consacrée par les préceptes ou par les conseils de l'Évangile; la seconde, que, pour faire entrer la religion dans l'âme des enfans, il faut la leur faire passer d'abord dans l'imagination par l'appareil, et ensuite dans la raison par les principes. Tout se réunit dans l'âge des passions pour nous arracher aux pratiques et aux maximes de la piété : peut-on nous y attacher de trop bonne heure et par trop de liens?

LE PÈRE JOUVENCI.

§ VII. *Différence qui se trouve entre les jeunes gens pour le caractère.*

Comme toutes les plantes ne demandent pas la même culture, ainsi, ce qui seroit utile à l'éducation de l'un, devient dangereux et funeste à celle de l'autre. Souvent dans le sein de la même famille se trouvent des génies bien différens; un esprit craintif et timide qu'il faut rassurer et enhardir; un esprit bouillant et impétueux qu'il faut réprimer; un esprit lent et tardif qu'il faut attendre; un esprit heureux, vif et plein de feu qu'il faut prévenir et devancer; un esprit sombre, dissimulé, qu'il faut accoutumer à la confiance; un esprit trop ouvert, trop facile qu'il faut rendre circonspect; un esprit bas et rampant qu'il faut élever, agrandir; un esprit fier et hautain qu'il faut dompter et assujétir; un esprit dur, insensible, qu'il faut amollir, attendrir; un esprit jaloux qu'il faut calmer et ménager; un esprit doux qu'il faut conduire par l'amour, par les bienfaits; un esprit rebelle, indocile, qu'il faut retenir par la crainte, captiver par la terreur : que sais-je! tous ont un assemblage de défauts qui leur sont propres, de bonnes qualités qui leur sont personnelles. Que de soins, que d'attentions, de ménagemens, de vigilance, demande une éducation sage et réglée! que de talens et de vertus n'exige-t-elle pas de celui qui est chargé d'élever les jeunes gens? où trouver assez de lumières pour les instruire; assez de grandeur d'âme pour leur inspirer des sentimens nobles et généreux; assez d'autorité pour se faire craindre et respecter ; assez de tendresse pour vouloir; assez de génie pour pouvoir réussir dans une aussi grande entreprise?

LE PÈRE DE NEUVILLE.

§ VIII. *Dangers d'une instruction trop étendue.*

On attaque indistinctement et en général l'éducation qu'on recevoit dans les colléges et dans toutes les universités. On répète, que l'ancienne méthode d'enseigner pourroit être perfectionnée. Il y a quelque chose de vrai dans cette assertion. Mais quand on prétend qu'il faut ouvrir une plus vaste carrière aux enfans, on a tort. C'est un préjugé de ce siècle de vouloir faire à quinze ans des mathématiciens, des physiciens, des moralistes, des orateurs, tandis qu'on le devient à peine à quarante. Est-ce qu'on peut attendre d'une jeune plante, quelque culture qu'on lui donne, autant de fruits que d'une plante déjà formée? tout ne se fait-il pas dans la nature par degrés successifs et par accroissemens imperceptibles? pourquoi exiger des enfans un accroissement subit? S'il y a des prodiges, ils sont rares; encore quand on mesure, le compas de l'expérience à la main, ces prétendus prodiges, ne les réduit-on pas à des prodiges de théâtre? ces géans à l'œil ne sont-ils pas pour l'ordinaire des nains au tact? combien d'enfans, merveilleux

à douze ans, deviennent des hommes ridicules à trente? Ajoutons que, dans l'éducation publique, c'est sur les forces et la capacité du plus grand nombre qu'il faut régler et proportionner les leçons. Or, partagez l'esprit de la multitude sur trop d'objets, elle les perd tous de vue, ou les regarde tous sans en distinguer aucun; occupez-la trop long-temps, elle s'occupe moins vivement; vous croyez l'entraîner, vous la précipitez. Peu de choses, mais de bonnes choses; lentement, mais constamment; voilà pour l'éducation publique, voilà pour la multitude les seules règles profitables: tout le reste, excellent dans la théorie, est misérable dans la pratique. Nous citerons sur les colléges l'opinion d'un philosophe moderne, dont il faut trop souvent repousser les paradoxes, mais qui dans cette circonstance peut faire autorité; c'est le citoyen de Genève: « Les progrès d'un enfant doivent être,
» dit-il, ceux d'un enfant. Pourquoi vouloir qu'ils soient
» ceux d'un homme? Le goût des lettres est tout ce que
» les colléges peuvent inspirer : ils ouvrent la carrière,
» c'est au génie à la parcourir [1]. »

---

§ IX. *Quelle est la science la plus utile. Ce que c'est que la fausse science.*

Il n'y a point de science qui ait tant de rapports à nous que la morale. C'est elle qui nous apprend tous nos devoirs à l'égard de Dieu, de notre prince, de nos parens, de nos amis, et généralement de tout ce qui nous environne. Elle nous enseigne même le chemin qu'il faut

[1] Ratio Studiorum.

suivre pour devenir éternellement heureux ; et tous les hommes sont dans une obligation essentielle, ou plutôt dans une nécessité indispensable de s'y appliquer uniquement.

La science de l'homme ou de soi-même est une science que l'on ne peut raisonnablement mépriser ; elle est remplie d'une infinité de choses qu'il est absolument nécessaire de connoître pour avoir quelque justesse et quelque pénétration d'esprit : et l'on peut dire que, si un homme grossier et stupide est infiniment au-dessus de la matière, parce qu'il sait qu'il est, et que la matière ne le sait pas ; ceux qui connoissent l'homme, sont beaucoup au-dessus des personnes grossières et stupides, parce qu'ils savent ce qu'ils sont, et que les autres ne le savent point.

Les hommes doivent donc s'appliquer sans cesse à la connoissance de Dieu et d'eux-mêmes ; travailler sérieusement à se défaire de leurs erreurs et de leurs préjugés, de leurs passions et de leurs mauvaises inclinations, et rechercher avec ardeur les vérités qui leur sont les plus nécessaires. Car enfin ceux-là sont les plus judicieux qui recherchent avec le plus de soin les vérités les plus solides. La principale cause qui engage les hommes dans les fausses études, c'est qu'ils ont attaché l'idée de savant à des connoissances vaines et infructueuses, au lieu de ne l'attacher qu'aux sciences solides et nécessaires. Car quand un homme se met en tête de devenir savant, et que l'esprit de la multiplicité des sciences commence à l'agiter, il n'examine guère quelles sont les sciences qui lui sont les plus nécessaires, soit pour se conduire en honnête homme, soit pour perfectionner sa raison; il regarde seulement ceux qui passent pour savans dans le monde, et ce qu'il y a en eux qui les rend considérables. Toutes les sciences les plus solides et les plus nécessaires étant assez communes, elles ne font point admirer ni respecter ceux qui les possèdent, car on regarde sans attention et sans émotion les choses communes, quelque belles et quelque admirables qu'elles soient en elles-mêmes. Ceux qui veulent devenir savans ne s'arrêtent donc guères aux sciences nécessaires à la conduite de la vie et à la perfection de l'esprit. Ils veulent posséder dans eux-mêmes l'espèce de science qu'ils ont admirée dans les autres, et que les autres ne manqueront pas d'admirer en eux.

Dans les connoissances de la nature, ils ne recherchent guères les plus utiles, mais les moins communes. A peine savent-ils le nom des vêtemens ordinaires dont on se sert de leur temps, et ils s'amusent à la recherche de ceux dont se servoient les Grecs et les Romains. Les animaux de leur pays leur sont peu connus, et ils ne craindront pas d'employer plusieurs années à composer de grands volumes sur les animaux dont parlent quelques auteurs anciens, pour paroître avoir mieux deviné que les autres ce que signifient des termes inconnus.

Enfin ils veulent savoir toutes les choses rares, extraordinaires, éloignées, que les autres ne savent pas, et qui font cependant donner le nom de savans à ceux qui les possèdent, quand même ils ignoreroient les vérités les plus nécessaires et les plus belles.

Nous ne parlons ici que des fausses sciences, des

sciences qu'on n'étudie que par vanité, ou qui entraînent dans des recherches ou infructueuses, ou dont on ne voit pas bien l'utilité. Mais il est constant qu'il y a des sciences utiles, des sciences très-certaines, et qu'il est important de connoître, soit pour notre propre avantage, soit pour celui des autres hommes.

MALEBRANCHE.

§ X. *Avantages de l'éducation publique sur l'éducation domestique.*

LES ARBRES FRUITIERS.

Un beau petit pommier, délices de son maître,
Fut l'objet de ses plus doux soins.
A la culture il croyoit se connoître,
Arrosoit, labouroit, prévenoit ses besoins,
Et dans la serre chaude à l'abri des gelées
Bien conservé le tenoit tout l'hiver.
D'autres arbres fruitiers, plantés dans ses allées,
Souffroient les injures de l'air.
A peine on leur donnoit quelques soins par usage,
Mais la pluie et la grêle et le soleil ardent
Les traitoient à leur gré comme arbres en plein vent.
Qu'arriva-t-il? pour récompense
Le petit favori donna ses fruits d'avance,
Mais sans goût et sans consistance;
La précoce fertilité
Produisit l'insipidité :
Les autres bonnement attendirent l'automne,
Et les faveurs du ciel, et l'ordre de Pomone;
Leurs fruits tardifs enfin, par le soleil nourris,
Dans leur temps parurent exquis.

Aux citoyens aisés ceci, je crois, s'applique;
L'éducation domestique
Est celle du gentil pommier,
Et le plein vent est le franc écolier.
M. WATELET, *fable inédite.*

§ XI. *Doit-on donner le même instituteur à un élève dans ses différentes classes.*

Dans l'art d'instruire un corps nombreux de jeunes élèves, le talent le plus nécessaire, n'est-ce pas celui de les bien connoître? Et quel meilleur moyen de les bien connoître que de les suivre par degrés et par classe, que de ne les perdre jamais de vue dans le cours de leurs premières études? Alors les écoliers changent de route sans changer de guide; faits à sa voix, ils l'entendent plus aisément, ils le chérissent davantage; d'un plus grand amour pour le maître, naît un plus grand amour pour les leçons, et l'on sait assez que ce qu'il y a de plus important et de plus difficile tout ensemble dans les études de la jeunesse, c'est de les lui faire aimer. Les écoliers au contraire qui tous les ans passent des mains d'un professeur qui les a peu connus, entre les mains d'un autre qui les connoît moins encore, quittent l'un sans regret et suivent l'autre sans attachement; ils oublient aisément les leçons du premier et n'écoutent qu'avec peine celles du second; le changement de méthode, qui ne manque presque jamais de dérouter les apprentis, et le défaut d'habitude qui est en tout le plus grand obstacle, les arrêtent sans cesse; et l'année se passe que, bien loin d'avoir profité sous leur nouveau maître, ils ne s'y sont pas encore accoutumés. Aussi songea-t-on jamais à donner à un jeune élève un nouveau gouverneur tous les ans? De même, s'il est permis de comparer les petites choses aux grandes, songea-t-on jamais à donner à une compagnie un nouveau capitaine, à un état un nouveau ministre à chaque nouvelle année? Ce qui seroit absurde pour une armée où tout se fait à la voix de l'autorité, ne le seroit-il pas davantage pour un collége où tout doit se faire à la voix de la persuasion? Ce qui seroit absurde pour un état qu'on régit par des lois générales et proportionnées aux besoins de tout un peuple, ne le seroit-il pas davantage pour un collége qu'on régit par des lois particulières et proportionnées aux besoins de chaque enfant? Ce qui seroit absurde dans l'éducation domestique où il ne s'agit de connoître et de conduire qu'un ou deux élèves, ne le seroit-il pas davantage dans l'éducation classique où il s'agit d'en connoître et d'en conduire une multitude?

Le P. Jouvenci. *Ratio studiorum.*

§ XII. *L'éducation des anciens temps.*

Henri de Mesmes, l'un des plus illustres magistrats du seizième siècle, raconte en ces termes la manière dont il fut élevé. « Mon père, dit-il, me donna pour » précepteur Jean Maludun, limousin, disciple de » Daurat, homme savant, choisi pour sa vie innocente, » et d'âge convenable à conduire ma jeunesse, jusqu'à » tant que je me susse gouverner moi-même, comme il

» fit. Car il avança tellement ses études par veilles et » travaux incroyables, qu'il alla toujours aussi avant de» vant moi, comme il étoit requis pour m'enseigner, et ne » sortit de sa charge, sinon lorsque j'entrai en office. » Avec lui et mon puîné Jean-Jacques de Mesmes, je » fus mis au collége de Bourgogne, dès l'an 1542, » en la troisième classe; puis je fis un an, peu moins, » la première. Mon père disoit qu'en cette nour» riture du collége, il avoit eu deux regards; l'un à la » conversation de la jeunesse gaie et innocente; l'au» tre à la discipline scolastique, pour nous faire ou» blier les mignardises de la maison, et comme pour » nous dégorger en eau courante. Je trouve que ces » dix-huit mois de collége me firent assez bien. J'appris » à répéter, disputer et haranguer en public; pris con» noissance d'honnêtes enfans, dont aucuns vivent au» jourd'hui; appris la vie frugale de la scolarité, et à » régler mes heures : tellement que, sortant de là, je ré» citai en public plusieurs vers latins, et deux mille vers » grecs, faits selon l'âge; récitai Homère par cœur d'un » bout à l'autre. Qui fut cause, après cela, que j'étois bien » vu par les premiers hommes du temps, et mon pré» cepteur me menoit quelquefois chez Lazarus Baï» fius, Tusanus, Strazellius, Castellanus et Danésius, » avec honneur et progrès aux lettres. L'an 1545, je » fus envoyé à Toulouse pour étudier en lois, avec » mon précepteur et mon frère, sous la conduite d'un » vieil gentilhomme tout blanc, qui avoit long-temps » voyagé par le monde. Nous fûmes trois ans auditeurs » en plus étroite vie et pénibles études, que ceux de

» maintenant ne voudroient supporter. Nous étions » debout à quatre heures, et, ayant prié Dieu, » allions à cinq heures, aux études, nos gros livres » sous le bras, nos écritoires et nos chandeliers à la » main. Nous oyions toutes les lectures jusqu'à dix » heures sonnées, sans intermission; puis venions dî- » ner, après avoir, en hâte, conféré, demi-heure, ce » qu'avions écrit des lectures. Après dîner, nous lisions » par forme de jeu Sophocles ou Aristophanes, ou » Euripides et quelquefois Démosthènes, Cicero, Vir- » gilius, Horatius. A une heure, aux études; à cinq, » au logis à répéter et voir dans nos livres les lieux al- » légués, jusqu'après six; puis nous soupions, et li- » sions en grec ou en latin. Les fêtes, à la grand'messe » et vêpres; au reste du jour, un peu de musique et de » pourmenoir. Quelquefois nous allions dîner chez » nos amis paternels, qui nous invitoient plus souvent » qu'on ne nous y vouloit mener. Le reste du jour, aux » livres; et avions ordinairement avec nous Hadrianus » Turnébus, et Dyonisius Lambinus, et autres savans » du temps. »

CHAPITRE II.

Devoirs des élèves.

§ Ier. *Saint Basile et saint Grégoire de Nazianze, modèles pour les étudians.*

Saint Basile et saint Grégoire de Nazianze étoient tous deux sortis de familles fort nobles selon le monde, et encore plus selon Dieu. Ils naquirent presque en même temps, et leur naissance fut le fruit des prières et de la piété de leurs mères, qui dès ce moment même les offrirent à Dieu dont elles les avoient reçus. Celle de saint Grégoire le lui présenta dans l'église, sanctifia ses mains par les livres sacrés qu'elle lui fit toucher. Ils avoient l'un et l'autre tout ce qui rend les enfans aimables : beauté de corps, agrémens dans l'esprit, douceur et politesse dans les manières.

Leur éducation fut telle qu'on peut l'imaginer dans des familles où la piété étoit, si l'on peut parler ainsi, héréditaire et domestique, et où pères, mères, frères, sœurs, aïeuls de côté et d'autre, étoient tous des saints et des saintes fort illustres.

Le naturel heureux que Dieu leur avoit accordé fut cultivé avec tout le soin possible. Après les études domestiques, on les envoya séparément dans les villes de la Grèce qui avoient le plus de réputation pour les sciences, et ils y prirent les leçons des plus excellens maîtres.

Enfin ils se rejoignirent à Athènes. On sait que cette ville étoit comme le théâtre et le centre des belles-lettres et de toute érudition. Elle fut aussi comme le berceau de l'amitié fameuse de nos saints; ou du moins elle servit beaucoup à en serrer les nœuds d'une manière plus étroite. Une aventure assez extraordinaire y donna occasion. Il y avoit à Athènes une coutume fort bizarre, par rapport aux écoliers nouveau venus, qui s'y rendoient de différentes provinces. On commençoit par les introduire dans une assemblée nombreuse de jeunes gens comme eux, et là on leur faisoit essuyer mille brocards, mille railleries, mille insolences; après quoi on les menoit aux bains publics en cérémonie, à travers la ville, escortés et précédés par tous les jeunes gens qui marchoient deux à deux. Lorsqu'on y étoit arrivé, toute la troupe s'arrêtoit, jetoit de grands cris, et faisoit mine de vouloir enfoncer les portes, comme si l'on refusoit de les leur ouvrir. Quand le nouveau venu y avoit été admis, pour lors il recouvroit sa liberté. Grégoire, qui étoit arrivé le premier à Athènes, et qui savoit combien cette ridicule cérémonie étoit contraire et coûteroit au caractère grave et sérieux de Basile, eut assez de crédit parmi ses compagnons pour l'en dispenser. Ce fut-là, dit saint Grégoire de Nazianze, dans l'admirable récit qu'il fait lui-même de cette aventure, ce qui commença à allumer en nous cette flamme qui ne s'éteignit jamais, et qui perça nos cœurs d'un trait qui y demeura toujours.

Cette liaison, formée et commencée comme je viens

de le dire, se fortifia de plus en plus; surtout lorsque ces deux amis, qui n'avoient rien de secret l'un pour l'autre, eurent reconnu qu'ils avoient tous deux le même but, et cherchoient le même trésor, je veux dire la sagesse et la vertu. Ils vivoient sous le même toit, mangoient à la même table, avoient les mêmes exercices et les mêmes plaisirs, et n'étoient, à proprement parler, qu'une même âme.

Ces deux saints, et l'on ne peut trop le répéter aux jeunes gens, brillèrent toujours parmi leurs compagnons, par la beauté et la vivacité de leur esprit, par leur assiduité au travail, par les succès extraordinaires qu'ils eurent dans toutes leurs études, par la facilité et la promptitude avec laquelle ils saisirent toutes les sciences qu'on enseignoit à Athènes, belles-lettres, poésie, éloquence, philosophie : mais ils se distinguèrent encore plus par une innocence de mœurs qui étoit alarmée à la vue du moindre danger, et qui craignoit jusqu'à l'ombre du mal. Un songe qu'eut saint Grégoire dans sa plus tendre jeunesse, et dont il nous a laissé en vers une élégante description, contribua beaucoup à lui inspirer de tels sentimens. Pendant qu'il dormoit, il crut voir deux vierges du même âge et d'une égale beauté, vêtues d'une manière modeste, et sans aucune de ces parures que recherchent les personnes du siècle; elles avoient les yeux baissés en terre et le visage couvert d'un voile qui n'empêchoit pas d'entrevoir la rougeur que répandoit sur leurs joues une pudeur virginale. Leur vue me remplit de joie, car elles paroissoient avoir quelque chose au-dessus de l'humain.

Elles, de leur côté, m'embrassèrent et me caressèrent comme un enfant qu'elles aimoient tendrement : et quand je leur demandai qui elles étoient, elles me dirent, l'une qu'elle étoit la Pureté, et l'autre la Continence, toutes deux les compagnes de Jésus-Christ et les amies de ceux qui renoncent au mariage pour mener une vie céleste. Après, elles s'envolèrent au ciel, et mes yeux les suivirent le plus loin qu'ils purent.

Tout cela n'étoit qu'un songe, mais qui fit un effet très-réel sur son cœur. Il n'oublia jamais cette image si agréable de la Chasteté, et il la repassoit avec plaisir dans son esprit. Ce fut, comme il le dit lui-même, une étincelle de feu qui, s'enflammant de plus en plus, l'embrasa d'amour pour une continence parfaite.

Ils avoient grand besoin, lui et Basile, d'une telle vertu pour se soutenir au milieu des périls d'Athènes, la ville du monde la plus dangereuse pour les mœurs, à cause de ce concours extraordinaire de jeunes gens qui s'y rendoient de toutes parts, et qui y apportoient chacun leurs vices; mais, dit saint Grégoire, nous eûmes le bonheur d'éprouver, dans cette ville corrompue, quelque chose de pareil à ce que disent les poëtes d'un fleuve qui conserve la douceur de ses eaux au milieu de l'amertume de celles de la mer, et d'un animal qui subsiste au milieu du feu. Nous n'avions aucun commerce d'amitié avec les méchans. Nous ne connoissions à Athènes que deux chemins; l'un qui nous conduisoit à l'église et aux saints docteurs qui y enseignoient; l'autre qui nous menoit aux écoles et chez nos maîtres de littérature : pour ceux qui conduisoient aux fêtes mondaines, aux spectacles, aux assemblées, aux festins, nous les ignorions absolument.

Il semble que des jeunes gens de ce caractère, qui se séparoient de toute société, qui n'avoient aucune part aux plaisirs et aux divertissemens de ceux de leur âge, dont la vie pure et innocente étoit une censure continuelle du déréglement des autres, devoient être en butte à tous leurs compagnons, et devenir l'objet de leur haine, ou du moins de leur mépris et de leur raillerie. Ce fut tout le contraire; rien n'est plus glorieux à la mémoire de ces illustres amis, et, j'ose le dire, ne fait plus d'honneur à la piété même, qu'un tel événement. Il falloit en effet que leur vertu fût bien pure, et leur conduite bien sage et bien mesurée, pour avoir su non-seulement éviter l'envie et la haine, mais s'attirer généralement l'estime, l'amour, le respect de tous leurs compagnons.

C'est ce qui parut d'une manière bien éclatante lorsqu'on apprit qu'ils songeoient à quitter Athènes pour retourner dans leur patrie. La douleur fut universelle; les cris et les plaintes retentissoient de toutes parts, les larmes couloient de tous les yeux; ils alloient perdre, disoient-ils, tout l'honneur de leur ville et la gloire de leurs écoles.

Je ne sais s'il est possible d'imaginer un modèle plus parfait pour les jeunes gens, que celui que je viens d'exposer à leurs yeux, où l'on trouve réunis tous les traits qui rendent la jeunesse aimable et estimable : noblesse du sang, beauté d'esprit, ardeur incroyable pour l'étude, succès merveilleux dans toutes les sciences, manières polies et honnêtes, modestie étonnante au milieu des louanges, une piété et une crainte de Dieu que les mauvais exemples ne firent qu'accroître et fortifier. On peut lire, dans le troisième tome des lettres de M. Duguet, un caractère admirable de ces deux grands saints, composé pour des écoliers qui répondoient sur quelques-uns de leurs traités.

§ II. *Danger auquel s'exposent les jeunes gens en fréquentant des amis vicieux.*

LES ORANGES.

Fable traduite du père Desbillons.

Un riche Portugais avoit un jeune enfant,
Unique appui de sa vieillesse.
Ce père avoit pour lui la plus vive tendresse;
Mais son amour sage et prudent
N'avoit rien de cette foiblesse
Qui rend plus d'un Mentor souvent trop indulgent.
Sur les mœurs de son fils comme il veilloit sans cesse,
Il s'étoit aperçu qu'il hantoit des amis
Dont les discours et la licence
Pouvoient nuire à son innocence.
Il lui parle, et d'abord par de sages avis
Il lui peint le péril de cette connoissance:
Mais comme l'écolier, rempli de confiance,
Continuoit toujours à braver le danger,
Le père pour le corriger
Mit en œuvre cet artifice:
Un jour que son jeune novice
S'étoit éloigné du logis,
Il remplit un panier d'oranges bien choisies,

En mêle tout au plus deux ou trois de pourries,
Et fait à son retour ce présent à son fils.
L'enfant tressaille d'allégresse;
Mais, en voyant les fruits pourris,
Y pensez-vous, papa, dit-il avec tristesse?
Bientôt ces fruits gâtés gâteront tous les bons.
Point du tout, répondit le père :
Je me flatte de voir arriver le contraire.
Pour nous en convaincre, attendons,
Et tenons quelques jours ce panier dans l'armoire;
Après cela nous jugerons
Qui de nous deux il falloit croire.
Le fils consent à tout, on ferme le panier.
Cinq ou six jours après on en fait l'ouverture;
Mais ce n'étoit, hélas! qu'un tas de pourriture.
Je l'avois bien prévu, dit alors l'écolier.
Papa, pourquoi ne pas vous rendre
A l'avis que je proposois?
Et vous, mon fils, reprit le père tendre,
Pourquoi si long-temps vous défendre
Des conseils que je vous donnois,
Lorsque je m'attachois à vous faire comprendre
Que, si vous fréquentiez des amis vicieux,
Vous le seriez bientôt comme eux?
De quelques fruits gâtés vous déplorez la perte :
On peut facilement réparer ce malheur.
Mais, mon fils, si votre pudeur
De la tache du vice étoit jamais couverte,
Combien, hélas! de justes pleurs
Ne verseroit pas votre père,
Et comment réparer la perte de vos mœurs?
Le fils, de la leçon comprit tout le mystère;
Et le souvenir salutaire
De cet accident instructif

Lui servit de préservatif
Contre l'exemple impur d'une folle jeunesse.
C'est pour vous, imprudens, que j'ai fait ce récit.
Que ce conseil plein de sagesse,
Toujours gravé dans votre esprit,
Sur le choix des amis en tout temps vous dirige :
« Le commerce des bons rarement nous corrige ;
» Mais celui des méchans toujours nous pervertit. »

§ III. *M. d'Aguesseau, le conseiller d'état, père du chancelier, proposé comme un modèle pour les écoliers.*

Dans la vie intéressante de son père, le chancelier d'Aguesseau donne sur son éducation, des détails dont il seroit à désirer que la jeunesse tirât autant de profit qu'il paroît en avoir tiré lui-même, ainsi que ses enfans, pour l'instruction desquels il avoit composé cette vie. Voici ce qu'il en dit :

On le mit au collége de Navarre, qui étoit alors le plus célèbre de l'Université; et on lui donna un précepteur qui eut plus besoin de le retenir, que de l'exciter à s'instruire.

Il marchoit d'un pas si rapide, qu'il fut en état d'entrer en rhétorique à l'âge de douze ans. Il avoit remporté chaque année les quatre premiers prix de sa classe. (Il s'agit des prix des différens colléges, et non des prix du concours général, qui n'a commencé qu'en 1747.) Toutes les heures que les exercices ordinaires du collége lui laissoient libres, et une grande partie même des jours de repos, il les donnoit à la lecture suivie des plus grands modèles de l'antiquité grecque et latine. Les poëtes embellissoient son imagination sans y laisser la moindre impression dont sa timide vertu pût être alarmée. Il en savoit cueillir toutes les fleurs, sans en prendre le poison qu'elles cachent souvent sous une surface agréable. Les beautés de la poésie et de la prose frappoient tellement son goût, et il avoit reçu de la nature une mémoire si heureuse, que, quoique ses occupations eussent rompu de bonne heure ce commerce étroit qu'il avoit d'abord lié avec les muses, on eût dit, même à l'extrémité de sa vie, qu'il ne l'avoit employée qu'à étudier les belles-lettres. (On auroit pu dire la même chose de M. de Turenne, voyez les deux épîtres que La Fontaine lui adresse). Des passages entiers de poëtes, d'historiens, d'orateurs venoient s'offrir à lui comme d'eux-mêmes, et il en répétoit les propres paroles avec une facilité et une exactitude dont lui seul n'étoit pas surpris, parce qu'il croyoit que tous les hommes étoient nés aussi heureusement que lui. Sa vertu se déclara aussi promptement que son amour pour la science, et il en donna une marque si rare dès son enfance, qu'elle mérite bien que j'en conserve ici la mémoire. Il n'est rien d'indifférent dans la vie des grands hommes, et ce sont quelquefois les traits les plus foibles en apparence qui découvrent le mieux leur caractère.

Les camarades de mon père, qui connoissoient la bonté et la facilité de ses mœurs autant que celles de son esprit, le venoient souvent prier de faire leur ouvrage pour eux. Il se prêtoit d'abord de bon cœur à leurs désirs, et la facilité de son génie étoit si grande, qu'il lui en coûtoit peu pour les satisfaire : mais il s'aperçut bientôt de lui-même qu'il les servoit trop bien pour leur paresse, et fort mal pour leur instruction ; il se reprocha de contribuer par son travail à les mettre en état de tromper leurs maîtres ou plutôt de se tromper eux-mêmes, en prenant une habitude d'ignorance et de dissipation dont ils se repentiroient un jour ; il les pria donc de ne pas trouver mauvais qu'il ne leur rendît plus un service si dangereux, et, après leur avoir fait aimer sa complaisance, il commença dès-lors à leur faire honorer sa vertu. J'ai su ce fait d'un de ceux-mêmes qui avoient reçu de lui d'abord ce secours et ensuite cette instruction. Aussi m'a-t-il assuré plus d'une fois que les enfans du même âge que mon père le regardoient moins comme le compagnon de leurs études, que comme un modèle qui excitoit plus d'admiration que d'envie, parce que sa modestie, égale à ses talens, ne leur inspiroit pour lui qu'une tendresse mêlée de respect, et déjà même d'une espèce de vénération.

Il sortit fort jeune du collége, où je ne sais si on lui laissa le temps d'achever sa philosophie. C'étoit peut-être celle de toutes les sciences qu'il avoit le moins cultivée. On l'enseignoit assez mal de son temps (vers 1647); mais il n'avoit presque pas eu besoin de l'apprendre. La science du raisonnement et la connoissance de la morale, en quoi consiste la plus solide philosophie, étoient pour lui comme des sciences infuses. A voir l'ordre simple et naturel qui régnoit dans tous ses écrits, il sembloit qu'il eût passé sa jeunesse à étudier la logique et les mathématiques. La connoissance du cœur lui avoit encore moins coûté que celle de l'esprit humain ; il n'avoit eu qu'à étudier le sien pour y trouver les règles de tous les devoirs, et jamais il n'y a eu d'homme dont on ait pu dire avec plus de vérité, qu'il avoit appris à connoître Dieu en l'aimant, et la vertu en la pratiquant. »

§ IV. *L'éducation.*

Récit en vers, par M. Pluche.

Les Athéniens bâtissoient une école ;
Sous quel archonte, il ne m'en souvient pas.
Pour terminer noblement la coupole,
On résolut d'y mettre une Pallas.
Prix proposé ; deux fameux statuaires,
Pour l'obtenir, se mirent sur les rangs ;
Flux et reflux, des enfans et des pères,
Dans l'atelier de nos deux concurrens ;
Ville et faubourg, tout prend part à l'ouvrage.
Grand altercat qui gâgnera des deux.
L'ouvrage fait, point ne fut de partage ;
Une figure enchanta tous les yeux.
On s'écrioit : quel air ! quelle attitude !
Dans tous les traits quelle douce fierté !
A tout finir quelle sollicitude !
Dans tous les plis quelle légèreté !

Jamais, depuis les beaux jours de la Grèce,
Depuis qu'on sait manier le ciseau
On n'a montré plus d'art ni de finesse,
Et l'univers n'a rien vu de si beau.
L'autre statue étoit un bloc informe,
Un marbre brut, sans étude et sans goût,
Habits massifs, tour de visage énorme,
Mauvais détail, plus misérable tout.
L'aréopage essaya la première,
Et sur sa base enfin on l'exhaussa.
Elle perdit sa faveur toute entière
Dès le moment qu'au dôme on la plaça :
Le beau fini n'en étoit plus sensible ;
Traits et contours, tout échappoit aux yeux :
C'est, disoit-on, Minerve l'invisible,
Et qu'un nuage emporte dans les cieux.
On revint donc à l'épaisse figure ;
On en sentit bientôt l'intention :
Airs, cheveux, traits, draperie et posture,
Tout fut de loin dans sa proportion.
On rejeta l'idole travaillée
D'un goût trop tendre, alors de nul effet ;
On agréa la figure taillée
Dans ce goût fort que le lieu demandoit.

Un poste met les gens en évidence ;
Et l'un s'éclipse où l'autre brillera :
En façonnant ou la pierre ou l'enfance,
Songez toujours où l'on la placera.

Cette pièce est un ouvrage posthume du respectable auteur du *Spectacle de la Nature*. On voit qu'il n'y a point mis la dernière main; mais elle offre un excellent sens, et l'auteur y fait, d'un trait connu de l'antiquité une application utile, et comme un parallèle entre deux genres d'éducation, dont le premier n'est malheureusement que trop commun même de nos jours.

CHAPITRE III.

Devoirs des maîtres et des pères.

§ Ier. *Portrait d'un bon maître.*

Après avoir tracé les devoirs des élèves et posé les bases d'une éducation propre à former des cœurs vertueux, des esprits éclairés et des sujets fidèles, examinons ce que doivent être les maîtres chargés d'une mission si importante.

Pour assurer les différens succès qu'on se propose d'obtenir, il faut des maîtres irréprochables à qui on interdise toutes les routes du désordre, ou à qui le désordre fermeroit sur-le-champ l'entrée des classes; à qui on confie avec le dépôt des lettres celui des mœurs; qui ne puissent trahir leur devoir qu'en trahissant leurs intérêts; qui fussent dépouillés de leur emploi et de leur robe, au moment où ils déshonoreroient l'un et l'autre;

Des maîtres dociles et modestes qui se prêtent aux avis et aux conseils, non avec cet esprit de crainte qui fait qu'on chancelle dans sa marche; non avec cet esprit de mécontentement qui fait qu'on ne va jamais aussi loin, ni aussi bien qu'on pourroit aller; non avec cet esprit de dissimulation qui fait qu'on tend à un but en feignant d'aller à un autre; mais avec cet esprit de charité, de contentement et de droiture qui écoute de sang froid, exécute avec courage, et réussit avec honneur;

Des maîtres assez jeunes pour s'attirer la confiance de leurs disciples, et assez graves pour s'attirer leur respect; assez jeunes pour se faire aux enfans, et assez graves pour les bien conduire; assez jeunes pour ne pas se dégoûter de leur emploi, et assez graves pour le bien faire;

Des maîtres assidus qui voient cent yeux ouverts sur eux, un grand-maître qui les juge, un recteur qui les dirige, un proviseur qui les observe;

Des maîtres studieux qui aient le secours des livres, le secours des préceptes, le secours des directeurs, le secours des exemples;

Des maîtres zélés qui dans l'éducation de la jeunesse cherchent et la gloire de Dieu, et le salut des âmes, et l'utilité du public, et le bien des lettres, et l'honneur de leur corps, et leur propre honneur;

Des maîtres désintéressés qui doivent rendre les plus grands services et n'en demander aucun; distribuer leurs lumières, et ne jamais les vendre; inspirer à tous leurs élèves la plus vive reconnoissance, et n'en profiter de la part d'aucun d'entre eux; se rendre digne de tout, et ne rien accepter;

Des maîtres impartiaux qui ne distinguent que le mérite et que le besoin; qui ne préfèrent que le talent et la sagesse; qui ne couronnent que le succès ou que l'effort;

Des maîtres instruits qui, destinés à enseigner leur langue, doivent en faire une étude particulière; qui doivent posséder la langue si variée, si douce, si harmonieuse des Grecs; posséder ce qu'il y a de plus curieux dans Hérodote, de plus vif dans Thucydide, de plus intéressant dans Xénophon, de plus sensé dans Plutarque, de plus relevé dans Platon, de plus instructif dans Théophraste, de plus amusant dans Lucien, de plus sage dans Épictète, de plus véhément dans Démosthène, de plus pathétique dans Eschine, de plus élégant dans Isocrate, de plus ravissant dans Homère, de plus lyrique dans Pindare, de plus fier dans Eschyle, de plus noble dans Sophocle, de plus touchant dans Euripide, de plus naïf dans Théocrite, de plus gracieux dans Bion et Moschus; posséder la langue si précise, si saillante, si majestueuse des anciens Romains; posséder ce Cicéron le maître et le modèle des orateurs, l'interprète et l'émule des philosophes; ce Pline, panégyriste disert, écrivain ingénieux; ce Salluste si fertile en expressions énergiques et en portraits frappans; ce César le plus habile des capitaines et le plus précis des historiens; ce Tite-Live en qui la richesse du génie égale l'étendue du sujet; ce Paterculus qui agrandit sa pensée à mesure qu'il resserre son style; ce Quinte-Curce qui embellit ce qu'il raconte et persuade ce qu'il imagine; ce Plaute qui avoit tout le sel de la muse comique; ce Térence qui en avoit tout le bon sens et toute la vérité; ce Virgile, modèle d'élégance et de pureté dans l'églogue, l'inventeur des géorgiques, le plus passionné des poëtes épiques et qu'il faut reconnoître pour le génie du goût dans tous ses ouvrages; cet Horace si sublime dans ses odes, si délicat dans ses satires, si judicieux dans ses épîtres; cet Ovide, fécond, agréable, brillant, partout où il ne cherche pas à l'être; ce Lucain, ce Claudien qui souvent ont les ailes du génie s'ils n'en ont pas toujours le flambeau; ce Sénèque penseur, ce Pline observateur, ce Quintilien précepteur, ce Tacite censeur, peintre et devin à la fois;

Des maîtres qui aient sondé l'abîme de la chronologie, mesuré l'espace de la géographie, ouvert le trésor de l'érudition;

Des maîtres qui associent le goût au savoir, le zèle au talent, le discernement à la piété, les manières aux mœurs, la modération à la fermeté, l'égalité de l'humeur à la douceur du caractère;

Des maîtres qui, aient pour leurs élèves, avec la vigilance d'un professeur, la tendresse d'un père, la bienveillance d'un protecteur et le zèle d'un ami;

Des maîtres qui pour bien conduire chaque écolier, s'appliquent à le bien connoître; qui étudient ses forces, pour voir ce qu'on en peut exiger; ses talens, pour juger à quoi l'on doit les employer; ses besoins, pour examiner ceux qu'il est juste de satisfaire; son caractère enfin, pour savoir jusqu'à quel point il convient de le ménager ou de le combattre;

Des maîtres qui soient exacts sans être sévères; qui n'exigent pas tout de tous, pour obtenir de chacun quelque chose; qui applaudissent au courage, dès qu'ils ne peuvent pas applaudir à la victoire; qui sachent également perfectionner dans leurs élèves ce qu'ils y approuvent, ajouter ce qu'ils y désirent, réformer ce qu'ils y condamnent;

Des maîtres qui ne doivent rien décider avec légèreté, ni rien entreprendre avec précipitation, ni rien exécuter avec fougue; mais qui, en tout, doivent être accompagnés par le sang froid, précédés par la réflexion, éclairés par la prière;

Des maîtres qui manient avec succès les trois grands ressorts de l'autorité, le ressort puissant de la crainte, le ressort plus puissant de l'estime, le ressort plus puissant encore de l'amour;

Des maîtres exercés, éprouvés dans tous les genres de connoissances utiles, exercés, éprouvés dans tous les genres de vertus nécessaires; des maîtres enfin exercés, éprouvés dans tous les genres de qualités aimables:

Voilà les maîtres que demandent les lycées, voilà ceux que doit rechercher et préférer l'Université; voilà ceux que doit former pour elle le précieux établissement de son école normale[1].

§ II. *Un maître excellent est un trésor inappréciable.*

On ne sauroit croire de quelle importance il est de s'emparer, si l'on peut s'exprimer ainsi, du berceau des enfans, afin d'en écarter les erreurs et les vices, de diriger leurs premiers pas vers les routes de la vertu et de la vérité, de les y soutenir par des motifs toujours proportionnés à leur âge. Il n'est pas douteux que dans l'enfance l'homme ne soit susceptible de toutes les

[1] Cet article est composé de divers fragmens du *Plan d'Étude* par le père Jouvenci.

impressions. S'il tombe en de mauvaises mains, on voit en lui ce germe du mérite s'altérer peu à peu, se dessécher et disparoître ; l'ardeur naturelle qu'il avoit pour le bien, se convertit en ardeur pour faire le mal. Si au contraire il est confié à des maîtres qui sachent préparer son esprit à la vérité, former son cœur à la vertu, alors les dons qu'il a reçus de la nature se développent et se perfectionnent, il devient capable de plus grandes choses: en supposant même qu'il fût naturellement plus incliné au mal qu'au bien, si son caractère ne se détruit pas, du moins les effets n'en sont pas aussi funestes.

L'empereur Théodose étoit si persuadé des avantages d'une bonne éducation, qu'il n'oublia rien pour la procurer à son fils. Il trouva un excellent maître dans saint Arsène, d'une famille distinguée dans Rome, et qui étoit très-instruit dans les lettres grecques et latines. En lui mettant le jeune Arcade entre les mains : « Je veux, » lui dit-il, que désormais vous soyez plus son père que moi-même. »

Un jeune homme, malgré les avantages d'une bonne éducation, fait-il des fautes ; on n'a pas pour cela perdu son temps auprès de lui. Les semences de vertu qu'on a jetées dans son âme se développeront et fructifieront dans un âge plus avancé. Alors l'image de son instituteur se présentera avec des traits que l'impétuosité de la jeunesse l'avoit empêché d'y apercevoir. Il n'y verra plus, comme autrefois, un triste pédagogue, aussi importun que difficile ; mais un sage qui travailloit à son bonheur, et qui lui en avoit frayé la route.

Je dis plus, les remords se feront sentir avant ce

temps-là; ils naîtront infailliblement du contraste de sa conduite avec les maximes dont il aura été imbu; or, tant que la conscience parle, rien n'est désespéré. Quiconque a le courage de se dire à soi-même, j'ai mal fait, n'en manque guère pour ajouter, je vais mieux faire. Quand l'éducation a été vicieuse, l'édifice manque par le fondement. On a reçu de mauvais principes; mais parce qu'on les croit bons, plus on s'y conforme, plus on se trouve irréprochable.

---

§ III. *M. d'Aguesseau, père du chancelier, peut servir de modèle aux pères et aux instituteurs.*

Voici ce que rapporte son illustre fils.

La raison conduisoit sa bonté paternelle comme le reste de ses sentimens. Désirant la perfection de ses enfans encore plus que leur fortune, à peine leur esprit commençoit-il à se développer, qu'il commençoit aussi à jeter dans leur âme encore tendre les premières semences de la vertu, non de cette vertu qui ne fait tout au plus que l'honnête homme, mais de celle qui forme le chrétien par les grandes idées de la religion, sans laquelle mon père nous disoit souvent qu'il ne peut y avoir de vertu sincère, solide et durable. Une précaution infinie pour éloigner de nous toute apparence de vice ou d'irréligion; des lectures proportionnées à la mesure de notre raison; des instructions courtes, mais pleines de sens et d'onction; des exemples encore plus utiles que les paroles, étoient les moyens qu'il employoit continuellement pour nous inspirer la piété et l'amour du devoir. Il suffisoit presque de les regarder, pour sentir naître en soi ses sentimens, et pour éprouver cette espèce de passion dont Platon a dit « que la présence de la vertu seroit suivie, si elle se rendoit visible à nos yeux sous une forme corporelle. »

Heureux de pouvoir croître à l'ombre d'un père si parfait, nous trouvions en lui le plus excellent maître de la science comme de la vertu. Il savoit rendre l'une aussi aimable que l'autre, et la méthode, qu'il possédoit au souverain degré, en aplanissoit les principales difficultés.

Il forma pour mon éducation un plan d'études si naturel, si simple et en même temps si utile, que plusieurs de ses amis l'ont emprunté de lui, pour élever leurs enfans de la même manière; mais, peu content de m'avoir ainsi tracé le chemin, il se déroboit souvent à ses plus importantes occupations, pour juger par lui-même de la fidélité avec laquelle je le suivois. C'étoit alors que par la justesse de son discernement, par la délicatesse de son goût, et encore plus par la vivacité de son sentiment pour le vrai, pour le juste, pour tout ce qui peut former le cœur autant que l'esprit, il m'inspiroit une noble ardeur de suivre, au moins de loin, un père qui vouloit bien marcher avec moi et redevenir enfant avec son fils, non pour ramasser des coquilles sur le bord de la mer, comme Scipion et Lélius, mais pour m'apprendre à devenir un homme savant et raisonnable.

Le temps de ses fréquens voyages étoit le plus favorable pour nous. Il nous menoit presque toujours avec lui, et son carrosse devenoit une espèce de classe, où nous avions le bonheur de travailler sous les yeux d'un si grand maître. On y observoit une règle presque aussi uniforme que si nous eussions été dans le lieu de son séjour ordinaire. Nous expliquions les auteurs grecs et latins, qui étoient l'objet actuel de nos études. Mon père se plaisoit à nous faire bien pénétrer le sens des passages les plus difficiles; et ses réflexions nous étoient plus utiles que cette lecture même. Nous apprenions par cœur un certain nombre de vers qui excitoient en lui, lorsque nous les récitions, cette espèce d'enthousiasme qu'il avoit naturellement pour la poésie : souvent même il nous obligeoit à traduire du français en latin, pour suppléer aux thèmes que le voyage ne nous permettoit pas de faire. Une lecture commune de quelque livre d'histoire ou de morale succédoit à ces exercices, ou bien chacun suivoit son goût dans une lecture particulière : car une des choses qu'il nous inspiroit le plus, sans l'exiger absolument, étoit que nous eussions toujours quelque livre de choix pour le lire après nos études ordinaires, afin de nous accoutumer par-là à nous passer du secours d'un maître, et à contracter, non-seulement l'habitude, mais l'amour du travail.

La raison, qui dirige également la vertu et la science, étoit si puissante chez lui, qu'elle lui suffisoit pour régner sans peine sur ses enfans. Il n'avoit pas même besoin d'y joindre le secours des peines ou des récompenses; un visage plus sérieux qu'à l'ordinaire, un regard un peu plus sévère, nous paroissoit un véritable châtiment; un air de satisfaction, une parole de louange, le moindre signe d'approbation, nous tenoit lieu de la plus grande récompense. Aussi nous faisoit-il sentir, dès la première jeunesse, qu'une raison toujours égale, une vertu qui ne se dément jamais, exerce une autorité qui se suffit pleinement à elle-même, parce qu'on lui obéit par amour, par admiration; et que c'est presque toujours la faute de ceux qui gouvernent, s'ils ont besoin de multiplier les châtimens et les récompenses.

§ IV. *L'exemple des pères ou des instituteurs fait plus que leurs conseils.*

LA FORCE DE L'EXEMPLE.

Monsieur, je vous confie un enfant précieux,
Disoit au gouverneur un père de famille;
Rendez ce cher enfant, seul objet de mes vœux,
Aussi modeste qu'une fille:
(Le père étoit un orgueilleux).
Qu'il aime la vertu: (Le père aimoit le vice).
Puisse-t-il par vos soins détester l'injustice!
(Le père étoit injuste). Austère vérité!
Que jamais de vos lois mon cher fils ne s'écarte:
(Le père étoit menteur). Que jamais une carte
Ne paroisse en un lieu par mon fils habité:
(Le père, par le jeu, se trouvoit endetté).

Comment se conduisit l'élève? à l'ordinaire:
Il se moqua du maître; il imita son père.

Fable du père BARBE.

§ V. *De bons maîtres et une bonne éducation forment des sujets fidèles dans toutes les professions.*

I. L'amour de la patrie, qu'un homme d'esprit a défini l'intérêt général devenu l'intérêt particulier, n'est autre chose que l'amour des lois sous lesquelles on vit, ou, ce qui est absolument le même, l'amour des hommes avec lesquels on est réuni. On se feroit illusion, si l'on prenoit l'amour de la patrie pour les murs où l'on nous a élevés, pour les lieux qui ont été les témoins des jeux de notre enfance; passion toutefois bien réelle et bien vive, qui s'irrite par l'éloignement, et cause ce que l'on nomme communément la maladie du pays.

II. L'amour de la patrie n'est pas cette tendresse dont on ne sauroit se défendre à l'égard de ceux qui nous ont donné le jour, ou à qui nous tenons par les liens du sang ou de l'habitude; sentiment quelquefois plein de force, mais toujours trop borné, et qui, formant dans un état tout autant de patries qu'il y auroit de familles, sèmeroit sans cesse la division, parce que sans cesse les intérêts de famille sont divisés.

III. L'amour de la patrie n'est pas non plus cet attachement exclusif pour ceux qui sont nés dans la même province que nous, qui ont respiré le même air; passion aveugle, qui n'entre que dans une âme étroite et infectée de préjugés; contagion funeste, malheureusement trop répandue dans certains cantons de la France, et qui, plus à craindre que cet esprit de corps si justement détesté, arme souvent les habitans d'une province voisine, fait d'un peuple de frères un peuple d'ennemis irréconciliables, et entretient dans le cœur de l'état les haines et les dissensions.

IV. L'amour de la patrie n'étant que l'amour des lois par lesquelles nous sommes gouvernés; et le chef étant le représentant, le vicaire, l'homme de la loi, l'image sensible et vivante de la loi; c'est une conséquence naturelle qu'on ne sauroit aimer la loi sans aimer véritablement son magistrat; on ne sauroit être attaché à son intérêt particulier sans l'être à sa personne.

V. On nous peint tous les jours la monarchie sous l'image du gouvernement paternel. C'est l'idée la meilleure et la plus juste qu'il soit possible d'en donner. Un père n'a point d'autre intérêt que celui de sa famille: les enfans ne peuvent donc aimer leurs intérêts sans aimer conséquemment leur père. Un magistrat étant ce chef de famille, si les citoyens aiment leurs intérêts, ils sont, pour ainsi dire, dans la nécessité d'aimer le magistrat, parce que leurs intérêts ne sont pas séparés des siens; autrement ce ne seroit pas un chef.

VI. J'appelle amour de son chef, ce zèle à exécuter ses ordres, et à verser son sang pour ses intérêts; cette application à remplir les emplois qu'il confie d'une manière juste et désintéressée; cette ardeur à seconder tous ses projets, à payer les impôts qu'il est obligé de mettre sur son peuple, enfin, à contribuer généreusement à la gloire et à l'intérêt de l'état.

Idée d'un sujet fidèle.

I. Dans le sanctuaire, un sujet fidèle, c'est un homme qui n'élève jamais sa voix vers le ciel, sans en solliciter les bénédictions pour son pays et pour ses concitoyens. Jamais il ne paroît dans la société sans travailler à affermir dans tous les cœurs la soumission et le respect que le maître des empires exige pour ceux qui le représentent sur la terre. Dans un camp c'est un homme qui, chargé de la défense de l'état, ne songe qu'à lui immoler son repos, son temps, sa vie même; cessant d'exister pour lui-même, il ne vit plus que pour sa patrie et pour son gouvernement, dont il a les intérêts à défendre et la gloire à soutenir.

II. Dans les tribunaux, c'est un homme qui oublie en quelque sorte qu'il est homme, pour se souvenir uniquement qu'il est magistrat. Semblable à la justice, ayant dans ses mains une balance, et sur ses yeux un bandeau, il n'est attentif qu'à faire un digne usage de l'autorité qui lui est confiée, et à bannir du milieu des provinces la discorde et les divisions. Dans le négoce, c'est un homme qui, travaillant à sa fortune, s'occupe aussi de celle de l'état, honore sa patrie par sa droiture aux yeux de ses compatriotes et des étrangers, et prodigue ses trésors à son souverain, ne pouvant, comme le guerrier, lui prodiguer son sang.

III. Dans la littérature, c'est un homme qui, loin de semer dans ses écrits cet esprit d'indépendance qui prépare la chute des états, cherche partout à faire sentir au peuple son bonheur de vivre sous un gouvernement chéri, et qui combat dans l'occasion ces écrivains affreux qui osent répandre des maximes impies et séditieuses. A la tête d'une famille, c'est un homme qui songe moins à élever des enfans qui puissent soutenir son nom et faire vivre sa mémoire, qu'à former des sujets soumis à la patrie, des citoyens zélés et vertueux.

IV. Dans toutes les professions, un sujet fidèle, c'est un homme qui s'empresse à porter les charges de l'état, donne l'exemple de la soumission et du zèle, concilie au souverain l'attachement de tous les citoyens. Appliqué à relever le cultivateur souvent épuisé par les travaux, plus souvent rebuté par les duretés des subalternes, il essuie les larmes du malheureux que le prince lui-même se feroit un plaisir d'arrêter si elles lui étoient connues.

V. De bons citoyens, de fidèles sujets sont enfin, dans les écoles académiques, ces instituteurs plus jaloux de former des chrétiens que des savans; ces instituteurs qui veillent eux-mêmes sur les mœurs de leurs élèves, avec tant de soin, qu'ils les empêchent de tomber dans aucun des vices où il est si ordinaire de voir la jeunesse se précipiter. De bons patriotes, ce sont ces instituteurs qui, par leurs exemples, bien plus efficacement que par leurs leçons, préparent à la société une génération pleine d'honneur et de probité, prête à tout sacrifier pour son Dieu, pour les lois, pour la patrie.

Nous n'avons pas besoin d'aller chercher chez l'étranger de pareils modèles, notre histoire nous en offre un grand nombre.

§ VI. *Allégorie sur l'éducation des enfans du premier âge.*

L'OISELEUR.

Il faut quelque apprentissage
Dans le métier d'Oiseleur;
Ce n'est pas un badinage,
Et cet art veut un docteur.
Oiseaux d'espèce diverse
Vont exiger votre soin;
Souffrez que je vous exerce,
Et vous prépare de loin.

Connoissez le caractère
De vos tendres nourrissons.
L'Oiseleur qui veut bien faire
Y conforme ses leçons.
Craint, si vous le voulez être,
Gagnez pourtant leur amour:
Ils sauront trop vous connoître
Et vous haïr à leur tour.

Par un éclatant ramage
Ne vous laissez pas frapper;
Qui juge par le plumage
Est sujet à se tromper.
Point d'injuste préférence:
Elle produit des jaloux.
Entre eux nulle différence;
Ils sont tous égaux pour vous.

Vous en verrez de volages;
Fixez-les adroitement.
Vous en verrez de sauvages;
Corrigez-les doucement.

Mais par un air trop sévère
N'aigrisez pas leur humeur;
Il faut tempérer en père
La crainte par la douceur.

Il est une heureuse adresse
De faire goûter ses lois.
N'armez jamais de rudesse
Le geste, l'air ni la voix.
Sur l'oiseleur, quoi qu'il fasse,
Le jeune oiseau se conduit,
Et l'humeur du maître passe
Dans l'élève qu'il instruit.

Faites leur aimer la gloire
En des combats innocens.
Récompensez la victoire
De leurs timides accens.
Une foible récompense
Animera leur essor.
D'un élève qui commence
Louez jusqu'au moindre effort.

Frustré de votre espérance
Ne vous rebutez jamais.
Le temps, la persévérance,
Amèneront le succès.
Peut-être plein de colère
Briserez-vous vos pipeaux ;
Mais tel qui vous désespère
Peut répondre à vos travaux.

Apprenez que cette étude,
Où votre esprit s'est fixé,
Est des emplois le plus rude
Et le moins récompensé.

Mais du public avantage
Si votre cœur est épris,
Songez, Thyrsis, que le sage
L'achète même à ce prix.

Le PÈRE BRUMOY.

§ VII. *Extrait d'une des circulaires adressées par Son Exc. le grand-maître de l'université impériale aux recteurs des académies.*

M. le recteur, le corps enseignant est établi; mais de l'esprit qui doit l'animer, dépendent maintenant sa gloire et sa prospérité. C'est cet esprit qu'il s'agit, sinon de créer, du moins de fortifier et d'étendre de plus en plus.

L'esprit de corps, ici, n'a aucun des caractères qui pourroient le rendre dangereux; ce n'est point un esprit d'intrigue et d'ambition, avide de crédit et de pouvoir, prêt à sacrifier tout autre intérêt à son intérêt particulier.

Fondé sur le serment que nous avons tous prêté, l'esprit du corps enseignant réside essentiellement dans un dévouement sans bornes à la personne du souverain, à sa dynastie, à la monarchie impériale; dans un sentiment profond de ses devoirs; dans l'amour de son état; dans l'obéissance enfin aux décrets de sa majesté et aux statuts et règlemens émanés de l'autorité supérieure.

Quelle que soit la carrière à laquelle se destinent les élèves confiés à nos soins, c'est pour le service du prince et de l'état que nous sommes chargés de les former. Tel est le principe qui doit guider tous les maîtres, depuis la dernière école primaire de campagne, jusqu'à la plus haute école de théologie. C'est vers ce but que doivent être dirigées toutes les leçons. C'est ainsi que nous donnerons à la religion des ministres éclairés, soumis aux lois de l'empire, attachés au gouvernement et à ses institutions; aux armées, des guerriers braves et instruits tout à la fois; à la magistrature, à l'administration, à tous les services publics, des hommes capables de seconder les hautes conceptions du monarque; à la société entière, des sujets fidèles qui honoreront leur pays par leurs lumières et leurs vertus. L'éducation publique sera véritablement alors ce qu'elle doit être : *monarchique et française*.

Mais plus le ministère que les maîtres de l'université ont à remplir, est noble et grand en lui-même, plus ils doivent se rendre dignes de l'exercer. Lorsque l'éducation publique est confiée exclusivement au corps enseignant, ses membres pourroient-ils ne pas redoubler d'efforts pour justifier la confiance du souverain et l'attente des familles? Il faut que la dignité de leur conduite réponde à la dignité de leurs fonctions; qu'à des mœurs pures, simples et modestes, ils joignent des principes et des sentimens religieux; qu'ils possèdent ou s'appliquent à posséder dans le plus haut degré toutes les connoissances qu'exigent les fonctions qui leur sont attribuées; qu'ils possèdent surtout et qu'ils cultivent avec soin l'art si précieux de les transmettre et de les communiquer; il faut qu'ils n'aient rien de plus cher que l'avancement et les progrès de leurs élèves dans les sciences, les lettres et la vertu; il faut enfin qu'ils ne voient rien au-dessus de la glorieuse mission dont ils sont chargés.

Tels seront les fonctionnaires de l'université, s'ils aiment leur état. Pour instruire et former la jeunesse, les talens et les connoissances sont sans doute nécessaires; mais ils ne suffisent pas toujours. Ce sont des richesses stériles, si une noble ardeur n'enflamme pas celui qui les possède. L'art d'enseigner a aussi son enthousiasme. Pour les maîtres qui l'éprouvent, les sacrifices disparaissent et deviennent des jouissances. Uniquement occupés des grands intérêts qui leur sont confiés, ces maîtres zélés et studieux fuiront la vie dissipée. Ils trouveront, dans la retraite et la méditation, des charmes inconnus aux esprits légers et superficiels; dans les succès de leurs élèves, la plus douce des récompenses. Ils verront leur famille dans la jeunesse qui les environne, et ils regarderont comme perdus tous les instans qui lui seroient dérobés. Soumis à leurs chefs, ils donneront l'exemple de la subordination et de l'obéissance. Les chefs eux-mêmes n'exerceront d'autre pouvoir que celui que la loi leur a remis; s'ils commandent, ce ne sera que pour lui obéir.

Ainsi l'on vit autrefois ces maîtres vénérables de l'ancienne université, ces pieux solitaires, ces membres distingués des corporations enseignantes, se vouer exclusivement à leurs devoirs, et n'employer les ressources de leur génie, les trésors de leur érudition, que pour étendre et enrichir de plus en plus le domaine de l'instruction publique.

Que les fonctionnaires de l'université prennent ces

grands hommes, ces hommes vertueux pour modèles. Que renfermés, comme eux, dans l'enceinte de leurs paisibles demeures, ils ne cherchent point au dehors de vaines distractions; qu'ils veillent sans cesse sur le dépôt qui leur est confié; comme eux, ils jouiront de l'estime et de la reconnoissance de leurs contemporains; comme eux, ils pourront obtenir les hommages de la postérité.

Pour moi, je m'estimerois heureux de penser qu'il n'est pas un seul lycée, un seul collége, où les chefs toujours présens n'aient sans cesse les yeux ouverts sur leurs élèves, où le premier plaisir des maîtres ne soit d'ajouter par l'étude à leur propre instruction, afin d'ajouter chaque jour, s'il est possible, un nouveau degré d'intérêt et d'utilité à leurs leçons.

CHAPITRE IV.

Différence de l'envie et de l'émulation.

§ Ier. *Émulation.*

On peut dire d'une émulation noble et bien dirigée ce que Voltaire dit des passions en général :

De ce coursier fougueux je veux tenir les rênes ;
Je veux que ce torrent par un heureux secours,
Sans inonder mes champs, les abreuve en son cours :
Vents, épurez les airs, et soufflez sans tempêtes ;
Soleil, sans nous brûler, marche et luis sur nos têtes.

Voltaire.

§ II. *Émulation. Discours sur l'envie.*

Qu'il est grand ! qu'il est doux de se dire à soi-même :
Je n'ai point d'ennemis, j'ai des rivaux que j'aime ;
Je prends part à leur gloire, à leurs maux, à leurs biens ;
Les arts nous ont unis, leurs beaux jours sont les miens !
C'est ainsi que la terre avec plaisir rassemble
Ces chênes, ces sapins qui s'élèvent ensemble ;
Un suc toujours égal est préparé pour eux :
Leur pied touche aux enfers, leur cime est dans les cieux.
Leur tronc inébranlable, et leur pompeuse tête,
Résiste, en se touchant, aux coups de la tempête :

Ils vivent l'un par l'autre, ils triomphent du temps;
Tandis que sous leur ombre on voit de vils serpens
Se livrer, en sifflant, des guerres intestines,
Et de leur sang impur arroser leurs racines.

VOLTAIRE.

§ III. *Sur l'émulation.*

Quintilien, en parlant des avantages de l'éducation publique sur l'éducation particulière, dit : Il est certain qu'un enfant ne peut apprendre chez lui que ce qu'on lui enseigne, et qu'aux écoles il apprendra encore ce qu'on enseigne aux autres. Il verra tous les jours son maître approuver une chose, corriger l'autre, blâmer la paresse de celui-ci, louer la diligence de celui-là. Tout lui servira; l'amour de la gloire lui donnera de l'émulation; il aura honte de céder à ses égaux; il voudra même surpasser les plus avancés : voilà ce qui donne de l'ardeur à de jeunes esprits, et, quoique l'ambition soit un vice, bien souvent pourtant elle produit la vertu..... Que l'on me donne un enfant que la louange excite, qui soit sensible à la gloire, qui pleure quand il se voit vaincu : il ne faudra qu'entretenir en lui ces sentimens nobles; un reproche, une réprimande le piquera jusqu'au vif, l'honneur lui fera tout faire; je ne craindrai jamais qu'il se laisse vaincre par la paresse.

« L'émulation, dit un auteur de nos jours [1], est la vie

[1] M. Charbonnet, ancien recteur de l'université, discours prononcé le 5 septembre 1785, pour la distribution des prix de l'école gratuite de dessin de la ville de Troyes.

des arts, comme la gloire en est l'aliment. C'est au foyer de l'émulation que s'allume ce flambeau qui échauffe les cœurs, éclaire les esprits et transporte les âmes d'une ardeur généreuse....; mais ce n'est point assez de la chaleur que l'émulation suppose, il faut que le sentiment en soit constant et durable. Tous les hommes éprouvent ce désir généreux qui les fait aspirer à la gloire. On voit des succès, on veut en obtenir de pareils. On s'échauffe à la vue des triomphes, on se repaît de l'espérance flatteuse d'arriver au même but; mais à peine les premiers pas sont-ils faits, que les forces manquent : on s'effraie à la vue de l'espace qu'il faut parcourir; le découragement s'empare de l'âme.... Voyez, au contraire, celui dont le courage est ferme et constant; il n'a que le but en vue, il y tend par un effort continu....; ardent, infatigable, rien ne l'arrête. Les obstacles, il les voit sans les craindre, les franchit sans s'inquiéter, les écarte sans se troubler, les surmonte sans s'enorgueillir. Les rivaux, il les regarde sans mépris, les attaque sans présomption, les combat sans frayeur, les surpasse sans vanité... Il arrive au but, il triomphe...: l'envie se tait, et ses rivaux même paient à ses talens le tribut d'estime dû au mérite et à la constance. Oui, messieurs, ses rivaux, et c'est encore un des caractères de l'émulation : à la constance elle joint la noblesse et la générosité.... Dans une lice, tous ont droit à la palme, tous les concurrens sont frères; il faut lutter ensemble sans haine, vaincre sans orgueil, céder sans bassesse, mais non pas sans douleur. Tant que dure le combat, soyez ardent, animé, ne connoissez vos rivaux que pour travailler à les vaincre. La victoire s'est-elle déclarée ; respectez ses oracles, reconnoissez la justice de ses arrêts, et rendez hommage à celui qu'elle couronne. »

L'orateur parle ensuite de ce qui venoit de se passer, en 1784, à la distribution des prix de peinture. Celui, dit-il, pour qui se déclara la victoire étoit fils d'un maître; belle matière pour l'envie. On eût pu soupçonner de la faveur; la jalousie avoit de quoi se venger. Qu'eussiez-vous fait ? Le vainqueur étoit jeune; nouveau motif pour douter de ses talens. Que firent ses rivaux ? Un cri général s'élève, mais un cri d'applaudissement. Chacun s'étoit flatté, ou avoit désiré pour soi-même; tous se réunissent en faveur du vainqueur proclamé: on ne cherche point à rabaisser son mérite, à dégrader ses talens, à critiquer son ouvrage, à blâmer ses juges. Chacun s'oublie; on ne voit plus que lui et la supériorité de son travail : tous ses rivaux devenus ses amis, au sortir de l'assemblée, le prennent dans leurs bras, le placent sur leurs épaules et le portent en triomphe dans les places publiques.

Nous ajouterons à ce que vient de dire l'orateur, que nous venons de citer, que le jeune peintre, dont il veut parler, est le jeune Jean-Germain Drouais, né à Paris le 25 novembre 1765; il avoit été admis au concours du grand prix en 1783 ; mais, peu satisfait de son ouvrage, il déchira son tableau. Alors Drouais, quoique pourvu des biens de la fortune, s'arrache aux plaisirs de son âge, se livre à l'étude la plus opiniâtre, se présente au concours de l'année suivante, redouble d'efforts, et présente un des plus beaux tableaux qui aient paru depuis le Poussin et Lesueur. Un enthousiasme général saisit ses camarades d'étude, ils le portent en triomphe, à la lueur des flambeaux, chez sa mère et chez son maître. Tant de succès et des talens si rares ne donnèrent point d'orgueil au jeune artiste; il sut conserver sa modestie au milieu de sa gloire, et il ne songea plus qu'à perfectionner le talent qu'il avoit reçu de la nature. Il part pour Rome, après avoir reçu les derniers embrassemens de sa mère, et, quelque temps après, il lui envoie un nouveau chef-d'œuvre. Mais, hélas! épuisé par un travail opiniâtre, il meurt d'une fièvre ardente, à peine âgé de vingt-cinq ans, le 13 février 1788. Ses camarades lui érigèrent un monument dans une des églises de Rome.

---

§ IV. *Différence de l'émulation et de la jalousie.*

L'émulation est bien différente de la jalousie, et les traits qui forment ces deux passions n'ont aucune analogie et aucune ressemblance. L'une est méprisable, l'autre mérite des éloges; l'une est une peine, l'autre est un noble sentiment; l'une s'inquiète, se tourmente, et s'afflige de la réputation d'autrui; l'autre fait son étude, sa gloire et son bonheur d'y pouvoir atteindre. L'émule n'est point un ennemi, c'est un appréciateur éclairé du mérite d'autrui. Ayons toujours devant les yeux ces paroles du grand Corneille (Préface de *la Suivante*): « Les plus heureux succès des autres ne produisent en moi qu'une vertueuse émulation qui me fait redoubler mes efforts pour en obtenir de pareils. » L'amour de la gloire, le sentiment, le soupçon même de nos propres forces pourra peut-être nous faire dire comme le Corrège, à la vue d'un tableau de Raphaël : « Et moi aussi je suis peintre. » Mais si nous venions à nous apercevoir que, dans une première tentative, nous nous sommes trompés, nous ne ferions pas difficulté de nous avouer vaincus, et ce généreux aveu de notre défaite nous rendroit dignes de remporter un jour la victoire à notre tour. Imitons le généreux rival de Parrhasius en présence de toute la Grèce. Parrhasius et Zeuxis se disputent le prix de la peinture ; Parrhasius n'a peint qu'un rideau ; Zeuxis présente un tableau de raisins si achevé que les oiseaux viennent les béqueter. Fier d'un suffrage si peu suspect, il crie à Parrhasius de tirer le rideau pour qu'on voie son ouvrage. . . . Il reconnoît bientôt son erreur ; mais il témoigne plus d'admiration que de honte et de confusion ; il cède sans peine la palme à son concurrent qu'il en juge plus digne, puisque lui - même n'avoit trompé que des oiseaux, au lieu que Parrhasius avoit fait illusion à un maître de l'art.

Voulez-vous encore d'autres exemples d'une noble émulation ? Cicéron et Hortensius exerçoient la même profession ; personne ne pouvoit leur disputer la palme de l'éloquence. Que seroit-il arrivé si ces deux grands orateurs n'eussent écouté que les conseils perfides d'une honteuse jalousie ? Le véritable mérite en agit différemment ; il connoît ses forces, mais il ne ferme point les yeux sur celles de son adversaire. Hortensius et Cicéron étoient faits pour s'estimer, et il s'établit entr'eux comme une société de confiance, de lumières et de conseil. Ils ne cherchent qu'à se donner un secours mutuel non-seulement dans la carrière du bareau, mais encore dans la recherche des places les plus importantes de la république. Le sage Atticus, qui refusa constamment d'être élevé aux charges et aux dignités, pour se livrer uniquement à l'amour qu'il avoit pour l'étude et pour la retraite, étoit en tiers dans une si belle amitié : il étoit difficile, dit Cornélius Népos, de décider qui le chérissoit le plus de Cicéron et d'Hortensius. Malgré leur rivalité dans la carrière de la gloire, Atticus sut les empêcher d'être jaloux l'un de l'autre, ce qui sembloit bien difficile, et il fut constamment le lien de l'amitié entre ces deux grands hommes. »

Nous n'ajouterons plus que l'exemple de Virgile et d'Horace. Quelles âmes eurent jamais plus de candeur, pour me servir d'une expression de ce dernier poëte ! Virgile fit connoître Horace à Mécène sans craindre de se donner un rival ; sans redouter que son ami ne lui enlevât, ou du moins ne partageât avec lui l'estime et la faveur d'un ministre si puissant ; mais on ne vivoit pas ainsi chez Mécène, dit Horace : point de maison plus pure et plus éloignée de ces défauts. Le génie ni la fortune n'y faisoient ombrage à personne ; chacun avoit sa place, et s'y trouvoit bien.

§ V. *Émulation.*

Quelque rapport qu'il paroisse de la jalousie à l'émulation, il y a entre elles le même éloignement que celui qui se trouve entre le vice et la vertu.

La jalousie et l'émulation s'exercent sur le même objet, qui est le bien ou le mérite des autres, avec cette différence, que celle-ci est un sentiment volontaire, courageux, sincère, qui rend l'âme féconde, qui la fait profiter des grands exemples, et la porte souvent au-dessus de ce qu'elle admire; et que celle-là au contraire est un mouvement violent et comme un aveu contraint du mérite qui est hors d'elle; qu'elle va même jusques à nier la vertu dans les sujets où elle existe, ou qui, forcée de la reconnoître, lui refuse les éloges ou lui envie les récompenses; une passion stérile qui laisse l'homme dans l'état où elle le trouve; qui le remplit de lui-même, de l'idée de sa réputation; qui le rend froid et sec sur les actions ou sur les ouvrages d'autrui; qui fait qu'il s'étonne de voir dans le monde d'autres talens que les siens, ou d'autres hommes avec les mêmes talens dont il se pique : vice honteux, et qui par son excès rentre toujours dans la vanité et dans la présomption, et ne persuade pas tant à celui qui en est blessé, qu'il a plus d'esprit et de mérite que les autres, qu'il lui fait croire qu'il a lui seul de l'esprit et du mérite.

L'émulation et la jalousie ne se rencontrent guères que dans les personnes de même art, de mêmes talens et de même condition. Les plus vils artisans sont les plus sujets à la jalousie; ceux qui font profession des arts libéraux ou des belles-lettres, les peintres, les musiciens, les orateurs, les poëtes, tous ceux qui se mêlent d'écrire ne devroient être capables que d'émulation. »

La Bruyère.

CHAPITRE V.

Les apologues sur le vice et la vertu.

§ Ier. *Apologue d'Hercule.*

Hercule sortoit de l'enfance, il arrivoit à cet âge où les jeunes gens devenant maîtres d'eux-mêmes donnent à connoître s'ils suivront pendant leur vie le chemin du vice ou celui de la vertu. Incertain du choix qu'il devoit faire, il se retira pour y réfléchir dans un lieu solitaire.

Tout à coup il voit s'avancer vers lui deux femmes d'une haute stature ; la première est une beauté noble, naturelle et sans fard ; ses regards sont pudiques, son maintien modeste : elle est revêtue d'une robe blanche. La seconde a l'embonpoint forcé de la mollesse ; recherchée dans sa parure, on voit bien que son teint est à la fois trop blanc et trop vermeil pour être celui de la nature ; elle se contraint pour ne perdre aucun des avantages de sa taille ; dans ses vêtemens rien n'est épargné pour relever l'éclat de ses charmes ; elle promène autour d'elle des regards effrontés, elle se contemple avec complaisance, observe si on la regarde, et souvent même se détourne pour se voir encore dans son ombre.

Lorsqu'elles furent plus près d'Hercule, la première

continua toujours à marcher du même pas; la seconde, qui vouloit la prévenir, se hâta de courir à lui, et lui parla en ces termes : O Hercule, je te vois indécis du chemin que tu dois prendre à ton entrée dans la vie. Si tu veux faire de moi ton amie, je te mènerai par la route à la fois la plus facile et la plus douce. Aucun plaisir que tu ne goûtes; aucune peine dont tu ne sois exempt.

Et d'abord tu n'auras à t'inquiéter ni de guerres, ni d'affaires : tu passeras ta vie à chercher les mets les plus exquis, les liqueurs les plus délicieuses, et tout ce qui pourra charmer ta vue, caresser ton oreille, flatter ton odorat, réjouir tous tes sens : tu passeras ta vie à chercher quelles amours te seront plus agréables; comment tu pourras plus mollement reposer; comment avec le moins de peine possible tu pourras fournir à toutes ces jouissances.

Mais si tu craignois de voir s'épuiser les sources de tes plaisirs, loin de toi la pensée que je te les fasse jamais acheter par le travail du corps et les tourmens de l'esprit! Tu profiteras de la peine des autres; tu ne t'épargneras rien de ce que tu pourras te procurer; car je donne à mes amis pleine licence de prendre ce dont ils ont besoin partout où ils le trouveront.

A ces mots, Hercule lui dit : Femme, quel est ton nom? Mes amis, répondit-elle, m'appellent le Bonheur, mes ennemis et mes envieux me nomment le Vice.

Cependant l'autre femme s'étant approchée prit la parole : Et moi aussi, Hercule, je viens à toi, parce que je connois tes parens, et que les exercices de ton enfance m'ont assuré de ton bon naturel. J'espère donc que, si tu suis mes pas, ta vertu et tes belles actions te rendront à jamais célèbre, et augmenteront de beaucoup ma gloire et mes honneurs auprès de tous les gens de bien. Je ne chercherai point à t'égarer par l'appât du plaisir, mais je te dirai avec franchise comment les dieux ont ordonné toutes choses.

Ils n'accordent la gloire et le bonheur à l'homme qu'au prix du travail et de l'application. Si tu désires que les dieux te soient propices, il faut les servir; si tu veux te rendre cher à tes amis, c'est par tes bienfaits que tu y réussiras; si tu souhaites qu'une cité t'honore, il faut lui être utile; si tu aspires à voir la Grèce entière admirer ta vertu, il faut t'efforcer de bien mériter de la Grèce. Veux-tu que la terre te donne ses fruits en abondance, il faut la cultiver; veux-tu t'enrichir par des troupeaux, il faut leur donner tes soins. Que si tu brûles de t'agrandir par les armes, de conserver la liberté de tes amis, et de dompter tes ennemis, il faut apprendre l'art de la guerre, non-seulement par les conseils des guerriers, mais encore par une longue expérience. Désires-tu avoir un corps nerveux et robuste, il faut l'assujétir à l'empire de ton âme, et tu n'y parviendras qu'à force d'exercices, de fatigue et de sueurs.

Ici le Vice l'interrompit, à ce que rapporte Prodicus: Vois, ô Hercule, combien est longue, combien est pénible la route par où cette femme veut te mener au bonheur! Pour moi je t'y conduirai par un chemin court et délicieux.

Alors la Vertu : Misérable ! où sont tes biens ? Peux-tu dire que tu connois les vrais plaisirs, toi qui ne veux rien faire pour les obtenir ? Sans attendre les désirs, tu te rassasies de tout ; avant la faim tu manges ; avant la soif tu bois : pour que les mets puissent te plaire tu as besoin de tous les raffinemens de l'art. Afin de boire avec volupté, il faut que tu te procures à grands frais les vins les plus exquis, il faut que tu cherches la glace dans les chaleurs de l'été. Pour jouir du repos, tu n'épargnes ni riches tapis, ni lits somptueux : car ce n'est pas la fatigue, c'est l'ennui de l'oisiveté qui te fait désirer le sommeil. Tu devances et tu forces les temps indiqués par Vénus : la nature frémit de tes criminelles débauches. La nuit, tu plonges tes favoris dans l'infamie ; le jour, dans une léthargie honteuse : voilà les leçons que tu leur donnes.

Quoique tu sois immortelle, les dieux te rejettent, les gens de bien te méprisent. Le plus doux des concerts, ton éloge, n'a jamais flatté ton oreille ; le spectacle le plus délicieux, tes bonnes actions, n'a jamais charmé tes yeux. Quand tu parles, qui te croit ? Quand tu demandes, qui te donne ? Quel est l'homme maître de sa raison qui ose se dire de tes amis ? En effet, jeunes, ils sont énervés ; vieux, imbécilles. D'une jeunesse sensuelle et efféminée, ils passent à une vieillesse triste et pénible. Honteux du passé, accablés du présent, ils n'ont fait qu'effleurer les plaisirs dans leur jeunesse ; la misère et les chagrins attendent leurs vieux jours.

Pour moi, je suis la compagne des dieux et des hommes vertueux : sans moi, ni les uns ni les autres ne peuvent rien faire de bien ; tous m'honorent pardessus tout. Je suis pour l'ouvrier la règle et l'appui de ses travaux ; pour le maître la fidèle gardienne de sa maison ; pour l'esclave une protectrice pleine de douceur ; secourable dans la paix, ferme et intrépide dans la guerre, je suis la meilleure, la plus parfaite des amies.

Pour mes amis toutes les liqueurs, tous les mets sont agréables ; parce qu'ils ne préviennent jamais le besoin. Le sommeil a bien plus de charmes pour eux que pour l'oisif. Leur réveil n'est jamais chagrin ; jamais le sommeil ne les empêcha de faire ce qu'ils devoient. Jeunes, ils se plaisent aux éloges des vieillards ; vieux, aux respects des jeunes gens. C'est avec joie qu'ils se rappellent le passé ; c'est avec joie qu'ils jouissent du présent, car ils sont par moi seule chers aux dieux, chers à leurs amis, et honorés de leurs compatriotes. Lorsque le jour de leur destinée est arrivé, ils ne sont point plongés dans les ténèbres de l'oubli, mais leur gloire toujours plus florissante est célébrée d'âge en âge. Voilà, ô Hercule, digne fils de vertueux parens, voilà la félicité parfaite à laquelle tu peux parvenir par tes travaux.

C'est ainsi que Prodicus expose les conseils donnés à Hercule par la Vertu.

PRODICUS, dans Xénophon.

§ II. *Le songe de Scipion.*

Assis à l'ombre d'un laurier, près de la voûte écartée d'un long péristyle, le jeune Scipion étoit absorbé dans une méditation profonde. Soudain il voit paroître à ses côtés deux déités descendues de la voûte éthérée, toutes deux d'une stature bien au-dessus de celle des mortels : la Vertu et l'ennemie de la Vertu, la Volupté.

L'une répand autour d'elle tous les parfums de l'Asie ; l'or étincelle sur sa robe de pourpre ; sa chevelure, artistement déployée, voltige au gré des zéphirs ; ses yeux voluptueux cherchent les yeux du héros, et lui lancent des traits brûlans.

Que l'autre est différente ! Son front sans ornement, et ses cheveux dont jamais n'approcha la main de l'art ; son air, son port, son maintien, tout en elle est simple, mâle et sévère ; elle n'a de grâces que celles de la pudeur. Une robe éblouissante de blancheur enveloppe ses épaules et descend jusqu'à terre.

La Volupté, pleine de confiance en ses promesses, se hâte de parler la première : O jeune homme, digne d'un meilleur sort ! quelle fureur de consumer ainsi dans les horreurs de la guerre la fleur de tes ans ! As-tu donc oublié les rives du Pô, Cannes et Trasymène, ce lac plus funeste que les marais même du Styx ? Que penses-tu faire en affrontant les destins dans les combats ? Songerois-tu à attaquer Carthage jusques dans l'Afrique, jusques dans ses murs ? Crois-moi, cesse de lutter contre les dangers ; cesse de t'exposer aux tempêtes de Mars. Si tu continues, la cruelle et impérieuse Vertu va te précipiter au milieu des feux et des armes. C'est elle qui, prodigue de héros, a plongé dans le noir Tartare les Décius, ton père, ton oncle et le grand Paul-Émile ; c'est elle qui les abusa tous en promettant de vains titres, une gloire incertaine à leurs cendres, à leurs tombeaux et à leurs ombres désormais insensibles à leurs propres exploits.

Au contraire, si tu suis mes pas, ô jeune homme, tu arriveras par un chemin de fleurs au terme de tes jours. Jamais le bruit terrible de la trompette ne troublera ton sommeil : tu n'auras à souffrir ni les glaces de l'Ourse, ni les flammes du brûlant Cancer; loin de toi la soif ardente, l'aride poussière, les repas pris à la hâte sur une terre encore fumante de sang; loin de toi tous les travaux qu'enfante la crainte. Tes jours couleront purs et sereins; une vie délicieuse te laissera espérer une vieillesse tardive. Que de choses Dieu n'a-t-il pas créées pour les jouissances de l'homme! d'une main généreuse, il répand au-devant d'eux tous les plaisirs: lui-même leur dit, par son exemple, comment ils doivent charmer leur existence : l'éternité pour lui n'est qu'un long, qu'un inaltérable repos.

C'est moi qui, sur les bords du Simoïs, ai conduit Vénus dans les bras d'Anchise, et qui de leur union ai fait naître le père des Romains; c'est moi qui ai changé le maître des dieux, tantôt en cygne voluptueux, tantôt en menaçant taureau. Écoute, ô Scipion, les années fuient, et il n'est pas donné aux hommes de renaître; l'heure s'envole, le torrent de la mort les entraîne, et les sépare à jamais de tout ce qui fit leurs délices. Quel est celui qui, à sa dernière heure, n'a pas gémi, mais trop tard, d'avoir négligé les courts instans de mes faveurs!

La Volupté se tait; alors la Vertu : Dans quelles ténèbres, dans quelles erreurs cherches-tu à entraîner, dès ses premiers ans, un jeune héros qui reçut de la faveur du ciel, et la raison et une âme divine? Autant les dieux sont élevés au-dessus des mortels, autant les hommes sont supérieurs à tout ce qui respire. C'est eux que la nature bienfaisante a fait les dieux de la terre; mais à des conditions sévères : s'ils dégénèrent, les gouffres de l'Erèbe les attendent; s'ils conservent la pureté de leur immortelle origine, l'Olympe leur est ouvert. Qu'ai-je besoin de rappeller ici l'invincible Hercule, ou Bacchus dont les tigres du Caucase traînoient le char triomphant au milieu des villes soumises, après que, vainqueur des Indiens et des Seres il ramena des extrémités de l'orient ses armées victorieuses? Faut-il citer les deux frères enfans de Léda, recours des nautoniers dans les tempêtes; ou nommerai-je enfin votre immortel Quirinus?

Ce n'est pas sans dessein qu'en donnant à l'homme un front élevé, les dieux ont tourné ses regards vers les célestes demeures, quand le même pouvoir, en courbant les brutes vers la terre, les a condamnées à ramper dans la fange. Tu le vois, l'homme est fait pour la gloire; heureux s'il sait profiter des dons célestes! Les exemples sont près de toi, jeune héros; regarde : ici, vois Rome naissante céder aux menaces de Fidènes et contente de s'accroître de quelques fugitifs : depuis, à quelle grandeur l'ont portée son courage et ses armes! Là, contemple ces empires détruits par la mollesse. Non, ni les fureurs de la guerre, ni la colère des dieux ne furent jamais si funestes que tes seuls poisons, ô Volupté! L'Ivresse et la Débauche sont tes fidèles compagnes, et l'Infamie aux noires aîles vole toujours autour de toi. A ma suite se pressent l'Honneur, la Renommée, la Grandeur, la Gloire au visage riant, la Victoire aux aîles éclatantes; le Triomphe, le front ceint de lauriers m'élève jusqu'aux astres.

Ma demeure, séjour de l'Innocence, est sur la cime d'une montagne escarpée; un sentier étroit et rapide y conduit à travers des rochers: l'accès en est difficile et pénible. Il faut (car je n'ai jamais trompé) il faut de longs efforts pour y parvenir, il faut ne pas regarder comme des biens ce qu'un perfide hasard donne et peut ravir.

Arrivé au sommet de la montagne, tu découvriras à ses pieds tous les autres hommes. Alors attends-toi à tout le contraire de ce que te promet l'insidieuse Volupté: couché sur la dure, exposé aux injures de l'air, tu passeras les nuits sans sommeil; tu auras à dompter et le froid et la faim. Rigide observateur de la justice, tu croiras toujours voir à tes côtés les dieux témoins de tes actions. Toutes les fois que la patrie en danger appellera ton secours, le premier à prendre les armes, le premier à t'élancer sur les ennemis, tu ne laisseras ébranler ton courage ni par le fer ni par l'or. Cependant n'espère de moi ni les riches tissus de Tyr, ni ses parfums précieux, honte du guerrier; mais je te donnerai de vaincre celui qui, le fer et la flamme à la main, dévaste l'Italie; je te donnerai d'exterminer Carthage, et de porter dans le sein de Jupiter le laurier triomphal: voilà mes récompenses.

A peine la Vertu a-t-elle fini de parler, que le jeune Scipion, fier des modèles qu'elle lui propose, et pénétré de ses préceptes sacrés, s'élance à sa suite. La Volupté ne peut retenir ni sa colère ni ses reproches. Je ne vous arrête plus, s'écrie-t-elle ; ils viendront, ils viendront aussi les jours de ma puissance. Rome entière, Rome empressée m'obéira en esclave : à mon tour je régnerai, et je régnerai seule. Elle dit, et furieuse disparoît dans un nuage obscur.

SILIUS ITALICUS.

§ III. *Sésostris.*

Vous le savez, chaque homme a son génie
Pour l'éclairer, et pour guider ses pas
Dans les sentiers de cette courte vie ;
A nos regards il ne se montre pas,
Mais en secret il nous tient compagnie.
On sait aussi qu'ils étoient autrefois
Plus familiers que dans l'âge où nous sommes ;
Ils conversoient, vivoient avec les hommes
En bons amis, surtout avec les rois.
Près de Memphis sur la rive féconde
Qu'en tous les temps, sous des palmiers fleuris,
Le dieu du Nil embellit de son onde,
Un soir au frais, le jeune Sésostris
Se promenoit loin de ses favoris,
Avec son ange ; et lui disoit : mon maître,
Me voilà roi ; j'ai dans le fond du cœur
Un vrai désir de mériter de l'être :
Comment m'y prendre ? Alors son directeur
Dit : avançons vers ce grand labyrinthe
Dont Osiris fonda la belle enceinte,

Vous l'apprendrez. Docile à ses avis,
Le prince y vole. Il voit dans le parvis
Deux déités d'espèce différente;
L'une paroît une beauté touchante,
Au doux sourire, aux regards enchanteurs,
Languissament couchée entre des fleurs;
D'Amours badins, de Grâces entourée,
Et de plaisir encor toute enivrée.
Loin, derrière elle, étoient trois assistans,
Secs, décharnés, pâles et chancelans.
Le roi demande à son guide fidèle,
Quelle est la nymphe et si tendre et si belle,
Et que font là ces trois vilaines gens?
Son compagnon lui répondit: mon prince,
Ignorez-vous quelle est cette beauté?
A votre cour, à la ville, en province
Chacun l'adore, et c'est la Volupté.
Ces trois vilains qui vous font tant de peine
Marchent souvent après leur souveraine;
C'est le Dégoût, l'Ennui, le Repentir,
Spectres hideux, vieux enfans du Plaisir.
L'Égyptien fut affligé d'entendre
De ce propos la triste vérité:
Ami, dit-il, daignez aussi m'apprendre
Quelle est plus loin cette autre déité,
Qui me paroît moins facile et moins tendre,
Mais dont l'air noble et la sérénité
Me plaît assez. Je vois à son côté
Un sceptre d'or, une sphère, une épée,
Une balance. Elle tient dans sa main
Des manuscrits dont elle est occupée;
Tout l'ornement qui pare son beau sein
Est une égide. Un temple magnifique
S'ouvre à sa voix, tout brillant de clarté;

Sur le fronton de l'auguste portique
Je lis ces mots : *à l'immortalité.*
Y puis-je entrer ? L'entreprise est pénible,
Répartit l'ange ; on a souvent tenté
D'y parvenir, mais on s'est rebuté.
Cette beauté, qui vous semble inflexible,
Peut quelquefois se laisser enflammer ;
La Volupté plus douce et plus sensible,
A plus d'attraits ; l'autre sait mieux aimer.
Il faut pour plaire à la fière immortelle
Un esprit juste, un cœur pur et fidèle :
C'est la Sagesse ; et ce brillant séjour
Qu'on vient d'ouvrir, est celui de la Gloire.
Le bien qu'on fait y vit dans la mémoire ;
Votre beau nom doit y paroître un jour.
Décidez-vous entre ces deux déesses ;
Vous ne pouvez les servir à la fois.
  Le jeune roi lui dit : j'ai fait mon choix ;
Ce que j'ai vu doit régler mes tendresses ;
D'autres voudront les aimer toutes deux.
L'une un moment pourroit me rendre heureux ;
L'autre par moi peut rendre heureux le monde.
Vers la première, au regard agaçant,
Il s'inclina d'un air grave en passant ;
Mais il donna son cœur à la seconde.

VOLTAIRE.

---

§ IV. *Apologue de Crantor sur la vertu.*

La fiction de Prodicus, qui nous représente le jeune Hercule embarrassé à choisir entre le vice et la vertu, peut avoir donné lieu à l'apologue ingénieux du philosophe Crantor sur le rang que l'on doit établir entre les différens biens que les hommes peuvent désirer. Il suppose que la Richesse, la Volupté, la Santé et la Vertu se présentèrent un jour aux Grecs assemblés aux jeux olympiques, afin qu'on leur assignât les rangs suivant le degré de leur influence sur le bonheur des hommes. Chacune d'elles se flattoit de l'emporter sur ses rivales. La Richesse parut la première avec cette assurance qui lui est ordinaire, et en étalant toute sa magnificence. Déjà elle commençoit à éblouir les yeux des juges, lorsque la Volupté représenta que l'unique mérite des richesses étoit de conduire au plaisir. Elle alloit obtenir le premier rang; mais la Santé le lui contesta, en faisant voir que la maladie ne permet point de jouir des richesses, et que la douleur empêche de goûter le plaisir. La Vertu termina la dispute, et fit convenir tous les Grecs que dans le sein des richesses, des plaisirs et de la santé, on seroit bientôt, sans la Prudence et la Vertu, le malheureux et triste jouet des passions humaines. Le premier rang lui fut assigné, le second à la Santé, le troisième au Plaisir ou à la Volupté, le quatrième et dernier à la Richesse.

DEUXIÈME PARTIE.

DE L'ÉDUCATION PAR L'HISTOIRE, OU BEAUX TRAITS DE L'HISTOIRE MODERNE EN PARALLÈLE, POUR LA PLUPART, AVEC LES TRAITS LES PLUS VANTÉS DE L'HISTOIRE ANCIENNE.

CHAPITRE PREMIER.

De l'éducation par l'histoire.

§ Ier. *Utilité de l'histoire.*

L'histoire, quand elle est bien enseignée, devient une école de morale pour tous les hommes; elle décrie les vices, elle démasque les fausses vertus, elle détrompe des erreurs et des préjugés populaires. Elle dissipe le prestige enchanteur des richesses, et de tout ce vain éclat qui éblouit les hommes, et démontre par mille exemples, plus persuasifs que tous les raisonnemens, qu'il n'y a de grand et de louable que l'honneur et la probité.

ROLLIN.

§ II. *Tableau de l'histoire.*

Épître à M. Rollin.

C'est un théâtre, un spectacle nouveau,
Où tous les morts sortant de leur tombeau,
Viennent encor, sur une scène illustre,
Se présenter à nous dans leur vrai lustre,
Et du public dépouillé d'intérêt,
Humbles acteurs attendre leur arrêt.
Là, retraçant leurs foiblesses passées,
Leurs actions, leurs discours, leurs pensées,
A chaque état ils reviennent dicter
Ce qu'il faut fuir, ce qu'il faut imiter;
Ce que chacun, suivant ce qu'il peut être,
Doit pratiquer, voir, entendre, connoître;
Et leur exemple, en diverses façons,
Donnant à tous les plus nobles leçons,
Rois, magistrats, législateurs suprêmes,
Princes, guerriers, simples citoyens mêmes,
Dans ce sincère et fidèle miroir,
Peuvent apprendre et lire leur devoir.

J.-B. Rousseau.

---

§ III. *L'histoire de notre pays est la plus utile.*

Les colléges retentissent communément des belles actions des Grecs et des Romains; pourquoi parle-t-on si peu de celles des Français? Cependant notre histoire présente les plus grands exemples d'humanité, de désintéressement, de courage, et d'un empressement général à courir à la gloire. Combien il est important que des jeunes gens apprennent de bonne heure que leur patrie a été aussi une terre fertile en héros, qu'ils s'efforcent de les imiter, et qu'ils tremblent de dégénérer. Il ne suffit pas à des instituteurs de mettre sous les yeux de leurs élèves des modèles de poésie et d'éloquence, de former des hommes de lettres ; il faut en faire des sujets fidèles, leur présenter des exemples de vertus patriotiques, les enflammer d'amour pour leur roi et pour leur patrie.

Cependant les histoires les plus rares et les plus anciennes sont celles que la plupart des hommes se font gloire de savoir. Ils ne savent pas la généalogie des princes qui règnent présentement, et ils recherchent avec soin celles des hommes qui sont morts il y a quatre mille ans. Ils négligent d'apprendre les histoires de leur temps les plus communes, ils ne connoissent pas même leurs propres parens; mais, si vous le voulez, ils vous apporteront plusieurs autorités pour vous prouver qu'un citoyen romain étoit allié d'un empereur, et d'autres choses semblables.

La carte de leur pays, ou même de leur ville, leur est souvent inconnue; et, dans le temps qu'ils étudient les cartes de la Grèce ancienne, de l'Italie, des Gaules du temps de Jules-César, ou les rues et les places publiques de l'ancienne Rome, ils ne savent pas le chemin de leur ville, et ils se fatiguent dans des recherches inutiles. Ils ne savent pas les lois ni les coutumes des lieux où ils vivent; mais ils étudient avec soin les lois des Douze-Tables, celles des Lacédémoniens ou des Chinois, et les ordonnances du Grand-Mogol.

MALEBRANCHE.

§ IV. *De l'Histoire Romaine.*

[1] Quand Rome eut des vertus, ce furent des vertus contre nature. Le premier Brutus égorge son fils, et le second assassine son père. Il y a des vertus de position, qu'on prend trop facilement pour des vertus générales, et qui ne sont que des résultats locaux. Rome libre fut d'abord frugale, parce qu'elle étoit pauvre; courageuse, parce que ses institutions lui mettoient le fer à la main, et qu'elle sortoit d'une caverne de brigands. Elle étoit d'ailleurs féroce, injuste, avare, luxurieuse : elle n'eut de beau que son génie; son caractère fut odieux.

Les décemvirs la foulent aux pieds. Marius verse à volonté le sang des nobles, et Sylla celui du peuple : pour dernière insulte, il abjure publiquement la dictature. Les conjurés de Catilina s'engagent à massacrer leurs propres pères, et se font un jeu de renverser cette majesté romaine que Jugurtha se propose d'acheter. Viennent les triumvirs et leurs proscriptions : Auguste ordonne au père et au fils de s'entre-tuer, et le père et le fils s'entre-tuent. Le sénat se montre trop vil, même pour Tibère. Le dieu Néron a des temples. Sans parler de ces délateurs, sortis des premières familles patriciennes; sans montrer les chefs d'une même conjuration se dénonçant et s'égorgeant les uns les autres; sans représenter des philosophes discourant sur la vertu, au milieu des débauches de Néron; Sénèque excusant un parricide, Burrhus le louant et le pleurant à la fois;

[1] Ce morceau énergique, jusqu'à celui de saint Cyprien, est de M. de Châteaubriand. On y reconnoîtra sans peine l'éclatant coloris de son style et cette éloquence de l'âme qui fournit de belles expressions pour de grandes idées.

sans rechercher sous Galba, Vitellius, Domitien, Commode, ces actes de lâcheté qu'on a lus cent fois, et qui étonnent toujours; un seul trait nous peindra l'infamie romaine. Plautien, ministre de Sévère, en mariant sa fille au fils aîné de l'empereur, fit mutiler cent Romains libres, dont quelques-uns étoient mariés et pères de famille: « Afin, dit l'historien, que sa fille eût à sa » suite des eunuques dignes d'une reine d'Orient. »

A cette lâcheté de caractère, joignez une épouvantable corruption de mœurs. Le grand Caton vient pour assister aux prostitutions des jeux de Flore. Sa femme Marcia étant enceinte, il la cède à Hortensius; quelque temps après Hortensius meurt, et ayant laissé Marcia héritière de tous ses biens, Caton la reprend, au préjudice du fils d'Hortensius. Cicéron se sépare de Terentia pour épouser Publia sa pupille. Sénèque nous apprend qu'il y avoit des femmes qui ne comptoient plus leurs années par consuls, mais par le nombre de leurs maris; Néron épouse publiquement l'affranchi Pythagore, et Héliogabale célèbre ses noces avec Hiéroclès.

Ce fut ce même Néron, déjà tant de fois cité, qui institua les fêtes juvénales. Les chevaliers, les sénateurs et les femmes du premier rang étoient obligés de monter sur le théâtre, à l'exemple de l'empereur, et de chanter des chansons dissolues, en copiant les gestes des histrions.

La mort faisoit une partie essentielle de ces divertissemens antiques. Elle étoit là pour contraste et pour rehaussement des plaisirs de la vie. Afin d'égayer les repas, on faisoit venir des gladiateurs, avec des courtisanes et des joueurs de flûte. En sortant des bras d'un infâme, on alloit voir une bête féroce boire du sang humain; de la vue d'une prostitution, on passoit au spectacle des convulsions d'un homme expirant. Quel peuple que celui-là, qui avoit placé l'opprobre à la naissance et à la mort, et élevé sur un théâtre les deux grands mystères de la nature, pour déshonorer d'un seul coup tout l'ouvrage de Dieu!

Les esclaves qui travailloient à la terre, avoient constamment les fers aux pieds; pour toute nourriture, on leur donnoit un peu de pain, d'eau et de sel; la nuit, on les renfermoit dans des souterrains qui ne recevoient d'air que par une lucarne pratiquée à la voûte de ces cachots. Il y avoit une loi qui défendoit de tuer les lions d'Afrique, réservés pour les spectacles de Rome. Un paysan qui eût disputé sa vie contre un de ces animaux, eût été sévèrement puni. Quand un malheureux périssoit dans l'arène, déchiré par une panthère, ou percé par les bois d'un cerf, certains malades couroient se baigner dans son sang, et le recevoir sur leurs lèvres avides. Caligula souhaitoit que le peuple romain n'eût qu'une seule tête pour l'abattre d'un seul coup. Ce même empereur, en attendant les jeux du cirque, nourrissoit les lions de chair humaine, et Néron fut sur le point de faire manger des hommes tout vivans à un Égyptien connu par sa voracité. Titus, pour célébrer la fête de son père Vespasien, donna trois mille Juifs à dévorer aux bêtes. On conseilloit à Tibère de faire mourir un de ses anciens amis qui languissoit en prison: « Je ne me suis pas réconcilié avec lui », répondit le tyran, par un mot qui respire tout le génie de Rome.

C'étoit une chose assez ordinaire qu'on égorgeât cinq mille, six mille, dix mille, vingt mille personnes de tout rang, de tout sexe et de tout âge, sur un soupçon de l'empereur ; et les parens des victimes ornoient leurs maisons de feuillages, baisoient les mains du *dieu*, et assistoient à ses fêtes. On vit sous Claude (et Tacite le rapporte comme un beau spectacle) dix-neuf mille hommes s'égorger sur le lac Fucin, pour l'amusement de la populace romaine : avant d'en venir aux mains, les combattans saluèrent l'empereur : *Ave*, *imperator, morituri te salutant.* « César, ceux qui vont mourir » te saluent ! » Mot aussi lâche que touchant.

C'est l'extinction absolue du sens moral, qui donnoit aux Romains cette facilité de mourir, qu'on a si follement admirée. Les suicides sont toujours communs chez les peuples corrompus. L'homme réduit à l'instinct de la brute meurt indifféremment comme elle. Nous ne parlerons point des autres vices des Romains, de l'infanticide autorisé par une loi de Romulus et confirmé par celle des Douze-Tables, de l'avarice sordide de ce peuple fameux. Scaptius avoit prêté quelques fonds au sénat de Salamine. Le sénat n'ayant pu le rembourser au terme fixé, Scaptius le tint si long-temps assiégé par des cavaliers, que plusieurs sénateurs moururent de faim. Le stoïque Brutus, ayant quelque affaire commune avec ce concussionnaire, s'intéresse pour lui auprès de Cicéron, qui ne peut s'empêcher d'en être indigné.

Si donc les Romains tombèrent dans la servitude, ils ne durent s'en prendre qu'à leurs mœurs. C'est la bassesse qui produit d'abord la tyrannie, et, par une juste réaction, la tyrannie prolonge ensuite la bassesse. Ne nous plaignons plus de l'état actuel de la société; le peuple moderne le plus corrompu est un peuple de sages auprès du peuple romain.

[1] Une lettre de saint Cyprien atteste la vérité de ces tableaux, et ajoute même quelques traits à la ressemblance de Rome. « Si vous tournez les yeux du côté de cette ville, vous y verrez une foule de gens plus affreuse qu'aucune solitude. On nourrit les athlètes du suc des viandes les plus solides, afin qu'étant engraissés pour le combat où ils périssent, leur mort coûte plus cher.

L'homme est massacré pour le divertissement de l'homme; et savoir tuer de la sorte, c'est une adresse, c'est un usage, c'est un art. Le crime ne se commet pas seulement; mais il s'enseigne.

Les pères et les mères, les frères et les sœurs assistent à des spectacles si impies, si barbares, si funestes; et ils ne croient pas être meurtriers par les yeux!

Sur les théâtres! On y renouvelle les parricides et les incestes anciens, en les représentant de la manière du monde la plus naturelle et la plus vive. On avertit les gens de tout âge par les vers et par l'action, que ce qui a été fait anciennement se peut faire encore aujourd'hui. Les crimes ne vieillissent point, ne meurent point avec le temps. Les actions les plus criminelles et les plus honteuses qui ont cessé d'être, renaissent en quelque façon, et deviennent des exemples. Les acteurs représentent une Vénus débauchée, un Mars adultère, leur Jupiter aussi vicieux que puissant, et avec ses foudres

[1] Saint Cyprien.

brûlant d'amour pour des personnes de la terre. Demandez maintenant si celui qui voit ces spectacles, peut être chaste et homme de bien : puisqu'ils imitent les dieux qu'ils adorent, les crimes les plus infâmes deviennent à ces malheureux des exercices même de religion.

[1] Ces crimes et ces vices que nous retrace l'histoire romaine, en font une lecture dangereuse pour des esprits ardens et peu réfléchis. Elle leur inspire le dégoût, le mépris, et quelquefois la haine des institutions de leur patrie; et, par la folle prétention de devenir des citoyens romains, ils deviennent de mauvais citoyens. Ils se croient sur le chemin de la plus haute vertu, en prenant pour modèle un peuple qui ne dépouilla jamais sa férocité première, et qui jamais n'approcha de la parfaite civilisation. Laissons nos ennemis adorer ce peuple et l'imiter. Que des vertus plus pures nous animent. Jugeons, comme il doit l'être, le spectacle des désordres, des atrocités, de la dégradation de l'homme, qui furent, dans la république romaine, le résultat du caractère national et de la constitution; et puisse la peinture de tant de maux affoiblir dans quelques esprits l'enthousiasme que cette république a trop long-temps inspiré.

Les Romains ont fait de grandes choses. Oui; mais trop souvent par des moyens odieux, et ils ont fait, trop souvent aussi, un usage non moins odieux de leur fortune. Est-ce donc à des Français de fléchir les genoux devant la grandeur romaine! Toute grandeur s'abaisse devant celle de notre nation, devant celle de notre héros.

[1] M. Lévesque.

§ V. *L'histoire présente inspire autant d'amour pour la patrie dans une monarchie que dans une république.*

Quel spectacle plus doux pour la patrie que de voir revivre les héros qui l'ont défendue, les sages qui l'ont éclairée, les monarques qui ont versé dans son sein le bonheur et l'abondance! Quelle entreprise plus utile que celle de retracer aux yeux des Français les vertus qui ont rendu cette monarchie florissante et redoutable! C'est à l'ombre du trône qu'on verra naître des citoyens que Sparte et l'ancienne Rome nous auroient enviés.

Oui, le sujet d'un monarque peut aspirer au titre de citoyen; ce titre n'est point un vain son qui frappe les oreilles; il parle aux cœurs. Consultons l'idée que l'on doit y attacher, les sentimens dont elle échauffe l'âme, et les effets que cette idée bien conçue et surtout bien sentie, a produits dans tous les siècles.

J'appelle *citoyen* tout homme qui chérit sa patrie, qui préfère la sûreté commune à son bien-être particulier, et qui est prêt à faire à la société dans laquelle il vit, le sacrifice de son repos, de sa liberté, de sa vie. Il suffira de parcourir l'histoire pour voir que la France a enfanté des âmes de cette trempe. Non, Rome n'a point eu de héros dont nous puissions être jaloux. Un soldat romain arrêta une armée sur un pont et sauva sa patrie. Louis IX, à la bataille de Taillebourg, soutint de même sur un pont le choc de l'armée anglaise, et cet exploit fut suivi d'une victoire. Si Régulus retourna à Carthage

Jean II alla reprendre ses fers à Londres. Bayard ne le cède point à Scipion ; il eut ses vertus civiles et ses talens militaires ; enfin, il n'est point de héros romain auquel nous ne puissions comparer quelqu'un des nôtres. Le combat des trente (Bretons, contre trente Anglais) n'efface-t-il pas celui des Horaces ? N'avons-nous pas nos Caton, nos Cicéron et malheureusement nos Brutus ? Mais, dira-t-on, Scipion étoit un républicain, il n'eut que des égaux, et Bayard eut un maître ; eh bien ! appelez si vous voulez, Scipion un citoyen et Bayard un héros.

Je dis plus : le mot de *patrie*, ce mot sacré, qui pénètre l'âme, qui l'élève au-dessus d'elle-même, a pour le républicain un sens moins déterminé que pour l'homme vivant dans une monarchie. En voici la preuve. Plus on généralise les affections des hommes, plus on les affoiblit ; le sentiment s'énerve et s'éteint en se partageant. Lorsqu'on fixe sur une seule chose la faculté de sentir et d'aimer, on peut l'accroître et lui donner du ressort ; mais dès qu'elle veut embrasser mille objets à la fois, elle languit sur chacun d'eux ; et notre être, en voulant trop s'étendre, semble s'anéantir ; du moins il perd de son activité. Un Spartiate étoit indifférent pour l'étranger parce qu'il adoroit sa patrie, et que ce culte aussi sacré que celui qu'il rendoit aux dieux étoit exclusif.

D'après ce principe, comparons le républicain et l'homme vivant dans un état monarchique. Quelle est la patrie du premier ? C'est l'assemblage d'une multitude d'hommes soumis aux mêmes lois, habitant le même sol, réunis par les mêmes intérêts : le sénat qui gouverne ce peuple sera regardé, si l'on veut, par le républicain, comme la portion la plus pure et la plus auguste de la patrie. Mais il n'en est pas moins vrai que son amour, partagé entre tous les membres de l'état, s'affoiblira par cette cause même, et que n'aimant aucun objet déterminé, mais une foule d'objets confus, il ne sentira pour le tout qu'une affection languissante. Qu'on jette les yeux sur l'histoire des républiques : quelles sont celles qui ont enfanté les meilleurs citoyens, je veux dire, ceux qui ont sacrifié à leur patrie, leur repos, leur sang, leurs passions, leurs ressentimens, leur gloire même et quelquefois jusqu'à l'amour qu'ils avoient pour elle ? Ce sont celles dont le domaine étoit le plus étroit, et dont tous les habitans rassemblés autour de la capitale pouvoient, des frontières même, apercevoir ces murs chéris où résidoit le génie de l'état. Elles ont eu beaucoup de citoyens, parce qu'elles avoient peu de sujets. Mais aussitôt qu'elles se sont étendues par les conquêtes, lorsque les vaincus sont devenus les compatriotes des vainqueurs, ceux-ci, forcés, pour ainsi dire, de servir et d'aimer une patrie trop vaste, de renfermer dans leur cœur un objet qui en excédoit les bornes, l'en ont banni entièrement. En multipliant les objets de nos sentimens, il font multiplier ces sentimens même, et c'est vraiment l'art de nous rendre insensibles. Resserrons notre sphère, l'âme en deviendra plus aimante ; et le foyer de nos affections, étant plus rapproché de nous, en sera plus ardent.

Tel est l'avantage d'un état monarchique ; la patrie

n'est point pour le sujet un objet vague, un être de raison; il la voit, il l'entend, il lui parle, et ses sens ne sont pas moins affectés par elle que son cœur. Cette patrie est le monarque lui-même; elle réside toute entière dans son âme; elle est identifiée avec lui. Ce n'est point un fantôme que la raison poursuit : c'est un être réel et sensible. Le peuple n'aime que ce qu'il sent; il ne suffit pas que la vérité parle à son cœur; il n'entend que par les oreilles; il ne voit que par les yeux. Si vous voulez lui donner une idée de la patrie, il faut lui montrer le souverain. Eh! quels prodiges n'opère pas un seul de ses regards? A son approche tous les cœurs palpitent; il se fait une révolution soudaine, et chaque sujet croit voir la nation toute entière qui fixe les yeux sur lui seul. Le lâche prend un nouvel être; il se sent animé d'un nouveau sang; il est prêt à voler au milieu des dangers. L'homme injuste oublie ses projets criminels; le monarque lui semble un dieu terrible, qui lève, malgré le coupable, le voile dont son âme se couvre. L'homme de bien approche du trône avec confiance : un sourire de son roi est un prix assez beau pour ses vertus, parce que ce sourire est celui de la patrie.

Si le sénat avoit marché à la tête des armées romaines, elles auroient été invincibles; le soldat auroit eu devant lui la portion la plus chère de la patrie; mais il laissoit derrière lui cette patrie toute entière, et rien ne le soutenoit dans un revers.

Qu'un monarque français s'avance à la tête de ses troupes : c'est la patrie qui, les lauriers à la main, fraie à ses citoyens le chemin de la gloire. Quelle âme basse ne se sent pas embrasée à cette vue? Quel soldat oseroit fuir sous les yeux de son roi? Il craint moins les reproches de la nation entière, qu'un regard de mépris lancé par le souverain. Sa présence crée les héros; et c'est à ces héros qu'on refuse le titre de citoyen! A Bouvines, à Taillebourg, à Fontenoy, qu'auroient fait de plus ces fiers républicains? Au reste, peu nous importe sous quel titre nous défendons la patrie: qu'on nous ôte le nom de citoyen, pourvu qu'on nous en laisse les vertus, ce sera leur donner un nouveau prix.

Duguesclin, Bayard, Turenne et tant d'autres, n'ont jamais aspiré à ce nom; mais ils en ont rempli toute l'étendue. Ces huit soldats qui défendirent pendant dix-huit mois la seule place qui restât à François Ier. dans le Milanais, sans vivres, sans secours, sans autre espoir que celui de s'ensevelir sous les murs de leur citadelle; ces huit héros étoient-ils des citoyens ou les esclaves d'un maître? Quelle république peut se vanter d'avoir produit des cœurs plus généreux?

Que la vertu soit l'essence d'une république, que l'honneur soit celle d'une monarchie, si l'une et l'autre produisent les mêmes effets, l'honneur est la vertu et la vertu est l'honneur. L'honneur est l'idole des Français; mais c'est, pour ainsi dire, un dieu caché au fond de son sanctuaire, qui, sans se montrer à ses adorateurs, verse sur eux les plus puissantes influences. Les Français ignorent quelle est sa nature; mais ils éprouvent son pouvoir, et la sentent mieux qu'ils ne la connoissent.

Qu'on leur offre l'occasion de faire éclater ces vertus

mâles et sublimes, qui seules portent le caractère de l'honneur véritable, on verra des âmes fortes déployer leurs facultés, s'agrandir, se dilater au seul nom de vertu : on verra ces cœurs généreux prodiguer à l'innocence opprimée leurs richesses, leur crédit, leur sang même; et lorsque le malheureux aura cessé de l'être par leurs soins, ils n'useront de l'empire que donne un bienfait, que pour faire taire sa reconnoissance; et n'exigeront d'autres prix de leurs services que l'oubli de ces services même. Voilà l'honneur tel qu'il règne dans le cœur des Français. On peut donc appeler en général, *honneur*, ce sentiment d'admiration qu'excite en nous le tableau des vertus civiles, et ce désir qui en est inséparable, de ressembler aux hommes que nous admirons. Car si on vient à parler d'une action vertueuse; d'un heros qui a versé son sang pour la patrie; d'un magistrat qui a tendu à l'innocence une main secourable; d'un courtisan qui n'a point dédaigné son ami malheureux; il n'est point d'homme qui, à ce récit, ne se sente enflammé, qui ne consulte son cœur, et ne se dise à soi-même : à la place du héros, du courtisan, du magistrat, tu les aurois imités, ou plutôt, tu leur aurois donné l'exemple; tu aurois mérité les suffrages que tu leur donnes.

Pourquoi, en voyant le portrait d'un grand homme, éprouvons-nous une volupté si pure, une émotion si douce? C'est que nous sentons que nous aurions pu être grands comme lui; c'est que tout homme peut aimer sa patrie, être juste et bienfaisant, et que les âmes les plus foibles ont assez de ressort pour s'élancer au faîte de la vertu. C'est donc une entreprise utile de vouloir rappeler les hommes à la vertu par le récit des actions vertueuses.

L'histoire donne aux grands hommes une seconde existence : ils ont joui de la première ; leurs descendans jouissent de la seconde : c'est pour eux qu'on les fait revivre ; c'est pour former des hommes semblables à eux qu'on les fait sortir des tombeaux. C'est la plus consolante fonction de l'historien, et peut-être elle devroit être la seule. Pourquoi les écrivains n'ont-ils pas laissé dans l'oubli les noms des méchans ? Pourquoi se sont-ils plu à crayonner des tableaux humilians pour l'humanité ? Pourquoi n'ont-ils pas souffert que le temps dévorât les monumens de la foiblesse, de la perfidie et de la fureur des hommes ? Peut-on croire que le récit des forfaits puisse suspendre ou prévenir la fureur des méchans ? Non, les monstres ne se forment jamais qu'en voyant d'autres monstres. L'homme ne puise point au fond de son cœur l'idée du crime ; il ne le conçoit que lorsqu'il frappe ses yeux, et le récit des crimes a trop souvent ouvert le chemin aux criminels.

La Bruyère étoit indigné de voir le plus doux de tous les peuples se ranger avec empressement autour de l'échafaud d'un criminel, et soutenir d'un œil ferme le spectacle de sa douleur. On pourroit faire le même reproche à ces instituteurs de la jeunesse, qui, en promenant sur l'histoire les yeux de leurs élèves, à peine ouverts au jour de la raison, ne prennent pas soin de jeter un voile sur ces traits terribles qui dégradent l'humanité. L'enfant voit partout les héros à côté des monstres, et la puissance être le partage de ces derniers.

Il est à désirer qu'un jeune Français puisse lire l'histoire de sa nation, sans que son imagination soit souillée par le spectacle des scènes affreuses qui ne sont dignes que de l'oubli des hommes; si au contraire il ne connoît ses concitoyens que pour les estimer, cette estime sera inséparable du désir de leur ressembler. La jeunesse est l'âge du sentiment; c'est alors qu'il est aisé de remuer l'âme, et de lui faire éprouver ces sensations vives que l'âge mûr regrette, et que la vieillesse a oubliées.

§ VI. *Notre histoire peut aussi-bien que l'histoire grecque et romaine fournir des sujets intéressans à la poésie.*

Homère n'a pas chanté les combats des Éthiopiens et des Égyptiens, mais ceux de ses compatriotes. Virgile et Lucain ont pris leurs sujets dans l'histoire romaine. Qu'on ose donc chanter les choses que nous avons sous les yeux, comme sont nos combats, nos fêtes, nos cérémonies. Qu'on fasse un poëme épique de la destruction de la ligue par Henri IV, dont la conversion de ce prince, suivie de la réduction de Paris, seroit le dénouement naturel..... Au lieu d'emprunter aux Grecs et aux Latins des héros, qu'on ose donc en faire de nos rois et de nos princes. Qu'on nous donne des descriptions poétiques des bâtimens, des fleuves et des pays que nous voyons tous les jours, et dont nous puissions confronter, pour ainsi dire, l'original avec l'imitation.

Avec quelle noblesse et quel pathétique Virgile auroit-il traité une apparition de Saint-Louis à Henri IV, la veille de la bataille d'Ivry, quand ce prince, l'honneur des descendans de notre saint roi, faisoit encore profession de la confession de foi de Genève? Avec quelle élégance Virgile auroit-il dépeint les Vertus en robes de fêtes, qui, conduites par la Clémence, seroient venues ouvrir à ce bon roi les portes de sa ville de Paris! L'intérêt que tout le monde prendroit à ce sujet [1] par différens motifs, seroit un garant assuré de l'attention du public sur l'ouvrage.

L'abbé Dubos.

Que d'inspirations poétiques ne doit-on pas également attendre des faits mémorables et des grands événemens qui sont plus rapprochés de nous!

---

§ VII. *Lettre ingénieuse en faveur de l'Histoire moderne écrite par madame de Maintenon à madame de Montespan, en lui faisant hommage* des Œuvres diverses d'un auteur de sept ans (*le duc du Maine.*)

Madame,

Voici le plus jeune des auteurs qui vient vous demander votre protection pour ses ouvrages; il auroit bien voulu attendre pour les mettre au jour qu'il eût huit ans accomplis; mais il a eu peur qu'on ne le soup-

[1] La première édition des *Réflexions Critiques* de l'abbé Dubos est de 1719. La première édition de la *Henriade* est de 1723.

connât d'ingratitude, s'il étoit plus de sept ans au monde sans vous donner des marques publiques de sa reconnoissance.

Vous trouverez dans l'ouvrage que je vous présente quelques traits assez beaux de l'histoire ancienne. Mais il craint que dans la foule d'événemens merveilleux qui sont arrivés de nos jours, vous ne soyez guères touchée de tout ce qu'il pourra vous apprendre des siècles passés. Il craint cela avec d'autant plus de raison qu'il a éprouvé la même chose en lisant les livres. Il trouve quelquefois étrange que les hommes se soient fait une nécessité d'apprendre par cœur des auteurs qui nous disent des choses si fort au-dessous de ce que nous voyons. Comment pourroit-il être frappé des victoires des Grecs et des Romains, et de tout ce que Florus et Justin lui racontent? Ses nourrices dès le berceau ont accoutumé ses oreilles à de plus grandes choses. On lui parle comme d'un prodige d'une ville prise en dix ans. Il n'a que sept ans, et il a déjà vu chanter en France des *Te Deum* pour la prise de plus de cent villes.

Tout cela, madame, le dégoûte un peu de l'antiquité, etc.

---

§ VIII. *Histoire Ancienne et Moderne.*

« Retiré à ma maison de campagne, dit le chancelier de l'Hôpital, je lisois ces annales de notre nation qui sont écrites sans art et avec la plus grande simplicité (les annales de Saint-Denis), et je n'y trouvois pas moins d'attraits que dans ces magnifiques historiens que la Grèce a tant de peine à rendre vraisemblables. »

« Comme un soldat appesanti par la vieillesse, et désormais inutile à sa patrie, ranime encore sa voix pour inspirer la bravoure à la jeunesse, et lui montre qu'il ne lui manque que les forces pour s'armer encore lui-même : ainsi peu favorisé des muses dans mon enfance, et bien moins encore à mon âge, je ne cesserai néanmoins d'engager nos poëtes à traiter des sujets dignes des plus beaux génies, à célébrer notre patrie et nos grands hommes, supérieurs, ou du moins égaux aux héros de Virgile et d'Homère, à moins qu'on ne trouve plus glorieux pour les Grecs de s'être emparés à peine d'une seule ville par ruse et au bout de dix ans, ou bien au grand Énée d'avoir vaincu les Rutules avec toutes ses forces et celles d'Évandre, que d'avoir remporté en si peu de temps des victoires si mémorables, et de s'être signalé par des exploits si glorieux, etc. »

Il rapporte ici quelques-unes de ces grandes actions, qui paroissoient alors si honorables aux Français. Nous nous abstiendrons d'en faire usage ; elles s'affoibliroient trop aujourd'hui devant les prodiges que nous avons à citer. C'est par les hauts faits dont nous avons été témoins qu'il faut assurer aux temps modernes la préférence qu'ils réclament sur l'antiquité. Nous commencerons le parallèle de ces deux époques par celui d'Alexandre avec Napoléon. On prétend que le bonheur inoui qu'eut Achille d'obtenir un chantre tel qu'Homère, excitoit continuellement l'envie du jeune et brillant héritier de Philippe. Quelques pages admirables de Montesquieu sembleroient presque suffire pour dédommager en quelque sorte le héros macédonien. Mais le vainqueur de l'Asie et son éloquent panégyriste ne prévaudront pas plus l'un que l'autre sur la gloire immortelle du héros français.

~~~~~~~~~~~~~~
~~~~~~~~~~~~~~

CHAPITRE II.

Parallèles.

§ Ier. *Alexandre.*

Alexandre dans la rapidité de ses actions, dans le feu de ses passions même, avoit une saillie de raison qui le conduisoit, et que ceux qui ont voulu faire un roman de son histoire, et qui avoient l'esprit plus gâté que lui, n'ont pu nous dérober.

Il ne partit qu'après avoir assuré la Macédoine contre les peuples barbares qui en étoient voisins, et achevé d'accabler les Grecs : il ne se servit de cet accablement que pour l'exécution de son entreprise : il rendit impuissante la jalousie des Lacédémoniens : il attaqua les provinces maritimes : il fit suivre à son armée de terre les côtes de la mer, pour n'être point séparé de sa flotte : il se servit admirablement bien de la discipline contre le nombre : il ne manqua point de subsistances : et, s'il est vrai que la victoire lui donna tout, il fit aussi tout pour se procurer la victoire.

Dans le commencement de son entreprise, c'est-à-dire, dans un temps où un échec pouvoit le renverser, il mit peu de choses au hasard : quand la fortune le mit au-dessus des événemens, la témérité fut quelquefois un de ses moyens. Lorsqu'avant son départ, il marche contre les Triballiens et les Illyriens, vous voyez une guerre comme celle que César fit depuis dans les Gaules. Lorsqu'il est de retour dans la Grèce, c'est comme malgré lui qu'il prend et détruit Thèbes : campé auprès de leur ville, il attend que les Thébains veuillent faire la paix; ils précipitent eux-mêmes leur ruine. Lorsqu'il s'agit de combattre les forces maritimes des Perses, c'est plutôt *Parménion* qui a de l'audace; c'est plutôt *Alexandre* qui a de la sagesse. Son industrie fut de séparer les Perses des côtes de la mer, et de les réduire à abandonner eux-mêmes leur marine dans laquelle ils étoient supérieurs. Tyr étoit par principe attachée aux Perses, qui ne pouvoient se passer de son commerce et de sa marine ; *Alexandre* la détruisit. Il prit l'Égypte, que *Darius* avoit laissée dégarnie de troupes, pendant qu'il assembloit des armées innombrables dans un autre univers.

Le passage du Granique fit qu'Alexandre se rendit maître des colonies grecques; la bataille d'Issus lui donna Tyr et l'Égypte; la bataille d'Arbelles lui donna toute la terre.

Un succès non moins important, et obtenu contre des nations mieux aguerries, fut depuis le résultat des conquêtes de Napoléon. La bataille de Marengo plaça la couronne de France sur sa tête. La bataille d'Austerlitz le rendit maître de la confédération du Rhin. La bataille d'Iéna fit reconnoître la supériorité de ses armes et soumit toute l'Allemagne à ses lois. La bataille de Wagram ne laissa de bornes à sa puissance que celles qu'il fixera lui-même et qu'il daignera ne plus franchir.

Après la bataille d'Issus, Alexandre laisse fuir Darius et ne s'occupe qu'à affermir et à régler ses conquêtes. Darius n'entre dans ses villes et dans ses provinces que pour en sortir.

C'est ainsi qu'Alexandre fit ses conquêtes : voyons comment il les conserva.

Il résista à ceux qui vouloient qu'il traitât les Grecs comme maîtres, et les Perses comme esclaves : il ne songea qu'à unir les deux nations, et à faire perdre les distinctions du peuple conquérant et du peuple vaincu.

Les rois de Perse avoient détruit les temples des Grecs, des Babyloniens et des Égyptiens ; il les rétablit. Il sembloit qu'il n'eût conquis que pour être le monarque particulier de chaque nation, et le premier citoyen de chaque ville. Les Romains conquirent tout, pour tout détruire : il voulut tout conquérir, pour tout conserver ; et quelque pays qu'il parcourût, ses premières idées, ses premiers desseins furent toujours de faire quelque chose qui pût en augmenter la prospérité et la puissance. Il en trouva les premiers moyens dans la grandeur de son génie ; les seconds dans sa frugalité et dans son économie particulière ; les troisièmes dans son immense prodigalité pour les grandes choses. Sa main se fermoit pour les dépenses privées ; elle s'ouvroit pour les dépenses publiques. Falloit-il régler sa maison ? c'étoit un Macédonien ; falloit-il payer les dettes des soldats, faire part de sa conquête aux Grecs, faire la fortune de chaque homme de son armée ? il étoit Alexandre.

Quand César voulut imiter les rois d'Asie, il désespéra les Romains pour une chose de pure ostentation; quand Alexandre voulut imiter les rois d'Asie, il fit une chose qui entroit dans le plan de sa conquête.

MONTESQUIEU.

§ II. NAPOLÉON.

Une grande monarchie avoit vu tous les fléaux fondre sur elle, et n'ayant plus de roi et plus d'autels, plus de guide et plus de sauvegarde, elle tomboit de précipice en précipice entre ses anciennes et ses nouvelles constitutions également violées. La France étoit semblable à l'empire envahi par les barbares. Ils n'étoient point cette fois accourus d'une contrée sauvage, ils étoient nés au milieu de nous de l'excès de notre corruption. L'espoir étoit même perdu. Toutes les volontés de l'anarchie étoient des lois, et, pour me servir de l'expression énergique d'un historien de l'antiquité, *nous étions alors plus opprimés par nos lois que par nos vices même.*

Cependant du fond de l'Égypte, un homme revient seul avec sa fortune et son génie; il débarque et tout est changé. Dès que son nom est à la tête des conseils et des armées, cette monarchie couverte de ses ruines en sort plus glorieuse et plus redoutable que jamais.

L'homme devant qui l'univers se tait est aussi l'homme en qui l'univers se confie. Il est à la fois la terreur et l'espérance des peuples. Au milieu de tant d'états où la vigueur manquoit à tous les conseils et la prévoyance à tous les desseins, il a montré tout-à-coup ce que peut un grand caractère. Il a rendu à l'histoire moderne l'intérêt de l'histoire ancienne, et ces spectacles extraordinaires que notre foiblesse ne pouvoit plus concevoir.

Dès que les sages le virent paroître sur la scène du monde, ils reconnurent en lui tous les signes de la domination, et prévirent que son nom marqueroit une nouvelle époque de la société.

La première place étoit vacante, le plus digne a dû la remplir : en y montant il n'a détrôné que l'anarchie qui régnoit seule dans l'absence de tous les pouvoirs légitimes. Il a affermi tous les trônes en relevant celui de la France. Il a défendu la cause des rois, après avoir vengé celle des peuples ; et presque tous les diadèmes qu'avoit perdus la famille des Martel, se sont réunis encore une fois sur la même tête.

Déjà les événemens de sa vie sont plus merveilleux que les fables dont on entoura le berceau des anciennes dynasties.

Tous les rayons de la gloire nationale qui pâlissoient depuis cent ans ont repris un éclat qu'ils n'avoient point eu jusqu'alors.

Le vainqueur de Marengo défait en quelques heures une armée formidable qui se croyoit sûre de l'envelopper, et il décida ce grand succès par une de ces heureuses inspirations qui sont envoyées aux grands capitaines sur le champ de bataille, en présence de tous les dangers et de tous les obstacles.

Le monde se croit revenu à ces temps où, comme le dit le plus brillant et le plus profond des écrivains politiques, la marche du vainqueur étoit si rapide, *que l'univers sembloit plutôt le prix de la course que celui de la victoire* [1].

Nous devions être accoutumés aux prodiges; et cependant les exploits du vainqueur d'Austerlitz ont surpris ceux qui l'admiroient le plus, comme s'ils ne le connoissoient pas encore. Il ne fut donné qu'à lui de renouveler toujours l'admiration qui sembloit épuisée. Mais tant de triomphes ne sont aujourd'hui qu'une partie de sa gloire.

Celle des triomphes militaires s'estime par les résultats. A ce titre on célébrera toujours avec une admiration nouvelle cette bataille qui a repoussé les Russes dans leurs déserts, et qui, suivant les premiers orateurs anglais eux-mêmes, a séparé comme autrefois la Grande-Bretagne du reste du monde [2].

Combien tout ce qui fut grand disparoît à côté des entreprises extraordinaires dont nous sommes témoins! On combattoit, on négocioit jadis pendant des années pour la prise de quelques villes, et maintenant quelques jours décident le sort des royaumes. Quel nom militaire, quel talent politique, quelle gloire ancienne et moderne ne s'abaisse désormais devant celui qui, des mers de Naples jusqu'aux bords de la Vistule, tient en repos tant de peuples soumis; qui, campé dans un village sarmate, y reçoit comme à sa cour les ambassadeurs

[1] Montesquieu. = [2] Et penitùs toto divisos orbe Britannos.

d'Ispahan et de Constantinople étonnés de se trouver ensemble ; qui réunit dans le même intérêt les sectateurs d'Omar et d'Ali ; qui joint d'un lien commun et l'Espagnol et le Batave, et le Bavarois et le Saxon ; qui, pour de plus vastes desseins encore, fait concourir les mouvemens de l'Asie avec ceux de l'Europe, et qui montre une seconde fois, comme sous l'empire romain, le génie guerrier s'armant de toutes les forces de la civilisation, s'avançant contre les barbares et les forçant de reculer vers les bornes du monde.

Une année l'a vu dicter des lois dans le palais de Marie-Thérèse. L'année suivante, même avant que d'être révolue, l'a vu maître du palais de Frédéric, et les soldats français ont manœuvré sur les places d'armes de Potzdam et de Berlin.

Une seule bataille a fait succomber ces phalanges tant de fois victorieuses, qui dans la guerre de sept ans avoient surmonté les efforts de l'Autriche, de la Russie et de la France conjurées.

Ce nouvel art de la guerre dont on alloit chercher à grand bruit tous les secrets à Potzdam a dû céder aux combinaisons d'un art encore plus vaste et plus hardi.

Ce n'est pas assez de vaincre pour ses invincibles légions, elles veulent encore avec une magnanimité vraiment française effacer jusqu'au souvenir des défaites de leurs ancêtres. Après avoir repris dans les arsenaux de l'Autriche l'armure de François 1er., captif à Pavie, elles transportent à Paris cette colonne injurieuse qui s'élevoit dans les champs de Rosback, et font ainsi du monument de nos revers un nouveau monument de nos triomphes.

Pourquoi veulent-ils, nos ennemis, éternellement provoquer à la guerre celui qui en possède tous les secrets? Eux-mêmes par leurs attaques inconsidérées ont fortifié sa puissance; c'est à l'aide de leurs faux calculs que s'est élevé l'édifice toujours croissant de sa fortune et de ses hautes destinées. Plus ils prétendront resserrer ses frontières, et plus il les agrandira. Leurs vaisseaux, à la vérité, voyagent sur toutes les mers; mais il les repousse de tous ses ports; et, pour armer contre eux tous les rivages, il renferme peu à peu des mers dans les limites de son vaste empire.

Qu'ils ne le forcent pas d'enfanter encore une de ces pensées par qui change le sort des empires?

A quelle époque le génie de la guerre a-t-il montré plus d'audace et de combinaisons? Comment cette armée que je cherche encore aux rives de la Manche, est-elle déjà campée sur les bords du Danube? Quel général fut mieux éclairé par cet instinct merveilleux que ne peut comprendre la raison vulgaire et qui est le secret des grands hommes?

C'est en vain que le héros s'éloigne des côtes d'Angleterre: il ne les perd jamais de vue, il précipite sa marche, un mois s'écoule à peine, et Londres, pour la seconde fois, est à demi-vaincue dans les murs de Vienne.

Quelques jours valent une campagne. Une seule campagne de Napoléon l'a rendu maître des provinces d'un grand empire qui ne s'est affermi que par sa modération.

Quelques années ont suffi pour renouveler la face du monde. Un homme a parcouru l'Europe en ôtant et en donnant les diadèmes. Il déplace, il resserre, il étend, comme il lui plaît, les frontières des empires. Tout est entraîné par son ascendant. Eh bien! cet homme couvert de tant de gloire nous promet plus encore paisible et désarmé. Il prouvera que cette force invincible, qui renverse en courant les trônes et les empires, est au-dessous de cette sagesse vraiment royale qui les conserve par la paix, les enrichit par l'agriculture et l'industrie, les décore par les chefs-d'œuvres des arts, et les fonde éternellement sur le double appui de la morale et des lois.

Dans les champs de Marengo, d'Austerlitz et d'Iéna, comme dans ceux de Wagram, ce génie infatigable méditoit le bonheur des peuples. Toutes les idées d'ordre public, tous ces sages conseils qui protégent les sociétés et les empires l'ont suivi constamment sous la tente militaire. C'est lui qui rouvrit les temples de la religion désolée et qui sauva la morale : en un mot, il a plus fondé qu'on n'avoit détruit, voilà ce qui recommande éternellement sa mémoire.

L'habitude des grandes idées fit négliger quelquefois aux esprits supérieurs les détails de l'administration. La postérité n'adressera pas ce reproche à Napoléon. La pensée et l'action de son gouvernement sont partout à la fois, et dans les campagnes fécondées par les canaux qu'on achève ou qu'on prépare, et dans les cités qui s'embellissent de nouveaux monumens, et dans les arsenaux militaires, et dans les ateliers paisibles des arts, et dans les camps, et dans les ports, et dans les asiles où repose la vieillesse de nos guerriers, et dans les écoles où s'instruit la jeunesse de leurs successeurs, et dans les hôpitaux qui rassemblent toutes les misères humaines, et dans les temples où elles sont toutes consolées.

Après avoir fait et défait les rois, il a vengé leurs tombeaux. Ce lieu qui fut le berceau de la France chrétienne voit se relever le temple célèbre où, depuis douze siècles, la mort confondit les cendres des trois races royales dont toutes les grandeurs égaloient à peine celle de Napoléon.

Une grande entreprise conçue vainement par Charlemagne lui-même est enfin terminée. Un code uniforme va régir trente millions d'hommes. Les vieux oracles de la sagesse humaine sont consultés de nouveau. Le génie de Rome parle encore à des interprètes dignes de lui. L'esprit antique et l'esprit moderne se perfectionnent en s'unissant. Justinien durant sa longue vie n'avoit pu dompter les nations barbares. Ses lois les soumirent après sa mort. L'empire romain s'écroula de toutes parts; mais le code Justinien a fait régner mille ans les lois romaines sur les nations civilisées : le code Napoléon soutenu d'un plus grand nom et riche de plus de lumières aura encore une influence plus durable. Tous les anciens peuples de la Gaule réunis en un seul peuple s'embrassent au nom des mêmes aïeux; et, comme ils ont une origine commune, ils vivront sous les mêmes lois et partageront les mêmes destinées.

Au milieu de la plus magnifique de nos places, une colonne, digne du siècle des Antonin et des Trajan, s'est élevée naguères à la voix d'un héros qui les surpasse. Nos exploits y sont gravés sur le bronze dont elle est couverte. Symbole de la victoire, Napoléon debout sur cette colonne triomphale semble montrer l'Italie deux fois soumise; Vienne, Berlin et Varsovie ouvrant leurs portes; nos drapeaux flottans sur les Pyramides; le Pô, le Danube, le Rhin, la Sprée et la Vistule fléchissant sous nos lois: tous les Français viennent s'arrêter avec orgueil au pied de ce monument.

Le jour n'est pas loin peut-être où nous pourrons ériger au pacificateur de l'Europe un monument plus digne encore de lui. Que tous les arts le décorent des emblêmes de l'agriculture et de l'industrie. Qu'au-dessus dominent les images de la paix et de l'abondance! Qu'on y représente avec elles, non des villes abattues, mais des villes reconstruites; non des fleuves captifs, mais des fleuves confondant leurs eaux pour les besoins du commerce; non des champs de carnage, mais des campagnes fertilisées; non la guerre qui brise les trônes, mais la sagesse qui les relève! Qu'on y grave enfin pour toute inscription ces paroles mémorables: *J'ai senti que pour être heureux, il me falloit d'abord l'assurance que la France fût heureuse.* On ne verra jamais cet arc de triomphe, d'un genre nouveau, sans être ému d'un sentiment de respect et d'amour. C'est là que de tous les cœurs sortira sans effort le plus bel éloge du grand homme auteur de tant de biens.

Nous laissons au lecteur à juger si de pareils tableaux,

aussi vrais qu'ils sont éloquens, n'égalent pas ce que l'antiquité nous offre de parfait en ce genre. L'interprète du corps législatif n'est point inférieur à Pline, et souvent il le surpasse, en s'élevant, pour ainsi dire, à la hauteur immense du plus grand des guerriers et des souverains.

Extraits des discours prononcés au nom du Corps-Législatif.

§ III. *Alexandre et Napoléon.*

[1] Avant de partir pour son expédition d'Asie, Alexandre traversa l'Hellespont. Parvenu jusqu'aux murs d'Ilion, il alla visiter les restes d'Achille. Il répandit une huile odorante sur le cippe de son tombeau, et, après l'avoir couronné de fleurs et s'être dépouillé de ses vêtemens, il courut avec ses amis à l'entour de ce monument. Il fit ensuite un sacrifice à Minerve, et des libations en l'honneur du héros. Comme il se promenoit par la ville, on lui proposa d'arrêter ses regards sur ce qu'elle renfermoit de plus remarquable. Il n'en parut pas curieux, et répondit qu'il verroit seulement avec plaisir la lyre d'Achille sur laquelle il chantoit les grandes actions et la gloire des guerriers.

Aucune victoire importante ne recommandoit encore à cette époque le nom d'Alexandre. Il n'avoit que l'espoir de sa renommée. Les honneurs affectés qu'il rendoit à la tombe d'Achille, annonçoient moins un sentiment de vénération pour un grand modèle, que l'intention de se flatter soi-même dans un égal. Il y avoit une espèce

[1] Plutarque.

de vanité dans son hommage, et quelque chose de puéril dans la recherche d'un instrument qui n'avoit occupé que l'inaction d'un héros. Elle étoit digne, cette foiblesse, de celui qui, malgré ses triomphes, n'a pas rougi depuis d'offrir un sacrifice à la Peur; c'est par ses ennemis que Napoléon fait honorer cette divinité. Ce n'est pas une lyre qu'il vouloit à Postdam : ce fut l'épée de Frédéric qui lui parut digne de quelque intérêt, et dont il se rendit maître en vainqueur. C'est elle qui lui fit prononcer ces paroles mémorables : *J'aime mieux cela que vingt millions.*

C'est en vainqueur généreux qu'il a visité la tombe et les restes d'un roi guerrier. Il s'est ému en les voyant déposés dans un sombre caveau, sans trophées, sans ornemens, sans distinctions, et renfermés dans un modeste cercueil. Il ne l'a point couronné de fleurs, il ne l'a point arrosé de parfums; mais quels honneurs et quels hommages, n'étoient pas remplacés dans ce lieu par la présence de Napoléon!

---

§ IV. *Paul-Émile et Napoléon.*

[1] Dès que Persée, après son entière défaite, eut demandé qu'on le conduisît à Paul-Emile, le général sortit aussitôt de sa tente accompagné de ses amis, et alla au devant du roi les yeux baignés de larmes, comme au devant d'un grand personnage, qui par la seule volonté des dieux étoit tombé dans une affreuse infortune qu'il

[1] Plutarque.

n'avoit point méritée. Et lorsque plus tard, dans cette ville maîtresse du monde, l'illustre Romain vint suspendre aux murs du Capitole les dépouilles du royaume de Macédoine, il ne put se défendre d'une profonde émotion en songeant aux exploits d'Alexandre, et en contemplant les calamités répandues sur sa maison. Le héros de la France n'a pas été moins attendri quand il est entré dans ces palais tristes et déserts, que remplissoit autrefois de tant d'éclat le héros de la Prusse. Mais plus généreux que Paul-Emile, il a défendu que les armes et les aigles prussiennes, que tout cet amas de trophées conquis sur les descendans d'un grand roi, traversât les lieux où sa cendre repose, de peur d'affliger ses mânes et d'insulter son tombeau.

M. le comte de FONTANES.

§ V. *Gélon et Napoléon. Usage sublime de la victoire.*

Le plus beau traité de paix dont l'histoire ancienne ait parlé, est, dit Montesquieu, celui que Gélon fit avec les Carthaginois. Il voulut qu'ils abolissent la coutume d'immoler leurs enfans. Chose admirable! après avoir défait trois cent mille Carthaginois, il exigeoit une condition qui n'étoit utile qu'à eux, ou plutôt il stipuloit pour le genre humain.

L'histoire moderne peut se glorifier d'une stipulation non moins généreuse. Napoléon a voulu que, par le traité de Tilsit, la servitude fût abolie sur les bords de la Vistule. « Il a, dit M. de Fontanes, rétabli l'huma-

» nité dans ses priviléges. Il a fait servir le droit de » conquête à l'affranchissement des vaincus. »

§ VI. *Tableau des batailles les plus mémorables, et principalement de celles qui ont décidé du sort des empires.*

Ce que l'on rapporte des conquêtes et des victoires étonnantes de Sémiramis, reine d'Assyrie, et de Sésostris, roi d'Egypte, est si incertain et mêlé de tant de fables, que l'on seroit presque tenté de croire que leur histoire n'a pas un fondement beaucoup plus solide que les exploits fabuleux et les conquêtes d'Hercule et de Bacchus. On ne peut nier cependant l'existence de Sésostris; on doit même croire qu'il fut conquérant et législateur tout à la fois; mais, quant à l'étendue de ses conquêtes et aux circonstances de sa vie, il n'y a guère que des fables contradictoires.

1.re La première bataille célèbre, appuyée sur des monumens historiques et incontestables, est celle qui fut donnée dans les *plaines de Ragau*, entre Soasduchin ou Nabuchodonosor 1er., roi de Ninive et d'Assyrie, et Phraorte ou Arphaxad, roi des Mèdes, l'an 634 avant J. C. Arphaxad fut vaincu; sa capitale fut prise d'assaut, son royaume conquis, et lui-même fut mis à mort.

2.e Bataille de *Thymbrée*, remportée par Cyrus, roi des Perses, sur Crésus, roi de Lydie. Elle décida de l'empire de l'Asie, entre les Assyriens de Babylone et les Perses. Cent quatre-vingt-seize mille hommes y défirent quatre cent vingt mille hommes. Le vainqueur marche aussitôt à Sardes, s'en empare, et fait Crésus prisonnier, l'an 555.

3.e *Marathon*. Dix mille Athéniens, commandés par Miltiade, mettent en fuite trois cent mille hommes commandés par Datis, général de Darius, fils d'Hystaspe, et sauvent la Grèce, l'an 490.

4.e, 5.e et 6.e Nous ne séparerons point trois batailles à jamais célèbres, dont les deux dernières qui se donnèrent sur mer, furent précédées par une défaite devenue plus mémorable que toutes les victoires, ou plutôt par le sacrifice généreux de trois cents Spartiates, commandés par Léonidas, qui s'immolèrent pour leur patrie, après avoir fait périr vingt mille Perses, et avoir long-temps arrêté toute l'armée de Xercès au passage *des Thermopyles*, l'an 480. La même année, et le jour même de l'action des Thermopyles, deux cent soixante et onze vaisseaux des Grecs mettent en fuite, auprès du *Promontoire* d'Artémise, la flotte formidable de Xercès, qui bientôt après est presque entièrement détruite auprès de *Salamine*, par Thémistocle, Athénien, et Eurybiade, Lacédémonien, qui commandoient les Grecs.

7.e *Platée*. L'année suivante, 479, trois cent mille Perses commandés par Mardonius, général de Xercès, sont mis en déroute par Aristide, Athénien, et Pausanias, Lacédémonien, qui n'avoient que soixante-six mille hommes. Mardonius est tué; et les Grecs, désormais à l'abri de toute invasion des barbares, n'ont plus d'autres ennemis qu'eux-mêmes.

8.e et 9.e L'an 406, la vingt-sixième année de la

célèbre guerre du Péloponnèse, les Athéniens remportent une victoire complète, auprès des *isles Arginuses*, sur la flotte des Lacédémoniens, commandés par Callicratidas qui, pour ne point survivre à sa défaite, cherche et reçoit la mort en combattant courageusement. L'année suivante, 405, les Lacédémoniens sont vainqueurs à leur tour, auprès d'*Egos-Potamos*, et Lysandre leur général termine enfin sur mer, dans l'espace d'une heure, une guerre qui avoit duré vingt-sept ans.

10.e Brennus, à la tête d'une armée formidable de Gaulois, met en déroute l'armée romaine auprès de la *rivière d'Allia*, marche droit à Rome, et s'en rend le maître l'an 387. Si l'on en croit les historiens, Camille le force à se retirer. Polybe et les autres historiens Grecs font un récit bien différent et bien plus honorable à la nation Gauloise, à cette nation dont les Romains disoient eux-mêmes : Nous combattons les autres peuples pour la gloire, et les Gaulois pour notre propre salut.

11.e et 12.e *Leuctres et Mantinée*. « Je laisse, disoit Epaminondas en mourant, dans les victoires de Leuctres et de Mantinée, deux filles qui me feront vivre éternellement ». Ce général des Thébains remporte la première en 371, sur Cléombrote, chef des Lacédémoniens, et la seconde en 363, sur les Grecs confédérés. Le vainqueur y est blessé à mort, et avec lui expire la gloire de Thèbes.

13.e *Chéronée*. Philippe, roi de Macédoine, défait les Grecs l'an 338, et se fait nommer le chef d'une confédération contre les Perses; mais l'exécution de cette grande entreprise étoit réservée à son fils.

14.ᵉ, 15.ᵉ et 16.ᵉ Alexandre-le-Grand passe le *Granique* en présence de l'armée de Darius, et remporte sur ce prince une première victoire, l'an 334. La bataille d'*Issus*, en 333, prépare la ruine de Darius, dont toute la famille tombe entre les mains du vainqueur qui montre la plus grande générosité. Le sort de Darius et de la Perse est décidé à la journée d'*Arbelles*, l'an 331. Ce prince prend la fuite, et le traître Bessus porte sur son roi une main parricide.

17.ᵉ Alexandre traverse l'*Hydaspe*, et remporte la victoire sur Porus, roi des Indes, dont il sait récompenser la valeur et la grandeur d'âme, en lui rendant son royaume et en y ajoutant de nouvelles provinces.

18.ᵉ Bataille donnée à *Ipsus* (différent d'Issus) entre Ptolémée, Cassandre, Séleucus et Lysimaque d'une part, et de l'autre Antigone et Démétrius son fils. Antigone perd la vie, et Séleucus est vainqueur : l'affaire de la succession d'Alexandre est décidée. Commencement de l'ère des Séleucides, l'an 301.

19.ᵉ Victoire remportée à *Clusium* par les Gaulois sur les Romains, l'an 225.

20.ᵉ, 21.ᵉ, 22.ᵉ, 23.ᵉ Annibal défait les Romains auprès du *Tésin*, l'an 218 ; à *Trébie*, la même année ; près du *lac de Thrasymène*, l'an 217 ; enfin à *Cannes*, l'an 216. Rome est à deux doigts de sa perte. Les délices de Capoue sont plus funestes au vainqueur qu'une défaite.

24.ᵉ Les consuls Néron et Livius remportent la victoire sur Asdrubal, auprès du *fleuve Métaure*. Rome est sauvée, Carthage rappelle Annibal.

25.e Célèbre bataille de *Zama*, remportée en Afrique par Scipion, qui enfin triomphe d'Annibal, et termine la seconde guerre punique, l'an 202.

26.e L'an 168, Paul-Emile enfonce auprès de *Pydna* la phalange macédonienne jusqu'alors invincible. La victoire est complète; Persée prend la fuite et se retire à Pydna. Il n'en sort que pour se rendre au vainqueur. Fin du royaume de Macédoine.

27.e Tandis que César assiégoit *Alésia* ou le *Mont-Auxois*, Vercingétorix, à la tête d'une armée formidable, fait un dernier effort pour secourir la place. Il attaque César trois jours de suite, et trois fois le général romain est vainqueur. Il prend Alise l'an 52, et ce grand événement termine la guerre des Gaules, qui avoit duré dix ans. La division des différens peuples de la Gaule contribua autant que le courage de César, à lui soumettre cette nation belliqueuse.

28.e et 29.e Bataille de *Pharsale*, l'an 48. L'armée de Pompée est entièrement mise en déroute, et il ne reste plus à César, pour être maître du monde entier, qu'à détruire l'armée des fils de Pompée, ce qu'il fait à *Munda* en Espagne, l'an 46.

30.e et 31.e Antoine et Octave triomphent de Cassius et de Brutus, l'an 42, dans les plaines de *Philippes*. Combat naval près du promontoire d'*Actium*, l'an 31. Octave, connu depuis sous le nom d'Auguste, est vainqueur d'Antoine que Cléopâtre entraîne dans sa fuite. Fin de la république, commencement de l'empire romain.

Batailles depuis l'ère Chrétienne.

2. Bataille de *Bédriac*, l'an 69 de J. C.; plus célèbre peut-être par les grands tableaux de Tacite, que par les exploits des deux compétiteurs à l'empire. Vitellius, ou plutôt son armée, fait un horrible carnage des vaincus. Othon se donne la mort, et laisse l'empire à un rival qui se montre indigne de recueillir le fruit de cette victoire.

33.ᵉ L'an 451. Bataille donnée dans les *plaines catalauniques* (*in campis mauriacis*, ou plutôt près de Méry-sur-Seine). Aétius, général romain, et Théodoric, roi des Visigoths, taillent en pièces l'armée innombrable d'Attila, roi des Huns. Près de trois cent mille hommes demeurent sur le champ de bataille. Attila s'enfuit et repasse le Rhin.

34.ᵉ et 35.ᵉ Clovis défait les Allemands à *Tolbiac*, l'an 496, et il étend ses conquêtes par-delà le Wahal et le Rhin. En 507 il remporte une victoire encore plus éclatante sur Alaric. Il le renverse de cheval, et un fantassin achève ce roi des Visigoths. Le président Hénault se trompe en disant qu'Alaric fut tué de la main même de Clovis. Cette victoire soumet au monarque français tout le pays depuis la Loire jusqu'aux Pyrénées.

36.ᵉ Charles-Martel, qui n'avoit que trente mille hommes, taille en pièces dans les plaines de Poitiers, en 732, Aldérame qui commandoit quatre cent mille Sarrasins. Ceux-ci perdirent trois cent soixante-quinze mille hommes, et Abdérame lui-même fut tué. Charles perdit quinze mille hommes.

Remarque. Le règne de Charlemagne ne fut qu'une suite de victoires, et leur multitude même nous empêche de citer aucune bataille mémorable donnée par ce prince, d'autant plus que l'histoire, sans spécifier les combats, ne parle qu'en général de campagnes et d'expéditions glorieuses.

37.e Bataille sanglante qui fut donnée en 841 à *Fontenay*, auprès d'Auxerre, entre les enfans de Louis-le-Débonnaire. Charles-le-Chauve, et Louis de Bavière, y défirent Lothaire et le jeune Pépin, mais ils ne surent point profiter de leur victoire.

38.e Victoire mémorable remportée sur les Maures en 1212, aux *Naves de Tolose* ou de *Muradat*, par Alphonse IX, roi de Castille, Pierre, roi de Léon, et Sanche, roi de Navarre. Près de deux cent mille Sarrasins y perdirent la vie.

39.e Philippe-Auguste défait à *Bovines*, en 1214, l'armée de l'empereur Othon et du comte de Flandres, forte de plus de cent cinquante mille hommes. Philippe y courut grand risque de sa vie.

40.e Bataille d'*Angora* ou d'*Ancyre* en Phrygie, en 1402; Tamerlan, qui commandoit près d'un million d'hommes, attaque le sultan Bajazet dont l'armée étoit de quatre cent mille hommes. Plus de trois cent quarante mille hommes y périrent. Bajazet fut fait prisonnier, et le vainqueur, ainsi qu'on le rapporte d'après le prince Cantimir, le traita de la manière la plus barbare, le fit mettre dans une cage de fer, etc. Les historiens Arabes disent au contraire que Timur-lenc ou Tamerlan traita le vaincu avec la plus grande humanité.

41.e En 1485, Henri VII, roi d'Angleterre, attaque, dans les plaines de *Bolsworth*, l'usurpateur Richard III, le défait et le met à mort. Henri, qui réunissoit les droits des *Deux-Roses*, ou des maisons d'Yorck et de Lancastre, met ainsi fin aux guerres civiles d'Angleterre :

De ce sanglant théâtre où cent héros périrent;
De ce trône glissant dont cent rois descendirent.

42.e Bataille de Marignan, qui dura deux jours, en 1515. François I.er qui la gagna contre les Suisses, y fit des prodiges de valeur. Il montra encore plus de courage à la bataille de *Pavie* en 1525; mais il fut moins heureux dans cette fatale journée, où, comme on le sait, *tout fut perdu, hors l'honneur*. Charles-Quint ne sut pas profiter de sa victoire, et ce fut ainsi qu'en 1544, malgré la victoire complète que l'armée française, commandée par le prince de Condé, remporta à *Cérisoles* sur l'armée de Charles, nous n'en perdîmes pas moins toutes nos conquêtes d'Italie, après avoir éte quelques jours maîtres du Mont-Ferrat.

43.e *Mulberg*. En 1547, Charles-Quint, toujours heureux, triomphe de la ligne de Smalkade, et fait prisonnier Jean Frédéric, électeur de Saxe.

44.e et 45.e Bataille de *Rocroix*, remportée en 1643 sur les Espagnols, par le prince de Condé, qui n'avoit que vingt-deux ans. L'infanterie espagnole y perdit toute sa réputation, et ne s'en est point relevée depuis. La victoire de *Lens* en 1648, fut encore plus glorieuse au vainqueur de Rocroix.

Remarques. Nous ne parlerons point des autres

victoires remportées sous le règne de Louis XIV. Elles peuvent faire beaucoup d'honneur à la nation française et à ses chefs; mais, si on en excepte la bataille de *Denain*, on n'en peut citer aucune qui ait été assez décisive pour que nous en fassions mention dans une liste des batailles qui ont influé sur le sort des empires.

46.e Bataille de *Vienne* en 1683. Le grand visir Mustapha, à la tête de deux cent mille hommes, vient assiéger Vienne qui avoit été abandonnée par Léopold avec toute sa famille, et par soixante mille habitans. Malgré la brave résistance du gouverneur, le comte de Staremberg, Vienne étoit sur le point d'être emportée. Léopold conjure Sobieski, roi de Pologne, de venir au secours de l'empire et de la chrétienté. Sobieski vole à la tête de vingt-cinq mille hommes, et son armée se trouve portée à soixante-quatorze mille hommes par la réunion des impériaux. Le combat se donne le 22 septembre. Sobieski, et la cavalerie polonoise, le sabre à main, poussent droit au visir qui prend la fuite. Les Spahis seuls se défendent; mais bientôt toute l'armée ottomane, pressée à la fois par tous les corps de l'armée chrétienne, prend la fuite. Sobieski entre dans Vienne en triomphe et au milieu des acclamations de tout un peuple qui l'appelle son sauveur et le libérateur de Vienne. Il entre dans la cathédrale, et il entonne lui-même le cantique d'actions de grâces pour remercier le Dieu des batailles. Léopold arrive quelques jours après, et reçoit assez froidement le roi de Pologne, sans doute parce qu'il lui devoit trop.

47.e et 48.e *Nerva*. En 1700 Charles XII, roi de

Suède, à la tête de vingt mille hommes, défait cent mille Moscovites que commandoit le Czar Pierre Alexiowitz. La déroute fut complète, et on vit quatre mille hommes en poursuivre cinquante mille. Cette défaite, loin de décourager les vaincus, leur avoit appris l'art de vaincre; et en 1709, après un combat opiniâtre donné à *Pultawa*, les Moscovites triomphèrent enfin. Les principaux officiers de Charles furent pris, ainsi qu'une partie de son armée, et ce prince, resté presque seul, se voit forcé de chercher une retraite à Bender dans les états du Grand-Seigneur.

49.e Bataille de *Denain*, le 24 juillet 1712.

> » Regardez dans Denain l'audacieux Villars
> Disputant le tonnerre à l'aigle des Césars. »

Il est bien vrai que l'*audace* de Villars, secondée de plusieurs mouvemens sagement combinés, fut la principale cause de la victoire; mais il fit plus que disputer le tonnerre à l'aigle germanique, il le lui arracha. De dix-sept bataillons, à peine se sauva-t-il quatre cents hommes. Eugène, arrivé trop tard, se retire après avoir été l'inutile spectateur de la défaite des alliés. Cette victoire fut suivie de la prise de plusieurs villes, hâta la conclusion de la paix, et mérita à Villars le nom de sauveur de la France, à laquelle il rendit toute sa supériorité.

50.e En 1716, cent cinquante mille Turcs, commandés par le grand-visir Ali, sont défaits à *Peter-Waradin* par le prince Eugène à la tête des impériaux. Les janissaires se défendirent en héros; mais, leur aga ayant été tué, et le brave Ali ayant été mis hors de combat par deux blessures mortelles, ce ne fut plus qu'une déroute générale de la part des Turcs.

51e. Bataille d'*Érivan*, en 1735. Schah-Nadir, plus connu sous le nom de Thamas-Kouli-Khan, gagne sur les Turcs une victoire mémorable. Ceux-ci perdirent leur général et cinquante mille hommes. Nadir fait la conquête de plusieurs provinces, et se fait donner la couronne de Perse. En 1739, vainqueur du Grand-Mogol, il entre dans Delhi; mais il souille sa victoire par un carnage général, et prouve que, s'il avoit la bravoure et l'ambition d'Alexandre, il n'en avoit point l'humanité et les sentimens généreux.

52.e On peut appliquer aux victoires remportées sous Louis XV, ce que nous avons dit des batailles livrées sous le règne de Louis XIV; et, si nous faisons une exception en faveur de la bataille de *Fontenoy*, donnée en 1744, en présence du roi, et gagnée sur les Anglais par le maréchal de Saxe, c'est que, par un effet du courage que montrèrent tous les corps de l'armée française, la victoire fut des plus complètes, malgré la longue résistance des ennemis. La conquête de la Flandre fut le fruit de cette victoire.

53.e Bataille de *Culloden*, gagnée en 1746 par le duc de Cumberland sur le prétendant Charles-Edouard. Cette affaire fut peu considérable en elle-même; mais elle fut décisive, et ôta pour jamais aux Stuards l'espérance de remonter sur le trône de la Grande-Bretagne.

54.e, 55.e, 56.e, 57.e, 58.e, 59e., 60.e, 61.e et 62. On ne nous accusera pas d'avoir cherché à diminuer la gloire que les héros des siècles passés ont méritée par leurs exploits et par leur bravoure. Tout ce que l'histoire en raconte, pourroit même paroître suspect, si le héros qui les a tous surpassés, ne l'avoit rendu vraisemblable. Il faudroit plusieurs volumes pour donner une juste idée de tant de hauts faits d'armes; ce n'est qu'à regret que nous nous voyons forcés de nous borner ici à une simple indication des seules batailles qui ont été décisives, et ont changé les destinées de l'Europe et de plusieurs souverains.

1°. Bataille du *Pont de Lodi*, le 22 avril 1796. Après une suite continuelle de victoires et de succès non interrompus, Bonaparte passe le Pô, et donne à Lodi de nouvelles preuves de son courage. Il traverse le pont malgré la décharge que les ennemis faisoient de toute leur artillerie. A son exemple, les Français s'élancent avec la rapidité de l'éclair. L'armée de Beaulieu est mise en déroute, et ce général, obligé de fuir, se retire derrière le Mincio.

2°. Bataille d'*Arcole*. Les Français sont d'abord repoussés à l'attaque du pont. En vain le général Augereau s'avance un drapeau à la main jusques à l'extrémité du pont. Bonaparte rappelle à ses soldats qu'ils sont les vainqueurs de Lodi, il descend de cheval et prend aussi un drapeau; la colonne s'ébranle, elle est encore repoussée; elle se rallie, et après plusieurs attaques l'ennemi est forcé dans Arcole.

3°. Bataille *près des Pyramides*, en 1798. Après le combat de *Chebriesse*, où quatre mille Mamelucks furent mis en déroute, Bonaparte remporte une victoire éclatante à la vue des Pyramides, sur Mourad Bey, qui commandoit six mille Mamelucks et une multitude d'Arabes ; et, après des victoires sans nombre, il parvient à soumettre toute l'Egypte. Les grands souvenirs historiques que rappelle cette contrée célèbre, lui fournirent plus d'une fois l'occasion d'élever l'âme de ses soldats presque à la hauteur de la sienne. C'est là qu'il prononça ces paroles à jamais mémorables : « Du haut de ces pyra- » mides quarante siècles nous contemplent »

4°. *Marengo*. Bonaparte est nommé premier consul le 19 novembre 1799, et l'année suivante, 1800, il part pour l'Italie. Il traverse le mont Saint-Bernard avec toute son artillerie, et à la bataille de Marengo, donnée le 15 juin, il montre toutes les qualités d'un grand capitaine et d'un tacticien profond. Au milieu du feu et d'une armée presque en déroute, il fait preuve de ce sang-froid inaltérable et de cette imperturbable sécurité qui ne peuvent être que les fruits d'une longue expérience et du génie militaire le plus exercé. Cette bataille fournit une foule de traits héroïques qu'on retrouveroit à peine dans les plus belles pages de l'histoire ancienne. Les Français inférieurs en nombre, et fatigués d'un combat de huit heures, commençoient à plier, lorsque Bonaparte les rappelle au combat et à la victoire. Des lauriers si glorieux sont payés par ta mort, ô Desaix!... Mais ta valeur et les regrets de Bonaparte rendront ta mémoire immortelle.

5°. *Austerlitz*. Le 18 mai 1804, Bonaparte est déclaré empereur. Il prend le nom de Napoléon 1er., que les peuples changent bientôt en celui de Napoléon-le-Grand. Il prend la couronne le 2 décembre. Il est proclamé roi d'Italie en 1805, et la guerre d'Allemagne commence la même année. Napoléon défait le 2 décembre les armées des empereurs d'Autriche et de Russie, simples spectateurs du combat; ils prennent la fuite et se retirent à Olmutz dès qu'ils s'aperçoivent que la fortune leur est contraire. La victoire ne fut pas un seul instant douteuse, et elle fut due entièrement à la savante disposition que Napoléon fit de son armée, à la célérité avec laquelle il pourvoyoit à tout, et plus encore aux exemples de courage qu'il donna à ses soldats. Il n'avoit que quatre-vingt mille hommes, et les ennemis en avoient cent cinq mille, dont la plus grande partie fut prise ou tuée.

6°. Bataille d'*Iéna*. Le 14 octobre 1806, le roi de Prusse ayant inopinément envahi la Saxe, Napoléon s'avance avec rapidité, et rencontre près d'Iéna l'armée de ce prince, composée de cent cinquante mille hommes. Leur cavalerie étoit très-nombreuse et exercée aux évolutions les plus promptes. Notre cavalerie n'étoit pas encore arrivée. Une partie de l'infanterie s'étoit cependant déjà emparée d'un village dont l'ennemi vouloit la chasser; mais la victoire se déclaroit déjà pour Napoléon, lorsque la cavalerie, en arrivant, s'aperçut avec douleur qu'on avoit déjà commencé à vaincre sans elle. Elle s'élance avec plus de fureur contre l'ennemi, et achève la déroute qui fut complète. Ainsi Napoléon effaça la honte de Rosback, et, par ses ordres, la colonne qui attestoit notre défaite depuis 1757, fut renversée et portée à Paris. Cette guerre, qui ne dura que six jours, nous ouvrit les portes de Berlin.

7°. et 8°. *Eylaw*. Napoléon remporta en 1807 plusieurs victoires sur les Russes. Nous ne parlerons ici que de la bataille d'Eylaw, donnée le 8 février, et de celle de *Friedland* qui se donna le 14 juin. Dans la première l'obscurité que produisit quelque temps la chute d'une neige épaisse, suspendit d'abord l'ardeur de nos troupes; mais, aussitôt que cette obscurité fut dissipée, elles engagèrent le combat avec tant d'impétuosité, que les ennemis furent écrasés, et on peut dire que ce n'étoit plus un combat, mais un massacre, dont leur arrière-garde ne se garantit qu'en se mettant à l'abri dans une forêt voisine. La victoire de Friedland fut encore plus complète. Elle ouvrit à Napoléon les portes de Kœnisberg, où l'on trouva un immense magasin d'armes fournies par les Anglais.

9°. Bataille de *Wagram*, le 16 juillet 1809. L'Autriche ayant pris de nouveau les armes, Napoléon termina promptement cette guerre par une victoire éclatante qu'il remporta sur deux cent mille Autrichiens, dans une plaine que l'ennemi avoit eu tout le temps d'examiner, de connoître dans toutes ses parties, et de fortifier comme il l'avoit voulu. Nous fîmes vingt-deux mille prisonniers. Un grand nombre d'ennemis fut pris et le reste fut obligé de fuir, à la vue même des habitans de Vienne qui, du haut des tours de leur ville et du sommet des montagnes voisines, contemploient la déroute de leur armée. Le fruit de cette victoire fut la paix de Schœnbrunn, signée le 14 octobre 1809.

Les fastes de l'histoire ne nous offrent donc qu'environ cinquante-trois batailles vraiment décisives, ou du moins très-mémorables, dans l'espace de près de deux mille cinq cents ans. C'est environ deux grandes batailles par siècles, remportées par trente-quatre souverains ou grands capitaines. Napoléon seul, en suivant ce calcul, nous montre par neuf victoires décisives les plus glorieux exploits d'environ cinq siècles, renouvelés sous nos yeux et réunis dans le foible espace de quatorze ans. Quatre batailles ont fait la renommée d'Alexandre. La gloire d'Annibal est établie sur le même nombre. César n'en compte que trois; et déjà, sans prévoir l'avenir, neuf triomphes d'une importance et d'un effet incalculables attestent la prééminence du héros de notre âge, et livrent le monde à la puissance de son génie.

§ VII. *Passages de fleuves ou de montagnes célèbres dans l'antiquité et parmi les modernes.*

I°. *Passages de fleuves.*

1°. Plusieurs historiens parlent du passage du Danube par Alexandre. Voici ce qu'en rapporte Plutarque. Je me sers de la traduction d'Amyot : « Ceux du conseil » de Macédoine étoient d'avis qu'Alexandre abandon» nât totalement les affaires de la Grèce, et qu'il ne se » aheurtât point autrement à les vouloir avoir par force, » et au demourant qu'il tachât à regagner tout douce» ment les barbares qui s'étoient rebellés... mais lui, au » contraire, se délibéra de maintenir et assurer les af» faires par hardiesse et magnanimité, ayant opinion » que, si on le sentoit fléchir à ce commencement » (de règne) tant peu que ce fût, tout le monde lui

» courroit sus, et se soulèveroit à l'encontre de lui. Si » amortit incontinent les mouvemens des barbares, en » courant soudain avec son armée jusques à la rivière » du Danube, là où il se défit en grosse bataille Syrmus » roi des Triballiens (de la basse Mysie). »

D'autres historiens rapportent qu'Alexandre ayant attaqué inutilement Syrmus, roi des Triballiens, tourna ses efforts contre les Gètes; que son principal motif fut d'avoir la gloire de passer le plus grand fleuve de l'Europe, à la vue d'ennemis redoutables. Les Gètes avoient quatre mille cavaliers et dix mille fantassins. Alexandre fit passer son armée, en partie sur des bateaux, en partie sur des outres. Ce passage se fit la nuit, et d'ailleurs les Gètes étoient postés derrière des bleds touffus, ce qui fut cause qu'ils ne s'aperçurent point du passage; l'aspect imprévu des Macédoniens les effraya tellement qu'ils prirent la fuite. Ce passage n'a donc rien de merveilleux. Julien n'en dit qu'un mot dans sa *satire des Césars*. Il donne, ainsi que les Grecs et quelquefois les Romains, le nom d'Ister à ce fleuve que d'autres ne nomment point. Il est certain cependant qu'il s'agit du Danube, nom plus en usage chez les Romains. Cette différence de dénomination, et plus encore le peu d'importance de cette expédition, ont sans doute été cause que plusieurs personnes ignorent qu'Alexandre ait passé le Danube.

2°. et 3°. Le passage du Granique et celui de l'Hydaspe furent beaucoup plus glorieux pour Alexandre, et on peut voir ce que nous en avons dit dans les batailles mémorables.

4°. Jules-César, faisant la guerre dans les Gaules, passa sur un pont qu'il fit construire en dix jours, et lorsque Boileau dit :

Et depuis ce Romain dont l'insolent passage,
Sur un pont, en deux jours trompa tous tes efforts,
Jamais rien de si grand n'a paru sur tes bords ;

il ne parloit, ainsi qu'il le remarque lui-même, que du temps que César mit à faire passer ses troupes sur ce pont : et je ne sais même, ajoute-t-il, s'il y employa deux jours. Il faut observer que César ne trouva aucun ennemi qui s'opposât à son passage, et il se contenta de mettre une forte garde aux deux extrémités du pont. Il est vrai qu'avant de former cette entreprise, il avoit remporté sur Arioviste une victoire éclatante, qui, selon Plutarque, coûta la vie à quatre-vingt mille Allemands.

5°. Trajan est le premier qui ait étendu les limites de l'empire romain au-delà du Danube, et il y a encore aujourd'hui d'anciens monumens qui conservent la mémoire de ce fameux passage du Danube, et même de ce célèbre pont de pierre que Trajan y fit construire. Ce pont, qui avoit soixante pieds de largeur, étoit de vingt piles élevées de cent cinquante pieds au-dessus de leur fondement, et éloignées l'une de l'autre de cent soixante-dix pieds. Dion Cassius observe que c'étoit plutôt un objet d'ostentation que d'utilité. On pouvoit même le regarder comme un monument triomphal, et Trajan, sûr de ses propres forces, ne l'avoit fait construire que pour passer plus aisément dans le pays des Daces, s'ils venoient à se révolter. Adrien, au contraire, craignant que ces peuples n'en profitassent pour venir faire des incursions sur le territoire de l'empire, fit démolir toute la partie qui s'élevoit au-dessus des basses eaux, soit des piles, soit des arches. On en voit encore les restes auprès d'Orsova, sur les confins de la Hongrie, à l'entrée de la Valaquie. Il est certain que Trajan ne trouva aucun ennemi qui s'opposât, soit à la construction du pont, soit au passage de ses troupes. Les victoires qu'il remporta sur les Daces, sont les unes antérieures, les autres postérieures à cette entreprise.

6°. En 1672, Louis XIV, après s'être emparé de quelques villes du duché de Clèves, se rendit sur le bord du Rhin, vis-à-vis le fort de Tolhuys, et résolut de tenter le passage. La cavalerie entra avec intrépidité dans le fleuve. Le gué manqua à une certaine distance de l'autre bord, et on passa le reste à la nage; une partie de l'infanterie se servit de légers bateaux de cuivre. Il n'y avoit de l'autre côté que quatre à cinq cents cavaliers ennemis, et deux régimens d'infanterie, sans canon, qui ne firent aucune résistance; et, sans l'imprudence du jeune duc de Longueville, il n'y auroit eu personne de tué. Il tira sur des ennemis qui demandoient la vie. L'infanterie hollandoise, désespérée, reprit à l'instant les armes et fit une décharge qui coûta la vie au jeune prince. Les Français irrités firent main basse sur cette infanterie, qui prit aussitôt la fuite. Louis XIV passa ensuite le fleuve avec le reste de l'infanterie sur un pont de bateaux.

Louis, les animant du feu de son courage,
Se plaint de sa grandeur qui l'attache au rivage:

C'est ce que dit Boileau; mais, en cela, ce prince fut mal conseillé. Il est certain qu'il n'y avoit aucun danger; et si Louis XIV se fût jeté dans le fleuve à la tête de la cavalerie, il se seroit couvert de gloire, ou du moins son courage n'eût pas été douteux et problématique, comme il le fut dans le temps même.

7°. Si à tant de passages célèbres, nous opposons le passage de tant de fleuves, exécuté de nos jours avec une intrépidité sans exemple, et dont on peut voir le détail dans l'histoire de cette multitude de campagnes si glorieuses; si nous considérons surtout le dernier passage du Danube qu'une armée formidable ne put empêcher, et qui ne pouvoit être entrepris que par une armée qu'animoient le courage et la présence du plus grand des guerriers, ne pouvons-nous pas dire de ce fleuve, avec plus de raison que Boileau ne l'a dit du Rhin:

Il apprend qu'un héros, conduit par la victoire,
A de ses bords fameux flétri l'antique gloire?

II°. *Passages de montagnes.*

Nous ne comparerons ici que deux passages des Alpes:

1°. Le passage des Alpes par Annibal est un des événemens les plus célèbres de l'antiquité. On peut voir, dans Tite-Live, le récit merveilleux qu'en fait cet historien avec son éloquence ordinaire. Nous nous bornerons aux principaux traits qui pourront nous fournir quelques réflexions. Après neuf jours de marche, pendant lesquels Annibal fut obligé de repousser les attaques des montagnards, son armée arriva au sommet des Alpes. La route devint encore plus difficile. Les chemins étoient étroits, glissans, couverts de neige, et les soldats, ne pouvant ni se soutenir en marchant, ni s'arrêter lorsqu'ils avoient fait un pas, tomboient les uns sur les autres, et se renversoient mutuellement. Après bien des circuits, le chemin se trouvant impraticable, il fallut revenir sur ses pas; mais l'armée se vit arrêtée par un de ces accidens assez ordinaires aux chemins pratiqués dans les pays de montagne, par un éboulement, dans la longueur d'une stade et demie, du terrain qui formoit la route, sur le flanc d'un rocher escarpé. Il fallut s'ouvrir un nouveau passage, et cette opération occupa l'armée pendant quatre jours. Tite-Live, en disant qu'Annibal ouvrit un chemin dans le rocher même, à l'aide du fer, du feu, et même d'un dissolvant, a donné à son entreprise plus de merveilleux que de vraisemblance. Polybe qui, sans doute ne s'en rapportoit pas trop à ce qu'on appeloit la *foi punique*, étoit venu lui-même visiter les lieux. Son récit est bien plus simple. Il ne parle point de vinaigre employé comme dissolvant, et il semble que, d'après ce qu'il rapporte, on peut croire qu'Annibal se contenta de faire relever le terrain qui s'étoit éboulé, et qu'il profita des gerçures ou crevasses que présentoit le flanc du rocher pour l'effeuiller; et que, par l'action du feu, il produisit de nouvelles gerçures; procédé qui est assez en usage dans l'exploitation des mines. Ces deux opérations peuvent expliquer également l'expression de Tite-Live *ad muniendam rupem*, que d'autres lisent *ad minuendam*, *etc.* Nous ne nous étendrons pas davantage sur ce fameux passage des Alpes, et nous n'examinerons pas non plus par quel endroit Annibal les franchit; s'il les passa par le mont Saint-Bernard près d'Aoste, comme c'est l'opinion du plus grand nombre des écrivains modernes; ou vingt lieues plus bas, par le mont Cénis près Suse, ce qui paroît plus vraisemblable à plusieurs savans; ou enfin, par le mont Génèvre près Briançon, ainsi que le pensoit le chevalier Folard.

Voici un autre passage plus étonnant et d'un résultat plus glorieux.

Tout sembloit en 1800 annoncer aux Français la perte entière de l'Italie [1]. Mais un génie conservateur veilloit sur elle : une armée de cinquante mille hommes est formée comme par enchantement, et sa marche rapide est un mystère impénétrable. Le prince de Neuchâtel précède de quelques jours Napoléon. Il part lui-même; tout ce qui devoit tromper sur ses desseins avoit été prévu, rien ne pouvoit déceler son projet que sa présence, et sa présence annonça la victoire. Bientôt par une combinaison vaste et profonde il va prendre à revers toute l'Italie. Napoléon a franchi le mont Saint-Bernard, séjour horrible où règne un éternel hiver, et qui sans cesse est bouleversé par d'effroyables tourmentes. Il n'aperçoit devant lui que des masses de neige, et les nuages sont à ses pieds. Il n'entend que le roulement des terribles avalanches qui retentissent dans la solitude, et entraînent des bataillons entiers. Nul arbre, nul arbuste, nulle plante, aucune nourriture! Et sur des

[1] Extrait d'une relation de la bataille de Marengo, par S. A. S. le prince de Neuchâtel.

rochers où l'on trouve à peine une route praticable à l'homme, il faut créer des chemins pour une immense artillerie. Les chemins sont formés, mille bras la transportent, Napoléon préside à tous les travaux, et partage toutes les fatigues. Chaque soldat se fait une charge honorable et des canons et de leurs affûts démontés. Tout est remis en ordre sur le sommet de la plus haute des montagnes. Une batterie formidable domine et foudroie la plaine, et la surprise ajoute à la terreur. Vainqueur des élémens et de tous les obstacles, il ne se repose qu'un moment, et c'est pour honorer, pour contempler avec attendrissement, ces vénérables anachorètes, qui, dans un désert de glaces, observent les lois sacrées de l'hospitalité, consacrent leur existence à l'humanité souffrante, et la soulagent au péril de leurs jours. C'est de ce pieux asile, utilement doté, que Napoléon se précipite sur l'Italie, et qu'elle devient sa conquête par l'immortelle bataille de Marengo. Je n'entreprendrai point d'en retracer la gloire, elle brille de tout son éclat dans la relation si intéressante que l'on doit à l'illustre écrivain qui, dans cette campagne, s'est montré, comme Xénophon, aussi grand capitaine que rare et fidèle historien. Nous remarquerons seulement quelle différence incommensurable il existe entre le résultat du passage des Alpes de Napoléon, et celui d'Annibal. Ecoutons ce que nous dit un poëte énergique et célèbre de l'antiquité sur la honte et l'infortune du guerrier carthaginois.

. . . . . Opposuit natura Alpemque, nivemque;
Diducit scopulos, et montem rumpit aceto.

Jam tenet Italiam : tamen ultrà pergere tendit.
Actum, inquit, nihil est, ni pœno milite portas
Frangimus, et mediâ vexillum pono suburrâ.
O qualis facies, et quali digna tabellâ,
Cùm gætula ducem portaret bellua luscum !
Exitus ergo quis est ? o gloria ! vincitur idem
Nempe, et in exilium præceps fugit, atque ibi magnus,
Mirandusque cliens sedet ad prætoria regis,
Donec Bithyno libeat vigilare tyranno.
Finem animæ, quæ res humanas miscuit olim,
Non gladii, non saxa dabunt, non tela ; sed ille
Cannarum vindex, ac tanti sanguinis ultor
Annulus. I, demens, et sævas curre per Alpes,
Ut pueris placeas, et declamatio fias.

JUVÉNAL.

Les Alpes vainement opposent à ses pas
Leurs immenses forêts, des rochers, des frimas ;
Les fatigues, le froid, la faim, rien ne lui coûte :
La flamme et le vinaigre ont aplani sa route ;
L'Italie est ouverte. « Allons, allons plus loin,
» Dit-il : de nos succès que Rome soit témoin.
» Plantons nos étendards au quartier de Suburre ».
Quel revers ! quelle image ! oh ! l'étrange figure
Que celle d'Annibal, un œil privé du jour,
Sur son triste éléphant s'exilant sans retour !
Va, superbe client, va, dans l'ignominie,
Attendre le réveil d'un roi de Bithynie !
Celui qui des Romains croyoit fixer le sort,
N'a pas un glaive à lui, pour se donner la mort ;
Un foible anneau suffit : le poison qu'il récèle,
De Carthage et de Rome a vengé la querelle.
Va, cours, franchis les monts, afin qu'à l'avenir
L'enfant sur tes hauts faits s'exerce à discourir.

En effet on ignore aujourd'hui jusqu'au chemin qui fut suivi par Annibal. Il n'en sera pas de même du passage de Napoléon par ces montagnes à jamais célèbres. Non-seulement il a conservé le prix de ses victoires; mais plusieurs monumens honorables en attesteront à jamais les moindres circonstances; ils reproduiront à la fois le modèle et le souvenir de l'humanité, de la constance et du prix le plus noble accordé à la valeur [1]. Quelle touchante inspiration que celle qui, dans une même enceinte, dans un asile de refuge et de salut ouvert à toutes les heures aux voyageurs égarés, voulut confier à ce monument de la piété le monument de l'héroïsme, la tombe et l'image du généreux Desaix, et la mémoire de ses compagnons d'armes! La mort ne les a point séparés, leur gloire s'unit à sa gloire. C'est là que son nom si cher commande encore à celui des guerriers moissonnés comme lui au champ d'honneur. Il semble que dans ce lieu, comme dans les combats, on ait pris soin de lui composer la même escorte, et que tant de noms révérés soient comme une auréole autour du sien. Elle s'élève sur le plus haut des monts, cette église si vénérable où se conserve un dépôt sacré. De loin, de tous côtés, à toutes les distances, elle domine tous les sommets, rien ne s'aperçoit avant elle, et dès

[1] Arrêté du 8 messidor.

Art. 1er. Le corps du général Desaix sera transporté au couvent du Grand Saint-Bernard, où il lui sera élevé un tombeau.

2. Les noms des demi-brigades, des régimens de cavalerie, d'artillerie, ainsi que ceux des généraux et des chefs de brigades, seront gravés sur une table de marbre placée vis-à-vis le monument.

qu'elle attire les regards, on la salue comme le *phare de l'honneur.*

On doit le dire : quand le succès auroit couronné les travaux d'Annibal, eût-il jamais signalé son passage par une conception aussi sublime? ces monts qu'il a vaincus par la guerre, Napoléon les a doublement soumis et par la victoire et par la paix. Annibal enfin n'a fait que surmonter les obstacles; ils ont disparu à la voix d'un héros, et lui seul a su rendre à jamais stable sur l'Italie l'heureuse domination de son vainqueur.

§ VIII. *Grandes actions, exploits militaires des campagnes de l'empereur.*

Nous ne voulons point imiter ici ce sophiste ridicule qui, en présence d'Annibal, eut l'impudence de disserter sur l'art militaire, et qui s'attira à juste titre les railleries de ce grand capitaine. Il n'y a que des généraux renommés qui puissent parler dignement des grands talens militaires. Qu'il nous soit donc permis d'emprunter quelques traits et quelques réflexions dans des ouvrages composés par d'illustres compagnons d'armes de Napoléon. Un de nos plus grands généraux, le prince de Neuchâtel, commence ainsi cette belle relation de la bataille de Marengo, qu'il présenta à l'empereur sur le champ de bataille : « Tous les plans de campagne de Napoléon ont un caractère particulier d'audace et de prudence que les militaires ne sauroient trop étudier ». Il dit ailleurs, en parlant de Wurmser : « A ce nouvel et redoutable ennemi, nous ne pouvions opposer plus de trente mille hommes (il en avoit quatre-vingt mille): nous avions nos conquêtes à conserver; et nous assiégions Mantoue qui étoit sur le point de se rendre, et qui renfermoit une garnison de plus de huit mille hommes. C'est dans cette seconde campagne que Napoléon se montre supérieur à Frédéric, qui s'étoit trouvé dans une position à peu près semblable. Il ne s'obstina pas au siége de Mantoue, comme ce prince au siége de Prague; mais ses résolutions, ses opérations, se suivirent avec la même rapidité. L'ennemi, étonné de cette promptitude de mouvemens, ne trouvoit jamais au point du jour l'armée française où il l'avoit laissée au commencement de la nuit. Par les marches suppléant au nombre, Napoléon se montroit toujours presque partout supérieur à l'ennemi.

Les batailles de Lonado et de Castiglione couronnèrent ces belles et hardies conceptions; et Wurmser vaincu, malgré sa nombreuse cavalerie et son immense artillerie, rentra dans les gorges du Tyrol, laissant entre les mains des Français une grande partie de son armée. Dans tous ces mouvemens, qui offriront d'utiles méditations à ceux qui suivent la carrière des armes, Napoléon fit connoître que le meilleur moyen de se défendre est souvent celui d'attaquer, et que le génie de la grande guerre est surtout l'art de reprendre l'initiative, quand on l'a perdue par les premiers succès de l'ennemi. Sa réputation fut alors établie dans toute l'Europe; les généraux francais de toutes les armées le proclamèrent leur maître, et les vieux compagnons de Frédéric annoncèrent, dès ce moment, le héros qui devoit reprendre le sceptre de la guerre vacant depuis sa mort. »

On lit dans un autre endroit : « Il sera facile de remarquer comment, dans ses opérations hardies, Napoléon n'avoit rien donné au hasard; et quoiqu'en apparence ses marches, au premier coup d'œil, puissent étonner, l'on verra, en y réfléchissant, qu'il avoit toujours prévu le cas de sa retraite, et combiné ses dispositions contre les revers. Les militaires saisiront avec un vif intérêt les rapports nombreux et frappans de cette campagne avec celle de l'armée de réserve ; ils verront dans toutes les deux Napoléon manœuvrer sur la ligne d'opérations de l'ennemi, se placer entre lui et ses magasins, lui intercepter sa retraite et décider d'un seul coup le sort de toute une armée..... Napoléon ayant toujours ramené la victoire sous nos drapeaux, le public, qui ne juge souvent que par le résultat, a pensé que tout lui avoit constamment réussi. Cependant les militaires attentifs verront combien de fois les projets les mieux combinés ont tourné contre lui; mais personne n'a été ni plus prompt, ni plus habile à en substituer de nouveaux, et par-là contraindre la fortune à lui devenir favorable. »

Nous ne pouvons nous empêcher de rapporter le trait suivant, qui prouve la rapidité des mouvemens que Napoléon savoit donner aux différens corps qui composoient son armée : « Dans le temps où, à vingt-cinq lieues de Vienne, il accordoit une suspension d'armes aux généraux Bellegarde et Meerfeld, et qu'après l'avoir signée il traçoit la limite des armées, qui n'avoit été déterminée qu'après une longue discussion, pour les corps des généraux Bernadotte et Joubert, il leur dit (aux généraux autrichiens) : « Où croyez-vous, messieurs, que soit le général Bernadotte? Peut-être est-il arrivé à Fiume, dit M. de Bellegarde. Non, reprit Napoléon, il est dans mon salon, et vous verrez sa division à une demi-lieue d'ici. Mais, continue-t-il, où pensez-vous que soit le général Joubert? Peut-être à Inspruck, répondit M. de Bellegarde, si toutefois il a pu faire tête à la colonne de grenadiers qui arrive de l'armée du Rhin. Eh bien! dit Napoléon, il est aussi dans mon salon, et sa division n'est pas à plus de deux lieues.

Ces deux réponses étonnèrent d'autant plus les Autrichiens, qu'en ce moment leur général venoit d'envoyer des détachemens considérables, pour soutenir les provinces de la Carniole et du Tyrol par où il croyoit que devoient pénétrer les généraux Bernadotte et Joubert; et c'étoit pendant que les ennemis se disséminoient ainsi, que Napoléon avoit réuni, dans un espace d'environ six lieues carrées de pays, toutes ses forces, montant à peu près à quarante-six mille hommes. »

Il nous est impossible d'entrer, avec l'illustre auteur, dans le détail des savantes mesures que Napoléon avoit prises avant la campagne qui fut terminée par la bataille de Marengo, pour être en état d'être supérieur à l'ennemi, quel que fût son choix sur les deux plans de campagne auxquels il pouvoit s'arrêter. Nous ne parlerons pas non plus, ni des dispositions que fit Napoléon pour parer aux trois partis que le général Mélas devoit nécessairement prendre pour échapper à la position critique où il se trouvoit avant la bataille, ni des manœuvres hardies qui furent exécutées avec autant de résolution que d'habileté, et qui fixèrent la victoire. On ne peut se former une juste idée de ces grandes conceptions que par la lecture d'un ouvrage que les militaires liront toujours avec autant de plaisir que de fruit.

---

§ IX. *César et Napoléon.*

Les Nerviens au nombre de soixante mille hommes vinrent fondre sur César dans le temps que ses troupes étoient occupées à travailler à la clôture de leur camp, et qu'il ne s'attendoit point à cette attaque subite. Ils renversèrent sa cavalerie, et enveloppèrent sa douzième et sa septième légions, ils tuèrent ou mirent hors de combat tous leurs officiers ou chefs de bandes. Si César n'eût arraché le bouclier à un soldat, et que, fendant la presse, il ne se fût jeté sur les barbares, et que la dixième légion, voyant du haut de la colline le danger auquel il étoit exposé, ne fût accourue, et n'eût renversé et taillé en pièces les premiers rangs des barbares, il ne se fût pas sauvé un seul Romain. Mais, ranimés par cette audace de César, ils combattirent avec une ardeur inouie et massacrèrent les Nerviens dans la place même qu'ils occupoient.

Wurmser, après de nombreuses défaites, s'étoit jeté dans Mantoue : il attendoit un renfort de cinquante mille hommes commandés par Alvinsi. Il falloit, pour empêcher cette jonction, s'emparer d'Arcole déjà très-fort par sa position naturelle et occupé par un corps de Croates et plusieurs régimens hongrois. Ces troupes résistèrent à l'avant-garde française, et elle fut encore arrêtée par un canal, des batteries de l'ennemi et un petit pont défendu par plusieurs maisons crénelées d'où l'on faisoit un feu terrible. Les généraux à la tête de leurs colonnes les animoient par leur exemple et se précipitoient vers ce passage dont ils vouloient s'emparer. Le soldat admiroit leur courage, mais sans l'imiter. Alors Napoléon abandonne son cheval, saisit un drapeau, s'élance sur le pont et fait entendre ces paroles faites pour tout entraîner : *Grenadiers, suivez votre général. Souvenez-vous que vous avez déjà forcé le pont de Lodi.* Ce cri de l'honneur fut entendu. L'armée s'ébranle, le combat s'engage. La victoire n'est pas long-temps incertaine, les ennemis sont culbutés et les Français maîtres d'Arcole.

Nous n'ajouterons au rapprochement de ces deux actions que la réflexion suivante :

Napoléon, dans cette circonstance, n'a pas même, comme César, pris la précaution d'un bouclier.

---

§ X. *Marc-Aurèle et Napoléon.*

Après un règne de vingt ans, Marc-Aurèle mourut à Vienne ; son corps fut rapporté à Rome où il entra au milieu des larmes et de la désolation publiques. Le sénat en deuil avoit été au devant du char funèbre : le peuple et l'armée l'accompagnoient, la pompe marchoit lentement et en silence. Tout à coup un vieillard s'avance dans la foule; c'étoit Apollonius, philosophe stoïcien estimé dans Rome et plus respecté encore par son caractère que pour son grand âge. Il s'arrêta près du cercueil, le regarda tristement, et, s'appuyant d'une main sur la tombe, il commença par célébrer les grandes actions, les vertus et les bienfaits de Marc-Aurèle. Au moment où il parloit de sa clémence, on aperçut à la porte d'un palais une femme d'une figure noble et dont la beauté n'étoit point encore effacée par l'âge. Elle étoit près d'un portique, un peu élevée au-dessus de la multitude, la tête à demi couverte d'un voile. Autour d'elle on voyoit des enfans de différent âge; c'étoit la femme et les enfans de Cassius. Ils regardoient ce grand spectacle. Quelquefois la mère fixoit des yeux attendris sur ses enfans; puis tout à coup tendant les bras vers le cercueil, elle sembloit remercier Marc-Aurèle de les lui avoir conservés.

Peuple, s'écria-t-elle enfin, voilà les témoins de sa clémence. Après avoir tout pacifié dans Rome, il marche en Asie pour raffermir les provinces ébranlées, il va montrer partout ce maître bienfaisant, ce prince philosophe, dont quelques villes coupables avoient osé méconnoître l'empire : on lui présente les papiers des rebelles; il les brûle sans les lire. Non, disoit-il, je ne veux pas verser de sang; que les exilés reviennent, qu'on rende les biens de ceux qu'on a dépouillés, et plût au ciel que je pusse ouvrir les tombeaux! Je ne veux pas être forcé de haïr.

C'est par un sentiment aussi magnanime que Napoléon ne voulut point être forcé de condamner. Le moment, les formes et les grâces de sa clémence lui donnent un caractère particulier qu'on ne retrouve point dans les temps antiques, et qui doit ajouter plus de prix au trait si touchant que nous allons rapporter.

Le 28 octobre 1806, l'empereur fit son entrée solennelle à Berlin. Le général prince de Hatzfeld étoit à la tête du corps de ville qui vint à la porte en présenter les clefs au vainqueur d'Iéna. L'empereur dit au prince de Hatzfeld : « Ne vous présentez plus devant moi, je n'ai pas besoin de vos services; retirez-vous dans vos terres. » Quelques instans après, ce prince fut arrêté. Une de ses lettres, adressée au prince de Hohenlohe, avoit été interceptée aux avant-postes; elle prouvoit que le prince de Hatzfeld, quoique chargé du gouvernement civil de Berlin, instruisoit l'ennemi des mouvemens des Français. Sa femme, fille du ministre Schulenbourg, obtient une audience de l'empereur; elle croyoit que son mari étoit arrêté sur le seul motif de la haine que le ministre Schulenbourg affectoit de montrer contre la France. L'empereur la dissuada bientôt; il lui fit connoître la véritable accusation, que son mari jouoit un double rôle, et que les lois de la guerre étoient impitoyables sur un pareil délit. La princesse attribuoit à l'imposture de ses ennemis cette inculpation qu'elle appeloit calomnie. « Vous connoissez l'écriture de votre mari, dit l'empereur : soyez son juge. » Il fit apporter la lettre interceptée, et la lui remit. Cette femme enceinte de plus de huit mois s'évanouissoit à chaque mot qui lui découvroit jusqu'à quel point celui dont elle reconnoissoit l'écriture s'étoit rendu coupable. L'empereur fut touché de l'état affreux d'une épouse et d'une mère, de sa confusion, des angoisses qui la déchiroient; et dans une grande âme une pareille émotion est inséparable de la générosité. « Eh bien! lui dit-il, en étendant la main vers la cheminée, vous tenez la lettre : cette pièce une fois anéantie, il n'y a plus moyen de condamner. » Cette scène touchante se passoit près d'un ardent brasier. Madame de Hatzfeld, inondée de larmes, comprit rapidement ces paroles de grâce : elle se précipita aux pieds de l'empereur, et la lettre et la preuve du crime disparurent dans les flammes. A l'instant même son mari lui fut rendu. La commission militaire étoit déjà réunie : trois heures plus tard la justice proclamoit une sentence de mort; l'admiration et la reconnoissance n'eurent à publier que la clémence de Napoléon [1].

---

§ XI. *César et Napoléon.*

Après la bataille de Pharsale, César avoit fait prendre les devants à ses troupes qu'il envoyoit en Asie, et lui-

[1] Nous n'avons pas cru devoir parler ici de l'action de Pompée, brûlant les papiers de Sertorius; il pouvoit avoir quelqu'intérêt à ne pas les faire connoître. Ce n'étoit pas ses haines qu'il sacrifioit, il déroboit quelques victimes à la cruauté de Sylla, et, en prévenant la colère du dictateur, Pompée n'épargnoit pas ses propres ennemis.

même passoit le détroit de l'Hellespont dans une petite barque de transport. Il rencontre L. Cassius, un des lieutenans de Pompée, avec dix galères : il ne songe point à fuir ; il s'avance, l'exhorte à se rendre, et reçoit ses soumissions.

Le lendemain de la victoire de Lonado et de Castiglione, quatre mille Autrichiens, avec une cavalerie et une artillerie formidables, viennent à Lonado sommer Napoléon de se rendre : il n'avoit avec lui que douze cents hommes. Ce fut dans cette occasion qu'il fit preuve de cette présence d'esprit admirable, et de cette sagacité profonde qui voient le danger, et qui calculent rapidement les moyens de l'éviter, et d'en faire tourner heureusement les résultats à son avantage. Le parlementaire ennemi fut introduit les yeux bandés. Cet officier déclare que la gauche de l'armée française est cernée, et que son général demande si les Français veulent se rendre. Napoléon lui répondit : « Allez dire à votre général que, s'il a voulu insulter l'armée française, je suis ici ; que c'est lui-même et son corps qui sont prisonniers ; qu'il a une de ses colonnes coupée par nos troupes à Salo, et par le passage de Brescia à Trente ; que, si dans huit minutes il n'a pas mis bas les armes, que s'il fait tirer un seul coup de fusil, je fais tout fusiller. Débandez les yeux à monsieur. Voyez le général Bonaparte et son état-major au milieu de la brave armée française. Dites à votre général qu'il peut faire une bonne prise ; allez. » Alors on redemande à parlementer ; pendant ce temps tout se dispose pour l'attaque. Le chef de la colonne ennemie demande à être entendu ; il propose de se rendre ; il veut capituler : « Non, répond Napoléon, vous êtes prisonnier de guerre. » L'ennemi veut se consulter. Napoléon donne aussitôt l'ordre de faire avancer l'artillerie légère et d'attaquer ; il quitte le général ennemi qui s'écrie : « Nous sommes tous rendus. »

§ XII. *Notre siècle a vu naître pour notre histoire une éloquence inconnue jusqu'alors aux peuples modernes.*

Il faut en convenir : quand nous lisons dans les écrivains de l'antiquité les harangues des plus renommés capitaines, nous sommes tentés souvent de n'y admirer que le génie des historiens. Pour nous, au contraire, le doute est impossible : les monumens existent ; l'histoire n'a plus qu'à les rassembler. Elles partirent de l'armée d'Italie ces belles proclamations où le vainqueur de Lodi et d'Arcole, en même temps qu'il créoit un nouvel art de la guerre, créa l'éloquence militaire dont il restera le modèle. Suivant ses pas, comme la fortune, cette éloquence a retenti dans la cité d'Alexandre, dans l'Égypte où périt Pompée, dans la Syrie qui reçut les derniers soupirs de Germanicus. Depuis, à Paris même, en Allemagne, en Pologne, au milieu des capitales étonnées, à Vienne, à Berlin, à Varsovie, elle étoit fidèle au héros d'Austerlitz, d'Iéna, de Friedland, lorsqu'en cette langue de l'honneur, si bien entendue des armées françaises, du sein de la victoire même, il ordonnoit encore la victoire et communiquoit l'héroïsme.

(Rapport au conseil d'état par l'institut de France, classe de la langue et de la littérature françaises, le 27 févr. 1808.)

§ XIII. *Parallèles de discours publics.*

Discours de Quintius Capitolinus au peuple romain.

Dans un de ces momens où l'animosité réciproque des différens ordres de l'état faisoit oublier à Rome les intérêts et les dangers communs, les peuples ennemis avoient profité du désordre et de l'anarchie républicaine pour s'avancer jusqu'aux portes de la ville. Alors le consul Quintius Capitolinus parut à la tribune, et prononça le discours suivant :

« Quoi! vous savez, et la postérité l'apprendra, que » les Eques et les Volsques sont venus en armes jus- » qu'aux portes de Rome, et y sont venus impunément! » Non, vos ennemis n'ont pas compté sur leur coura- » ge, encore moins sur votre timidité. Il vous con- » noissent assez; ils se connoissent eux-mêmes. Mais » quand nous ne pouvons nous accorder ensemble, ni » sur les bornes de l'autorité ni sur celles de la liberté, » quand vous ne pouvez souffrir la magistrature pa- » tricienne, ni le sénat les magistrats du peuple, le » courage est revenu à nos ennemis. Par les Dieux » immortels! que vous faut-il encore? vous avez » voulu des tribuns : pour avoir la paix, nous y avons

» consenti. Vous avez désiré qu'on élût des décemvirs; » ils ont été créés : les décemvirs vous ont déplu, » nous les avons forcés d'abdiquer. Devenus particu- » liers, votre ressentiment les a poursuivis : nous avons » laissé condamner à l'exil et à la mort les plus nobles » et les plus distingués des citoyens. Vous avez rede- » mandé vos tribuns, ils vous ont été rendus. Vous » avez prétendu au consulat, et, quoique cette préten- » tion nous parût contraire à nos droits, nous avons » laissé passer au peuple les distinctions patriciennes. » Nous avons supporté, nous supportons tout : quel » sera le terme de ces longs débats? C'est contre nous » qu'on s'empare du mont Aventin; contre nous que » l'on se saisit du mont Sacré! mais quand le Volsque » étoit prêt à forcer la porte Esquiline, prêt à monter » sur nos remparts, personne ne l'a repoussé. Vous » n'avez des armes, vous n'avez des forces que contre » nous. Eh bien donc! quand vous aurez assiégé le » sénat, quand vous aurez rempli la place publique de » vos fureurs séditieuses, rempli les prisons de séna- » teurs, sortez de vos murs, ou, si vous ne l'osez pas, » regardez du haut des remparts, regardez vos campa- » gnes ravagées par le fer et par le feu, vos dépouilles » enlevées par l'ennemi; voyez fumer vos toits embra- » sés. Encore un moment, et chacun de vous appren- » dra les pertes qu'il a faites. Et qu'avez-vous ici qui » vous en dédommage? Vos tribuns vous rendront-ils » ce que vous aurez perdu? Oui, sans doute, en décla- » mations, en invectives, en accumulant les lois sur » les lois, les harangues sur les harangues. En ce genre,

» vous pouvez tout attendre d'eux. Ah! quand vous » serviez sous vos consuls et non pas sous vos tribuns, » dans les camps et non pas dans le forum; quand vos » cris faisoient frémir l'ennemi dans les batailles, et » non pas le sénat romain dans vos assemblées : alors » chargés de butin, possesseurs des terres de l'ennemi, » riches de ses dépouilles, couverts de la gloire de » l'état et de la vôtre, vous retourniez triomphans dans » vos foyers. Mais aujourd'hui c'est vous, vous, Ro- » mains, qui laissez l'ennemi emporter vos dépouilles. » Vous croyez vous dérober à la nécessité des com- » bats, elle vous poursuit; vous n'avez pas voulu » vous mettre en campagne contre les Èques et les » Volsques, ils sont au pied des murs.

» Vous imaginez peut-être que tous ces flatteurs du » peuple, ces harangueurs éternels qui ne vous per- » mettent ni de combattre au dehors ni d'être tran- » quilles au dedans sont fort occupés de vos intérêts. » Quelle erreur! Leur élévation et leur profit, voilà ce » qu'ils cherchent en vous soulevant contre nous. Ils » sont nuls quand nous sommes tous d'accord; ils sont » puissans dans le trouble et le désordre, et ils aiment » encore mieux faire le mal que de ne pouvoir rien. » Mais si vous pouvez enfin vous lasser de tant de dis- » cordes, et redevenir semblables à vos ancêtres et à » vous-mêmes, je m'engage à vous venger dans peu de » jours de ces déprédateurs de vos campagnes, à les » mettre en fuite, à m'emparer de leur camp, et à re- » porter jusques dans leurs villes cette terreur de la

» guerre qui est venue jusqu'à nos portes, et ce bruit » des armes qui retentit autour de nous ».

TITE-LIVE, *traduit par La Harpe.*

§ XIV. *Discours de Napoléon adressé le 18 brumaire à un député du directoire en présence d'une foule de peuple, d'officiers et de soldats.*

C'est dans une situation pareille à celle de Rome, dans des circonstances aussi déplorables pour la France, que fut prononcé l'admirable discours que nous allons rapporter. Celui de Tite-Live est composé de plus de paroles, mais celui-ci avec moins de mots a plus d'énergie; le premier offre plus de formes oratoires, le second a plus de mouvement, d'enthousiasme et de rapidité; on voit que l'un est l'ouvrage de l'art, on sent que l'autre est produit par l'inspiration du moment: on y reconnoît cet élan, cette expression de vérité qui s'échappe d'une âme pleine du sentiment de sa puissance, et qui est certaine de tout réparer.

« Qu'avez-vous fait de cette France que je vous ai laissée si brillante? Dans quel état je la retrouve! Je vous ai laissé la paix, j'ai retrouvé la guerre; je vous avois laissé des victoires, j'ai retrouvé des revers; je vous ai laissé les millions de l'Italie, et j'ai trouvé partout des lois spoliatrices et la misère. J'ai laissé vos arsenaux garnis et je n'ai pas trouvé une arme; vos canons ont ét vendus; on a livré le soldat sans défense : qu'avez-vous fait de cent mille Français que je connoissois, tous mes compagnons de gloire? Ils sont morts.... »

§ XV. *Discours de César à ses soldats avant la bataille de Pharsale.*

En cette journée qui va décider de l'empire de l'univers, n'oubliez point, braves compagnons, le serment que vous fîtes à Dyrrachium de ne sortir du champ de bataille qu'après avoir remporté la victoire. Voilà vos ennemis, voilà ces hommes que nous sommes venus combattre des colonnes d'Hercule, qui ont pris la fuite à notre arrivée en Italie, et qui vouloient nous priver du triomphe et des autres récompenses que nous avions méritées à si juste titre, par une guerre de dix ans, par tant de victoires, et par la défaite de tant de peuples, dans les Gaules, en Espagne et en Angleterre. La reconnoissance n'a pas eu plus d'empire sur leur esprit, que le bon droit et la justice. Vous êtes témoins que je leur ai laissé prendre la fuite sans leur faire aucun mal, dans l'espérance d'obtenir quelque chose d'eux. Il est temps de punir leur injustice et leur ingratitude. Vous le pouvez aisément! Des vétérans pourroient-ils ne pas remporter la victoire sur de nouvelles troupes, sur des soldats sans expérience, et qui ne savent point exécuter les ordres de leur général! Pompée lui-même ne combat qu'à regret; il semble que sa fortune l'ait abandonné, et il obéit plutôt qu'il ne commande. Que les troupes auxiliaires ne vous inspirent aucune crainte; ces vils esclaves Syriens, Phrygiens et Lydiens ne connoissent que la fuite ou l'esclavage. Immolez-les à votre fureur, pour épargner le sang de vos concitoyens, que ce carnage remplira de frayeur et obligera de mettre bas les armes. Marchez donc avec confiance ; mais, avant d'en venir aux mains, prouvez que vous n'avez pas oublié vos promesses : arrachez les palissades, comblez les fossés, afin qu'il ne vous reste plus d'espérance que dans la victoire, et que les ennemis, voyant que vous n'avez plus de camp, jugent que vous êtes résolus à vous établir au milieu d'eux.

---

§ XVI. *Proclamation de l'empereur et roi à l'armée française avant la guerre de Prusse.*

SOLDATS,

« L'ordre pour votre rentrée en France étoit parti ; vous vous en étiez déjà rapprochés de plusieurs marches. Des fêtes triomphales vous attendoient, et les préparatifs pour vous recevoir étoient commencés dans la capitale.

» Mais, lorsque nous nous abandonnions à cette trop confiante sécurité, de nouvelles trames s'ourdissoient sous le masque de l'amitié et de l'alliance. Des cris de guerre se sont fait entendre à Berlin ; depuis deux mois nous sommes provoqués tous les jours davantage.

» La même faction, le même esprit de vertige, qui, à la faveur de nos dissensions intestines, conduisit, il y a quatorze ans, les Prussiens au milieu des plaines de la Champagne, domine dans leurs conseils. Si ce n'est plus Paris qu'ils veulent brûler et renverser jusques dans ses fondemens, c'est, aujourd'hui, leurs drapeaux qu'ils se vantent de planter dans les capitales de nos alliés; c'est la Saxe qu'ils veulent obliger à renoncer, par une transaction honteuse, à son indépendance, en la rangeant au nombre de leurs provinces; c'est enfin vos lauriers qu'ils veulent arracher de votre front. Ils veulent que nous évacuions l'Allemagne à l'aspect de leur armée! Les insensés! qu'ils sachent donc qu'il seroit mille fois plus facile de détruire la Grande Capitale, que de flétrir l'honneur des enfans du Grand-Peuple et de ses alliés. Leurs projets furent confondus; alors, ils trouvèrent dans les plaines de la Champagne la défaite, la mort et la honte; mais les leçons de l'expérience s'effacent, et il est des hommes chez lesquels le sentiment de la haine et de la jalousie ne meurt jamais.

» Soldats, il n'est aucun de vous qui veuille retourner en France par un autre chemin que par celui de l'honneur. Nous ne devons y rentrer que sous des arcs de triomphe.

» Eh quoi! aurions-nous donc bravé les saisons, les mers, les déserts; vaincu l'Europe plusieurs fois coalisée contre nous; porté notre gloire de l'orient à l'occident, pour retourner aujourd'hui dans notre patrie comme des transfuges, après avoir abandonné nos alliés, et pour entendre dire que l'aigle française a fui épouvantée à l'aspect des armées prussiennes...? Mais déjà ils sont arrivés sur nos avant-postes...

» Marchons donc, puisque la modération n'a pu les faire sortir de cette étonnante ivresse. Que l'armée prussienne éprouve le même sort qu'elle éprouva il y a quatorze ans! qu'ils apprennent que, s'il est facile d'acquérir un accroissement de domaines et de puissance avec l'amitié du Grand-Peuple, son inimitié (qu'on ne peut provoquer que par l'abandon de tout esprit de sagesse et de raison), est plus terrible que les tempêtes de l'Océan.

Donné en notre quartier impérial à Bamberg, le 6 octobre 1806.

PARALLÈLES DE LETTRES PARTICULIÈRES.

§ XVII. *Lettre de Henri IV, sur la naissance d'un fils de M. de Sully.*

Je crois qu'aucun de mes serviteurs n'a pris plus de part que vous à la naissance de mon fils d'Anjou. Je veux aussi que vous croyiez que je surpasse en joie tous vos amis de la naissance de votre fils : vous aurez bien la tête rompue de leurs cajoleries; mais l'assurance de mon amitié vous sera plus solide que toutes leurs paroles. Je fais mes recommandations à l'accouchée.

§ XVIII. *Lettre de Napoléon, sur la mort d'un de ses amiraux, à sa veuve.*

« Votre mari a été tué d'un coup de canon, en combattant vaillamment à son bord : il est mort sans souffrir, et de la mort la plus douce et la plus enviée des militaires..... Appréciez pour quelque chose l'amitié et le vif intérêt que je prendrai toujours à la veuve de mon amiral. Persuadez-vous qu'il est des hommes, en petit nombre, qui méritent d'être l'espoir de la douleur, parce qu'ils sentent avec chaleur les peines de l'âme. »

Le respect nous interdit de donner à cette lettre les vains éloges que l'on donneroit à un ouvrage littéraire; mais cette pensée, aussi touchante que bien exprimée, *Persuadez-vous qu'il est des hommes, en petit nombre, qui sont l'espoir de la douleur!* il est impossible au sentiment de ne pas l'admirer.

§ XIX. *Bienfaits, munificence et générosité dont aucune histoire ne fournit les modèles.*

De notre camp impérial d'Austerlitz, le 16 frimaire an 14.

NAPOLÉON, Empereur des Français, Roi d'Italie;

Nous avons décrété et décrétons ce qui suit :

Art. 1er. Nous adoptons tous les enfans des généraux, officiers et soldats français, morts à la bataille d'Austerlitz.

2. Ils seront tous entretenus et élevés à nos frais; les garçons dans notre palais impérial de Rambouillet, et les filles dans notre palais impérial de Saint-Germain. Les garçons seront ensuite placés, et les filles seront mariées par nous.

3. Indépendamment de leurs noms de baptême et de famille, ils auront le droit d'y joindre celui de Napoléon. Notre grand-juge fera remplir à cet égard toutes les formalités voulues par le code civil.

4. Notre grand-maréchal du palais, et notre intendant général de la couronne, sont chargés, chacun

dans ce qui le concerne, de l'exécution du présent décret, qui sera mis à l'ordre du jour de l'armée et inséré au bulletin des lois.

Signé NAPOLÉON.

§ XX. *Lettre de Napoléon au roi de Prusse avant la bataille d'Iéna.*

Monsieur mon frère, je n'ai reçu que le 7 la lettre de V. M. du 25 septembre. Elle m'a donné rendez-vous le 8; en bon chevalier, je lui ai tenu parole : je suis au milieu de la Saxe. Qu'elle m'en croie, j'ai des forces telles que toutes ses forces ne peuvent long-temps balancer la victoire. Mais pourquoi répandre tant de sang? A quel but? Je tiendrai à V. M. le même langage que j'ai tenu à l'empereur Alexandre, deux jours avant la bataille d'Austerlitz. Fasse le ciel que des hommes fanatisés ou vendus, plus les ennemis d'elle et de son règne, qu'ils ne sont les miens et ceux de ma nation, ne lui donnent pas les mêmes conseils pour la faire arriver au même résultat!

Sire, j'ai été votre ami depuis six ans. Je ne veux point profiter de cette espèce de vertige qui anime vos conseils, et qui leur ont fait commettre des erreurs politiques dont l'Europe est encore toute étonnée, et des erreurs militaires de l'énormité desquelles l'Europe ne tardera pas à retentir. Si V. M. m'eût demandé des choses possibles par sa note, je les lui eusse accordées; elle a demandé mon déshonneur, elle devoit être certaine de ma réponse. La guerre est donc faite entre nous, l'alliance rompue pour jamais; mais pourquoi faire égorger ses sujets? Je ne prise point une victoire qui sera achetée par la vie d'un nombre de mes enfans. Si j'étois à mon début dans la carrière militaire, et si je pouvois craindre les hasards des combats, ce langage seroit tout-à-fait déplacé. Sire, V. M. sera vaincue; elle aura compromis le repos de ses jours, l'existence de ses sujets sans l'ombre d'un prétexte. Elle est aujourd'hui intacte, et peut traiter avec moi d'une manière conforme à son rang : elle traitera avant un mois dans une situation différente; elle s'est laissée aller à des irritations qu'on a calculées et préparées avec art. Elle m'a dit qu'elle m'avoit souvent rendu des services; eh bien! je veux lui donner la plus grande preuve du souvenir que j'en ai : elle est maîtresse de sauver à ses sujets les ravages et les malheurs de la guerre; à peine commencée, elle peut la terminer, et elle fera une chose dont l'Europe lui saura gré. Si elle écoute les furibonds qui, il y a quatorze ans, vouloient prendre Paris, et qui aujourd'hui l'ont embarquée dans une guerre, et immédiatement après dans des plans offensifs également inconcevables, elle fera à son peuple un mal que le reste de sa vie ne pourra guérir. Sire, je n'ai rien à gagner contre V. M.; je ne veux rien, et n'ai rien voulu d'elle : la guerre actuelle est une guerre impolitique. Je sens que peut-être j'irrite dans cette lettre une certaine susceptibilité naturelle à tout souverain; mais les circonstances ne demandent aucun ménagement; je lui dis les choses comme je les pense. Et d'ailleurs, que V. M. me permette de le lui dire, ce n'est pas pour l'Europe une grande decouverte que d'apprendre que la France est du triple plus populeuse et aussi brave et aguerrie que les états de V. M. Je ne lui ai donné aucun sujet réel de guerre. Qu'elle ordonne à cet essaim de malveillans et d'inconsidérés de se tenir à l'aspect de son trône dans le respect qui lui est dû ; et qu'elle rende la tranquillité à elle et à ses états. Si elle ne retrouve plus jamais en moi un allié, elle retrouvera un homme désirant de ne faire que des guerres indispensables à la politique de mes peuples, et de ne point répandre le sang dans une lutte avec des souverains qui n'ont avec moi aucune opposition d'industrie, de commerce et de politique. Je prie V. M. de ne voir dans cette lettre que le désir que j'ai d'épargner le sang des hommes et d'éviter à une nation, qui géographiquement ne sauroit être ennemie de la mienne, l'amer repentir d'avoir trop écouté des sentimens éphémères, qui s'excitent et se calment avec tant de facilité parmi les peuples.

Sur ce, je prie Dieu, monsieur mon frère, qu'il vous ait en sa sainte et digne garde.

De Votre Majesté, le bon frère.

Signé NAPOLÉON.

De mon camp impérial de Géra, le 12 octobre 1806.

La lecture de cette lettre doit donner lieu à deux réflexions très-frappantes. La première, c'est qu'il n'y a que le chef d'un état monarchique qui puisse trouver dans sa puissance le moyen de se livrer à un sentiment aussi généreux, et la facilité de le manifester ; et c'est une preuve admirable de la bonté de ce gouvernement paternel. Si le général d'une république, un dictateur même, se fût trouvé à la tête d'une armée formidable et certaine de la victoire, auroit-il osé proposer la paix quand sa mission étoit de faire la guerre? n'eût-il pas craint que son humanité ne parût une désobéissance, et que les souverains du sénat et du Forum ne l'accusassent d'avoir trahi l'état? Il est donc avéré que, par leur nature, les républiques ne peuvent jamais arrêter le sang prêt à couler; et l'histoire nous prouve assez que c'est toujours une guerre à mort qu'elles ont dû faire à leurs ennemis.

La seconde réflexion qui s'offre à nous, c'est que, même dans aucun état monarchique, ancien ou moderne, la grandeur d'âme et l'humanité qui respirent dans cette lettre n'ont jamais rencontré de modèle. L'idée ne peut s'en retrouver que dans les livres saints, et dans l'histoire du peuple de Dieu. C'est là, qu'à la voix d'un seul homme, s'arrêta la vengeance de Roboam, qui marchoit, à la tête de cent quatre-vingt mille combattans, contre ses frères, les enfans d'Israël. *Ne vous faites point la guerre*, dit l'envoyé du Très-Haut, *que chacun retourne dans sa maison;* et ils s'en retournèrent selon que le Seigneur le leur avoit commandé. Mais c'est Dieu lui-même qui s'exprimoit alors par la bouche de son prophète Semeïas, et sa parole fut écoutée. Un Dieu sans doute mit également la même idée de bienfaisance dans le cœur d'un grand homme; mais ses conseils salutaires ne furent point entendus. Il ne vouloit que cette gloire paisible dont se contente l'humanité: il fut contraint d'obtenir encore un triomphe qu'il ne cherchoit pas; et vingt-quatre heures après cette lettre qu'on devoit accueillir avec reconnoissance, l'armée prussienne, sa renommée, la gloire de Frédéric, tout fut anéanti dans les champs d'Iéna.

§ XXI. *Passage d'Isaïe.*

Cette suite si nombreuse de conceptions hardies, de grandes entreprises, de succès constans, de périls affrontés, prévus et surmontés, offre à l'esprit je ne sais quoi de surnaturel. On est comme transporté à ces temps merveilleux et marqués dans le ciel pour l'accomplissement des prodiges. L'imagination ne peut suffire à tout ce qui l'étonne; et la raison, ne pouvant expliquer ce qu'elle admire, elle trouve plus facile de croire à la présence de l'homme extraordinaire révélé par Isaïe, et que nous représentent ces paroles sublimes qu'il fait prononcer par Dieu même.

« Voilà celui que j'ai pris par la main pour lui assujétir les nations, pour mettre les rois en fuite, pour ouvrir devant lui toutes les portes sans qu'aucune lui soit fermée.

» Je marcherai devant vous : j'humilierai les grands de la terre, je romprai les portes d'airain, et je briserai les gonds de fer.

» Je vous donnerai les trésors cachés et les richesses secrètes et inconnues. »

CHAPITRE III.

De l'héroïsme dans une monarchie.

§ Ier. *L'esprit des états monarchiques produit dans les armées, la réunion de la valeur et de l'humanité.*

Combien de fois n'a-t-on pas répété avec une assurance bien étrange, et qui démontre une étude peu réfléchie de notre histoire, que dans les monarchies on ne peut jamais donner complétement l'essor à la bravoure! Qui ne sait, au contraire, que la nation française, plus vive et plus bouillante que toute autre, a besoin le plus souvent qu'on mette un frein à son impétuosité? Qu'on nous dise donc ce que les républiques ont permis à leurs guerriers, qu'il nous soit défendu de tenter!

Rome permit à ses généraux de hasarder des batailles, et d'attaquer des armées supérieures en nombre. Nos généraux n'ont-ils pas eu le même pouvoir? N'a-t-on pas vu, à Leuse, un Luxembourg, l'épée à la main, le feu des Montmorency dans le cœur et sur le front, enfoncer, renverser, culbuter avec peu de cavalerie de nombreux escadrons d'Allemands, de Bataves, de Flamands, d'Anglais?

Rome permit à ses soldats d'escalader des murs hérissés de traits. Voyez nos Français à Besançon et à Valenciennes; ils demandent un assaut général, ils l'obtiennent, et, sous les yeux de leur monarque, ils affrontent cent foudres d'airain, ils grimpent sur la brèche en plein jour, comme pour donner plus d'éclat à leur fougue impétueuse; sans casques, sans boucliers, sans défense, pour voler plus librement à la victoire.

Quelques chefs, quelques soldats romains acceptèrent des combats d'homme à homme, pour se signaler par une gloire plus personnelle. Rome le permit : mais cette gloire tant vantée, et bornée après tout à un petit nombre de héros, tels que Manlius Torquatus et Valerius Corvinus, n'a-t-elle pas été celle d'un nombre presque infini de Français? N'a-t-elle pas été celle de du Guesclin, cet Achille breton, qui rassemble tous les genres de gloire? héros moins emporté, non moins ardent que le Thessalien, et qui, sans être aussi léger à la course, ne fut pas moins propre aux actions d'éclat; héros que la guerre attira presque dès l'enfance, contre la volonté d'un père, comme Achille, malgré les larmes de sa mère; avec cette différence que le Grec y fut entraîné par le stratagème d'Ulysse, et que le Français se précipita de lui-même dans les dangers; héros qui, des tournois et de l'image des batailles, passoit du même air à des combats sanglans; qui fit pleurer aux ennemis la perte de plus d'un Hector, et dont la vue mettoit en fuite les Anglais, comme les Troyens fuyoient devant Achille; héros enfin à qui il ne manqua qu'un Homère. Les combats singuliers ne furent-ils pas des jeux pour Bayard, *ce chevalier sans reproche*, dont le bras, dans un combat seul à seul contre un Espagnol des plus fiers, renversa du même coup le cheval et le cavalier? effaçant par cet exploit l'action de Manlius, comme il surpassa celle d'Horatius Coclès, lorsqu'il défendit seul le pont de Naples contre deux cents hommes de cavalerie. En un mot, cette espèce de gloire dont nous parlons n'a-t-elle pas été commune à une infinité de chevaliers d'élite qu'ont vus naître la Guienne, la Bretagne, la Normandie, la Champagne et nos autres provinces?

Et, pour assurer notre supériorité sur l'ancienne Rome, je demande si elle a jamais permis ou osé ce qu'ont hasardé quelques-uns de nos Français, et ce qu'exécuta surtout le fameux Boucicault, que sa taille extraordinaire et son courage encore plus surprenant rendirent le plus formidable de tous ceux qui se sont piqués d'une pareille valeur? Campé, pour ainsi dire, entre Calais et Boulogne, où seul il se tient lieu de camp, de général et d'armée, il insulte un monde d'ennemis, Belges, Anglais, Espagnols, et, partie en combattant, partie en les glaçant d'effroi, il vient à bout de triompher de tous.

Ce n'est pas que nous nous contentions pour nos guerriers d'une bravoure aveugle et sans art. La valeur n'est, pour ainsi dire, que l'ébauche du héros, elle veut être rectifiée par la science, et la science ne naît point avec le grand capitaine. C'est par les préceptes qu'elle s'insinue, et par l'usage qu'elle devient comme naturelle.

Je demanderai donc quelle sorte de gouvernement politique offre aux militaires plus de moyens d'apprendre le métier de la guerre. Seroient-ce les républiques? Examinons les faits et ce paradoxe va s'anéantir.

Rome, plus qu'aucune autre république, forma des guerriers aussi habiles que braves; on ne prétend pas le dissimuler : mais, à dire le vrai, ils étoient, en fait de siéges, beaucoup plus braves qu'habiles! Corioles, dira-t-on, renversée par un Romain des premiers temps du gouvernement populaire, lui valut le surnom de Coriolan. Belle action sans doute, si Corioles n'eût pas été une misérable bicoque, plus illustrée par ce nom pompeux de Coriolan qu'elle donna à son vainqueur, qu'il ne le fut lui-même par sa conquête. Syracuse du moins étoit fortifiée d'un triple mur, et beaucoup plus encore par la présence d'Archimède : toutefois Marcellus en vint à bout. Grand triomphe, il est vrai, si le vainqueur ne se fût épuisé durant trois années entières pour se voir presque aussi peu avancé que le premier jour; s'il eût éludé, en assiégeant habile, tout l'art d'un assiégé tel qu'Archimède, et si, au lieu d'emporter la place à la pointe de l'épée, il ne s'y fût pas glissé par le secours de l'or. Mais Camille ne pénétra-t-il pas dans Veïes par le moyen de ses mines et de ses galeries poussées jusques sous la citadelle? Effets d'un travail si prodigieux et si heureusement conduit, qu'on le vit sortir de terre et paroître au milieu de la place, tandis que les habitans trompés s'occupoient vainement à défendre ses murs. Rien de mieux imaginé, si la chose eût été plus promptement exécutée, et si une ville qui n'étoit pas, ainsi que Troie, ou bâtie, ou défendue par les dieux, ne fût devenue, par sa vigoureuse résistance et un siége de dix ans, une seconde Pergame pour les descendans des Troyens.

Mais enfin, ajoutera-t-on, cette Carthage, si longtemps l'effroi des Romains, succomba en moins de trois années sous les efforts de Scipion Émilien. Rare exploit, j'en conviens, si la fraude n'en avoit pas fait tout le succès, et si les infortunés Carthaginois, dupes d'une trahison romaine, et plus que carthaginoise, n'eussent livré d'abord leurs vaisseaux et ensuite leurs armes; réduits pour toute ressource à un désespoir qui ne leur tint lieu ni d'armes ni de vaisseaux.

Je l'avoue; dans toutes ces expéditions militaires je reconnois la constance, pour ne pas dire l'opiniâtreté romaine; mais quant à l'habileté, elle est partout très-médiocre. Que des peuples modernes se fassent honneur d'imiter cette constance, comme ils l'ont fait plus d'une fois, pour recouvrer, par de longs et de pénibles travaux, des villes que nous avions prises d'emblée et comme en courant : notre ardente activité ne s'accommode pas de cette patiente lenteur. Ce ne fut pas au moins le talent d'un maréchal de Praslin, lorsque, par un effet de son attachement pour son roi, il regagnoit si promptement les villes que la rébellion nous avoit enlevées; ou d'un maréchal de la Meilleraye, qui, après tant de conquêtes dans la Flandre, le Roussillon et la Toscane, fut surnommé le *preneur de villes*, comme Démétrius, et d'autant plus justement qu'il étoit en effet un plus rapide conquérant.

Cette lenteur ne convenoit point au maréchal de Créqui, lorsque, poussant jour et nuit les travaux, il prit Fribourg en cinq jours de tranchée, et Luxembourg au vingt-cinquième; homme tellement propre à défendre et à attaquer les places qu'il a laissé douter s'il étoit plus prompt dans l'attaque ou plus opiniâtre dans la défense. Ce ne fut pas en temporisant que les villes de Suze, de Nice, de Montmélian et quantité d'autres forteresses du Piémont tombèrent au pouvoir du maréchal de Catinat, guerrier que réclamoit le sénat illustré par ses aïeux, mais qui préféra l'épée à la toge, si pourtant on peut dire qu'il eût renoncé à Thémis, lui qui en transféra toutes les vertus dans les camps, et qui rapporta des camps à la cour une simplicité, une noblesse de caractère toujours en contraste avec celui des courtisans, et qui fit voir au milieu d'eux le mépris des biens et l'indifférence pour les honneurs.

Mais revenons aux Romains, et voyons s'ils ne devoient pas moins à leur propre habileté qu'à l'ignorance de leurs ennemis. En effet, pour juger du mérite d'une victoire, il faut examiner, non-seulement quel est le vainqueur, mais encore quel est le vaincu ; si le second a pour lui le courage, mais sans génie ; la force, mais sans art ; le nombre, mais sans prudence ; si au contraire le premier réunit tous ces avantages dans un égal degré. Car c'est de cette exacte comparaison qu'on doit conclure que le vainqueur est plus ou moins versé dans la science des armes. Nous avons eu affaire à plusieurs de ces mêmes nations que les Romains subjuguèrent autrefois ; mais que la différence des temps les a rendues différentes d'elles-mêmes, quand elles ont combattu contre eux et contre nous !

Domitius dompta les Allobroges après le grand Fabius ; mais quels Allobroges ! Des hommes barbares, plus affreux que leurs rochers, et plus intraitables que leur sol ; mais dont toute la férocité se trouva déconcertée à la vue des éléphans qu'ils ne connoissoient pas. Ces mêmes montagnards unis aux Piémontais ont senti depuis un autre bras à Turin, quand un héros issu d'une maison accoutumée aux triomphes, je veux dire le célèbre comte d'Harcourt, moins assiégeant qu'assiégé, combattant doublement, et doublement vainqueur, accabla les uns et les autres. Et dans quel temps ? lorsque les peuples de la Savoie, bien différens des anciens Allobroges, avoient appris à joindre la ruse à la vaillance.

Les Helvétiens, sortis de l'enceinte de leurs montagnes comme des troupeaux échappés de leurs vallons pour chercher de plus gras pâturages, sont aussitôt réprimés par Jules César. Mais quels Helvétiens ! Vrais troupeaux en effet, ils oublient leur force naturelle, et se laissent conduire et enfermer par ce Romain, comme des brebis par le berger. François Ier. les dompte et les bat deux jours de suite à Marignan. Mais quand ? lorsque les Suisses, bien différens des Helvétiens d'autrefois, endurcis aux travaux, nés pour la guerre, fiers même de plusieurs victoires, se présentoient aux combats avec cette fermeté qui ne sait ce que c'est que de céder un pouce de terrain, et ne quittoient le champ de bataille qu'ils n'eussent renversé tout ce qui s'opposoit à leur fougue, ou couvert la terre de leurs corps.

Marius et Drusus écrasèrent divers peuples de la

Germanic. Mais quels Germains? des hommes avides de combats, du reste sans règle et sans art; qui tantôt comme des vautours sortoient de leurs forêts pour chercher leur proie; tantôt, pour ne pas devenir eux-mêmes la proie de leurs ennemis, se retiroient dans leurs forts inaccessibles. Après Charles Martel, les La Force, les Rohan, les Guébriant et tant d'autres de nos généraux, leur ont porté de funestes coups. Mais quand? lorsque ces Germains devenus Allemands, semblables à des aigles intrépides, se jouoient au milieu des foudres, retournoient à la charge tout couverts de sang et de blessures, et même en fuyant faisoient sentir une partie de leur rage au vainqueur.

Si les Romains, à les en croire, eurent besoin de tant d'habileté pour dompter des nations dont la rudesse étoit alors le partage, combien n'en a-t-il pas fallu pour les vaincre depuis qu'elles se sont façonnées à l'art militaire, particulièrement quand elles ont eu des généraux habiles et expérimentés?

Rome a vu et vaincu quantité de grands capitaines d'une force et d'une hardiesse extraordinaires : mais elle n'a trouvé, après tout, qu'un Pyrrhus, qu'un Annibal, qu'un Mithridate, qui seuls par leur artificieuse conduite lui ont coûté plus d'alarmes et causé plus de véritables pertes que la foule barbare de ces chefs qu'une imprudente férocité entraînoit contre elle. Quant à nous, combien l'Europe conjurée à notre perte, comme autrefois à celle de Rome, nous a-t-elle opposé de Mithridates, d'Annibals, de Pyrrhus, occupée qu'elle étoit du soin de rassembler, de soulever et d'armer contre nous tout ce que l'Allemagne, l'Angleterre, l'Espagne et l'Italie enfantoient de grands hommes et de rares génies? Mais la France si fertile en héros ne s'oublia pas dans des conjonctures si délicates. Elle produisit successivement ses Fabricius, ses Curius, ses Scipions; que dis-je? ses Fabius même et ses Césars; c'est-à-dire tout ce que la république romaine eut de plus habile dans le métier de la guerre, et en même temps d'un caractère plus opposé.

Nous avons, pour m'exprimer ainsi, commencé et instruit le héros. Mais l'ouvrage n'est pas accompli, et ne sauroit l'être, si à la valeur et à la science des armes on ne joint pour dernier trait une troisième vertu; l'humanité. Loin de nous un héros sauvage et intraitable; nous voulons un héros qui, en s'élevant au-dessus des autres hommes par des qualités héroïques, sache se rapprocher d'eux par des mœurs douces et commodes, et paroître à leurs yeux le plus humain, aussi bien que le plus grand des hommes.

Ce n'est guères du sein des républiques qu'on voit éclore cette humanité. Il est peu sûr d'oser y faire usage de cette qualité. Elle auroit à redouter les ombrages qu'elle fait naître, et plus particulièrement à l'égard des guerriers distingués. Odieuse crainte qui coûta la vie au malheureux Miltiade, et dont Athènes aima mieux se délivrer en perdant un citoyen innocent, que d'avoir à redouter plus long-temps sa dangereuse humanité. Il n'en est pas ainsi de cette vertu dans une monarchie. L'habitude de la soumission fait que l'humanité s'y trouve comme dans son élément, et qu'elle s'y apprend comme dans une école domestique.

C'est là que sied bien une humanité indulgente qui sait relâcher à propos quelque chose de la rigueur des lois, comme le fit si bien le maréchal de Brissac, tout rigide observateur qu'il étoit de la discipline militaire. Un jeune officier, son parent, emporté par le feu de l'âge et de la valeur, s'avance sans ordre et monte à l'assaut avant le signal. Brissac, en autre Manlius, le condamne à la mort; mais, moins dur que ne fut ce Romain envers son fils, et content d'avoir vengé la discipline, il se laisse désarmer, et rend aux prières de l'armée un généreux coupable que sa justice avoit livré à la sévérité de la loi.

C'est là que sied bien une humanité compatissante qui apprenne à secourir les malheureux, vertu peu connue de Régulus, héros misanthrope, et entêté d'une gloire bizarre, jusqu'à devenir son bourreau, pour être celui de ses concitoyens, trop cruellement punis de sa défaite et du malheur d'être prisonniers avec lui; mais vertu noblement pratiquée par du Guesclin, dont la générosité emploie pour autrui un argent destiné à sa rançon, satisfait de rester dans les fers pourvu qu'il délivre ses braves compagnons; humain pour tous, dur à lui seul, et par là justement proclamé le héros de l'humanité.

C'est dans les monarchies que sied bien une humanité pleine de clémence et qui pardonne sans délai; non pas comme Auguste : il ne quitta le glaive qu'après s'être rassasié du sang des Romains : mais comme François de Guise. Il surprend son assassin, lui arrache le poignard, et lui rend la vie, prince digne de l'emporter sur les Césars par la clémence comme il les égaloit par le courage.

C'est là qu'on reconnoît cette humanité vive et enjouée, capable de tourner en plaisanterie des démêlés sérieux, talent réservé à Henri IV, qui, prenant plaisir à lasser à la promenade le duc de Mayenne, lui dit en l'embrassant : C'est assez pour moi d'avoir un peu fatigué un homme qui m'a donné tant d'exercice. Vengeance digne d'un grand roi, aussi admirable par le tour inimitable de son esprit que par la grandeur de son courage. Enfin ce n'est que dans les monarchies qu'on peut se livrer sans crainte à cette humanité toute militaire qui gouverne les soldats, non comme des esclaves, mais comme des hommes et même des compagnons d'armes. Telle fut l'heureuse qualité qui distinguoit les Turenne, les Catinat, et ce Vendôme surnommé le *père des soldats*, toujours soldat lui-même, et sous qui en effet chacun combattoit d'autant plus vivement qu'il croyoit trouver un père dans un prince, et un égal dans un chef.

Bénissez donc votre sort, jeunes Français; gardez-vous d'envier la destinée des républicains, soit anciens soit modernes. Ce que n'auroit pu ou ne pourroit vous procurer aucune république, vous le trouverez dans le gouvernement de votre patrie. Pour vous en convaincre, parcourez notre histoire, connoissez par vous-mêmes les grands hommes que j'ai cités ou omis, ou que je vais reproduire en partie sous vos yeux, et seuls ils vous fourniront les plus beaux exemples de toutes les vertus héroïques. Instruits et animés par de si grands modèles, portez vos vues et vos efforts à tout ce qu'il y a de plus élevé : achevez enfin de rendre sensible par des effets, ce que j'ai tâché de faire voir par des paroles, que les monarchies sont autant ou même plus propres qu'aucune république à former des héros guerriers.

LE PÈRE PORÉE.

§ II. *Bel exemple de bravoure. — Combat célèbre de trente Bretons contre trente Anglais.*

En 1351, tandis que la Bretagne étoit en proie aux fureurs de la guerre et divisée par les deux partis des comtes de Blois et de Montfort, les Bretons se couvrirent de gloire par le fameux combat des trente, aussi célèbre dans notre histoire, que celui des Horaces et des Curiaces dans l'histoire romaine. Le sire de Beaumanoir, un des chefs du parti de la comtesse de Blois, traitoit avec Richard Bembro, commandant les Anglais qui soutenoient le parti de la comtesse de Montfort. Bembro, pour venger la mort d'un de ses *frères d'armes*, avoit juré de n'épargner aucun Francais. Il combattoit plutôt en brigand qu'en guerrier; il brûloit les chaumières et enfonçoit le poignard dans le sein du paisible agriculteur. Beaumanoir indigné demande une entrevue, et l'abordant avec ce front qui fait pâlir le crime, il lui fait de sanglans reproches sur sa lâcheté et sur sa barbarie. Bembro ne répond que par des injures. L'entrevue se termine par un défi. On convint que trente Bretons et trente Anglais se battroient auprès d'un chêne, entre Josselin et Ploermel; le jour fut fixé au 27 mars. Beaumanoir n'eut aucune peine à trouver ses trente champions, et il n'eut d'autre difficulté que celle de choisir parmi la multitude de ceux qui se présentoient volontairement. Bembro ne trouva que vingt Anglais; et pour compléter son nombre, il fut obligé de prendre six Allemands et quatre Bretons, qui avoient la lâcheté de prodiguer, pour sa querelle, un sang qui ne devoit être versé que pour la patrie; il fallut même qu'il arrachât des rangs un simple soldat qui montroit plus de courage que les officiers anglais, parmi lesquels dix-neuf seulement s'étoient offerts. Le jour arrive, Bembro fait un long discours pour encourager sa troupe; Beaumanoir se contente de donner les ordres nécessaires. Le premier choc fut terrible; les combattans s'élancent dans la carrière comme des lions. Beaumanoir perd d'abord cinq de ses guerriers; il se précipite dans la mêlée et son exemple ranime ses compagnons. Après un long combat, les deux bandes, accablées de fatigues, se voient obligées de se retirer pour prendre haleine. Bientôt après, on s'attaque de nouveau. Bembro veut s'élancer sur Beaumanoir, mais il est prévenu par un des braves Bretons qui renverse d'un coup de lance Bembro à qui un autre Breton coupe la tête : voilà le signal de la victoire, s'écrie-t-il. Les Anglais frémissent à cette vue, mais l'un d'entre eux les ramène encore à la charge. Ce troisième combat fut plus sanglant que les deux premiers. Beaumanoir accablé de fatigue, couvert de sang et de poussière se retire à l'écart et demande à boire : « *Bois de ton sang, lui crie un de ses camarades, et ta soif passera* «. Ces mots lui rendent toute sa vigueur ; il rougit de sa foiblesse et retourne au combat. Guillaume de Montauban abat sept Anglais à ses pieds ; par sa valeur et par celle de Beaumanoir et de ses braves Bretons, les rangs des Anglais sont ouverts, et tous perdent la vie ou la liberté. Toute l'Europe parla de ce combat ; et plusieurs siècles encore après, lorsqu'on vouloit citer une sanglante bataille, on disoit qu'on n'avoit rien vu de si terrible depuis le combat des trente.

§ III. *Trait de courage de Boucicaut.*

A la bataille de Rosbecq, Boucicaut, depuis maréchal de France, très-jeune encore, et nouvellement armé chevalier, combattoit où le péril étoit le plus grand, ne prenant conseil que de son courage. Il remarqua un chevalier flamand, qui, à coups de sabre, abattoit tout ce qui se trouvoit devant lui : rien ne pouvoit résister aux efforts de son bras victorieux. Boucicaut court à lui, l'attaque la hache à la main et le menace d'un ton intrépide. Le Flamand, remarquant sa jeunesse, le méprise, et d'un coup violent lui fait tomber sa hache : « Va tetter, enfant, » lui dit-il ; et, tournant d'un autre côté, il ne daignoit pas achever sa victoire. Boucicaut, outré de colère, tire son épée, s'élance sur lui, et vient à bout, après quelques momens de combat, de la lui passer au travers du corps.

§ IV. *Combat singulier entre un officier français et un commandant de hussards autrichiens.*

Au deuxième combat d'Anguiari, une division de l'armée française enleva toute l'arrière-garde du général Provera, lui prit seize pièces de canon, et lui fit deux mille prisonniers : plusieurs officiers, et plusieurs régimens s'y distinguèrent. Le commandant des hussards autrichiens s'étoit présenté devant un escadron de notre neuvième régiment de dragons, et par une fanfaronnade très-déplacée : « Rendez-vous », s'écria-t-il au régiment. L'officier français, Duvivier, fait arrêter son escadron : « Si tu es brave, viens me prendre », dit-il au commandant ennemi. Les deux corps s'arrêtent, et les deux chefs donnèrent un exemple de ces combats singuliers que le Tasse nous décrit avec tant d'agrément. Le commandant des hussards fut blessé de deux coups de sabre; les troupes alors se chargèrent, et après un combat assez vif, les hussards furent faits prisonniers.

§ V. *Le Cynégire français.*

En 1782, les Français, presqu'entièrement maîtres de l'île de Saint-Christophe, n'avoient plus d'autre siége à faire que celui de Brimstone-Hill. Ils arrivent près de cette forteresse; mais, en abordant, leur vaisseau se brise contre les rochers. Aussitôt on voit les matelots, sous la conduite de MM. d'Albert de Rioms et de Médine, entreprendre au milieu des vagues et des rochers le travail, difficile même sur terre, de dégager l'artillerie démontée, et renversée sans ordre sur ses affûts brisés. Ils la traînèrent avec succès au rivage. Bientôt la tranchée est ouverte, les batteries dressées. Parmi les preuves de zèle que donnèrent les soldats dans les travaux de ce siége, il en est une qui mérite d'être inscrite dans les annales françaises, dans celles même du genre humain, puisqu'elle montre que les forces de l'homme peuvent aller au-delà des bornes que la nature leur a prescrites, lorsque son âme est exaltée par un noble enthousiasme. Le jeune Claude Thion, soldat du régiment de Touraine, fut chargé de porter des bombes à la batterie. Ce fardeau étoit partagé entre lui et un de ses camarades par un bâton engagé dans les anneaux de la bombe et appuyé sur les épaules de l'un et de l'autre. Tandis qu'ils s'avançoient chargés de cette pesante masse, un boulet brise et coupe le bras du jeune Thion, tellement qu'il ne tient plus qu'à un nerf. Il prend le couteau de son camarade, achève de séparer son bras de lui-même, relève le bâton auquel la bombe est suspendue, le place sur l'autre épaule, poursuit son chemin jusqu'à la batterie, et y dépose son fardeau, avant d'aller se remettre entre les mains des chirurgiens. Le courage tranquille et réfléchi de ce jeune homme est-il moins étonnant que la fureur de Cynégire combattant de la main gauche quand la droite est coupée, et, quand il les a perdues toutes deux, s'attachant au vaisseau avec les dents. La fermeté d'âme du soldat français prouve au moins la possibilité de l'héroïsme du soldat athénien, qu'on a traité de fable, parce qu'on ne pouvoit le concevoir. On peut même dire que ce qui met l'action du soldat français au-dessus de celle de l'Athénien, c'est que la modestie du jeune Claude Thion l'a laissée long-temps ignorer, et que ce n'est presque que du hasard qu'elle a reçu la célébrité qu'elle méritoit. Le comte de Guibert, gouverneur des Invalides, lui ayant demandé pourquoi il avoit laissé tomber dans l'oubli une action si digne de mémoire, il répondit avec une candeur qui donnoit un nouveau prix à son courage : Je ne croyois pas que cela fût si merveilleux.

---

§ VI. *Portrait du soldat français.*

Je les vois, prodiguant leur vie,
Chercher les combats meurtriers,
Couverts de fange et de lauriers,
Et pleins d'honneur et de folie :
Je vois briller au milieu d'eux
Ce fantôme, nommé la Gloire,
A l'œil superbe, au front poudreux,
Portant au cou cravate noire,
Ayant sa trompette en sa main,
Sonnant la charge et la victoire,
Et chantant quelques airs à boire
Dont ils répètent le refrain.

VOLTAIRE.

Ne croiroit-on pas que plusieurs traits de ce tableau sont empruntés du portrait qu'Idoménée fait de la bravoure, dans l'Iliade d'Homère, livre XIII. *Les braves ne changent point de visage; ils ont toujours la même liberté d'esprit, la même gaîté, et la même assurance; et si quelque chose trouble cette assiette ferme et tranquille, c'est l'impatience qu'ils ont d'en venir aux mains.*

§ VII. *Intrépidité d'un soldat.*

M. le Prince, étant devant une place où il y avoit une palissade à brûler, promit cinquante louis à celui qui seroit assez brave pour entreprendre une si belle action. Le péril étoit si évident, que la récompense ne tentoit personne. Il n'y eut qu'un soldat qui, plus courageux que les autres, dit au Prince qu'il le quittoit des cinquante louis, s'il vouloit le faire sergent de sa compagnie. Le Prince lui ayant promis l'un et l'autre, il descendit dans le fossé avec des flambeaux, et brûla la palissade malgré une grêle de mousqueterie, dont il ne fut que légérement blessé. Toute l'armée, témoin de cette action intrépide, et le voyant revenir, le combloit de louanges; mais, s'apercevant qu'il lui manquoit un de ses pistolets : « Il ne me sera pas reproché, dit-il, que » ces marauts en aient profité. » Et, quoiqu'on promît de lui en donner d'autres, il retourna sur ses pas, essuya encore cent coups de mousquet, et rapporta son pistolet.

§ VIII. *Affection d'un soldat pour un jeune officier.*

Au dernier siége de Philisbourg, la tranchée étoit inondée, et le soldat avoit de l'eau jusqu'aux aisselles. Un officier, à qui son très-jeune âge ne permettoit pas d'y marcher de même, s'y faisoit porter de main en main. Un grenadier le présentoit à son camarade, afin qu'il le prît dans ses bras. « Mets-le sur mon dos, dit celui-ci ; » du moins, s'il y a un coup de fusil à recevoir, je le » lui épargnerai. »

§ IX. *Belle répartie de Feuquières.*

Durant les prospérités de Louis XIV, les Français, en général, ne trouvoient rien d'impossible à la guerre. Un officier, qui ne pensoit pas avec cette élévation, s'excusa de n'avoir pas attaqué un certain poste, parce qu'il l'avoit jugé *inattaquable. Monsieur*, lui dit le marquis de Feuquières, *ce mot-là n'est pas français.*

§ X. *Fidélité et grandeur d'âme du jeune de Latour, commandant de l'Acadie.*

Sous le règne de Henri IV, les Français avoient fait un établissement dans l'Acadie. Les Anglais s'en étoient emparés depuis, et l'avoient abandonné aussitôt. Après leur départ, les Français y rentrèrent, et Latour y commandoit. Son père, que des intérêts étrangers à ceux de la France avoient amené à Londres, comblé des bienfaits du roi d'Angleterre et décoré de l'ordre de la Jarretière, avoit été assez lâche pour promettre au monarque anglais de séduire son fils et de lui livrer l'Acadie que ce prince se repentoit d'avoir abandonnée. Il ne pensoit pas que le jeune homme pût résister aux sollicitations d'un père, et aux appâts d'une fortune brillante. Le père partit donc avec deux vaisseaux, et, lorsqu'il vit les bords de l'Acadie, il descendit seul à terre. Son fils parut d'abord étonné en le voyant revêtu d'une marque d'honneur étrangère à la France. Sa surprise redoubla, lorsqu'il vit le pavillon anglais arboré sur la poupe du vaisseau qui avoit apporté son père. Les discours de celui-ci achevèrent de justifier ses soupçons.

« Il ne tient qu'à vous, lui dit-il, d'être comme moi comblé des faveurs du roi d'Angleterre. Je vous apporte de sa part le collier de l'ordre de la Jarretière, et l'assurance d'une fortune capable de satisfaire l'ambition la plus vaste. Pour prix de tant de bienfaits, sa majesté britannique ne vous demande que d'établir sa domination dans l'Acadie, et d'abandonner la cour de France, où les services les plus importans sont ignorés, si l'on n'a pas de protecteurs pour les faire valoir, et bientôt oubliés lorsqu'on est parvenu à les faire connoître. »

Le roi mon maître et le vôtre, répondit sans hésiter le jeune Latour, sait apprécier un homme tel que moi. Si toutefois il ignore mes services, ou s'il les oublie, le témoignage de mon cœur me tiendra lieu des récompenses qu'il m'eût données. L'ingratitude du maître n'excuse point l'infidélité du sujet. Que dis-je? Quel droit ai-je à sa reconnoissance? Par quels exploits éclatans avois-je mérité le commandement dont il m'a honoré ? Ses bienfaits m'ont prévenu ; il me reste à m'en rendre digne. Tant qu'il me restera une goutte de sang, elle est à lui, elle est à l'état ; je la dois à ma patrie, elle coulera pour elle. Eh, mon père! quelle fatalité me force à vous donner l'exemple que je devois recevoir de vous ? Faudra-t-il que je porte les armes contre mon père ? Ne puis-je servir ma patrie sans outrager la nature? Quoi qu'il en soit, un Français ne balance point entre son père et son roi. Je vais commander à mes soldats de respecter vos jours : je n'en serai que plus furieux contre ces Anglais qui vous ont séduit ; et, si le ciel seconde mon courage, vous retournerez seul à Londres, ou vous demeurerez avec moi. Quant à l'ordre de la Jarretière que m'offre sa majesté britannique, je la remercie ; mais, quand elle m'offriroit une de ses trois couronnes, je ne l'estimerois pas assez pour l'acheter par une trahison. »

Latour retourna à son bord, admirant son fils, rougissant de lui-même, et presqu'ébranlé. Mais le souvenir des mécontentemens qu'il avoit reçus de la cour de France, et l'appât des honneurs qui lui étoient promis à celle d'Angleterre, étouffèrent bientôt ces derniers élans de sa vertu mourante. Il écrivit à son fils, et lui représenta que, s'il n'entroit pas dans les sentimens de son père, il alloit le couvrir d'un opprobre éternel, le rendre la fable de l'Angleterre, exciter contre lui l'indignation du roi à qui il avoit promis une conquête aisée, et peut-être l'exposer à porter sa tête sur un échafaud. Le fils répondit à sa lettre avec autant de noblesse qu'il avoit répondu à ses discours. Alors Latour le père ne garda plus de ménagement; il jura d'emporter les armes à la main ce qu'on refusoit à ses prières. Le débarquement se fit sans beaucoup de résistance. Les Anglais investirent le fort. Le commandant soutint dans l'attaque le caractère de fierté qu'il avoit montré dans la négociation. Après quelques tentatives inutiles, le général anglais, à qui Latour père étoit subordonné, désespéra de se rendre maître de la place, et résolut de retourner en Angleterre. Latour ne vouloit point s'exposer à la honte et aux reproches qui l'y attendoient; il connoissoit le cœur de son fils, et ne doutoit pas qu'il ne lui donnât un asile dans l'Acadie. Mais une autre inquiétude déchiroit son cœur. Il avoit épousé en secondes noces une fille d'honneur de la reine d'Angleterre; elle avoit quitté sa patrie et s'étoit embarquée avec lui; la seule idée d'une séparation étoit capable de la conduire au tombeau. Après bien des combats, il résolut de s'en séparer : « Partez, lui dit-il, allez jouir à Londres des honneurs dus à votre naissance et surtout à vos vertus. Pour moi, je vais finir dans les bras de mon fils mes déplorables jours, heureux d'avoir encore un moment pour pleurer une trahison que je n'aurois pas commise si je vous avois moins aimée. » Non, lui dit-elle, j'adoucirai des maux dont je fus la cause. Renonçons à la fortune, pour jouir du bonheur. » Latour, dès ce moment devenu Français, obtint facilement un asile de son fils, et oublia ses projets de grandeur, et son épouse et lui vécurent heureux dans leur retraite. Elle étoit située hors de la forteresse; le jeune Latour, aussi fidèle à l'état qu'à la nature, ne voulut jamais leur permettre d'entrer dans l'enceinte des murs. Il craignoit que l'ambition ne se réveillât dans le cœur de son père, et ne le rendît favorable aux Anglais qui pouvoient méditer une nouvelle entreprise, et il savoit que celui qui a été traître une fois, peut le devenir encore.

§ XI. *Fidélité de l'évêque de Fréjus à son prince. — Piquante repartie.*

Le duc de Savoie, dans une irruption qu'il fit en Provence en 1707, avoit soumis plusieurs petites villes; Fréjus en particulier. Il propose à Fleury, qui alors en étoit évêque, et qui depuis a gouverné la France avec tant de modération, de lui prêter le serment ordinaire de fidélité : *Prince,* lui répond le prélat, *votre altesse royale est bien convaincue que je ne manquerai jamais à ce que je dois à mon légitime et mon unique souverain: d'ailleurs, ce neserait pas la peine de reconnoître votre altesse pour le peu de temps qu'elle a à séjourner en Provence.* Ce trait de courage et d'attachement, connu de Louis XIV, contribua beaucoup à faire choisir Fleury pour précepteur de Louis XV, et fut par conséquent la première cause de son élévation.

§ XII. *Courage de Sillery dans l'âge le plus tendre.*

Quelques jours avant l'action où le secours de six mille hommes, envoyés par Louis XIV à Léopold, contribua tant à la victoire de Saint-Godart sur les Turcs, un assez gros détachement, composé de Français et d'Allemands, avoit été battu. Le jeune Sillery, qui n'étoit encore qu'enseigne, y avoit été blessé dangereusement. Certain qu'il n'avoit plus qu'un moment à vivre, il appela quelqu'un des siens pour lui remettre son étendard, afin qu'il ne tombât pas entre les mains des infidèles. Nul ne s'étant présenté, il s'enveloppa et se roula dedans avant d'expirer.

---

§ XIII. *Courage de Villars encore jeune.*

En 1672, au siège de Maestricht, la noblesse française, avide de périls et de gloire, disputoit au soldat les postes les plus dangereux. Louis XIV, qui voyoit chaque jour les plus braves volontaires de son armée moissonnés au pied des remparts, leur défendit d'aller aux attaques sans sa permission. Cette ordonnance fit murmurer cette foule de jeunes téméraires. Villars, qui avoit à peine vingt ans, se promit bien de ne pas l'observer avec beaucoup de scrupule. Il apprend qu'on doit attaquer le chemin couvert et une demi-lune. Demander la permission d'y paroître, c'étoit s'exposer à un refus certain. Il prend le parti d'y aller de lui-même à la faveur des ténèbres. Il entre dans la tranchée avec six gendarmes, deux heures avant l'attaque. Il sort à la tête des grenadiers, jette sa cuirasse qu'il trouve trop pesante, et saute des premiers dans la demi-lune. A peine y a-t-il mis le pied que le fourneau joue et l'enterre. Dégagé de ce péril, il fut enveloppé par les ennemis, et se défendit avec tant d'opiniâtreté qu'il perdit la plupart de ses compagnons, et revint presque seul. Le roi l'aperçut, et prenant un ton sévère : Mais ne savez-vous pas, lui dit-il, que j'ai défendu, même aux volontaires, d'aller aux attaques sans ma permission, à plus forte raison à des officiers qui ne doivent pas quitter leurs troupes, et moins encore des troupes de cavalerie? J'ai cru, lui répondit Villars, qui étoit officier de gendarmerie, que votre majesté me pardonneroit d'apprendre le métier de l'infanterie, surtout lorsque la cavalerie n'a rien à faire.» Cette excuse fut très-bien reçue : le roi lui pardonna, et Villars ne songea qu'à mériter de nouveaux pardons par de nouvelles fautes. Chaque jour il étoit aux prises avec les ennemis. Attaquoit-on un poste; il couroit se mêler parmi les assaillans. Étoit-on attaqué; il vouloit partager l'honneur de la défense. Ce qui fit dire un jour au roi : Il semble que, dès que l'on tire en quelque endroit, ce petit garçon sorte de terre pour s'y trouver.» L'exemple des officiers encourageoit tellement l'armée, que les plus simples soldats montrèrent un courage dont les héros de la Grèce et de Rome auroient été jaloux. Un grenadier du régiment du Roi, en grimpant sur la brèche, est suivi par un officier de distinction. Ce dernier tombe, le grenadier lui tend le bras; ce bras est emporté par un coup de mousquet; il lui présente l'autre, le relève et monte à l'assaut. Un autre, percé de coups, couvert de sang, prêt à expirer, voit ses camarades en pleurs plaindre sa mort : ce n'est rien, dit-il, le régiment a fait son devoir. »

§ XIV. *Trait de courage de M. Chevert.*

Avant la bataille d'Astembeck, que le maréchal d'Étrées remporta, en 1757, sur le duc de Cumberland, le brave Chevert reçut ordre de chasser l'ennemi du sommet d'une montagne couverte de bois. Il appela le marquis de Brehant, officier distingué par son courage, et qui avoit toute la valeur et la noble franchise de l'ancienne chevalerie. Chevert, jetant sur lui des regards enflammés et le prenant par la main : Jurez-moi, lui dit-il, foi de chevalier, que vous et tout votre régiment, vous vous ferez tuer jusqu'au dernier plutôt que de reculer : je vous donnerai l'exemple. » Je le jure, répondit le marquis d'un air et d'un ton qui rendoient le serment superflu. Jamais engagemens réciproques n'ont été mieux gardés. Un officier du régiment de Picardie fait prier M. de Chevert de prendre sa cuirasse. Il répond, en montrant les grenadiers : et ces braves gens-là en ont-ils? On lui vient dire qu'il n'y a plus de poudre : nous avons, dit-il, des baïonnettes.

§ XV. *Pénétration et intelligence de l'art de la guerre dans de simples soldats.*

Turenne faisant travailler à des retranchemens à la tête de son camp, toute l'armée se persuada qu'il vouloit y attendre les ennemis. Étant allé lui-même visiter les travaux, il remarqua un vieux fantassin qui se reposoit. Le vicomte s'approcha de lui, le tira à part, et lui demanda pourquoi il ne travailloit pas. Le soldat lui répondit en souriant : « C'est, mon général, que nous ne demeurerons pas long-temps ici. » Turenne reconnut par là son intelligence, lui recommanda le secret, et bientôt après le fit lieutenant.

Ce trait rappelle naturellement ce que nous avons lu dans la relation du combat de Borghetto raconté par Napoléon lui-même : Je ne vous citerai pas les hommes qui se sont distingués par des traits de bravoure : il faudroit nommer tous les grenadiers et carabiniers de l'avant-garde.... Rien n'égale leur intrépidité, si ce n'est la gaîté avec laquelle ils font les marches les plus forcées.... Vous croiriez qu'arrivés à leurs bivouacs, ils doivent dormir ; point du tout : chacun fait son conte ou son plan de l'opération du lendemain ; et souvent l'on en rencontre qui voient très-juste. L'autre jour, je voyois défiler une demi-brigade ; un chasseur s'approche de mon cheval : « Général, me dit-il, il faut faire cela. Malheureux, lui dis-je, veux-tu bien te taire ! » Il disparoît à l'instant. Je l'ai fait en vain chercher. C'étoit justement ce que j'avois ordonné que l'on fît.

§ XVI. *Courage et dévouement généreux de Senneville.*

Senneville, officier du régiment de Picardie, fort connu par sa bizarrerie et par son intrépidité, reçoit à Sénef un coup de feu au travers du corps. Ses amis et les soldats de sa compagnie, où il est adoré, accourent autour de lui. Il leur dit d'un grand sang-froid, en leur montrant un passage qu'il faut forcer : *Mes amis, voilà le chemin de la gloire ; ne songez plus à moi et faites votre devoir.*

§ XVII. *Dévouement du général Walhubert.*

Le brave général Walhubert, à la bataille d'Austerlitz, fut atteint de l'éclat d'un obus qui le blessa à la cuisse gauche, et termina en peu de jours sa glorieuse carrière.

L'ordre du jour portoit qu'on ne relèveroit les blessés qu'après la bataille. Ses grenadiers et M. Desdorides, son aide de camp, le voyant nager dans son sang, s'approchèrent pour l'enlever; il les repoussa avec son sabre, en leur rappelant l'ordre, et leur reprochant leur foiblesse et leur peu de courage ; ils ne parvinrent à l'emporter qu'après l'avoir désarmé.

§ XVIII. *Intrépidité de M. de Turenne.*

Une nuit, M. de Turenne, faisant la ronde à son ordinaire, entendit parler assez haut dans une tente. Il s'approcha doucement et prêta une oreille attentive.

Deux soldats, en fumant, parloient de lui et du prince de Condé : Oui, disoit l'un, j'en demeure d'accord avec toi; M. de Turenne est assurément un grand général, il joint la prudence à la valeur, mais je ne sais s'il a toute l'intrépidité de M. le Prince. — Et moi, disoit l'autre, je soutiens que M. de Turenne n'est pas moins intrépide que le prince de Condé. M. de Turenne observe la tente et les deux soldats, mais principalement celui qui avoit parlé le premier, et dès le lendemain, il l'envoie avec sa compagnie, à la tranchée, où il le suivit. Il le mène sans nécessité dans un endroit où il faisoit très-chaud. Le soldat eut peur : comment donc, camarade, lui dit M. de Turenne, tu as l'air bien effrayé, ce me semble : il faut voir le péril sans pâlir. Considère-moi bien, aperçois-tu sur mon visage quelque impression de crainte? Monseigneur, lui répondit le soldat, tout le monde n'est pas un Turenne. — Oh! oh! reprit le général, je suis donc à ton avis plus intrépide aujourd'hui que hier au soir? Va, mon ami, ajouta-t-il, je te permets de te retirer, sors de la tranchée; je me suis assez vengé de toi en t'y envoyant, mais ne te mêle plus de faire des parallèles entre les généraux.

Le cardinal de Retz a donc raison de dire : « M. de Turenne a eu dès sa jeunesse toutes les bonnes qualités : il ne lui en a manqué aucune que celles dont il ne s'est point avisé. Il avoit presque toutes les vertus comme naturelles. »

Nous ne pouvons nous empêcher de rapporter ici un trait de modestie de ce grand homme. Voici ce qu'on lit dans les *Loisirs d'un Ministre*, par M. d'Argenson : M. de Turenne, étant près de donner une bataille, chargea, le jeune duc de Choiseul, fils du maréchal du Plessis Praslin, d'aller occuper un poste qu'il lui indiqua; mais le jeune officier, négligeant de s'en emparer, parce qu'il croyoit n'avoir rien à craindre de ce côté-là, monsieur, monsieur, lui dit le général, je vous en prie, faites ce que je vous dis; c'est pour avoir négligé une semblable précaution que j'ai été battu à Rhétel par M. le maréchal votre père.

§ XIX. *Résolution de Fabert.*

Le maréchal Fabert, en forçant une barricade, y fut blessé à la cuisse d'un coup de feu ; on trouva sa plaie si dangereuse, par une furieuse inflammation, et par un commencement de gangrène, que les chirurgiens conclurent à l'amputation de la partie malade. Les amis de ce grand capitaine le conjurèrent d'y consentir: « Non, non, leur répondit-il ; il ne faut point mou» rir par pièces : la mort m'aura tout entier, ou » n'aura rien ». Le maréchal dut son salut à cette fermeté.

§ XX. *Vengeance héroïque d'un soldat.*

Pendant les guerres de Flandre, un soldat, ayant été maltraité par un officier général pour quelques paroles peu respectueuses qui lui étoient échappées, répondit, avec un grand sang-froid, qu'il sauroit bien l'en faire repentir.

Quinze jours après, ce même officier général chargea le colonel de tranchée de lui trouver dans son régiment un homme ferme et intrépide, pour un coup de main qu'il méditoit, et l'autorisa d'offrir cent pistoles de récompense. Le soldat en question, qui passoit pour le plus brave du régiment, se présenta; et, ayant mené avec lui trente de ses camarades, dont on lui avoit laissé le choix, il s'acquitta de sa commission, qui étoit des plus hasardeuses, avec un courage et un bonheur incroyables.

A son retour, l'officier général, après l'avoir beaucoup loué, lui fit compter les cent pistoles qu'il lui avoit promises. Le soldat sur-le-champ les distribua à ses camarades, disant qu'il ne servoit point pour de l'argent; et demanda seulement que, si l'action qu'il venoit de faire paroissoit mériter quelque récompense, on le fît officier. *Au reste*, ajouta-t-il, en s'adressant à l'officier général qui ne le reconnoissoit point : *je suis le soldat que vous maltraitâtes si fort, il y a quinze jours ; je vous avois bien dit que je vous en ferois repentir.*

L'officier général, plein d'admiration, et attendri jusqu'aux larmes, l'embrassa, lui fit des excuses, et le nomma officier le même jour.

§ XXI. *Trait d'héroïsme de Jean de Chourses.*

Jean de Chourses, comte de Malicorne, chevalier des ordres du roi, gouverneur du Poitou, étoit fort attaché à Henri III, roi de France; et ce monarque l'honoroit de son amitié. Les rebelles de Poitiers se saisirent de sa personne, le traînèrent dans les rues de cette ville, en portant à chaque pas leurs hallebardes à sa gorge, pour l'intimider, et l'obliger de manquer de fidélité au roi : « Je n'ai jamais commis de lâcheté; » le serment que vous voulez que je fasse, en seroit » une, leur répondit-il; vous pouvez m'ôter la vie, » mais vous ne m'ôterez jamais l'honneur ».

§ XXII. *César et Descartes échappent au même danger par un même courage.*

Descartes servit quelque temps avec distinction dans nos armées, en qualité de volontaire, et il se trouva même à la prise de la Rochelle, en 1629. Cependant le nom qu'il s'est acquis du plus grand philosophe de la France, semble avoir fait oublier toutes les autres qualités qui auroient pu lui acquérir quelque gloire. Nous ne pouvons cependant nous empêcher de rapporter de lui, un trait d'intrépidité qui produisit un effet singulier, et qui lui donna même occasion de faire dans la suite quelques réflexions philosophiques. En 1621, Descartes, âgé de vingt cinq ans, revenoit d'Allemagne, dans le dessein de passer en Hollande. Il prit un bateau à Embden, et pendant la traversée il n'eut d'autre conversation qu'avec son valet, avec lequel il parloit français. Il s'aperçut bientôt que les mariniers étoient des scélérats, et que, jugeant de lui par la simplicité de son habillement, ils le prenoient pour quelque marchand qui revenoit des foires de Francfort, et qui devoit avoir beaucoup d'argent. Plus cruels que les voleurs mêmes qui laissent quelquefois la vie à ceux qu'ils ont volés, ils craignirent que, s'ils le débarquoient après lui avoir ôté tout ce qu'il avoit, il ne les denonçât, et ne les fît punir comme ils le méritoient. Ils résolurent donc, pour leur propre sûreté, de se défaire de lui; ce qu'ils crurent pouvoir faire d'autant plus aisément qu'ils le regardoient comme un jeune homme sans expérience, qui leur paroissoit avoir beaucoup de douceur et de simplicité, et qui s'étoit même conduit avec honnêteté à leur égard. Ils ne firent point difficulté de tenir conseil en sa présence, persuadés qu'il ne savoit que le français, et qu'il ne pourroit les entendre. Le résultat de leur délibération fut de l'assommer et de le jeter ensuite dans l'eau après l'avoir volé.

Aussitôt Descartes se lève, et change de contenance: ce n'est plus un jeune homme modeste et timide, c'est un guerrier redoutable. Il tire son épée avec intrépidité; et, parlant aux mariniers dans la langue de leur pays, d'un air et d'un ton qui les effraient, il les menace de les percer sur l'heure, au premier mouvement qui annoncera de leur part quelque mauvaise intention. Ce fut en cette rencontre que Descartes, ainsi qu'il le rapporte lui-même, observa pour la première fois l'impression que peut faire la hardiesse d'un homme courageux sur une âme basse, cette hardiesse qui s'élève au-dessus de ses propres forces et de ce qu'elle pourroit réellement exécuter, et que dans d'autres occasions on seroit tenté de prendre ou pour une action téméraire, ou pour une rodomontade. L'effet en fut merveilleux, et ces misérables, saisis d'épouvante, demeurèrent comme immobiles. Hors d'état de considérer l'avantage qu'ils avoient sur Descartes, du moins pour le nombre, ils ne songèrent qu'à ne point s'attirer sa juste vengeance, et ils le conduisirent avec un respect commandé par la crainte, jusqu'au port où il leur ordonna de le débarquer avec tout ce qui lui appartenoit.

On pourroit, sous certains rapports, comparer ce trait avec celui de César, qui, ayant été pris par des pirates, leur envoyoit ordonner de se taire, pour le laisser dormir en repos, et les menaçoit de les faire pendre aussitôt qu'il arriveroit sur la côte, et qu'il leur auroit fait payer sa rançon. César leur tint parole; mais il y a ici une différence. Ces pirates étoient bien éloignés de songer à le mettre à mort. S'ils en eussent pris la résolution, qu'eût fait alors César?.... Mais il n'appartient à personne de vouloir sonder le cœur d'un homme aussi courageux. Nous ne doutons même pas qu'il ne se fût montré aussi intrépide que le jeune Descartes, et que, comme lui, il n'eût pris, s'il eût été nécessaire, le parti de vendre chèrement sa vie. Car, pour nous servir d'une expression du cardinal de Retz : *Ce seroit un blasphème*, de croire que la grande âme de ce héros eût pu être susceptible du moindre mouvement de crainte.

§ XXIII. *Brave répartie de Brissac.*

Le maréchal de Brissac, dans sa savante guerre de Piémont, en 1554, prit la citadelle de Casal après un siége, où les troupes qu'il commandoit firent des prodiges de valeur. Lorsque la garnison, à qui il avoit accordé de sortir avec les honneurs de la guerre, défila devant le vainqueur, un brave officier, nommé Sallines, s'approchant de lui, le salua avec respect, et lui dit, en lui montrant environ six cents hommes qui le suivoient: *Si tous ces gens-là avoient voulu imiter Sallines, vous nous assiégeriez encore. Eh bien! rentrez,* répond le maréchal; et, *dans deux jours, je vous prendrai à discrétion.*

XXIV. *Trait de courage de d'Herbouville.*

Dans les guerres d'Italie, en 1522, d'Herbouville commandoit, dans Crémone, une garnison française. Quoique les maladies diminuent chaque jour le nombre de ses troupes, il résiste deux ans entiers aux veilles, à la faim et aux Impériaux. Ce brave homme, se voyant atteint d'une maladie mortelle, fait venir auprès de son lit le foible reste de sa garnison, et lui peint si vivement l'honneur de la constance, qu'elle jure de se défendre jusqu'au dernier soupir. Ce serment est si bien observé, que le chevalier Bayard, étant venu ravitailler la place, n'y trouve que huit soldats exténués, hors d'état de combattre, mais résolus à périr.

§ XXV. *Courage inoui de Bois-Rosé.*

Biron, en 1573, avoit enlevé aux ligueurs Fécamp, fort de Normandie extrêmement important. Bois-Rosé, un des officiers qui ont laissé prendre la place, médite de la rendre à son parti. Ayant pris le temps d'une nuit fort obscure, il aborde avec cinquante hommes choisis et deux chaloupes au pied du rocher. Il s'étoit muni d'un gros cable égal en longueur à la hauteur du roc, et y avoit fait de distance en distance des nœuds, et passé de courts bâtons où l'on pouvoit appuyer les pieds et les mains. Le soldat qui se tient en faction n'a pas plutôt reçu le signal, qu'il jette du haut du précipice un cordeau auquel ceux d'en bas lient le gros cable préparé, qui est guindé en haut par ce moyen, et attaché à l'entre-deux d'une embrasure avec un fort levier passé par une agrafe de fer faite à ce dessein.

Bois-Rosé fait prendre les devants à deux sergens dont il connoît la résolution, et ordonne aux cinquante soldats de s'attacher de même à cette espèce d'échelle, leurs armes liées autour de leur corps, et de suivre la file, se mettant lui-même le dernier de tous, pour ôter à ceux qui pourroient être tentés d'être lâches, tout espoir de retour. La chose devient d'ailleurs bientôt impossible; car, avant qu'ils soient seulement à moitié chemin, la marée, qui a monté de plus de six pieds, a emporté les chaloupes, et fait flotter le cable.

La nécessité de se tirer d'un pas difficile n'est pas toujours un garant contre la peur. Elle tourne la tête à celui-là même qui conduit la troupe. Ce sergent dit à ceux qui le suivent qu'il ne peut plus monter, et que le cœur lui manque. Bois-Rosé, à qui ce discours passe de bouche en bouche, et qui s'en aperçoit parce que personne n'avance plus, prend son parti sans balancer. Il passe par-dessus le corps de tous les cinquante qui le précèdent, en les avertissant de se tenir fermes, et arrive jusqu'au premier qu'il essaie d'abord de ranimer. Voyant qu'il n'en peut venir à bout par la douceur, il l'oblige le poignard dans les reins de monter. Enfin, avec toute la peine et le travail qu'on s'imagine, la troupe se trouve au haut du rocher un peu avant la pointe du jour, et est introduite par deux soldats dans le château, où elle commence par massacrer sans miséricorde le corps de garde et les sentinelles. Le sommeil livre la garnison à Bois-Rosé qui s'empare du fort.

§ XXVI. *Sang-froid de Fabert.*

Le maréchal Fabert, se disposant à faire le siége d'une ville, montroit les dehors de cette place avec un doigt, pour désigner l'endroit par où il faudroit opérer. Un coup de mousquet lui emporte ce doigt; mais ce grand capitaine ne sembloit point s'en apercevoir : « Messieurs, continua-t-il, je vous disois donc qu'il » seroit bon de placer ici vos retranchemens. » Il acheva son discours avec le même sang-froid, et en désignant d'un autre doigt la partie la plus foible de la place.

§ XXVII. *Conduite généreuse de M. le maréchal de Brissac et de son épouse.*

M. de Brissac, après avoir fait dix ans la guerre en Italie, en revint pauvre et dénué de tout, ayant vendu jusqu'à sa vaisselle et ses meubles pour payer ses dettes. Il étoit accompagné d'une foule de marchands de Turin qui venoient solliciter à la cour le paiement de ce qu'ils avoient fourni à l'armée. On ne se pressa pas de les satisfaire; et ces malheureux, loin de recevoir ce qui leur étoit dû, se consumoient en frais à Paris. Brissac, outré de la négligence de la cour, et touché de l'état de ces pauvres gens, résolut de sacrifier ce qui lui restoit de bien pour les dédommager en partie.

Madame de Brissac étoit arrivée depuis quelques jours avec vingt mille écus qu'elle avoit amassés pour la dot de sa fille. Brissac fit venir les marchands, et les présenta à sa femme. « Madame, lui dit-il, voilà des gens qui » ont sacrifié leur fortune sur mes promesses; la cour » ne les veut point payer; remettons à un autre temps » le mariage de mademoiselle de Brissac, et donnons à » ces malheureux l'argent destiné pour la dot. » La maréchale y consentit volontiers, et par le secours de quelque emprunt, Brissac amassa cent mille livres, ce qui faisoit la moitié de la somme due aux marchands, à qui il donna des sûretés pour le reste.

M. de Brissac ne borna point là sa générosité et sa compassion pour les malheureux. Après une longue guerre, on avoit réformé une grande partie des soldats. Ces misérables, n'ayant point d'asile, se voyoient réduits à devenir brigands, ou à mourir de faim. La plupart vinrent au marechal de Brissac, pour demander si au moins on ne leur indiqueroit pas où ils auroient du pain. « Chez moi, répondit Brissac, tant qu'il y en » aura. »

§ XXVIII. *Tranquillité d'âme de Guébriant.*

Le comte de Guébriant, maréchal de France, faisoit le siége de Rotwil, petite ville de Souabe. Il y est blessé mortellement; et, tandis qu'on le portoit de la tranchée dans sa tente, il dit aux soldats alarmés : « Rassurez- » vous, mes camarades, ma blessure est peu de chose; » mais j'appréhende qu'elle ne m'empêche de me trou- » ver à l'assaut que vous allez livrer. Je ne doute pas » que vous ne fassiez vaillamment, comme je vous ai » toujours vus faire : je me ferai rendre compte de ceux » qui se seront distingués; et je reconnoîtrai les ser- » vices qu'ils auront rendus à la patrie dans une occasion » si brillante. » Son capitaine des gardes, homme naturellement vif, se donnoit des mouvemens extraordinaires pour lui trouver un chirurgien. Guébriant l'appelle, et lui dit avec une tranquillité héroïque : « Allez » plus doucement, Gouville, il ne faut jamais effrayer » le soldat. » Les assiégés, ne voulant pas s'exposer à être emportés de vive force, prirent le parti de se rendre. Ce héros, en mourant, se fit porter dans la place, et y expira tranquillement, au milieu des soins qu'il se donnoit pour son salut et pour la conservation de sa conquête.

§ XXIX. *Générosité de Bonchamp.*

Les Vendéens, après des prodiges de valeur, furent battus à Chollet, le 16 septembre 1793. Bonchamp, blessé grièvement à la fin de l'action, et arraché du milieu du carnage, fut transporté à Saint-Florent où tout se disposoit pour le passage de la Loire. Quelques soldats, pleins d'admiration pour la valeur et les vertus de ce chef intrépide, lui servoient d'escorte. Bonchamp arrive sur les bords du fleuve au moment où les Vendéens s'y rassembloient en tumulte. Les cris douloureux des enfans, des femmes, des vieillards, augmentoient encore la désolation et le désordre. C'étoit à qui gagneroit plus tôt la rive opposée. Quelques-uns, la rage dans le cœur, troublés par l'idée de ne pouvoir échapper aux républicains, demandoient à grands cris que l'on égorgeât cinq mille prisonniers renfermés dans l'église de Saint-Florent. « Vengeons-nous, s'écrioient ces forcenés, vengeons-nous, il est temps. Voyez les flammes » dévorer nos villes, nos hameaux! Nos barbares ennemis ne nous font point de quartier, usons de représailles. Serions-nous assez imprudens pour laisser » derrière nous cinq mille ennemis de plus? Tuons-les; massacrons les républicains. » Ce cri devint général. Déjà les canons avançoient pour mitrailler les prisonniers, lorsque le généreux Bonchamp, expirant d'une blessure mortelle, frappé de ces cris de rage et de mort, ranime ses forces défaillantes, appelle ses officiers et ses soldats plongés dans la douleur. Il sollicite et obtient de leur dévouement la grâce de tant de malheureux : ils lui font le serment de les sauver. Mais comment en imposer à cette multitude furieuse qui vouloit leur mort? La voix mourante de Bonchamp ne peut se faire entendre; un roulement annonce une proclamation. Les plus mutins accourent, ils écoutent. C'est un ordre donné par Bonchamp aux portes du tombeau; il veut qu'on respecte la vie des prisonniers. Au nom de Bonchamp, le calme renaît; le recueillement succède à la fureur; on verse des larmes; les canons déjà braqués, sont détournés; de tous côtés on entend crier : *Grâce! Grâce! Sauvons les prisonniers! Bonchamp le veut, Bonchamp l'ordonne*.... Il est obéi. Telle fut la dernière action de ce héros chrétien.

§ XXX. *Le duc de Guise apaise une révolte avec une fermeté qui ne le cède en rien à celle de César.*

Le duc de Guise charge Cérisantes d'aller attaquer Castellamare, avec un petit corps qui se mutine et demande de l'argent.

« J'envoyai, dit le duc, leur en promettre pour » apaiser ce désordre; mais les soldats perdirent le res- » pect à l'officier, le menaçant de le tuer, s'il les pres- » soit davantage. Il vint m'en avertir, afin d'y porter

» rémède; j'y courus aussitôt, et vis qu'à mon abord » tous ces révoltés souffloient leurs mèches, et les » compassoient, se préparant à tirer sur moi, en me » présentant leurs mousquets. Je leur demandai fière- » ment qui étoient ceux qui ne se fioient pas à ma » parole et ne vouloient pas m'obéir? un insolent me » répondit : c'est moi, et généralement tous les autres. » Je poussai mon cheval droit à lui, et mettant l'épée » à la main; la lui passant au travers du corps, je le » tuai tout roide. Y en a-t-il d'autres, m'écriai-je, » qui veuillent mourir de ma main? Un de ses cama- » rades me dit que c'étoit lui; vous ne le méritez pas, » lui répondis-je; mais vous mourrez de celle d'un » bourreau. En le prenant par le collet je le fis désar- » mer; et, le faisant confesser par un aumônier du » régiment, je le fis pendre à un arbre.

» Tout le reste, étonné de ma résolution, mit les » armes bas, et me demanda pardon. Alors je leur » commandai de marcher; et, leur faisant voir de l'ar- » gent que j'avois fait apporter pour leur donner, je » leurs dis que, pour les punir de leur révolte, ils n'en » recevroient de trois jours. Après quoi, les ayant ac- » compagnés un quart de lieue, je m'en revins dans la » ville ».

Pendant dix ans que dura la guerre des Gaules, les soldats de César se révoltèrent plusieurs fois. Ils se soulevèrent également, pendant les guerres civiles; mais il sut toujours les faire rentrer dans le devoir par sa fermeté, et jamais par une lâche complaisance. Il renvoya avec ignominie la dixième légion, et il ne consentit enfin à la reprendre, qu'après de vives instances, et après avoir puni les chefs de la sédition. La légion Decumane refusoit de passer en Afrique, et ne vouloit plus servir; elle menaçoit César, et Rome étoit alarmée. César s'avance : Romains, leur dit-il, au lieu de les appeler à l'ordinaire, *soldats*. Nous sommes soldats, s'écrièrent-ils aussitôt. Il refusoit de leur pardonner, et s'ils l'accompagnèrent en Afrique, ce fut sans qu'il leur en donnât l'ordre exprès. Il punit même les plus séditieux, en les privant du tiers de la récompense qu'il avoit promise aux autres soldats.

§ XXXI. *Courte lettre de Henri* IV *au maréchal de Medavy. L'honneur oblige de voler au secours du prince.*

On conserve au château de Grancey, dans les archives du maréchal de Medavy-Fervaques, l'original du billet suivant, écrit de la main du roi Henri IV, mais sans date : « *Fervaques, à cheval! l'ennemi approche, j'ai besoin de ton bras.* » Cette courte lettre pourroit être mise en parallèle avec celles qui nous restent du fameux Brutus. Il est à croire que Fervaques monta aussitôt à cheval. Henri ne lui eût pas écrit cette lettre, s'il n'eût été sûr de sa bravoure. C'est ainsi que le même prince, ayant voulu en 1596 reprendre Arras, et ayant fait publier : *Qu'il tiendroit pour des lâches, tous les gentilshommes qui ne le suivroient pas dans cette occasion*, jamais il n'y eut tant de noblesse française qu'il s'en trouva au siége de cette ville.

§ XXXII. *Courage de Xénophon.*

[1] On retrouvoit dans les conversations de Xénophon la douceur et l'élégance qui règnent dans ses écrits. Il avoit tout à la fois le courage des grandes choses, et celui des petites, beaucoup plus rare et plus nécessaire que le premier : il devoit à l'un une fermeté inébranlable, à l'autre une patience invincible.

Quelques années auparavant, sa fermeté fut mise à la plus rude épreuve pour un cœur sensible. Gryllus, l'aîné de ses fils, qui servoit dans la cavalerie athénienne, ayant été tué à la bataille de Mantinée, cette nouvelle fut annoncée à Xénophon au moment qu'entouré de ses amis et de ses domestiques, il offroit un sacrifice. Au milieu des cérémonies, un murmure confus et plaintif se fait entendre, le courrier s'approche : les Thébains ont vaincu, lui dit-il, et Gryllus... Des larmes abondantes l'empêchent d'achever. Comment est-il mort? répond ce malheureux père en ôtant la couronne qui lui ceignoit le front. Après les plus beaux exploits, avec les regrets de toute l'armée, reprit le courrier. A ces mots, Xénophon remit la couronne sur sa tête, et acheva le sacrifice. Je voulus un jour lui parler de cette perte, et il se contenta de me répondre : Hélas! je savois qu'il étoit mortel; et il détourna la conversation.

[1] Diogène Laërce et Valère Maxime.

§ XXXIII. *Le Xénophon moderne, ou courage du maréchal de Châtillon, en apprenant la mort de son fils.*

Les maréchaux de Chaulnes, de Châtillon et de la Meillerayc, forment le siége d'Arras en 1640. Les Espagnols, qui veulent secourir la place, attaquent les retranchemens du côté de Châtillon, qui parvient à les repousser, après avoir couru mille fois risque de perdre la vie. Dans la plus grande chaleur de l'action, on lui annonce que son fils vient d'être tué : *Il est bien heureux*, répond froidement le général, *d'être mort dans une si belle occasion, pour le service du roi.*

Ce trait magnanime rappelle le patriotisme de M. de Saint-Hilaire, lieutenant-général de l'artillerie. Il accompagnoit le vicomte de Turenne, lorsque le même coup de canon, qui tua ce grand capitaine, le sauveur, la gloire de la France, lui emporta le bras. Son fils, qui se tenoit à ses côtés, saisi de frayeur, à la vue de son père, se mit à pleurer et à jeter de grands cris : « Taisez-» vous, mon fils, » lui dit-il; et, lui montrant M. de Turenne étendu mort, il ajouta : « voilà celui qu'il faut » pleurer avec la France. »

§ XXXIV. *Trait de bravoure de Bayard; son attachement pour sa patrie.*

A la bataille de Rebec, le chevalier Bayard avoit été blessé mortellement en combattant pour son roi, et il étoit couché au pied d'un arbre. Le connétable duc de

Bourbon, rebelle à sa patrie, et qui poursuivoit l'armée des Français, venant à passer près de lui, le reconnut, et lui dit qu'il avoit grande pitié de le voir en cet état. Bayard lui répondit : « Monsieur, il n'y a point de pitié à avoir pour moi, car je meurs en homme de bien ; mais j'ai pitié de vous, qui servez contre votre prince, votre patrie et votre serment. » Peu après Bayard expira.

§ XXXV. *Courage de Montorgueil, commandant d'un fort dans l'Acadie.*

Vers 1680, les Anglais s'étoient rendus maîtres de l'Acadie, à l'exception d'une seule forteresse, défendue par Montorgueil, qui n'avoit avec lui que quatorze soldats. Le commandant anglais débarqua à la tête de quatre-vingts hommes, résolu d'emporter la citadelle. Il envoya à Montorgueil un trompette pour le sommer de se rendre; celui-ci répondit par des sermens réitérés de s'ensevelir avec ses quatorze braves sous les ruines de sa forteresse. Un second trompette n'obtint pas d'autre réponse : « Je sais, dit Montorgueil, que les Anglais peuvent rassembler ici des forces centuples des nôtres; mais je suis Français, je sais mourir et venger ma mort. Mes compagnons pensent comme moi, qu'une belle mort vaut mieux que la meilleure capitulation. » L'Anglais furieux donne l'assaut ; il est repoussé. L'attaque est suivie d'une troisième sommation, qui est reçue de même ; au second assaut succède une quatrième sommation, qui n'a pas plus de succès que les premières ; et l'Anglais, aussi malheureux en négociation qu'en guerre, craignoit de perdre, devant une masure défendue par quatorze hommes, la haute réputation qu'il s'étoit acquise par des victoires navales et des conquêtes importantes. Il fait jeter des grenades, et met le feu à la place. Tandis que les flammes dévoroient les cabanes, un trompette vient de nouveau apporter une sommation, et elle est encore rejetée. Le feu continue ses ravages; les assiégés ne trouvent plus d'asile. Les uns, à demi-brûlés, poussent des cris horribles; les autres, étouffés par la fumée, se précipitent dans le fossé. Le trompette revient une sixième fois, propose une capitulation : Je l'accepterai, dit Montorgueil, pourvu que je sois le maître des conditions. Et il le fut.

§ XXXVI. *Un magistrat peut dans ses fonctions montrer autant de valeur qu'un guerrier.*

Témoin de la fermeté qui distingua le président Mathieu Molé, pendant les troubles de la minorité de Louis XIV, le cardinal de Retz disoit avec raison : que, si ce n'étoit pas un blasphème d'avancer qu'il y a eu dans le même siècle un homme plus courageux que le grand Condé, il ne balanceroit pas à nommer cet illustre premier président.

Un magistrat du parlement de Bordeaux se distingua dans les mêmes circonstances, en 1650, par une égale fidélité envers son souverain. Les rebelles dominoient dans Bordeaux, et avoient des partisans jusques dans le parlement de cette ville. Lavie, procureur général, magistrat digne, par sa capacité, d'être le chef d'un sénat, et par son intrépidité, de conduire une armée, osa afficher lui-même et publier à haute voix les ordres qu'il avoit reçus de la cour. Le peuple, après les avoir mis en pièces, veut traiter de même le fidèle magistrat. On s'assemble autour de lui, on l'outrage, on le menace, et déjà les premiers coups sont portés. Lavie, aussi tranquille au milieu de ses assassins que s'il eût été sur son tribunal, attend la mort d'un front serein. Sauvebœuf, qui étoit l'idole du peuple, et qui avoit juré à Lavie une haine éternelle, ne peut cependant s'empêcher d'admirer le courage du magistrat. Il perce la foule, écarte les plus audacieux, et veut arracher son ennemi à la fureur du peuple : « Fuyez », lui dit-il. « Moi fuir ! répond Lavie; » le temps est arrivé où le magistrat n'enviera plus au » soldat l'honneur de mourir pour son roi. Je veux » donner l'exemple à qui voudra l'imiter ».

Sauvebœuf est encore plus frappé de son courage, et il ne peut souffrir qu'il en soit la victime. Il l'entraîne malgré lui, et lui donne un asile dans sa propre maison. Mais bientôt il apprend que la famille de Lavie est menacée du même péril; il vole auprès d'elle, emporte la femme entre ses bras, la remet dans ceux de son époux, retourne, prend les enfans, perce une troisième fois la multitude, et ne cesse de lutter contre elle, qu'après avoir sauvé jusqu'au dernier rejeton de cette respectable famille. Pourquoi l'homme capable d'un si noble effort avoit-il un autre parti que celui du prince et de la patrie, et comment pouvoit-il être si criminel avec tant d'héroïsme dans le cœur?

§ XXXVII. *Réponse fière du jeune la Vieille-Ville ambassadeur de France en Angleterre.*

Henri II, roi de France, résolu de venger les outrages qu'avoit reçus François Ier., se hâta de confirmer la paix avec l'Angleterre, afin de pouvoir opposer toutes ses forces à l'empereur Charles-Quint. Scepeaux de la Vieille-Ville fut envoyé à Londres. Sa jeunesse ne parut point un obstacle à la commission dont on le chargeoit : sa sagesse avoit devancé les années. Le jeune Edouard VI venoit de monter sur le trône. Il apprit avec plaisir que la Vieille-Ville venoit pour confirmer le dernier traité; cependant lorsqu'on en fit la lecture, l'article par lequel Henri II se réservoit le pouvoir de rentrer à main armée dans Boulogne, quand il lui plairoit, causa quelques difficultés. Le duc de Sommerset, tuteur d'Edouard, se leva en colère, et dit, qu'Henri VIII avoit été surpris : « Je crois, ajouta-t-il, qu'il faut être sur ses gardes, et que notre bonne foi est dangereuse, lorsque nous traitons avec les Français; mais en revanche, quand il faut en venir aux mains, nous savons leur montrer que nous sommes Anglais ». « Vous parlez sensément, répliqua la Vieille-Ville; chaque nation a son caractère distinctif, son idiome, ses usages, par lesquels elle se fait connoître : quant au courage, je crois, pour ne rien dire de plus, que le Français ne cède rien à l'Anglais ». « Cela est vrai, reprit le duc avec un souris amer ; vous avez eu beaucoup de Normandies, de Guiennes et de Calais en Angleterre ; et vos rois se sont fait couronner à Londres comme à Paris ». « J'avoue, répliqua la Vieille-Ville, que vos souverains ont parcouru la France, et sont entrés dans la capitale ; mais les ducs de Bourgogne et de Bretagne avoient soulevé la moitié de la nation en leur faveur. Sans ce secours, vingt rois d'Angleterre n'auroient jamais triomphé de nous ; et, dans ces guerres, les Français n'ont été vaincus que par les Français ». « Mais, reprit Sommerset, que dites-vous de la prise de Boulogne » ? « Des traîtres vous l'ont vendue, répondit la Vieille-Ville ; ils sont encore prisonniers à la Bastille ; et, si j'étois Anglais, je ne me vanterois pas d'une pareille conquête ». Cette réplique imposa silence au duc, qui, lui-même, avoit corrompu à force d'argent les malheureux qui avoient vendu leur patrie. Le traité fut confirmé, et on ne s'occupa plus que de fêtes et de spectacles.

Dans ce moment même, on instruisoit à Paris le procès du maréchal de Biez et du sieur de Vervins. Celui-ci avoit livré Boulogne ; le premier avoit été trop lent dans ses opérations pour recouvrer cette place ; l'un avoit fait une faute, l'autre avoit commis un crime que l'Angleterre avoit payé.

§ XXXVIII. *Courage qui vient de Dieu et qu'impose la religion.*

Samson en avoit donné l'exemple. Après lui avoir crevé les yeux, les Philistins assemblés louoient leur dieu Dagon, qui leur avoit donné la victoire sur un ennemi si redoutable. Ils le faisoient venir dans leurs assemblées et dans leur banquet, pour s'en divertir : et le mirent au milieu de la salle entre deux piliers qui soutenoient l'édifice.

Samson, qui sentoit avec la renaissance de ses cheveux le retour de sa force, dit au jeune homme qui le menoit : Laisse-moi reposer un moment sur ces piliers. Toute la maison étoit pleine d'hommes et de femmes ; et tous les princes des Philistins y étoient au nombre d'environ trois mille, qui étoient venus pour voir Samson, dont ils se jouoient. Alors il invoqua Dieu en cette sorte : « Seigneur, souvenez-vous de moi : rendez-moi » ma première force, ô mon Dieu ! et que je me venge » de mes ennemis (qui étoient ceux du peuple de » Dieu dont il étoit le chef et le juge), et que par » une seule ruine je me venge des deux yeux qu'ils » m'ont ôtés. » En même temps, saisissant les deux colonnes qui soutenoient l'édifice, l'une de sa main droite et l'autre de sa main gauche : « Que je meure, » dit-il, avec les Philistins. » Et, ébranlant les colonnes, il renversa toute la maison sur les Philistins, et en tua plus en mourant par ce seul coup, qu'il n'avoit fait pendant sa vie.

Les interprètes prouvent très-bien par l'Ecclésiastique, et par l'épître aux Hébreux, que Samson étoit inspiré dans cette action : Dieu donnoit de tels exemples d'un courage déterminé à la mort, pour accoutumer son peuple à la mépriser.

On peut croire qu'une semblable inspiration poussa Éléazar, qui voyoit le peuple étonné de la prodigieuse armée d'Antiochus, et plus encore du nombre et de la grandeur de ses éléphans, d'aller droit à celui du roi qu'on reconnoissoit à sa hauteur et à son armure. « Il » se livra pour son peuple, et pour s'acquérir un nom » éternel. Et, s'étant fait jour à droite et à gauche au » milieu des ennemis qui tomboient deçà et delà à ses » pieds, il se mit sous l'éléphant, lui perça le ven- » tre, et fut écrasé par sa chute. » *Suo est sepultus triumpho* : il resta comme enseveli dans son propre triomphe.

Ces actions, d'une valeur étonnante, faisoient voir que tout est possible à qui sait mépriser la vie, et remplissoient à la fois, et le citoyen de courage, et l'ennemi de terreur.

BOSSUET.

§ XXXIX. *La nécessité donne du courage.*

« Il n'en est pas aujourd'hui comme hier et avant- » hier; nous avons l'ennemi en face, disoit Jonathas » aux siens; le Jourdain deçà et delà, avec des rivages » désavantageux; des marais, des bois qui rompent

» l'armée. Il n'y a pas moyen de reculer : poussons » nos cris jusqu'au ciel. » En même temps, on marche à l'ennemi : Bacchides est poussé par Jonathas, qui, le voyant ébranlé, passe le Jourdain à la nage pour le poursuivre, et lui tue mille hommes.

BOSSUET.

§ XL. *La gloire préférée à la vie.*

Bacchides et Alcine avoient vingt mille hommes avec deux mille chevaux devant Jérusalem : et Judas étoit campé auprès avec trois mille hommes seulement, tirés des meilleures troupes. Comme ils virent la multitude de l'armée ennemie, ils en furent effrayés. Cette crainte dissipa l'armée, où il ne demeura que huit cents hommes. Judas, dont l'armée s'étoit écoulée, pressé de combattre en cet état, sans avoir le temps de ramasser ses forces, eut le courage abattu. C'est le premier sentiment qui est celui de la nature; mais on le peut vaincre par celui de la vertu. Judas dit à ceux qui restoient : « Prenons courage : marchons à nos ennemis et » combattons-les. Ils l'en détournoient en disant : Il est » impossible, sauvons-nous quant à présent : rejoignons » nos frères, et après nous reviendrons au combat. » Nous sommes trop foibles et en trop petit nombre » pour résister maintenant. Mais Judas reprit ainsi : A » Dieu ne plaise que nous fassions une action si hon» teuse, et que nous prenions la fuite. Si notre heure » est venue, et qu'il nous faille mourir, mourons cou-

» rageusement en combattant pour nos frères, et ne » laissons point cette tache à notre gloire. » A ces mots, il sort du camp : l'armée marche au combat en bon ordre. L'aile droite de Bacchides étoit la plus forte : Judas l'attaqua avec ses meilleurs soldats, et la mit en fuite. Ceux de l'aile gauche, voyant la déroute, prirent Judas par derrière, pendant qu'il poursuivoit l'ennemi : le combat s'échauffa, il y eut d'abord beaucoup de blessés de part et d'autre : Judas fut tué, et le reste prit la fuite.

Il y a des occasions où la gloire de mourir courageusement vaut mieux que la victoire. La gloire soutient la guerre. Ceux qui savent courir pour leur pays à une mort assurée, y laissent une réputation de valeur qui étonne l'ennemi, et par ce moyen ils sont plus utiles à leur patrie que s'ils demeuroient en vie.

C'est ce qu'opère l'amour de la gloire. Mais il faut toujours se souvenir, que c'est la gloire de défendre son pays et sa liberté. Les Machabées s'étoient d'abord proposé cette fin, lorsqu'ils disoient : « Mourons tous » dans notre simplicité : le ciel et la terre seront té» moins que vous nous attaquez injustement ; et après : » Nous combattrons pour nos vies, pour nos femmes, » pour nos enfans, pour nos âmes et pour nos lois. Et » encore : Ne vaut-il pas mieux mourir en combattant, » que de voir périr devant nos yeux notre pays, et abo» lir nos saintes lois ? Arrive ce que le ciel en a résolu. » Et, pour tout dire en un mot : Mourons pour nos » frères, comme le dit le courageux Judas. » Laissons

» leur l'exemple de mourir pour nos saintes lois; et que
» la mémoire de notre valeur, fasse trembler ceux qui
» voudront attaquer des gens si déterminés à la mort.
» Qu'il soit dit éternellement en Israël : quelque
» foibles que nous soyons, qu'on ne nous attaque pas
» impunément. »

BOSSUET.

CONCLUSION.

A quels honneurs et surtout à quelle estime conduisent les talens et les vertus.

TITE-LIVE.

Saint Jérôme fait en peu de mots un grand éloge de Tite-Live. Après avoir dit que de grands personnages venoient du fond de l'Espagne et des Gaules pour voir ce fameux historien dont le style est si pur, si coulant et si naturel; il ajoute : Ceux à qui la magnificence romaine ne donna point de curiosité, furent attirés par la réputation d'un seul homme. Ce fut en ce siècle une chose inouie à tous les siècles, et bien merveilleuse, de voir que les étrangers qui étoient entrés dans la capitale du monde, et qui admiroient cette ville superbe, cherchassent dans Rome même quelqu'autre chose que Rome. *Quos ad contemplationem suî Roma non traxerat, unius hominis fama perduxit.*

THÉMISTE.

Il paroît quelquefois sur la terre des êtres d'un ordre singulièrement élevé par leurs talens et leurs vertus. Ils passent à travers leur siècle sans rien emprunter de sa couleur. Jetés hors des routes communes, la postérité les distingue de loin, comme ces arbres solitaires qui s'élèvent avec vigueur dans un espace désert. Tel parut dans Constantinople un orateur que six empereurs honorèrent successivement ; qui, panégyriste, ne parla jamais que pour dire aux princes les vérités les plus nobles ; et qui eut un caractère fort supérieur à l'esprit général de son temps ; c'est le philosophe Thémiste. Son père, philosophe lui-même, l'envoya de bonne heure dans un petit pays situé auprès du Pont-Euxin. C'est là que, sous un maître habile, il étudia la philosophie et l'éloquence. Ainsi, c'est au pied du Caucase, et dans l'ancienne patrie de Médée, que se forma l'orateur qui devoit un jour étonner la Grèce. Il étoit païen, mais sans fanatisme, et fut très-lié avec saint Grégoire de Nazianze. Thémiste, encore jeune, composa des commentaires sur les ouvrages du précepteur d'Alexandre. Il parut grand, même en travaillant sur les idées d'un autre. Sa réputation se répandit bientôt dans l'Asie, et de l'Asie à Rome. On voulut l'y fixer ; mais Rome n'étoit plus que la seconde ville du monde. Il retourna à Bysance.

Quand des talens sont parvenus à un certain degré de célébrité, il n'y a plus de mérite à les protéger. Le prince est, pour ainsi dire, forcé par son siècle, et alors il n'y a presque que de l'orgueil à être juste. Ainsi Constance éleva Thémiste au rang de sénateur. La lettre qu'il écrivit au sénat, est le plus beau monument de ce règne. « Un bienfait, dit-il, accordé à l'homme ver-
» tueux, est un bienfait pour l'état. Instruit de la grande
» réputation de Thémiste, j'ai cru qu'il étoit digne de
» l'empereur et de vous de récompenser sa vertu, en
» l'admettant dans ce conseil auguste : et je n'ai pas
» voulu seulement honorer Thémiste, j'ai voulu aussi
» honorer le sénat, que j'ai cru digne de posséder un

» homme d'un si grand talent. Vous lui communi-
» querez de votre dignité, et il répandra sur vous une
» partie de son éclat. »

Il nous reste une grande partie des harangues, ou panégyriques de princes par Thémiste. Ils sont au nombre de vingt. Il a donné à ce genre d'ouvrages un ton plein de dignité et de force qu'il n'avoit point avant lui. Je choisirai dans tous, les idées éparses sur les philosophes et sur les princes.

L'orateur cherche d'abord dans la divinité le modèle du prince. Il trouve que le principal caractère de Dieu est la bonté. « Ce n'est que par intervalles et rarement,
» dit-il, que Dieu lance le tonnerre; mais c'est tous
» les jours et sur le monde entier qu'il verse sa lumière.
» On ne peut donc lui ressembler, sans être bienfaisant.
» Comment, dit-il à Valentinien et à Valens, un prince
» peut-il imiter cet être sublime ? Ce n'est pas même
» par le courage, par la patience, par la force; ce n'est
» pas même par le mépris des voluptés; aucune de ces
» vertus de l'homme ne conviennent à Dieu. Ces vertus
» tiennent à des foiblesses. Ce qui nous élève, aviliroit
» ce grand Être. Mais ce qu'il y a de céleste et de di-
» vin, c'est d'avoir entre ses mains le bonheur des
» hommes, et de faire ce bonheur. Princes, s'il nous
» arrive de vous donner le nom de Dieu, c'est pour
» vous faire souvenir de ce que vous devez être. »

Il dit, en parlant de l'humanité : « C'est de ce senti-
» ment que naît dans le prince le devoir d'adoucir la
» sévérité de la loi. Car le juge rigide condamne sou-
» vent celui que la loi absoudroit, si elle pouvoit in-

» terpréter. Le juge alors est esclave. Il décide d'après » les mots et la lettre, exerçant, pour ainsi dire, une » injustice juste. Il n'en est pas de même du prince. Il » est la loi qui parle; et qui respire; et non pas cette » loi muette et sourde, représentée par des caractères » immobiles. Aussi, dit-il à Théodose, nous étions ac- » coutumés à voir l'or retourner du trésor public, à » ceux à qui on l'avoit injustement enlevé; mais nous » venons de voir plus; nous avons vu des hommes me- » nés par la loi aux portes de la mort, ramenés à la vie » par le prince. Car, de tous nos empereurs, tu es celui » qui respecte le plus la loi; mais tu sais que, par res- » pect pour la loi même, il faut quelquefois s'en » écarter. »

Dans un autre discours, adressé au même prince, après la cinquième année de son règne, on trouve un long morceau sur les finances. « Avant toi, dit-il à son » empereur, les charges publiques augmentoient tous » les ans; chaque année ajoutoit au poids de l'année » qui avoit précédé. C'est toi, prince, qui as arrêté » cette maladie de l'état. Sais-tu pourquoi tu as mis » cet ordre dans les finances de l'empire? C'est que tu » avois gouverné ta maison avant de gouverner le » monde. Tu n'as pas besoin d'apprendre d'un autre » ce qu'il en coûte de sueurs et de peines au labou- » reur; tu connois la hardiesse de l'exacteur, l'adresse » du commis, l'avarice du soldat. Instruit de ces dé- » tails, tu es monté sur le trône; c'est pourquoi, comme » si ce vaste empire n'étoit qu'une famille, tu vois d'un » coup d'œil quels sont tes revenus, quelles sont tes

» dépenses; ce qui manque, ce qui reste; les opera» tions qui sont faciles, celles qui ne le sont pas. Seul » de tous les princes, tu n'as pas mis ceux qui manient » les deniers de l'état au-dessus de ceux qui le défen» dent. Celui qui préside aux finances, ne marche pas » avec plus de pompe que celui qui commande les ar» mées : chargé de l'emploi d'Aristide, il est forcé d'a» voir sa justice.

» Prince, continue l'orateur, ma voix, dans ce mo» ment, représente la voix du monde entier. Tu nous » a remis une partie des tributs; et, pour dédommage» ment, nous te rendons un tribut de reconnoissance » et de tendresse. C'est le plus digne du prince. Au lieu » des moissons et des fruits de la terre qu'on nous arra» choit, reçois des fruits qui ne se flétriront pas; ce sont » ceux de la gloire. C'est elle qui sans cesse renouvelle » l'empire d'Auguste, qui empêche Trajan de vieillir, qui » tous les jours ressuscite Marc-Aurèle. Crois-tu, malgré » leurs victoires, que leurs noms fussent aussi célèbres, » si, terribles aux Barbares, ils n'eussent été bienfaisans » envers leurs sujets? etc. J'admire et j'appelle grand, le » prince à qui tout un peuple doit sa conservation. Le » destructeur de Carthage fut nommé l'Africain. Un » autre s'appela Macédonien, parce qu'il avoit fait de » la Macédoine un vaste désert. Mais toi, prince, je » veux que tu tires ton nom de la nation que tu as » sauvée; ainsi nous nommons les dieux, des pays qu'ils » protègent. »

Outre l'humanité et la clémence qui sont les premiers devoirs, l'orateur parcourt toutes les autres qualités d'un souverain. Il dit à Constance : « L'athlète » des jeux olympiques, jaloux de vaincre, et veillant » sur lui-même, s'interdit tous les plaisirs qui pour» roient l'énerver; et le prince qui est, pour ainsi dire, » l'athlète de l'univers, ira-t-il se livrer à de lâches » voluptés » ?

Il félicite Valens de ce qu'il veut s'instruire. Il exhorte ce prince à ne négliger aucun des soins du gouvernement. « Il y a eu, dit-il, des princes qui avoient » grand soin de choisir leurs chevaux, mais point du » tout les hommes qu'ils destinoient aux places; et » tandis qu'aux jeux du cirque, ils n'auroient pu souf» frir de voir des cochers ignorans conduire un char, » ils abandonnoient à des hommes sans choix les rênes » de l'empire et la conduite des nations. On brise une » statue, on efface un tableau qui ne ressemble point » à son modèle : le prince sera-t-il donc moins attenti » à ceux dont le devoir est de le représenter auprès des » peuples ? »

Dans un de ses discours à Théodose, il s'interrompt tout-à-coup : « Tu vois, prince, lui dit-il, que je ne » suis pas venu ici pour te flatter. Conviendroit-il à un » philosophe en cheveux blancs, qui a familièrement » vécu avec tant d'empereurs, aujourd'hui que le plus » humain de tous est sur le trône, de mendier sa faveur » par des bassesses ? quand la liberté est la moins dan» gereuse, irois-je choisir ce temps-là pour me dés» honorer par des mensonges » ?

On sent bien qu'il devoit parler des connoissances et des lettres avec dignité. Il fait voir qu'elles ont été chères à tous les princes qui ont été grands; il cite Aristote comblé de bienfaits par Philippe, Xénocrate par Alexandre, Aréus par Auguste, Dion par Trajan, Sextus par Marc-Aurèle. « Tu imites ces grands hom-» mes, dit-il à l'empereur, la philosophie et les lettres » marchent partout avec toi. Elles te suivent dans les » camps. Par toi elles sont respectées non-seulement » du Grec et du Romain, mais du Barbare même. Le » Scythe épouvanté qui est venu implorer ta clémence, » a vu là philosophie près de toi, balançant le sort des » peuples, et décidant des trèves et de la paix que tu » accordes aux nations. Voyez les statues de bronze » élevées dans ces murs à la sagesse, les priviléges qui » lui sont accordés dans les villes, les honneurs prodi-» gués à ceux qui en sont dignes. La sagesse est la » seule qui répande encore plus d'éclat sur ceux qui » l'honorent, que sur ceux qui en sont honorés. Car » admirer la vertu dans les autres, c'est déjà une preuve » de vertu. »

Constance fit élever à Thémiste une statue de bronze. Julien le fit préfet de Constantinople. Valens voulut presque toujours l'avoir à sa cour. Gratien et Théodose le comblèrent de faveurs; et le dernier, prêt à partir pour l'occident, lui confia son fils en présence du sénat et du peuple. Dans ce moment on vit ce grand orateur, déjà courbé sous le poids des ans, ranimer ses forces languissantes pour former ce prince destiné à commander un jour au monde. « Viens, disoit-il à cet enfant » royal, viens sur les genoux d'un foible vieillard, re-» cevoir les leçons que la sagesse destine aux princes.

» Ce sont celles que reçurent Antonin, Numa, Marc-
» Aurèle et Titus. A ma voix se joindront, pour te
» former, celle de Platon, et celle du précepteur d'A-
» lexandre. A l'école des sages deviens le bienfaiteur
» du monde. »

Thémiste fut le dernier orateur grec qui laissa une grande réputation. Constantinople a passé sous la domination des Turcs, et Thémiste qui écrivoit, il y a quatorze cents ans, sur les bords de la Mer-Noire, Thémiste, ignoré dans cette partie du monde qui fut sa patrie, trouve aujourd'hui des admirateurs dans des villes qui de son temps n'étoient que des bourgades à demi-barbares. Ainsi l'homme que ses talens ont rendu célèbre dans ce siècle, le sera dans les siècles suivans. On parlera de lui comme nous parlons de ceux qui l'ont précédé; et sa gloire, n'étant plus exposée à l'envie, en deviendra plus brillante et plus pure.

THOMAS, *extrait de l'Essai sur les éloges.*

ROLLIN.

Rollin, né à Paris, en 1661, et mort en 1741, à l'âge de quatre-vingts ans, étoit fils d'un coutelier. Bien loin de rougir de sa naissance, il étoit le premier à en parler. Il répétoit souvent que *c'étoit de l'antre des Cyclopes qu'il avoit pris son vol vers le Parnasse.* A vingt-deux ans, il étoit professeur de seconde, de rhétorique à vingt-six, et d'éloquence au Collége Royal à vingt-sept. Ses grands talens et ses vertus le firent nommer recteur à trente-trois ans. Contre l'usage ordinaire, et pour honorer son mérite, il fut conservé dans cette place pendant deux années de suite. Dès ce moment l'université brilla d'un nouvel éclat, et partagea la gloire de son illustre chef. Ses excellens ouvrages ont instruit son siècle, et instruiront la postérité. La mort seule put interrompre ses travaux et suspendre son utile activité. Il seroit trop long de faire connoître ici toutes les marques d'estime et de vénération que les plus grands personnages s'empressoient de multiplier en faveur de ce célèbre recteur. Nous nous bornerons à citer sur son Histoire Romaine ce qu'en pensoit le chancelier d'Aguesseau, et à reproduire deux lettres que le roi de Prusse, Frédéric, écrivoit en 1737 et 1738 au vertueux Rollin. On peut les comparer à celle que le roi de Macédoine écrivoit à l'élève de Platon, au précepteur d'Alexandre.

Lettre de Frédéric.

MONSIEUR,

Vous vous êtes si bien dépeint dans vos ouvrages, peut-être sans le savoir, que je vous connois aussi intimement, que si j'avois la satisfaction de vous avoir fréquenté long-temps.

Je respecte en vous, monsieur, le caractère d'un homme de probité, d'un homme intègre, et qui, rempli d'amour pour le genre humain, ne borne pas ses travaux à enseigner, mais à former les mœurs des personnes de tout âge. La France vous sera redevable, avec le temps, d'un peuple de héros, d'un peuple de savans que vous avez instruits, et qui, n'ayant pour but que la solide gloire, feront consister leur véritable grandeur dans les sentimens de cœur épurés de tout vice, et uniquement portés à la vertu. Nos Allemands, plus dociles à vos leçons qu'à celles de leurs parens, vont s'empresser à marcher dans la carrière que vous leur avez ouverte.... C'est là votre ouvrage, et c'est sans contredit par quoi vous égalez votre réputation à celle des souverains et des monarques. Je me trouve fort flatté de ce que vous voulez bien distinguer ma foible voix dans un concert de tant de milliers de personnes qui chantent vos louanges, etc. »

Dans une autre lettre de la même année, il lui écrit :

« S'il est certain que les génies heureux, ces hommes » que le ciel a doués de talens d'une manière si distin- » guée, sont obligés de les employer pour l'utilité pu- » blique : il n'en est pas moins sûr que le public, et » chaque individu en particulier, doit reconnoître » les peines et les recherches de ceux qui travaillent » pour lui. Je m'acquitte de ce devoir, etc. »

Frédéric ajoutoit dans une autre lettre :

» Je vous envisage, vous autres savans, comme ceux » qui doivent servir de phare et de fanal au foible genre » humain ; comme des étoiles qui devez nous éclairer » dans toutes sortes de sciences, et comme des hommes » qui pensent pour nous, tandis que nous agissons » pour eux. »

Voici l'éloge que le chancelier d'Aguesseau faisoit de l'histoire romaine de Rollin ; ouvrage composé dans un excellent esprit et où la sagesse des réflexions prévient les inconvéniens que nous avons reprochés plus haut à ce genre de lecture.

« C'est moins une histoire qu'une leçon perpétuelle
» de vertu, de grandeur d'âme, d'amour de la patrie et
» de la religion; leçon d'autant plus utile qu'elle se
» présente sous une forme plus aimable, et qu'elle ins-
» truit sans paroître enseigner. Je puis donc dire, avec
» Horace, que j'ai lu un historien qui explique beau-
» coup mieux, et d'une manière beaucoup plus étendue
» que Chrysippe et que Crantor, ce qui est beau, ce
» qui est honteux, ce qui est utile, ce qui ne l'est
» pas. »

» Qui, quid sit pulchrum, quid turpe, quid utile, quid non
» Pleniùs ac meliùs Chrysippo et Crantore dicit. »

FIN DU DEUXIÈME ET DERNIER VOLUME.

TABLE DES MATIÈRES

DU DEUXIÈME VOLUME.

FIN DE LA TABLE DU SECOND ET DERNIER VOLUME.

TABLE

Des auteurs anciens et modernes, qui sont cités dans cet ouvrage.

MALLEBRANCHE.
MASSILLON.
MONTESQUIEU.

NEUVILLE (le père de).
NICOLE.

OVIDE.

PASCAL.
PAUSANIAS.
PÉTRONE.
PHÈDRE.
PLATON.
PLUTARQUE.
POPE.
PORÉE (le père).

QUINT-CURCE.
QUINTILIEN.

RACINE.
RACINE (Louis).
RICARD.
ROLLIN.
ROTROU.
ROUSSEAU (J.-B.).
ROUSSEAU (J.-J.).

SALUSTE.
SARISBÉRY (Jean de).
SENAULT (le père).
SCUDÉRY (mademoiselle).
SÉNÈQUE le Philosophe.
SÉNÈQUE le Tragique.
SILIUS ITALICUS.

TACITE.
TÉRENCE.
THOMAS.
THOMASSIN (le père).
TITE-LIVE.

VIRGILE.
VOLTAIRE.

WATELET.

XÉNOPHON.

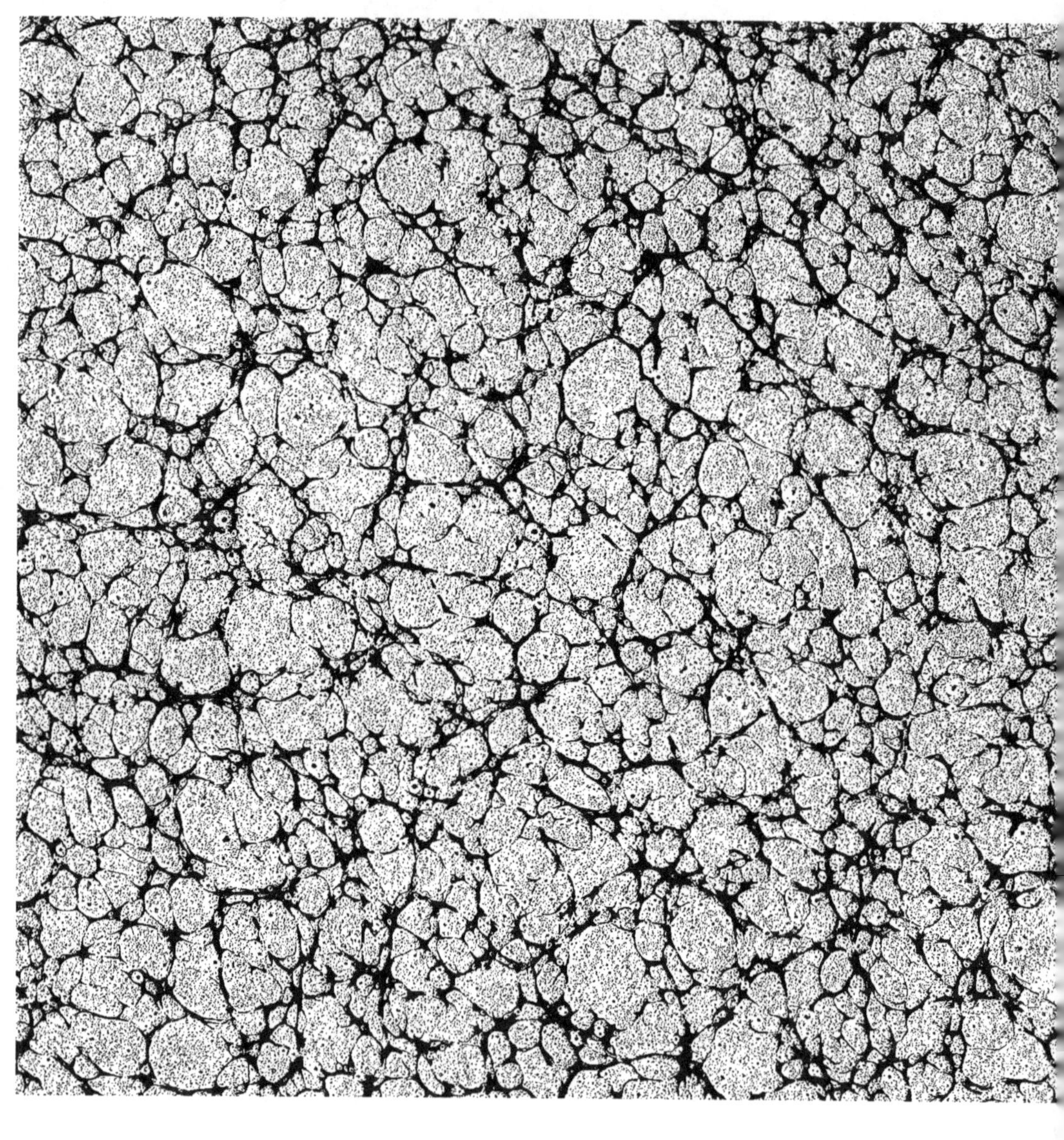

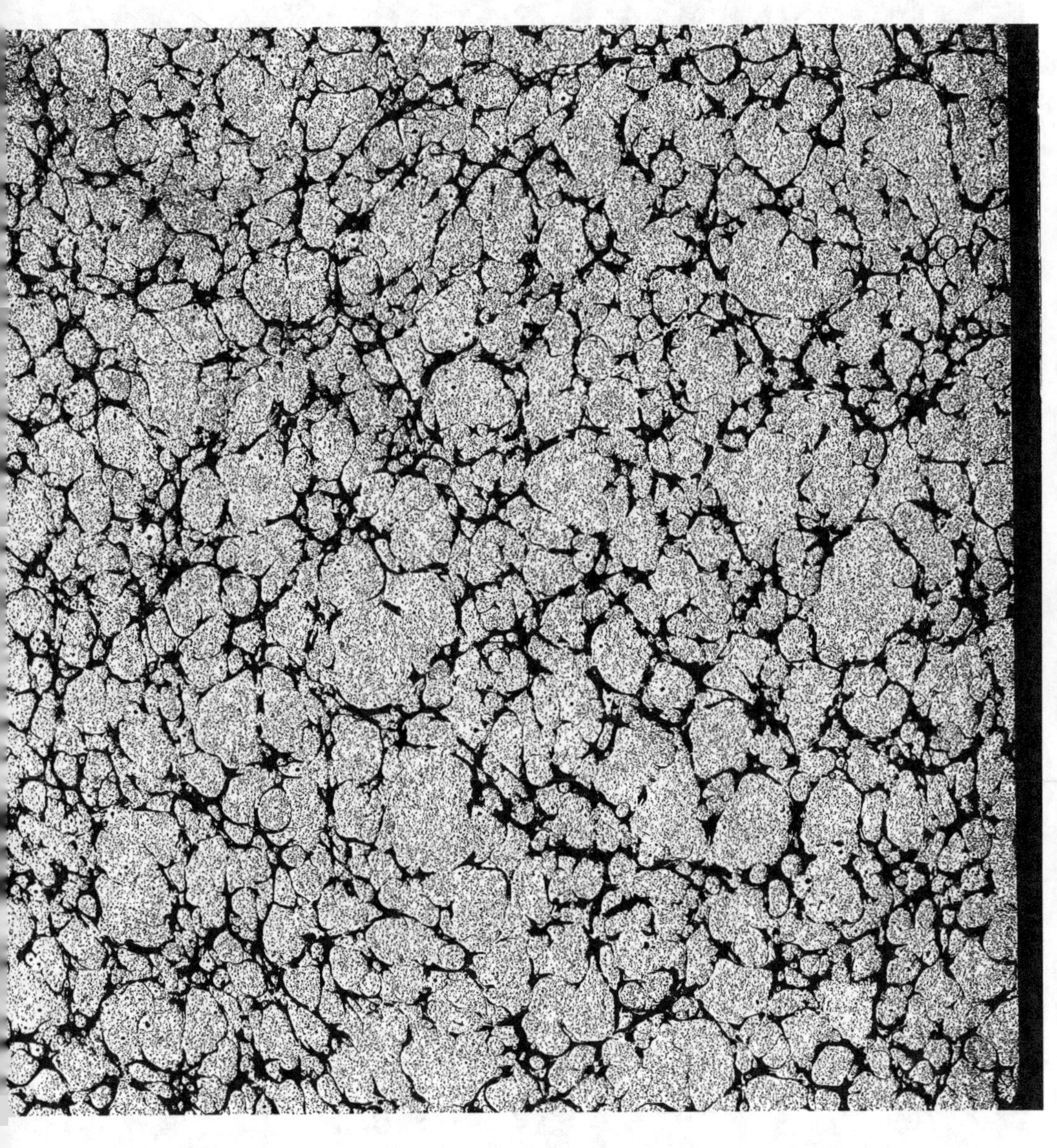

BIBLIOTHEQUE NATIONALE DE FRANCE
3 7531 04446067 4

www.ingramcontent.com/pod-product-compliance
Lightning Source LLC
LaVergne TN
LVHW010830120826
845149LV00016B/265

9782013713559